Ullstein

ÜBER DAS BUCH:

Auf Befehl von Lord Dungarth, dem Chef des britischen Marinegeheimdienstes, quartiert sich Kapitän Nathaniel Drinkwater im schlimmsten Bordellviertel des Londoner Hafens ein. Verkleidet ist er als Handelsschiffkapitän, der eine Ladung Militärstiefel trotz Napoleons Kontinentalsperre nach Rußland schmuggeln will. Über den Doppelagenten Fagan, mit dem er sich in Ma Hackleys Hurenhaus trifft, läßt er diesen Coup nach Paris melden, um einen Keil zwischen Frankreich und Rußland zu treiben. Und es scheint zu gelingen – bis Drinkwaters Schiff im Herbststurm nach Helgoland verschlagen wird. Auf diesem britischen Horchposten vor dem französisch besetzten Hamburg findet er Zuflucht und Unterstützung – und einen Agenten mit einer gewagten Idee. Die Ostsee ist inzwischen vereist – warum also nicht die Militärstiefel nach Hamburg liefern? Mit zwei Schiffen wagt sich Drinkwater die winterliche Elbe hinauf, direkt unter die Kanonen des Eisernen Marschalls Davout. Das Ergebnis ist Verhaftung, eine Exekution und eine abenteuerliche Flucht über die Sandbänke der Elbmündung, gehetzt von kaiserlichen Husaren, aber wundersam beschützt von der schönen Horthense Santhonax, Drinkwaters alter Gegnerin, die genau wie er ein Doppelspiel treibt.
Der zehnte Roman aus der erfolgreichen Drinkwater-Serie.

DER AUTOR:

Richard Woodman segelte schon 1960 als Deckshand auf den Tall Ships mit und begann seine seemännische Ausbildung bei der britischen Handelsmarine. Als Offizier fuhr er im Liniendienst vor allem nach Fernost und führte schließlich als Kapitän zwanzig Jahre lang einen Versorgungstender in englische Küstengewässer. Er ist Autor mehrerer Sachbücher und wurde seit 1982 besonders mit seiner marinehistorischen Romanserie um Nathaniel Drinkwater bekannt, deren jetzt zwölf Bände alle bei Ullstein erschienen.

Richard Woodman

Unter falscher Flagge

Kapitän Drinkwaters
Handstreich auf Helgoland

Roman

Ullstein

Ullstein Buchverlage GmbH & Co. KG,
Berlin
Taschenbuchnummer: 24474
Titel der Originalausgabe:
Under False Colours
Erstveröffentlichung 1991
by John Murray Publishers Ltd.,
London
Aus dem Englischen von
Uwe D. Minge

Ungekürzte Ausgabe
November 1998

Umschlagentwurf:
Hansbernd Lindemann
Illustration:
Gemälde von Daniel Herrmann
Anton Melbye, entnommen dem Buch
›Hamburgs Schiffahrt in der Kunst‹,
Sammlung Peter Tamm
Alle Rechte vorbehalten
Karte: Erika Baßler
© 1991 by Richard Woodman
© der deutschen Übersetzung 1992 by
Ullstein Buchverlage GmbH & Co. KG,
Berlin
Printed in Germany 1998
Druck und Verarbeitung:
Ebner Ulm
ISBN 3 548 24474 2

Gedruckt auf alterungs-
beständigem Papier mit
chlorfrei gebleichtem Zellstoff

Vom selben Autor
in der Reihe
der Ullstein Bücher:

Die Drinkwater-Serie in
chronologischer Reihenfolge

Die Augen der Flotte (23528)
Kutterkorsaren (22776)
Kurier zum Kap der Stürme (23247)
Die Mörserflottille (23689)
Die Korvette (23694)
Die Wracks von Trafalgar (23690)
Der Mann unterm Floß (20881)
In fernen Gewässern (22124)
Der falsche Lotse (22375)
Unter falscher Flagge (24474)
Das Fliegende Geschwader (23230)
Unter dem Nordlicht (23785)
Der Schatten des Adlers (24302)
Die Abenteuer des Nat Drinkwater/
Die Augen der Flotte/
Kutterkorsaren (23528)

Außerdem:
Die Wette (22808)
Gezeiten der Nacht
Band 1: Schlacht ohne Sieger (23663)
Band 2: Ein nasses Grab (23664)
Die Kollision (24172)

Die Deutsche Bibliothek –
CIP-Einheitsaufnahme

Woodman, Richard:
Unter falscher Flagge : Kapitän
Drinkwaters Handstreich auf Helgo-
land ; Roman / Richard Woodman.
[Aus dem Engl. von Uwe D. Minge]. –
Ungekürzte Ausg. – Berlin :
Ullstein, 1998
   (Ullstein-Buch ; Nr. 24474)
   ISBN 3-548-24474-2

Inhalt

TEIL DREI:
DER ADLER IN DER FALLE

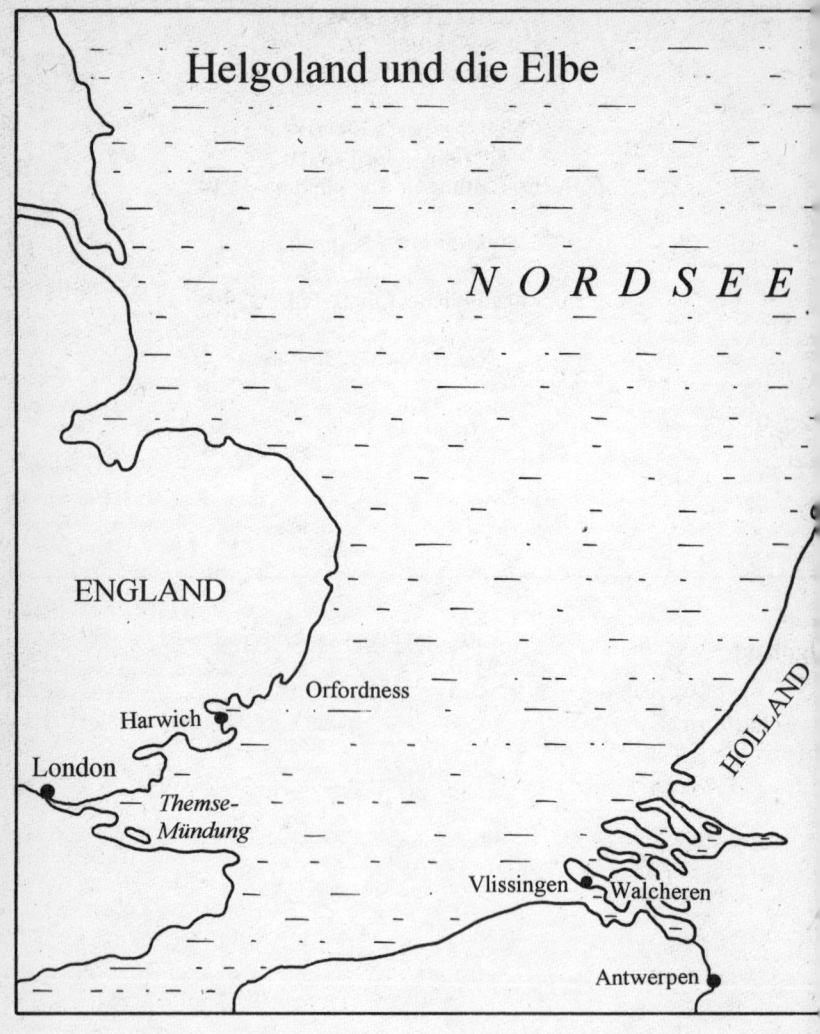

Helgoland und die Elbe

NORDSEE

ENGLAND

HOLLAND

Orfordness

Harwich

London

Themse-Mündung

Vlissingen Walcheren

Antwerpen

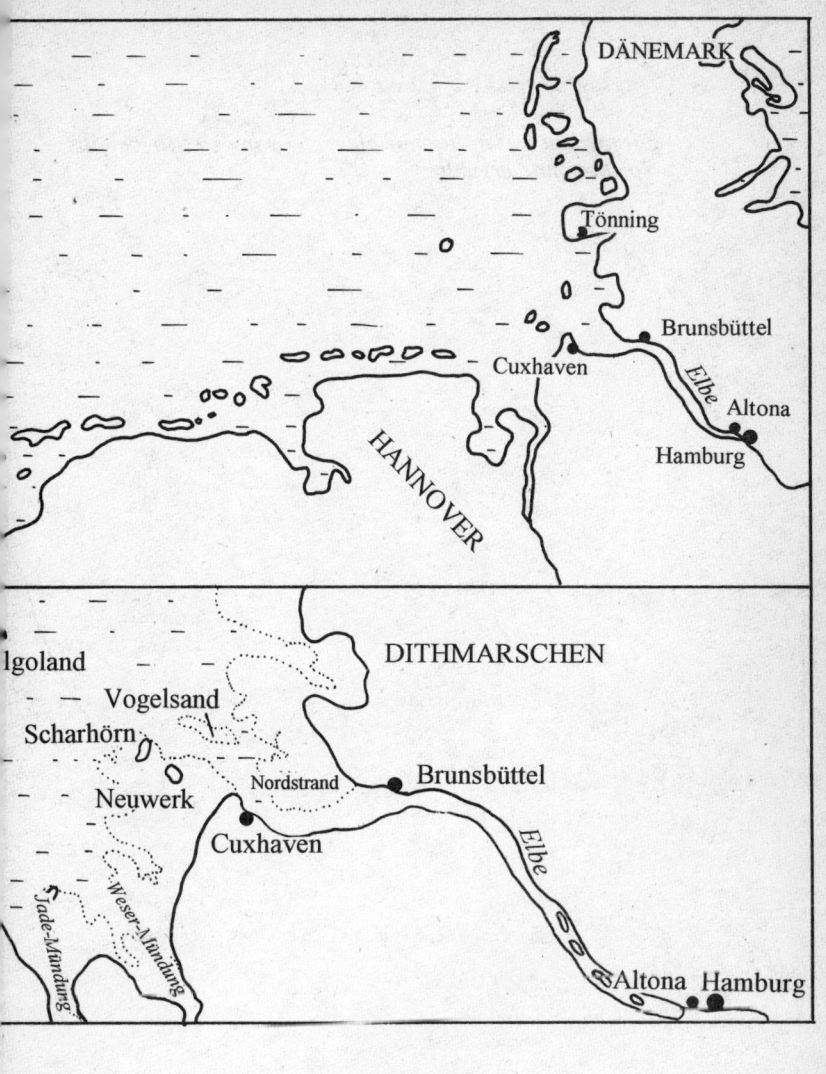

Für meinen Vater, der mir als erster von den Stiefeln aus Northampton erzählte.

R.W.

TEIL EINS

LOCKSPEISE FÜR DEN ADLER

*„Über die Britischen Inseln wird der Blockadezustand verhängt.
Handel und Korrespondenz mit den Britischen Inseln werden hiermit untersagt.
Jeder britische Staatsbürger, der in den von Unseren Truppen besetzten Staaten angetroffen wird, ist als Kriegsgefangener zu betrachten.
Der Handel mit englischen Waren ist verboten . . .“*

gez. NAPOLEON
Artikel 1, 2, 4 und 6
des Berliner Dekrets vom
21. November 1806

ERSTES KAPITEL

August 1809

In geheimer Mission

„Verdammt noch mal!"

Nathaniel Drinkwater stürzte den Gin mit Wasser hinunter und schüttelte sich heftig. Sein Ekel beruhte nicht ausschließlich auf dem scharfen Drink; er war zu einem großen Teil auf die langweilige Woche zurückzuführen, die hinter ihm lag. Der Gin hatte nicht nur die Aufgabe, das Wasser trinkbarer zu machen, er war auch Medizin gegen die dunklen Geister, die ihn heimsuchten und ihm Depressionen bescherten. Aber die Medizin wirkte nicht, sondern verstärkte noch seine wachsende Verzweiflung.

Er lehnte den Kopf gegen die schmutzige Fensterscheibe und genoß die Kühle an seiner heißen Stirn und der unrasierten Wange. Das Fenster im ersten Stock ging auf eine schmutzige Gasse. Aus dem grauen Himmel peitschte ein heftiger Regen schräg gegen die Scheiben, ohne sie allerdings sauber zu spülen. Er verwandelte die ungepflasterte Straße in ein Labyrinth aus Pfützen und Schlamm, aus dem es faulig stank. Nur wenige Meter entfernt, auf der anderen Seite der Gasse, lag zwischen geschwärzten Mauern ein Pastetenladen.

„Verdammt!" fluchte Drinkwater wieder. Noch niemals während seiner langen Dienstzeit war er so niedergeschlagen gewesen. Allerdings hatte er auch noch nie so lange untätig herumsitzen müssen. Und warten – hier über dem Laden eines Schiffshändlers in dieser obskuren, stinkenden Gasse in Wapping, die von der Landstraße nach Ratcliffe abging.

Warten ...

Dabei nagte ständig der Gedanke in seinem Hinterkopf, daß die Zeit knapp wurde. Der Sommer war fast vorbei, eigentlich war es schon Herbst, wenn man den Wind bedachte, der den Qualm aus den Schornsteinen der umliegenden vergammelten Häuser in die regennasse Gasse drückte.

Trotzdem war er weiter zum Warten verurteilt, und das schon seit einer verdammten Woche. So lange saß er in diesem verwahrlosten Zimmer mit dem spartanisch harten Bett und seinem verschmutzten, feuchten Bettzeug. Wütend blickte er sich um. Man hatte ihm gesagt, daß es nur zwei Tage dauern würde – längstens. Da hatte man ihn aber auf die Rolle geschoben, bei Gott!

Er hatte nur einen Satz Unterwäsche zum Wechseln und sein Rasierzeug in einem geborgten Koffer mitgebracht. Das war aber noch nicht alles, was er sich hatte leihen müssen. Da waren noch die Stiefel und der Mantel, ein schlichter dunkelgrauer Wollmantel. Den angebotenen modischen Hut hatte er abgelehnt. Nicht mal tot hätte er sich jemals mit einem Zylinder auf dem Kopf blicken lassen!

„Sie sollten sich den Zopf abschneiden, Drinkwater, er ist nicht länger in Mode."

Wenigstens diese Demütigung hatte er zurückgewiesen.

Er wandte sich vom Fenster ab und setzte sich an den nicht allzu sauberen Tisch. Vor ihm, neben dem Glas und der Karaffe mit dem gewässerten Gin, lag eine schwere Pistole. Mißmutig starrte er ihre beiden kalt glitzernden Läufe an. Mit ihnen konnte er seinem Elend schnell ein Ende machen, denn die Waffe war geladen und gespannt. Verbittert schob er diesen Gedanken zur Seite. Er war schon öfter durch diese finsteren Abgründe seiner Seele gewandert und wußte, er mußte durchhalten, die knorpeligen Pasteten, den gewässerten Gin und das primitive Leben erdulden, bis er seine Pflicht getan hatte. Wieder wandte er sich dem Fenster zu.

Der Regen hatte die Gasse fast leergefegt. Er sah eine alte Frau, deren schwarzer Rock durch den Schlamm schleifte. Den Kopf mit einem Schal verhüllt, suchte sie Hundeködel, die sie in einen mitgeführten Sack steckte. Zwei Bengel, die sich einen Ball spielerisch zuwarfen, liefen spottend hinter ihr her, ohne sich um den Regen zu scheren. Drinkwater war nicht überrascht, er hatte ihr Spiel in der vergangenen Woche schon mehrfach beobachtet. Dann aber sah er einen Fremden, einen unauffällig gekleideten Mann aus besseren Kreisen. Er bewegte sich mit der Vorsicht des Ortsunkundigen und studierte sorgfältig die Schilder an den Geschäften. Vielleicht kam er von einem der Schiffe, die auf der Themse lagen, und wollte das Etablissement nebenan nicht nach Einbruch der Dunkelheit aufsuchen. Jedenfalls war er mit Sicherheit nicht der Mann, auf den Drinkwater wartete.

„Sie können ihn leicht erkennen", hatte Lord Dungarth gesagt. „Er sieht aus wie ein Boxer, ist groß, dunkelhaarig und gut gebaut. An Backbord hat er ein Blumenkohlohr."

In den vergangenen Tagen waren schon allerhand schräge Vögel durch die Gasse geschlendert, aber auf keinen hatte diese Beschreibung gepaßt.

Drinkwater beobachtete, wie die beiden Jungen den Fremden in die Zange nahmen. Der eine Bengel steckte den Ball in die Tasche und rotzte ihm vor die Füße. Der Fremde holte mit seinem Stock aus, und im selben Moment zog der zweite Junge dem Mann das Seidentuch aus der Tasche, so geübt und schnell, daß selbst Drinkwater es kaum sehen konnte. Die beiden kleinen Banditen verschwanden mit ihrer Beute, die sie gegen eine Fleischpastete oder einen Schluck Gin eintauschen würden. Der Fremde starrte ihnen nach und tastete nach seiner Brieftasche, erleichtert schmunzelnd, als er feststellte, daß sie noch vorhanden war. Dann richtete er seine Aufmerksamkeit wieder auf die Firmenschilder, und Drinkwater trat vom Fenster weg. Einen Augenblick später klingelte die Türglocke beim Schiffshändler, und der Mann verschwand aus seinem Blickfeld. In der schmalen Gasse scheuchte eine heftige Regenbö die Kotsammlerin in den Schutz eines Hauseingangs.

Drinkwater kippte den letzten Rest Gin hinunter, worauf er sich heftig schütteln mußte, dann wandte er seine Aufmerksamkeit wieder der Pistole zu. Langsam spannte er die beiden Hähne vor. Das gab ein leises, aber äußerst unangenehmes Geräusch in dem karg möblierten Raum. Er drehte die Pistole um und starrte in die beiden dunklen, kreisrunden Mündungen, die ihn wie zwei eng zusammenstehende Augen anstarrten. Seine Hand zitterte so, daß der schwere blaue Stahl gegen seine gebleckten Zähne stieß. Mit dem Daumen spannte er einen der beiden Hähne voll durch. Seine Nackenhaare sträubten sich. Es war so leicht, so unglaublich einfach: nur ein schwacher Druck am Abzug, dann vielleicht ein kurzer Schock – und danach die Erlösung und Ruhe für immer.

Lange saß er so da. Seine Hand zitterte nicht mehr, die beiden Mündungen wurden von seinem Atem erwärmt. Er konnte den Geruch des Schwarzpulvers auf der Zunge schmecken. Aber er drückte nicht auf den Abzug. Später würde er darüber nachgrübeln, ob es Feigheit oder Mut gewesen war, was ihn zurückgehalten hatte. Jedenfalls war er zu einem Mann geworden, der mit sich selbst nicht mehr leben konnte.

In den ersten Monaten nach den schrecklichen Ereignissen im Regenwald von Borneo* hatte ihn der anstrengende Dienst nicht zum Nachdenken kommen lassen. Die Heimreise war zum Glück undramatisch verlaufen und mit günstigen Winden gesegnet gewesen. Auch hatte er das Gefühl gehabt, schnell in der Heimat gebraucht zu werden, denn Lord Dungarth hatte den Oberkommandierenden in Ostasien, Admiral Pellew, angewiesen, Kapitän Drinkwater und seine Fregatte sofort nach England in Marsch zu setzen, sobald er im Chinesischen Meer auftauchen sollte. In der Rückschau wirkte dieser Befehl sehr eindrucksvoll.

Seiner Britannischen Majestät Fregatte *Patrician* hatte also vor zehn Tagen Plymouth erreicht, wo Drinkwater den Befehl erhielt, sein Schiff an einen ihm fremden Kapitän zu übergeben und sich sofort an Land zu melden. Mit der Eilpost war er zur Admiralität nach London gehetzt. Aber Lord Dungarth, der Chef des Marinegeheimdienstes, war nicht erreichbar gewesen, und Drinkwater wurde mit fast beleidigender Kühle behandelt. Die Bedeutung, die er insgeheim seiner eiligen Rückkehr beigemessen hatte, erwies sich als falsch. Sein Bericht und seine Logbücher wurden gegen Quittung entgegengenommen, und er bekam Anweisung, Ihre Lordschaften „zu einem günstigeren Zeitpunkt wieder aufzusuchen".

Ärgerlich und verstimmt war Drinkwater zur Lord North Street gewandert, um sich bei Lord Dungarth zu beschweren. Vor langer Zeit hatte er die hohen Herren geärgert, insbesonders John Barrow, den mächtigen Second Secretary. Allerdings hatte er gehofft, daß die Versenkung des russischen Linienschiffs *Suvorov* im Pazifik** ihm Pluspunkte eingebracht hätte. Das schien aber nicht der Fall zu sein, er hatte wohl immer noch das Stigma eines Aussätzigen.

Es gab weitere Gründe für den schlechten seelischen Zustand Drinkwaters. In gewisser Weise war er froh gewesen, so schnell nach London beordert zu werden, denn er wollte nicht heim nach Petersfield, obwohl er sich nach seinen Kindern sehnte und seine Frau Elizabeth nur zu gern wieder in die Arme genommen hätte. Aber daheim mußte er auch Susan Tregembo gegenübertreten und ihr gestehen, daß ihr Mann, sein alter Freund und Bootsführer Tregembo, im fernen Borneo auf so fürchterliche Weise gefoltert worden war, daß er ihn schließlich mit genau dieser Pistole, die er jetzt in der Hand hielt, von seinen Leiden erlöst hatte. Die Gewißheit, daß der Gnadenschuß für

* siehe UB 22375 *Der falsche Lotse*
** siehe UB 22124 *In fernen Gewässern*

16

den alten Mann das einzige gewesen war, was er noch für ihn hatte tun können, brachte ihm keine Erleichterung. Er wußte, daß ihn Tregembos Tod bis zu seinem eigenen Tod belasten würde, und daß er dies weder auf Suzan noch auf Elizabeth abwälzen durfte.

In diesem wirren Seelenzustand, von Selbstvorwürfen geschüttelt, war Drinkwater bei Lord Dungarths Haus angekommen. Ein Diener hatte ihn in das Zimmer geführt, in dem das lebensgroße Porträt von Dungarths verstorbener Frau hing. Der Anblick der schönen jungen Lady, deren Gesicht ein einziger kühler Vorwurf zu sein schien, ließ ihn sich erschüttert abwenden.

„Nathaniel, mein lieber Freund, welch eine Freude, welch eine Freude . . .‟

In seinen trübsinnigen Gedanken wurde er durch den Eintritt von Lord Dungarth unterbrochen. Drinkwater hatte sich auf eine Veränderung im Äußeren Seiner Lordschaft vorbereitet, denn Admiral Pellew hatte ihm in Penang erzählt, daß Dungarth bei einem Bombenattentat ein Bein verloren hatte. Aber der Lord hatte anscheinend mehr als nur ein Glied verloren. Er humpelte auf Krücken und einem Holzbein durch die weitgeöffneten Flügeltüren in den Raum. Er war unglaublich fett geworden, trug keine Perücke und war fast völlig kahl. Seine wenigen verbliebenen Haarsträhnen machten einen ungekämmten Eindruck, auch sein Anzug war ungepflegt und unsauber. Auf Nachlässigkeit war Drinkwater nicht vorbereitet gewesen, und sein Gesicht spiegelte seine Überraschung wider.

„Ich weiß, ich weiß‟, meinte Dungarth müde, während er sich stöhnend in einen Sessel sinken ließ, „ich bin ein unansehnliches Wrack. Verdammt, aber so ist es: ein wassersüchtiger Glatzkopf, der dem Teufel noch einmal von der Schippe gesprungen ist. Mein einziger Trost ist, daß mein Umfang noch durch die wandelnde Tonne einer sehr hochgestellten Persönlichkeit übertroffen wird.‟

„My Lord . . .?‟ Drinkwaters Verlegenheit wurde durch seine Begriffsstutzigkeit noch verstärkt.

„Den Prince of Wales meine ich, Nathaniel, den Prince of Wales, diese äußerst üppige Bereicherung des Hofs von St. James.‟

„Verstehe, my Lord. Ich wollte nicht . . .‟

„Setzen Sie sich, lieber Freund, setzen Sie sich.‟ Dungarth deutete auf einen zweiten Sessel und betrachtete Drinkwaters ausgemergeltes Gesicht, die dunklen Schatten unter seinen Augen und die alte Säbelnarbe auf seiner hohlen Wange. „Auch Sie haben sich verändert. Wir müssen alle der Zeit unseren Tribut zahlen.‟ Er wies auf das von

Romney gemalte Porträt seiner Frau. „Manchmal glaube ich fast, daß die Toten besser dran sind. Aber jetzt, Sir, wollen wir einen Drink nehmen. Seien Sie so gut und bedienen Sie sich selbst, mir fällt jede Bewegung vermaledeit schwer."

„Gern." Drinkwater ging zu einem kleinen Beistelltisch und füllte zwei Gläser.

„Zumindest hat unser Engagement auf der iberischen Halbinsel dazu geführt, daß der Nachschub an gutem Portwein nicht ins Stocken geraten ist", fuhr Dungarth fort, hob sein Glas und musterte Drinkwater scharf über den geschliffenen Rand hinweg. Seine braunen Augen blickten so wachsam wie in früheren Tagen. „Auf Ihre Gesundheit, Nathaniel!"

„Auf die Ihre, my Lord!"

„Ach, mit der meinen ist nichts mehr zu machen, fürchte ich, obwohl der Kopf noch besser in Form ist als der Bauch." Dungarth kicherte. „Das bringt mich auf den Zweck Ihrer Anwesenheit." Er stemmte sich in eine aufrechtere Lage. „Ich komme direkt zum Punkt, Nathaniel, und dieser Punkt heißt Antwerpen. Wir haben jetzt vierzigtausend Mann auf Walcheren stationiert, um Vlissingen zu belagern; vierzigtausend Soldaten, die Antwerpen erobern sollen, aber unter dem Oberbefehl dieses Dilettanten Chatham verrotten."

„Des scheintoten Earl", erlaubte sich Drinkwater zu bemerken, auf die bekannte Entschlußlosigkeit Chathams anspielend.

„Ach, Sie haben davon gehört." Lächelnd läutete Dungarth nach seinem Diener. „Wo ist Ihr Gepäck? Wir wollen es herbringen lassen." Er drehte sich zu seinem Diener um: „Und, William, geben Sie bitte Mr. Salomon Bescheid, daß er heute abend hier zum Dinner erwartet wird."

„Der springende Punkt ist", fuhr Dungarth fort, nachdem der Diener gegangen war, „daß wir der Eroberung Antwerpens und der Absicherung der Schelde nicht näher sind, als wir es 1793 waren. Damals sind wir in den Krieg eingetreten, um unseren weichen Unterleib, die Themsemündung, zu schützen. Die Expedition wird ein Fehlschlag werden, wenn ich mich nicht sehr täusche. Wir haben Millionen für unsere Alliierten ausgegeben, aber es hat uns nichts gebracht. Unsere Interessen werden stümperhaft wahrgenommen – doch ich will Sie nicht mit langweiligen Details belästigen. Ihre Wiederholung würde niemandem nützen. Unser fetter Prinz ist nur ein Symptom des grassierenden Übels . . ."

Dungarths entnervter, ja verzweifelter Ton erschütterte Drinkwater.

Er ließ auf Kriegsmüdigkeit schließen und die Sorge, daß all seine Anstrengungen vergebens sein könnten.

„Im Vertrauen gesagt, Nathaniel, ich werde durch diese Fehler und Borniertheit fast zum Wahnsinn getrieben. Dazu kommt, daß Canning den Daumen auf dem Etat meines Geheimdiensts hat, und ich kann es mir in dieser delikaten Angelegenheit nicht leisten, ihn gegen mich aufzubringen." Dungarth machte eine Pause.

„Hat diese delikate Angelegenheit mit mir zu tun, my Lord?"

„Darauf können Sie wetten. Haben Sie einen Vertrauten auf Ihrer Fregatte, vielleicht einen zuverlässigen Leutnant?"

„Ja, einen Leutnant, der mir sehr ergeben ist, und einen Midshipman, der als Leutnant Dienst tut – dem würde ich eine Beförderung gönnen."

„Sie können sich auf den Leutnant unbedingt verlassen?"

„Auf beide."

„Wer sind sie?"

„Leutnant Quilhampton . . ."

„Der Bursche mit der hölzernen Hand?"

„Genau der, my Lord. Er wurde nach meiner Ablösung versetzt."

„Und der andere?"

„Mr. Frey. Ein tüchtiger Bursche, der die Leutnantsstelle jetzt verläßlich ausfüllt."

„Wie würden sie mit einem Spezialauftrag auf einer Kanonenbrigg klarkommen?"

„Ohne jeden Zweifel hervorragend."

Dungarth schien über einen geheimen Plan nachzugrübeln, dann blickte er auf. „Sehr gut. Da es , also keine Hindernisse zu geben scheint . . ."

„Äh", unterbrach ihn Drinkwater, „eines gibt es vielleicht: Mr. Quilhampton will endlich in den Stand der Ehe treten. Die Hochzeit ist schon einmal verschoben worden. Ich bezweifle, daß seine Verlobte bis zum Sankt Nimmerleinstag auf ihn warten wird."

Dungarth runzelte die Stirn. „Dann lassen Sie ihn sofort heiraten. Oder warten . . ."

„Warten, my Lord, aber wie lange?"

„Wie lang ist ein Rattenschwanz? Ich versichere Ihnen, dieser Einsatz wird nicht lange dauern. Er muß beendet sein, bevor sich Eis auf der Ostsee bildet . . ."

„Der Ostsee?" unterbrach ihn Drinkwater, aber ein fernes Läuten lenkte Dungarth ab.

„Das wird Solomon sein, Nathaniel." Mühsam zog er sich in die Höhe. „Er ist vertrauenswürdig, auch wenn er nicht so aussieht."

Der Diener kündigte den Besucher an, und Dungarth übernahm die Vorstellung. „Mein lieber Solomon, darf ich Ihnen Kapitän Nathaniel Drinkwater vorstellen, der kürzlich aus dem Pazifik zurückgekehrt ist? Nathaniel, das ist Mr. Isaac Solomon von der Firma Solomon & Dyer."

„Ihr ergebener Diener, Mr. Solomon", murmelte Drinkwater und schüttelte die Hand des Besuchers, der den Schal und das Käppchen der orthodoxen Juden trug. Er hatte ein fein geschnittenes, bleiches Gesicht, das von langen schwarzen Haaren umrahmt wurde.

„Der Ihre, Kapitän Drinkwater." Solomon verbeugte sich leicht und musterte Drinkwater scharf.

„Sie werden doch ein oder zwei Scheiben kaltes Hammelfleisch nicht ablehnen, Isaac?" Auf seinen Krücken führte sie Dungarth in einen benachbarten Raum. Nachdem sie sich gesetzt hatten, fuhr der Earl fort: „Wir haben vor, Sie nach Rußland zu schicken, Nathaniel."

„Nach Rußland!" Drinkwater, dem nun klar wurde, daß Solomon in das Geheimnis eingeweiht war, runzelte die Stirn. „Für Rußland ist es schon verdammt spät im Jahr, my Lord . . ." begann er zu protestieren, aber Dungarth beugte sich vor und schnitt mit einer schnellen Bewegung seines Messers jede Widerrede ab.

„Nur eine einzige Ladung, Nathaniel", begann er, doch dann lehnte er sich zurück. „Isaac, vielleicht erläutern besser Sie den Plan."

„Ich brauche Ihnen nicht auseinanderzusetzen, wie sich die Blokkade des europäischen Festlands durch unsere Marine auswirkt", begann Solomon mit leiser, kultivierter Stimme. „Diese Blockade ist unsere Hauptwaffe. Aber als Gegenschlag hat sich Kaiser Napoleon die Kontinentalsperre einfallen lassen, die alle britischen Produkte aus Europa und Rußland verbannt. Zuerst haben wir diese Sperre für die Ausgeburt eines kranken Gehirns gehalten, aber dann hat sie sich leider als bemerkenswert wirksam erwiesen."

Drinkwater beobachtete die elegante Gestik des Juden. Er vermutete, daß der Mann zu der internationalen Bruderschaft der reichen Kaufleute gehörte, die sich wenig um politische Grenzen kümmerte und Handelshindernisse – wann immer möglich – aus dem Weg räumte.

„Vor zwei Jahren haben wir Helgoland besetzt, aus zwei Gründen: erstens als Horchposten vor der alten unabhängigen Hansestadt Hamburg, zweitens als Einfallstor für unseren Handel . . ."

„Aber in Napoleons Sperrmauer muß eine breitere Bresche geschlagen werden, Nathaniel", mischte sich plötzlich Dungarth ein. „Wir müssen seine Politik nicht nur unterlaufen, wir müssen sie ruinieren! Durch eine Schiffsladung britischer Güter nach Rußland, der noch viele andere folgen werden. Eine solche Ladung, vorher in Paris hinter vorgehaltener Hand ankündigt, wird Mißtrauen zwischen Napoleon und seinem wankelmütigen Verbündeten säen, dem Zar Alexander."

„Verstehe ich Sie richtig? Sie wollen den russischen Zar aus seiner jetzigen Allianz mit Napoleon herausbrechen und wieder mit Großbritannien versöhnen?"

„Genau! Es ist unsere einzige Chance – sonst gehen wir bankrott. Unsere letzte Chance, Nathaniel."

„Und diese Fracht sollen ich und Leutnant Quilhampton transportieren, my Lord?"

„Aber ja."

„Nun gut, woraus besteht sie?"

„Aus Northamptonstiefeln, Nathaniel."

Drinkwater blieb der Mund offen stehen. „Aus Stiefeln!"

Dungarth nickte, das Gesicht maskenhaft ernst, dann setzte er hinzu: „Und aus Ihnen natürlich. Sie werden mit einer äußerst geheimen Mission betraut."

ZWEITES KAPITEL

August 1809

Lockspeise für den Adler

Das Bimmeln der Glocke im Laden des Händlers unten holte Drinkwater wieder in die Gegenwart zurück. Der Fremde trat heraus, drückte sich den Dreispitz stramm auf den Kopf und hielt ihn gegen den Wind mit der Hand fest. Er drehte sich um und verschwand mit fliegenden Rockschößen. Die Gasse blieb einsam im Schneeregen zurück, nur ein durchnäßter Köter pinkelte an die Wand des Pastetenladens auf der anderen Seite. Bei dem bedeckten Himmel brach der Abend frühzeitig herein und erinnerte Drinkwater an das Dämmerlicht, das vor acht Tagen geherrscht hatte, als er nach einer mit Pläneschmieden verbrachten Nacht an Lord Dungarths Schreibtisch gesessen hatte. Abgesehen von der Dienerschaft war er allein im Haus gewesen. Isaac Solomon war eine Stunde zuvor weggefahren, gefolgt von Seiner Lordschaft, der sich in seiner Kutsche zur Admiralität aufgemacht hatte.

„Schreiben Sie Ihren Schützlingen, Nathaniel", hatte er befohlen. „Ich werde dafür sorgen, daß alles vorbereitet wird und eine Kanonenbrigg zu Ihrer Begleitung bereitliegt. Wenn Ihre Briefe um sieben Uhr fertig sind, wird sie ein Bote der Admiralität überbringen." Er war schon im Begriff zu gehen, als er nachdenklich stehenblieb und leise hinzufügte: „Sollten Sie Ihrer Frau schreiben wollen, werde ich ihr den Brief erst nach Ihrer Abreise zustellen lassen. Es wäre gut, wenn möglichst wenige von Ihrem Verbleib wüßten."

Sehr wenige, überlegte Drinkwater verbittert, würden ihn hier vermuten, selbst wenn sie gewußt hätten, daß er in London war. Die Tatsache, daß die Pläne Seiner Lordschaft sich mit seinem privaten Versteckspiel durchaus deckten, trug nichts dazu bei, seine Schuldgefühle zu mindern. Außerdem gefiel ihm dieser neue Einsatz überhaupt nicht. Zwar hatte in Lord Dungarths Salon alles ganz vernünftig geklungen, aber zugemutet wurde ihm trotzdem eine Aufgabe weit unter seinem Rang als Kapitän und seiner Funktion als Kommandant eines Kriegsschiffs Seiner Majestät des Königs.

Dungarth hatte ihn angewiesen, die Rolle eines Kapitäns der Handelsmarine zu spielen. „Hier sind ein passender Mantel und Rock", hatte er gesagt, als ein Diener die Kleider hereinbrachte. „Und ein Paar hessischer Schaftstiefel."

Angewidert blickte Drinkwater auf sie hinab. Es waren ehemals elegante Stiefel gewesen, mit Troddeln an den ausladend geschwungenen Stulpen aus grünem Leder.

„Neuerdings benötige ich nur mehr jeweils einen Stiefel", hatte Dungarth mit bitterer Ironie bemerkt. „Übrigens habe ich dafür gesorgt, daß Ihre Seekiste auf Quilhamptons Brigg geschafft wird . . ."

Worauf sich Drinkwater klammheimlich wie ein Spion nach Wapping verholt hatte.

Jetzt war er noch schlechterer Laune, denn das untätige Warten hatte ihn zermürbt, auch wenn Dungarth und Solomon versichert hatten, daß sein Untertauchen in Wapping für das Gelingen des Plans unbedingt nötig war. Er machte sich Gedanken darüber, ob Elizabeth von der Ankunft der *Patrician* erfahren haben konnte und wie Quilhampton, der mit den Vorbereitungen für seine Heirat beschäftigt war, auf seinen Geheimbefehl reagieren mochte. Aber immer wieder kehrten seine Gedanken zu dem Geheimdienst zurück, in dessen Krallen er wieder einmal gefangen war.

„Isaac hat das Geld vorgestreckt und dafür gesorgt, daß eine große Sendung Stiefel und Mäntel auf eine Bark im Londoner Hafen verladen werden. Nach außen ist das ganze Unternehmen rein kommerziell – ein spekulatives Wagnis der Fabrikanten." So hatte es Dungarth erklärt, und soweit hatte es Drinkwater auch verstanden. Mr. Solomon stand turmhoch über den jüdischen Geldverleihern, Trödlern und Straßenhändlern, die Matrosen sonst mit Kredit und persönlichen Bedarfsartikeln versorgten. Er kannte den gut funktionierenden Schwarzhandel zwischen Helgoland und Hamburg, der aktiv von Bourienne gefördert wurde, dem früheren Privatsekretär Napoleons und jetzigen Gouverneur in Hamburg.

„M'sieur Bourienne leidet unter dem Verlust seiner einflußreichen Stellung am Kaiserhof", hatte Solomon erläutert. „Es war nicht schwer, sich seines Wohlwollens zu versichern." Leise lächelnd fuhr der Kaufmann fort: „Und natürlich ist jede Schiffsladung, die an Hamburg oder Rußland verkauft wird, auch ein Gewinn für England . . ."

Drinkwater starrte in die regengepeitschte Gasse hinunter und dachte an die Nachrichten und Gerüchte, die er während seines kurzen Heimataufenthalts gehört hatte. Sowohl in der Armee als auch in der Marine jagte ein Skandal den andern. Dazu kam das absehbare Fiasko auf Walcheren. Am schlimmsten aber waren die Aufstände im Norden Großbritanniens und die verzweifelte Suche nach Absatzmärkten für britische Waren. Zweifellos würde Solomon privat am Verkauf der Stiefel profitieren, vielleicht finanzierte er sogar das ganze Unternehmen, da Canning kaum Etatmittel dafür bewilligt hätte. Einerlei – wenn mit Rußland wieder neue Handelsbeziehungen geknüpft werden konnten, mochte das die Misere der notleidenden englischen Industriearbeiter lindern, während gleichzeitig Dungarths politische Absichten befördert wurden.

Aber reichte denn eine Schiffsladung Stiefel und Mäntel aus, die enge Allianz zwischen den beiden mächtigsten Herrschern der Welt zu sabotieren? Sicher, die Bark würde noch ein paar Zutaten transportieren. „Einige hundert Gewehre", hatte ihm Dungarth lässig enthüllt, „und Kavalleriepistolen für eine oder zwei Schwadronen. Zieht man die Begehrlichkeit der Hafendiebe und Schwarzhändler in Betracht, wird das die Art unserer Ladung an der ganzen Küste bei Wapping publik machen."

Und dies war zugleich der Kern der ganzen Angelegenheit. Deshalb saß Nathaniel Drinkwater, Kapitän in der Royal Navy und vorübergehend zum Geheimdienst abkommandiert, jetzt in diesem miesen Pensionszimmer und mimte den korrupten Schiffer eines Klütenewers, ständig betrunken, mürrisch und menschenfeindlich. Das Traurige war, daß er sich dazu in seinem jetzigen Gemütszustand kaum zu verstellen brauchte.

„Im Abschaum des Hafens müssen Sie unter den anderen Ratten nur Fagan finden und ihm unsere aparte Geschichte verkaufen", hatte Lord Dungarth abschließend erklärt. „Wir wissen, daß er regelmäßig als Kurier zwischen London und Paris unterwegs ist und den Franzosen unseren Küstenklatsch und getürkte Nachrichten hinterbringt. Sie brauchen ihm nur den Wert, die Art und den Bestimmungshafen Ihrer Fracht anzudeuten, dann wird Paris davon erfahren. Wir erwarten Fagans Ankunft täglich. Er nimmt regelmäßig Quartier über einem Pastetenladen in Wapping . . ."

Drinkwater blickte in die Gasse. Es war schon fast dunkel, also schlug er mit dem Feuerstein Funken und zündete eine Kerze an.

„Wir machen Sie zur Lockspeise für den Adler", hatte Dungarth erläutert, als sie sich verabschiedet hatten. „Sehen Sie zu, daß der Kaiser den Köder auch schluckt . . ."

Das war natürlich nicht alles, seine Befehle reichten noch weiter. Er mußte mit der Ladung reisen und seine Rolle bis zum Ende spielen, bis die Waren sicher in Rußland angekommen waren.

Drinkwater reckte sich. Sollte Fagan nicht bald eintreffen, mußte die ganze Sache abgeblasen werden. Vielleicht war er schon in England, aber noch anderweitig engagiert; wer wollte das Verhalten eines Doppelagenten vorhersagen?

Er warf sich auf das schmale Bett und bedachte wieder Dungarths warnende Worte über die Lasten des Krieges. Nur eine Allianz mit Rußland konnte das Patt zwischen der Seemacht England und der Landmacht Frankreich beenden.

Drinkwater erinnerte sich an das Feldlager der russischen Armee in der Umgebung von Tilsit*. Schon die bloße Menge dieser geduldigen Menschenmasse war beeindruckend gewesen. Dazu kam die Tatsache, daß diese schlecht ausgebildeten Muschiks Napoleons siegegewohnte Veteranen bei Eylau an den Rand einer Niederlage gebracht hatten. Der Pyrrhussieg bei Friedland hatte endgültig deutlich gemacht, daß Dungarths langfristige Strategie aufgehen konnte.

„Wir brauchen Rußland als unseren Festlanddegen", hatte Dungarth mit seiner typischen Dickköpfigkeit behauptet. „Ohne sein unerschöpfliches Menschenreservoir kann die Welt auf Dauer Frankreich nicht widerstehen . . ."

Das stimmte. Preußen war unterworfen, Österreich hatte kapituliert. Die Deutschen, Polen und Dänen hatten sich unter das Joch des Kaisers gebeugt. Außer den Briten leisteten nur noch die isolierten Schweden und die unberechenbaren Spanier Napoleon Widerstand.

„Die Allianz zwischen Alexander und Napoleon ist ein äußerst brüchiges Gebilde, Nathaniel." Drinkwater klang Dungarths Stimme noch im Ohr. „Sie beruht nur auf der Übereinkunft zweier eitler, selbstsüchtiger Männer. Der eine ist extrem unzuverlässig, der andere machtgierig und willensstark, aber launenhaft . . . Wir müssen bei dem einen nur Zweifel an der Loyalität des anderen wecken, dann . . ."

Plötzlich schreckte Drinkwater hoch. Er war eingenickt, inzwischen war es fast dunkel im Zimmer und die Kerze erloschen. Von der Gasse drang der Lärm einiger Passanten herauf: vermutlich Seeleute auf dem Weg in die benachbarte Kneipe. Der Regen hatte aufgehört. Im Haus

* siehe Ullstein Buch 20881 *Der Mann unterm Floß*

waren Gespräche und Geschirrklappern zu vernehmen. Der Schiffshändler hatte seinen Laden geschlossen, um mit Frau und Schwiegermutter zu Abend zu essen. Danach würde er heraufkommen, um seinen unwillkommenen Gast zu versorgen. Davey stand auf der Gehaltsliste der Regierung, weil er Nachrichten sammelte, die er von den Kapitänen und Steuerleuten erhielt, die in seinem Laden kein Blatt vor den Mund nahmen, wenn sie Ausrüstung für ihre Schiffe und Matrosen bestellten. Noch florierte die Handelsmarine, trotz Napoleons Kontinentalsperre.

Der gewässerte Gin hatte einen schlechten Geschmack in Drinkwaters Mund hinterlassen, er verspürte Durst. Er stand auf und plierte in die Karaffe, aber ihr Geruch schlug ihm auf den Magen. Ihm wurde schlecht.

„Himmelherrgott!" fluchte er und verdrängte die Aufwallung von Übelkeit. Er trat ans offene Fenster und kratzte sich an den Armen, wo ihn das Ungeziefer aus dem Strohsack gebissen hatte. Über dem Haus zogen die Wolkenfetzen schnell nach Lee. „Der Wind geht auf Nordwest", murmelte er. Der stürmische Westwind und seine Drehung auf Nord würden verhindern, daß sich ein Boot über die Straße von Dover stahl. Fagan würde also weder in dieser Nacht noch am nächsten Tag kommen. Es sei denn, er war ein Mann von ungewöhnlicher Energie und vielleicht von Cherbourg oder einem noch westlicheren Hafen aus gesegelt.

Drinkwater warf sich wieder aufs Bett. Die Arme hinter dem Kopf verschränkt, starrte er zum fahlen Rechteck der Decke hinauf. Wo mochten Quilhampton und Frey jetzt sein? Hatte James Quilhampton die Eilpost nach Edinburgh genommen und preschte darin schon nach Schottland, um Miss MacEwan zu ehelichen? Drinkwater hatte ihm von seinem Prisengeld einen Scheck geschickt, damit er die Kosten der Hochzeit bestreiten konnte. Aber da war noch immer das Problem der schwierigen Tante, deren Einwilligung ausstand, und die Frage der Aufgebotsfrist.

Und hatte Frey seine Anweisungen befolgt, Drinkwaters ganzes Gepäck auf der Kanonenbrigg in Sicherheit zu bringen?

Ruhelos kreisten die Gedanken in Drinkwaters Kopf. Er hätte gern ein Buch gelesen, aber Mr. Solomons Gehilfe hatte ihn so heimlich und schnell in das leere Zimmer über Mr. Daveys Laden geschleust, daß Drinkwater in der Erwartung, binnen Stunden auf den mysteriösen Fagan zu stoßen, nicht an Lektüre gedacht hatte. In Mr. Daveys Laden gab es zwar eine Ausgabe von Hamilton Moores „Astronavigation", aber Drinkwater hatte in seiner Jugend zu viele Stunden über ihren Diagrammen gebrütet, als daß er jetzt noch aus den Bahnen der Himmelskörper hätte Befriedigung ziehen können.

Wie lange mußte er noch auf diesen Fagan warten? Und wie würde er dann die subtile Aufgabe meistern, ihm die nötigen Informationen zu geben, ohne den leisesten Verdacht zu erwecken, daß es mit Absicht geschah?

Ein Kratzen an der Tür riß ihn aus seiner Lethargie. Er öffnete und blickte in Mr. Daveys Mondgesicht.

„Ein Happen zum Abendessen, Käpt'n?"

„Aye, Mr. Davey, und ich wäre Ihnen für eine neue Kerze dankbar."

„Natürlich. Wenn Sie sich einen Augenblick gedulden . . ."

Davey huschte fort, erschien aber kurz danach wieder. „Hier, Sir, die Kerze. Keine Neuigkeiten, Käpt'n."

„Na ja, bei diesem Wind . . ." brummte Drinkwater, während Davey mit Feuerstein und Zunder Licht machte.

„Ach, das würd' ich nicht sagen, Käpt'n. Mr. Fagan taucht immer völlig unerwartet auf. Der reinste Kastenteufel – falls Sie wissen, was ich meine."

„Sie kennen ihn gut?"

„Gut genug, Käpt'n", erwiderte Davey und stutzte den Kerzendocht. „Sobald er gegenüber sein Zimmer bezieht, muß ich das immer dem einbeinigen Gentleman melden."

„Verstehe. Wer war übrigens der Kunde, der Sie heute am späten Nachmittag besucht hat?"

Davey zwinkerte und klopfte sich mit dem Zeigefinger gegen die Nase. „Ein Herr mit gewissen Problemen, Käpt'n Waters." Er kannte nur Drinkwaters Decknamen. „Es hat sich herumgesprochen, daß ich bestimmte schmerzstillende Mittel vertreibe . . ." Vielsagend betonte Davey die letzten Worte. „Er wollte nicht zu einem Quacksalber oder Apotheker gehen und schon gar nicht in Jobs Dock."

„In welches Dock?" fragte Drinkwater und biß in die Knorpel, die der Hauptbestandteil der Pastete zu sein schienen, die Davey ihm gebracht hatte.

„Na ja, Jobs Dock ist doch die Station für Geschlechtskrankheiten im St. Bartholomew-Hospital, Käpt'n. Er hatte sich den Schwanz verbrannt, wenn Sie wissen, was ich meine . . ."

„Schon gut, schon gut." Drinkwater hatte es vollends den Appetit verschlagen.

„Ich halte für Seeleute immer einen kleinen Vorrat dieses Mittels bereit."

„Verstehe, Mr. Davey. Allerdings glaube ich nicht, daß Opium gegen Tripper hilft."

„Das nicht, aber es klärt den Kopf und vertreibt die Selbstvorwürfe."

Wenn man sich selber allerhand vorzuwerfen hatte, erinnerte einen jede triviale Bemerkung an die eigene Schuld, dachte Drinkwater dumpf. Vielleicht würde Daveys seltsames Elixier ja auch ihm helfen? Er benutzte den widerlichen Abtritt im Hof und kehrte dann lieber wieder zu seiner aufgefüllten Ginkaraffe zurück. Eine Stunde später fiel er in Schlaf.

Er wußte nicht, wie lange er geschlafen hatte, als er heftig geschüttelt wurde.

„Käpt'n, Sir! Käpt'n, wachen Sie auf! Hören Sie mich?"

Aus dem Tiefschlaf gerissen, wußte Drinkwater zuerst nicht, wo er war. Dann fuhr er hoch, stieß Davey weg und griff nach seiner Pistole. „Was zum Teufel ist los, Davey? Verdammt, nehmen Sie die Hände von mir!"

„Er ist da, Sir – Fagan ist da!"

Sofort kam Drinkwater auf die Beine und stürzte ans Fenster, um in die finstere Gasse hinab zu starren. Kein Licht zeugte von einem Neuankömmling über dem Pastetenladen. Aus der Kneipe waren grölende Stimmen zu hören, aber das war normal, wenn sich die Besucher des benachbarten Bordells dort erfrischten.

„Er ist ein Haus weiter abgestiegen, Sir, in Mrs. Hockleys Etablissement, Käpt'n."

„Woher zum Teufel wissen Sie das?" fragte Drinkwater, während er sich die geliehenen Stiefel anzog.

„Mrs. Hockley hat es mir ausrichten lassen. Sie hält Augen und Ohren offen, wenn ich sie darum bitte."

„Sie haben ihr doch nichts von mir erzählt?" Erleichtert sah Drinkwater, daß Davey den Kopf schüttelte.

Er fragte sich, wer wohl sonst noch auf Fagans Erscheinen in den Niederungen von Wapping gewartet hatten. Aber für derartige Spekulationen war es jetzt zu spät, die Zeit zum Handeln war gekommen. Er zog den Mantel an, spülte sich den Mund mit einem tüchtigen Schluck Gin, den er wieder ausspuckte, und ließ dabei reichlich Schnaps auf sein dreckiges Halstuch kleckern.

„Lassen Sie Ihre Pistole lieber hier, Käpt'n. Ma Hockley erlaubt es nicht mal den Adligen, ihr Haus bewaffnet zu betreten . . . Hier, nehmen Sie diesen Stock."

Drinkwater drehte den silbernen Knauf des Bambusstocks und stellte fest, daß sich die Klinge darin leicht ziehen ließ. Er drückte sich den Hut auf den Kopf und verließ den dunklen Raum. „Meinen aufrichtigsten Dank, Mr. Davey", murmelte er, während er die steile Treppe hinunterpolterte. Davey folgte ihm auf den Fersen, führte ihn durch den Laden und öffnete mit großem Getöse die Ladentür.

Der Gestank der Gasse war nach dem Mief in der Bude oben die reinste Erholung für Drinkwaters Nase. Der Schlamm unter seinen Füßen stank, der Schwefel der Kohlefeuerung stank, der faulende Tang und die trockengefallenen Sandbänke der Themse stanken bestialisch. Bewußt verlangsamte er den Schritt und trottete unsicher auf die Tür des Bordells zu. Die Tür stand offen, der Eingang war durch eine gelb flackernde Petroleumlampe anheimelnd erhellt.

Er trat ein. Ein großer Schlägertyp blockte ihn ab.

„Was wollen Sie hier?"

Drinkwater stützte sich schwer auf den Stockdegen und hoffte, seine Nervosität würde nur den Eindruck verstärken, daß er sturzbesoffen war. Er versuchte mit der übertriebenen Deutlichkeit eines Betrunkenen zu sprechen, dem die Zunge immer wieder ausrutschte.

„Man musch sich auch mal wasch gönnen . . . Immer der Scheißdienst . . . Ich würde gern Mistress Hockley meine Aufwartung machen . . ." Schweratmend lehnte er sich an die Wand.

„Schätze, Sie haben gehört, was hier läuft?"

„Nur vom Feinschsten . . . vom Feinschsten." Drinkwater stützte sich an der Mauer ab.

Der Rausschmeißer gewährte ihm mit einer lässigen Kopfbewegung Einlaß. „Komm mal her, Dolly, wir haben einen neuen Kunden."

„Madam . . . Ihr ergebener Diener . . ." Drinkwater machte eine ungeschickte Verbeugung und zog den Hut. Vor ihm stand eine fette Frau von ungefähr vierzig Jahren. Ihr schmutziger Morgenrock verhüllte den üppigen Busen nur knapp. „Sehr schön, Madam!" Ihr wogendes Fleisch erregte Drinkwater nach so langer erzwungener Abstinenz auf See. „Isch bin auf der Suche nach etwas Gesellschaft, Madam . . ."

„Ah, da sind Sie hier genau richtig, Mr . . .?"

„Waters, Madam, Käpt'n Waters . . . In der Ostseefahrt tätig . . ."

„Ach, wie interessant! Laß den Kapitän eintreten, Jem." Sie lächelte, aber es war eher ein Zähnefletschen hinter den blutrot gefärbten Lippen. Sie packte seinen Arm. „Was bevorzugen wir denn, Käpt'n? Ich kann Ihnen eine süße, ganz neue Mulattin anbieten oder eine Jungfrau, frisch wie der Morgentau. Die wäre doch das Richtige. Fast könnte man glauben, ich hätte an Sie gedacht, als ich das Mädchen aufnahm."

Drinkwater folgte Ma Hackley in einen hell erleuchteten Raum. Er war neu tapeziert, auf dem Boden lag ein orientalischer Teppich, über dem Kamin hing ein großes Ölgemälde, das auf ziemlich obszöne Weise das Urteil des Paris darstellte.

Vier von Mrs. Hockleys Mädchen lungerten mit mehr oder weniger Unterwäsche bekleidet auf Chaiselongues und Sofas herum. Das Licht stammte von einem großen Kronleuchter, der die Körper und Gesichter der wartenden Huren gnadenlos beleuchtete. Von dem geheimnisvollen Mr. Fagan war nichts zu sehen.

„Einen Drink für den Käpt'n", befahl Mrs. Hockley. „Dann kann er in Ruhe auswählen."

Drinkwater grinste. „Danke, aber ich bin nicht zum Saufen hergekommen, Mrs. Hockley . . ."

„Ich muß schon sagen, der Käpt'n ist ein Fuchs, stimmt's, Mädchen?"

Die Huren starrten ihn kalt an oder lächelten freudlos, je nach Temperament. Schnell musterte Drinkwater sie. Er mußte bei seiner Auswahl verdammt vorsichtig sein, war sich aber bewußt, daß seine Kenntnis des weiblichen Charakters zu wünschen übrig ließ.

„Das ist Chloe, Käpt'n, die Mulattin, von der ich gesprochen habe." Sie mußte früher sehr schön gewesen sein, wenn man den negroiden Typ mochte. Ihre schwarzen Augen strahlten noch immer feurig, trotz der vielen Freier, die sie inzwischen besessen hatten. Aber sie war für Drinkwaters Zwecke zu gefährlich.

„Und das hier ist Clorinda . . ." Die Frau blickte ihn aus glanzlosen Augen gelangweilt an; der pseudoklassische Name paßte nur schlecht zu ihr. „Und hier ist Zenobia . . ."

Ein Mischblut. Ihre Haut hatte die Farbe von Milchkaffee, ihr fülliges Haar glänzte blauschwarz. Zenobia war nicht ausgesprochen hübsch, das verhinderten die Pockennarben in ihrem Gesicht, aber sie hatte eine aufreizend schmale Taille und hielt seinem Blick ohne zu zwinkern schamlos stand. Das spontane Verlangen, das durch Drinkwaters Körper schoß, wurde durch einen lauten Krach in einem Zimmer des oberen Stockwerks gedämpft: ein Sturz? Die Damen wurden dadurch abgelenkt, Chloe kicherte albern. Mrs. Hockley, allmählich verärgert über die Unentschlossenheit ihres Kunden, spielte ihr letztes As aus: „Und hier haben wir Psyche, die ich Ihnen zu einem Sonderpreis überlassen würde." Mrs. Hockley zerrte das Mädchen herbei und drehte es wie einen Tanzbär einmal um sich selbst. „Sie ist noch Jungfrau, Kapitän . . . Ich kann Ihnen darüber ein Attest von Doktor Gosse vorlegen."

Psyches Schultern zuckten, als sie unterdrückt lachte. Drinkwater wurde klar, auf welche Weise Dr. Gosse die Unversehrtheit Psyches festgestellt hatte.

Scheinbar beeindruckt fragte er: „Ach ja, wirklich?" und versuchte Interesse zu heucheln, während er sich zu einem Entschluß durchrang. Psyche hatte eine erhebliche Ginfahne. Clorinda pulte mit einem Zeigefinger zwischen den nackten Zehen ihres rechten Fußes herum, Chloe hatte sich abgewendet, nur Zenobia blickte ihn mit hungrigen Augen an und wackelte einladend mit den Hüften. Wieder musterte er ihre schmale Taille und die Flut schwarzer Haare, die sich über ihren Schultern und Brüsten kräuselten. Nach den rhythmischen Stößen im Obergeschoß zu schließen, war dort allerhand los. Er hoffte, daß es Mr. Fagan war.

„Wieviel verlangen Sie für dieses Bündel Jungfräulichkeit, Mrs. Hockley?" Er deutete mit seinem Stock auf Psyche.

„Zwei Guineen, Käpt'n." Vertraulich legte ihm Mrs. Hockley eine Hand auf den Arm, als wolle sie einem alten Bekannten ihr Ehrenwort geben.

„Und sie ist wirklich noch Jungfrau?"

„Würde ich Sie jemals anlügen, Sir?" Die Madame blickte ihn treuherzig an, eine Hand auf dem üppigen Busen; ihr geschminkter Mund formte ein beleidigtes Oval, die falschen Wimpern klapperten. „Das Mädchen ist so frisch wie ein Gänseblümchen, Käpt'n, bei meiner Seele!"

„Und ihre Seele, Madam, stinkt mir zu sehr nach Gin. Ich nehme Zenobia."

„Oh, Sir, Sie sind ein Kenner! Zenobia kostet auch zwei Guineen . . ."

„Zehn Shillinge, Madam, und keinen verdammten Penny mehr." Drinkwater war der gemeinen Scharade überdrüssig. „Und natürlich für die ganze Nacht." Er wollte weg aus diesem Raum, der übelkeiterregend nach schwerem Parfüm stank.

„Aber im voraus bitte, Käpt'n."

Er zog die Münzen aus seiner Westentasche und ließ sie in die gierig geöffnete Hand fallen, dann befahl er Zenobia mit einer Kopfbewegung, ihn auf ihr Zimmer zu führen. Im Obergeschoß war von dem falschen Luxus des Empfangssalons nichts mehr zu bemerken. Ein Gang mit nackten Dielen erwartete ihn, von dem ein halbes Dutzend ungestrichener Lattentüren abging.

Zenobia, die in Wirklichkeit wohl eher Meg oder Polly hieß, öffnete eine und zog ihn in einen kleinen Raum mit schmalem Teppich, Stuhl, Regal und einem Bett. Das Bettzeug war schmutzig und zerwühlt. Das Fenster war zugemauert, stellte Drinkwater fest, während Zenobia drei Kerzenstummel anzündete. Es roch streng nach Urin. Zenobia zog einen Vorhang zur Seite, hinter dem statt eines Leibstuhls nur ein angeschlagener Nachttopf zum Vorschein kam.

„Hier, pissen Sie schon mal, Käpt'n, ich mach' mich derweil frei."

„Nein, warte noch . . . Wieviel bekommst du für das, was du hier treibst, Zenobia?"

„Fünf Shillinge, dazu freie Kost und Logis. Warum?" Sie hielt inne und blickte ihn neugierig an.

„Weil ich möchte, daß du mir einen Gefallen tust."

Desinteressiert wandte sie sich ab und fuhr fort, ihre Korsett aufzuhaken. „Trotzdem müssen Sie pinkeln, Sir, ich bin ein sauberes Mädchen . . ."

Drinkwater errötete. Ihm wurde klar, daß er trotz seiner Weltläufigkeit mit diesem Milieu nicht vertraut war. Ihm fehlte es an Erfahrung mit der käuflichen Liebe und den exotischen Genüssen, die sie bot – falls er wollte.

„Du hast mich mißverstanden. Ich gebe dir zwei Guineen . . ."

Die Frau blickte ihn scharf an, warf ihren Rock über die Stuhllehne und schüttelte sich aus dem Korsett. Ihre immer noch festen Brüste schwangen verlockend im Kerzenlicht.

„Sie können mir bezahlen, was Sie wollen, und ich tue dafür, was Sie wollen. Aber schlagen Sie mich nicht, sonst schreie ich nach Jem . . . Zeigen Sie mir erst mal das Geld."

„Hier – und sei um Himmels willen leise!" Drinkwater fischte die Münzen aus der Tasche und hielt sie Zenobia hin. Sie musterte sie und biß darauf.

„Ist ein Mann namens Fagan im Haus?" fragte er, bevor sie weiterreden konnte.

Sie blickte ihn mißtrauisch an. Dann griff sie nach ihrem Rock und bedeckte damit ihren Busen, als hätte er ihr einen unsittlichen Antrag gemacht. „Was wollen Sie von mir?" fragte sie und wich zur Tür zurück.

„Schon gut, Zenobia, ich tue dir nichts. Sag mir nur, ob dieser Fagan im Haus ist. Und wenn du mir hilfst, bekommst du noch eine Guinee." Aber sowie er das gesagt hatte, wußte er, daß er einen Fehler begangen hatte. Er sah Zenobias gierigen Blick zu seiner Jackentasche wandern und abschätzen, wie viele Goldstücke noch dort drin stecken mochten. Falls sie Jem rief, konnten sie ihm spielend die Taschen leeren – eine Katastrophe. Er machte einen Schritt auf sie zu, und sie wich noch weiter zurück.

„Sie sind gar nicht zum Bumsen gekommen, nicht wahr?" Ihre Stimme wurde schrill. Er hob seinen Stock und drückte die Spitze gegen die Tür, damit sie nicht öffnen konnte. Mit der linken Hand griff er in ihre schwarze Haarmähne. Ein Ruck – und er hatte ihre Perücke in der Hand. Mit einem Wimmern taumelte sie aufs Bett zurück und krümmte sich zusammen. Er kniete sich daneben und griff beruhigend nach ihrer Schulter. Aus ihrem Schädel wuchsen nur ein paar Haarbüschel. Er hatte Mitleid mit ihr.

„Bitte, Zenobia, vertrau mir, es wird dein Schaden nicht sein", flüsterte er ihr ins Ohr. „Also – ist dieser Fagan hier? Ein großer Mann mit der Figur eines Preisboxers und einem Blumenkohlohr. Sag es mir!"

Flehend blickte sie ihn an. „Werden Sie Mrs. Hockley auch nichts davon erzählen?" Selbst ihre Augen bettelten.

„Wovon? Daß ich nicht mit dir im Bett war?"

„Nein, das mit meinem Haar. Wenn sie's erfährt, schmeißt sie mich raus. Ich hab' ein Kind zu versorgen – einen süßen Jungen."

„Nein, natürlich nicht. Ich geb' dir auch was für den Jungen, wenn du mir hilfst."

„Wollen Sie das tun? Ehrlich?"

„Ja. Aber nun rede schon, ich habe nicht viel Zeit." Er erhob sich und reichte ihr eine Hand. Sie ergriff sie scheu und setzte sich auf.

„Fagan ist da", begann sie, „im Nebenzimmer bei Annie, äh, ich meine, bei Lucinda. Er war es, das Schwein, das vorhin den verdammten Krach gemacht hat."

„Bleibt er die ganze Nacht?"

„Der doch nich'. Er bumst eine Stunde oder so, dann pennt er ein und schläft seinen Rausch aus. Aber bevor er geht, zieht er sie noch mal durch. Er verlangt 'ne Menge für sein Geld, Ihr sauberer Mr. Fagan."

„Verschwindet er danach? Oder bleibt er noch auf einen Drink und einen Schwatz unten bei Mrs. Hockley?"

„Warum wollen Sie das alles wissen? Sind Sie ein Bulle oder so was?"

„Nein . . ." Schweigend überlegte er sich seine nächsten Schritte. Er mußte mit Fagan scheinbar zufällig zusammentreffen . . .

„Warst du auch schon mit ihm zusammen?"

„Mit Fagan? Nee, der is' mir zu brutal."

„Und woher weißt du das?"

„Wir *reden* über die Kunden, Mister", erwiderte Zenobia mit einem Anflug von Spott in der Stimme. „Sie denken wohl, wir liegen die ganze Zeit nur auf dem Rücken? Annie, ich meine Lu, hat's mir erzählt."

Er packte die Perücke und hielt sie hoch. „Deshalb willst du wohl nicht mit ihm . . ."

„Er hätt's sofort herausgefunden und Ma Hockley verklickert. Dann wär' ich geflogen."

„Hast du eine Flasche Gin oder anderen Schnaps hier?"

„Vielleicht." Fragend lüftete sie ihren Rock. „Und Sie wollen wirklich nicht . . .?"

Drinkwater schüttelte den Kopf. „Wo ist die Flasche?"

Sie kleidete sich an und langte auf das oberste Regal. Die zum Vorschein kommende Flasche war nur noch zu einem Viertel voll. „Aber nischt is' umsonst!"

„Ich gebe dir zwei Pence dafür. Und jetzt hör' mir zu." Er kramte nach den Münzen. „Ich möchte, daß du ein braves Mädchen bist und mir Bescheid sagst, wenn Mr. Fagan drüben verschwindet."

„Sie wollen ihm doch nicht etwa . . ." Sie machte eine zustechende Bewegung mit der Rechten. „Eine verpassen? Ich kann hier wirklich keinen Ärger gebrauchen."

„Ich will nur mit ihm reden. Hör zu", Drinkwaters Stimme wurde dringlicher, „wenn du tust, was ich verlange, dann hinterlege ich zwei Guineen beim Schiffshändler nebenan – für deinen Jungen . . ."

Sie blickte ihm gerade in die Augen und schätzte ihn mit schiefgelegtem Kopf ab. „Fagan is'n verdammt harter Bursche. Wenn er rauskriegt, daß ich Ihnen geholfen hab' . . ."

Er konnte ihr Mißtrauen verstehen, hatte aber keine Zeit dafür, denn er hörte jetzt Geräusche im Nebenraum. Fagan schien mit der gefälligen Annie fertig zu sein. „Jetzt tu, was ich dir sage", knurrte er böse, „oder ich reiße dir wieder die Perücke ab, stelle mich damit auf den Flur, brülle nach Mrs. Hockley und behaupte, daß du mich betrogen hast!"

Die Worte trafen Zenobia wie eine Peitsche, sie wurde kalkweiß. Schwankend drehte sie sich um und hob ein Wandbild von seinem Haken. „Sehen Sie doch selber nach!"

Drinkwater preßte ein Auge an das Loch in der Wand und blickte in den Raum nebenan. Der weiße Körper einer üppigen Frau lag völlig erschöpft auf dem Bett, sie hatte die Hände hinter dem Kopf verschränkt, das zerwühlte braune Haar war über das Kopfkissen gebreitet. Gerade lachte sie über eine Bemerkung, die ihr Kunde gemacht hatte. Dann kam der Mann in Drinkwaters Gesichtsfeld. Fast völlig angezogen nestelte er an seinem Halstuch herum. Mehr brauchte Drinkwater nicht zu sehen, er nahm das Bild aus Zenobias Hand und hängte es wieder vor das Loch.

„Er wird manchmal arg grob." Sie deutete mit dem Kopf auf das erotische Bild. „Durch das Loch behält ihn Ma Hockley sonst im Auge. All die Grobiane bekommen das Zimmer nebenan." Ihr Ton verriet, daß sie Drinkwater unter allen Umständen günstig stimmen wollte. Die arme Kreatur mußte das Geld wirklich dringend nötig haben.

„Geh' ins Bett und zieh die Decke hoch!"

Sie gehorchte, während er seinen Gehrock abstreifte und das Halstuch löste. Dann warf er sich den Rock lässig über den Arm, griff nach Hut und Stockdegen und zerzauste sich das Haar, um so auszusehen, als sei er gerade einem Lotterbett entstiegen. „Du kannst dir das Geld nebenan bei Mr. Davey abholen", sagte er, eine Hand auf dem Türknauf. „Ich habe mit ihm geschäftlich zu tun."

Er öffnete die Tür einen Spalt breit. Der Gang draußen wurde jetzt durch eine einzelne Laterne beleuchtet. Von unten erklang rauhes Gelächter – weitere Kunden waren wohl eingetroffen. Das konnte ihm seine Aufgabe erleichtern. Er ging zur Nachbartür, um zu lauschen, aber da sagte Zenobia etwas hinter ihm.

„Still!" zischte er.

„Wollen Sie denn die Pulle nicht mehr?" Sie hielt ihm die fast leere Ginflasche entgegen.

„Verflucht!" murmelte er, ging zurück und nahm ihr die Flasche ab. Als er wieder in der Tür stand, sah er einen Mann aus Annies Zimmer treten. Seine Stimme hallte durch den leeren Flur.

„Laß mich endlich gehen, du schamlose Nutte!"

Auf Zehenspitzen schlich Drinkwater in den Gang hinaus und

schloß die Tür hinter sich. Fagan stand in der Nachbartür, eine nackte Annie an seinem Hals. Grob riß er ihre Arme weg.

„Bei meiner Seele, Sir, da haben Sie aber eine hübsche Stute geritten", sagte Drinkwater laut. Fagan fuhr herum und löste sich von Annie, die im Zimmer verschwand. „Allerdings haben Sie an den Hindernissen wohl ein paar Stangen geschmissen – jedenfalls hörte es sich so an."

„Was geht *Sie* das an?" Fagans Stimme klang drohend.

„Nichts, Sir, nichts, außer daß man dabei selber etwas außer Tritt gerät. Hier, nehmen Sie einen Schluck." Drinkwater hielt ihm die Flasche hin. „Kühlen Sie sich ab . . ."

Mißtrauisch starrte ihn Fagan an. „Wer zum Teufel sind Sie?"

„Kapitän Waters, Ihr ergebener Diener, Sir. Schiffer einer Bark, die im Fluß auf günstigen Wind wartet." Drinkwater trat auf Fagan zu und packte mit der Linken, in der er Stock, Hut und Mantel hielt, freundschaftlich Fagans Arm. „Bin im Moment flüssig, weil ich 'ne verdammt gute Frachtrate für meine Ladung bekommen hab'. Das heißt, falls ich sie auch abliefern kann", schwadronierte er weiter. „Und falls ich die Trottel vom Zoll davon überzeugen kann, daß die Ladung nach Schweden geht." Er warf den Kopf in den Nacken und lachte lauthals. Fagans Widerwillen ließ nach, gemeinsam schlenderten sie zur Treppe.

Oben an ihrem Kopf blieb der Agent stehen und sah seinen neuen Begleiter scharf an. Drinkwater grinste, um seine Spannung zu verbergen, denn Fagans nächste Bemerkung würde über das Schicksal seines Einsatzes entscheiden.

Fagan schien das plötzliche unziemliche Auftauchen seines Gegenübers vergessen zu haben und zeigte offensichtlich Interesse an dem scheinbar besoffenen Gelaber Drinkwaters.

„Aber die Ladung geht gar nicht nach Schweden, Käpt'n, wie? Das wollten Sie doch sagen, oder?" In seiner Stimme schwang ein leichter irischer Akzent mit.

Drinkwater nickte und hielt Fagan wieder die Ginflasche hin. „Hier, trinken Sie auf meinen Erfolg." Ein Auflachen beendete den Satz.

„Also, wohin geht sie? An einen Ort, der den Zöllnern gar nicht gefallen würde, wette ich."

„Prost!" Frech stieß Drinkwater die Flasche gegen Fagans breite Brust, der ihn forschend anblickte. „Na los, trinken Sie schon, waschen Sie sich den Hurengeschmack aus dem Mund . . . Zöllner? Von wegen! Hier geht's um ein größeres Ding, als Waren für die Holländer oder die verdammten Franzosen zu schmuggeln." Abrupt hielt er inne und musterte Fagan so mißtrauisch, als sei er gerade nüchtern geworden und bereue sein loses Geschwätz.

„Wohin geht denn nun die Reise, Käpt'n, wenn nicht zu den Franzosen?" Fagan hatte den Köder geschluckt.

Drinkwater drückte sich hinter dem Agenten vorbei, den Mund zu einem verlegenen Grinsen verzogen, als sei er plötzlich ängstlich geworden. „Ach, wer weiß das schon? Es ist ein Geheimnis – ein gut gehütetes Geheimnis . . ." Damit war er an Fagan vorbei und setzte den Fuß auf die oberste Treppenstufe. Über die Schulter schoß er seinen letzten Pfeil ab. „Und eines, für das sich die verdammten Franzosen sehr interessieren würden."

Fagans Pranke schoß vor und drückte Drinkwater gegen die Wand. „Nicht so eilig, Käpt'n . . . Ich nehme den Drink an, den Sie mir so großzügig angeboten haben. Danach gehen wir zusammen einen Happen essen. Bumsen macht einen Mann schließlich hungrig, oder?" Drinkwater vor sich herschiebend, stieg der Agent die Treppe hinunter.

Am Fuß der Treppe riß sich Drinkwater los. „Ich muß das Übersetzboot erreichen . . ."

„Zu welchem Schiff?"

„Das ist meine Sache, Sir."

„Ach, kommen Sie, Käpt'n, im Freudenhaus sind alle Männer Brüder. Ich würde mich gern noch mit Ihnen unterhalten. Oben waren Sie so freundlich zu mir, jetzt können Sie mir ein gemeinsames Frühstück doch nicht abschlagen." Fagan hieb ihm vertraulich auf den Rücken.

Drinkwater stellte belustigt fest, daß sie die Rollen vertauscht hatten. Abwartend schwieg er.

„Ich weiß doch jetzt Ihren Namen, da könnte ich Ihr Schiff leicht ausfindig machen", fuhr der Agent fort. „Und wenn ich einen Zöllner bestechen müßte, damit er mir Ihre Frachtpapiere zeigt – aber so gemein will ich gar nicht sein. Ich habe bloß im Augenblick eine kleine Pechsträhne, und weil Sie ein gewitzter Mann zu sein scheinen, könnte ich mich vielleicht an Ihrer Ladung beteiligen und einen anständigen Gewinn daraus ziehen. Und Ihnen würde das möglicherweise die eine oder andere Guinee einsparen." Fagan machte eine Pause, und Drinkwater tat so, als denke er über seinen Vorschlag nach.

Mrs. Hockley hatte ihre Stimmen gehört und kam aus dem Salon, um sich zu vergewissern, daß ihre Kunden zufriedengestellt waren.

„Ich wußte ja gar nicht, daß sich die Herren kennen", sagte sie erstaunt, aber Fagan beachtete sie gar nicht. Er schob Drinkwater aus der Haustür. „Kommen Sie, wir wollen die Sache bei einem Bier und einer anständigen Fleischpastete besprechen."

Sie überquerten die Gasse, und Fagan hämmerte gegen die verschlossene Tür des Pastetenladens. Drinkwater blickte zum schmalen Streifen Nachthimmel auf. Der Wind war zu einer steifen Brise abgeflaut.

Ein Junge, den der Lärm geweckt hatte, ließ sie ein. Fagan schickte ihn mit einem Knuff zurück ins Bett, dann führte er Drinkwater mit der Sicherheit des Ortskundigen in die Küche, wo ein langer Tisch und ein schwarzer Eisenherd standen. Im Herd war noch Glut, und bald blakte eine Kerze auf dem Tisch. Fagan zog eine halbe Fleischpastete aus einem Vorratsschrank und schnitt zwei dicke Scheiben davon ab. Suchend blickte er sich um, bis er zwei beinerne Trinkbecher entdeckte; die knallte er auf den Tisch.

„Setzen Sie sich, Käpt'n. Wo ist nun Ihre verdammte Pulle?"

Lammfromm gehorchte Drinkwater. „Wieviel würden Sie denn investieren, Mr . . .?"

„Gorman, Käpt'n, Michael Gorman . . . Na, sagen wir mal, zweihundert Pfund. Dafür würde ich mich mit fünf Prozent Rendite zufriedengeben, wenn das Geschäft abgeschlossen ist . . . Ach ja, wann wäre es denn soweit?"

„Es wird eine Rückfahrt in Ballast, Mr. Gorman, denn eine Ladung für die Heimfahrt ist nicht zu erwarten. Das mindert natürlich meinen Profit. Außerdem gibt es dabei ein Risiko, Mr. Gorman, ein sehr hohes Risiko. Fünf Prozent bei zweihundert Pfund, nun ja . . ." Drinkwater brach ab und zog die Schultern hoch. Zum Zeichen seines Desinteresses biß er in die Pastete.

„Vielleicht war das auch noch nicht mein letztes Wort. Denken Sie doch an Ihr eigenes Risiko, Käpt'n . . . An Ihr schwer verdientes Kapital – Sie finanzieren die Sache doch selbst, oder?"

„Könnte ich so ein Risiko für andere eingehen?" antwortete Drinkwater mit vollem Mund.

„Nein, nein, natürlich nicht. Aber gehen wir mal davon aus, daß ich vierhundert Pfund investieren würde – wären dann fünf Prozent eher angemessen?" Fagan beugte sich vor und fixierte Drinkwater. „Ich weiß zwar noch nicht, ob ich soviel Geld auftreiben kann, aber mal unterstellt, es gelingt mir. Wären wir dann Partner?"

„Schon möglich."

„Also, woraus besteht die Ladung? Das muß ich unbedingt wissen."

„Natürlich, Mr. Gorman", erwiderte Drinkwater beflissen. „Sie besteht aus einigen Handfeuerwaffen, aus Uniformmänteln und Militärstiefeln . . ." Drinkwater beobachtete im Kerzenlicht scharf die zukkenden Fältchen um Fagans Augen, als dieser die Lider senkte, um sein aufblitzendes Interesse zu verschleiern.

„Wollen Sie einen Vorschuß?" Fagan wartete die Antwort gar nicht erst ab. „Ich zahle Ihnen vorab gegen Quittung zehn Guineen, Papier und Feder habe ich sofort zur Hand . . ." Er erhob sich und verschwand eine enge, versteckte Treppe hinauf. Nach wenigen Minuten kam er zurück, warf die Münzen auf den Tisch, legte ein Blatt Papier hin und stellte ein Tintenfaß daneben. Drinkwater starrte das Gold an, das schwach im Kerzenlicht schimmerte. Er wußte, das war der Köder, der ihn für die nächste Frage gefügig machen sollte. Er ergriff die Schreibfeder und tauchte sie in die Tinte.

„Und wohin sollen die Militärstiefel nun gehen, Käpt'n Waters?"

Ohne aufzublicken, fertigte Drinkwater sorgfältig die Quittung aus. „Nach Rußland, Mr. Gorman, nach Rußland! Dort besteht große Nachfrage nach britischen Waffen und Infanterieausrüstung." Er schob die Quittung über den Tisch und blickte Fagan gerade in die Augen. „Es würde mich nicht wundern, wenn der Zar ein kleines Abenteuer vorhätte, aber was kümmert uns das, Mr. Gorman, Partner, die wir jetzt sind – oder?" Er stand auf und griff nach seinem Stock. „Bringen Sie den Restbetrag bis morgen mittag in Mr. Daveys Laden gegenüber, dann stelle ich Ihnen den Partenvertrag aus." Er setzte seinen Hut auf und streckte die Hand aus. „Ich hoffe, daß Sie von unserem kleinen Wagnis profitieren, Mr. Gorman."

Fagan erhob sich und nahm Drinkwaters Hand. Er wirkte so nachdenklich dabei, als ginge ihm allerhand durch den Kopf. „Bis morgen mittag also, Käpt'n Waters . . ."

Draußen in der Gasse lockerte Drinkwater den Griff seines Stocks, damit er die Klinge bei einem unvermuteten Überfall jederzeit schnell zur Hand hatte. Er wußte, daß ihn Fagan beobachtete, deshalb ging er an Daveys Laden vorbei, um seine Zusammenarbeit mit dem Schiffshändler nicht allzu deutlich werden zu lassen. Den Laden als Treffpunkt zu verwenden, konnte noch kein Mißtrauen erregen. Nun hatte er Zeit bis zum Mittag des nächsten Tages, mußte aber vorher unbedingt mit Solomon sprechen.

Wieder schien ihm die Luft in der Gasse wunderbar frisch und sauber. Flott schritt er davon, erleichtert nicht nur darüber, daß er Dungarths Forderung erfüllt und den Adler angefüttert hatte, sondern vor allem deshalb, weil er sich nicht länger zu verstellen brauchte. Denn Nathaniel Drinkwater war nicht aus dem Holz geschnitzt, aus dem Bordellbesucher gemacht waren – oder gar Spione.

DRITTES KAPITEL

August 1809

Der Jude

Eigentlich war das ja nicht der normale Dienst, den man von einem Vollkapitän Seiner Majestät erwartete, sinnierte Drinkwater, während er an Solomons Tür klopfte. Jüdische Handelsherren mitten in der Nacht aus dem Schlaf zu schrecken, das kam ihm schon merkwürdig vor. Allerdings schien es diesmal für die Staatspolitik notwendig zu sein.

Er hatte den Fußweg von Wapping nach Spitalfields ohne Zwischenfälle überstanden, ein Wunder, wenn man bedachte, wie viele Ohren die Wände eines alten Hurenhauses haben mochten. Zwar war er an ein paar finsteren Burschen vorbeigekommen, aber alle hatten sich friedlich verhalten.

Schwere Riegel wurden zurückgezogen, die Tür öffnete sich einen Spalt.

„Kapitän Waters, Mr. Solomon."

„Kommen Sie herein, nur herein." Der Jude zupfte ihn am Ärmel. Eine Lampe beleuchtete die Halle, unbekannte Küchengerüche lagen in der Luft.

„Ich muß mich für die späte Stunde entschuldigen, Mr. Solomon."

„Dazu besteht kein Anlaß, Kapitän, es war ja so geplant. Folgen Sie mir bitte."

Solomons Büro lag gleich neben der Halle. Es war mit hohen Bücherregalen ausgestattet, auf dem großen Schreibtisch lagen umfangreiche Aktenordner. Über dem Kamin hing das Ölgemälde einer fremdartigen Landschaft.

„Wie Sie sehen, war ich noch bei der Arbeit." Solomon wies auf einen Stuhl. „Bitte nehmen Sie doch Platz. Sie finden eine Karaffe und ein Glas auf dem Tisch neben Ihnen." Mit einer schmalen bleichen Hand wehrte er Drinkwaters Angebot ab. „Nein, ich gönne mir nur selten einen Schluck."

Drinkwater nippte an dem Bordeaux. Nach dem scharfen Gin war er eine belebende Wohltat. „Ich fürchte, dann wissen Sie gar nicht, wie exzellent dieser Wein ist, Mr. Solomon."

„Würden Sie gern ein Bad nehmen, Kapitän? Es ließe sich schnell arrangieren. Auch heißes Wasser zum Rasieren ist verfügbar, und Ihre Lordschaft hat frische Wäsche für Sie geschickt."

„Danke, gern. Ich weiß, daß ich stinke."

„Ein wenig. Aber Sie waren erfolgreich?"

„Ja. Der Köder wurde geschluckt, und es würde mich wundern, wenn die Nachricht nicht innerhalb einer Woche in Paris wäre. Was ist mit der Bark?"

„Sie liegt bereit. Sie werden als Supercargo der Befrachter mitfahren, so habe ich es jedenfalls dem Kapitän erklärt. Er weiß, daß hochgestellte Persönlichkeiten ein Interesse an der Ladung haben." Solomon lächelte. „Anscheinend ist Zollhinterziehung eine übliche Praxis, daher war es leicht, Sie entsprechend einzuführen. Kapitän Littlewood hat akzeptiert, daß das Schiff in Ihrem Namen beim Zoll ausklariert."

„Das klingt gut. Gibt es Neuigkeiten von der Kanonenbrigg?"

„Ihr Offizier hat sie vor zwei Tagen in Harwich übernommen. Sie wird inzwischen am Treffpunkt sein. Wollen Sie eine Stunde schlafen, während das Wasser erhitzt wird?"

„Noch einen Augenblick Ihrer kostbaren Zeit, Mr. Solomon . . ."

„Natürlich. Was kann ich für Sie tun?"

Drinkwater erhob sich und öffnete seinen Rock. „Augenblick noch . . ." Er wandte sich ab und fummelte innen in seiner Hose herum, dann zog er einen kleinen Leinenbeutel hervor. „Ich hätte gern Ihr Urteil über den Wert des Inhalts."

Er ließ die schweren Goldnuggets auf Solomons Schreibtisch rollen, wo sich das Licht auf ihrer unregelmäßigen Oberfläche spiegelte. Drinkwater beobachtete den Juden, der sich über das Gold beugte. Seine sensiblen Finger betasteten die Klümpchen abwägend.

„Wo haben Sie die her?"

„Aus Kalifornien, von einem Toten*."

„Kalifornien?"

„Eine Provinz in Spanisch-Amerika."

„Und wie würden Sie Ihren Anspruch darauf definieren, Kapitän?"

„Als Kriegsbeute, obwohl ich glaube, daß es ein Rechtsverdreher anders ausdrücken würde. Das Gold wurde von einem amerikani-

* siehe Ullstein Buch 22124 *In fernen Gewässern*

schen Staatsbürger in einem Landstrich gefunden, der zugleich von Spanien, Rußland und Großbritannien beansprucht wird. Das mag etwas außerhalb der Legalität gewesen sein, doch er hatte das Recht des Stärkeren auf seiner Seite – das Naturrecht des tatsächlichen Besitzers. Ich bin kein gieriger Mensch, Mr. Solomon, aber ich habe viele Verpflichtungen. So gibt es einige Leute, die im Verlauf meiner Dienstzeit ihr Schicksal in meine Hände gelegt haben. Eigentlich wäre der Staat für sie zuständig, aber ich fühle mich persönlich verantwortlich. Ich biete Ihnen zehn Prozent, falls wir uns ohne langes Feilschen einigen können."

Aus einem Schubfach entnahm Solomon ein Kistchen, in dem eine kleine Goldwaage lag. Er wog die Nuggets und nickte mit stiller Zufriedenheit.

„Ich denke, daß dieses *Avoirdupois* Ihre Probleme beträchtlich verkleinern wird, Kapitän", meinte Solomon schließlich trocken. „Ich will keine zu großen Hoffnungen wecken, aber ich müßte mich sehr täuschen, sollten nicht mindestens zweitausend Pfund dafür zu erzielen sein. Ich sehe, das überrascht Sie. Gut, gut."

Drinkwater klappte seinen Mund zu, der blöde offengestanden hatte. Solomon lächelte. „Jetzt eine Stunde Ruhe, dann das Bad."

Drinkwater schlief gut in den weichen Kissen mit den makellos sauberen Bezügen. Später frühstückte er in Solomons Büro. Trotz der ruhigen Attitüde des Juden hatte er den Eindruck, daß dieser die ganze Zeit gearbeitet hatte, während sein Gast ruhte. Auch als Drinkwater seine vierte Tasse Kaffee schlürfte, saß er eifrig über Papiere und Ordner gebeugt. Im Haus waren das Geräusch schlagender Türen und das Gelächter von Kindern zu hören, und der morgendliche Lärm einer Familie beim Aufstehen jagte einen Stich durch Drinkwaters Herz. Wie ging es wohl seiner eigenen Familie? Aber er mußte sich zusammenreißen.

Draußen begann der Radau auf dem Markt von Spitalfields. Drinkwater beobachtete den Juden, tief berührt von der Fürsorge des Mannes, von den sauberen Laken, dem heißen Wasser und den warmen Handtüchern. Dungarth mochte an saubere Unterwäsche, ein gestärktes Hemd, an Hose und Strümpfe für ihn gedacht haben, aber Solomon hatte sich um die Details gekümmert. Drinkwater schämte sich etwas für sein Mißtrauen gegenüber Mr. Solomon.

Von Zeit zu Zeit erschien ein Privatsekretär, Jude wie sein Chef, mit Geschäftspapieren. Nach einer dieser Unterbrechungen blickte Solomon auf und bemerkte, daß Drinkwater sein Frühstück beendet hatte. Lächelnd nahm er die Brille ab.

„Ich hoffe, es war ausreichend, Kapitän?"

„Überreichlich, Mr. Solomon. Aber das Beste war wohl das erfrischende Bad."

Solomon neigte den Kopf, dann zog er seine Taschenuhr hervor. „Sie werden bald aufbrechen wollen . . ."

„Mir ist noch eine Kleinigkeit eingefallen: Könnten Sie mir einen Vorschuß auf das Gold geben?"

„Natürlich. Ich händige Ihnen sowieso gleich Spesen für die bevorstehende Reise aus."

„Danke, aber der Vorschuß ist Privatsache. Sagen wir, zwanzig Sovereigns?"

„Gern, Kapitän." Solomon erhob sich und holte aus einer Falte seines Hausmantels einen Schlüsselbund. Er beugte sich zum Safe hinter seinem Schreibtisch hinunter und holte zwei Geldbörsen heraus. Der größeren entnahm er eine Handvoll Goldmünzen und zählte davon zwanzig Pfund auf den Schreibtisch, die andere reichte er Drinkwater. „Zweihundertfünfzig Maria-Theresia-Taler, Kapitän, zur Verrechnung nach der Reise."

Drinkwater nahm die Börse und steckte sie ein.

„Diese Taler haben nicht ganz den Wert unserer Währung, sind aber auf dem Kontinent leichter einzuwechseln."

„Sehr schön. Darüber fällt mir wieder das Bordell von gestern nacht ein. Der Zuhälter hätte also reiche Beute gemacht, falls er mir die Taschen geleert hätte. Soll ich Ihnen eine Quittung unterschreiben?"

Solomon schüttelte den Kopf. „Besser, es gibt über derartige Transaktionen keine Belege. Ein neugieriger Sekretär oder eine Akte, die nachlässigerweise offen herumliegt . . ." Solomon zuckte die Schultern und machte eine vielsagende Geste. „Verstehen Sie?"

„Ich glaube schon." Nach einer Pause fuhr Drinkwater fort: „Dieser Fagan hat den Köder bestimmt geschluckt. Aber wird er direkt an Talleyrand berichten?"

Solomon nickte. „Ja, und natürlich auch an Fouché. Deshalb war das Versteckspiel nötig, denn Fouché riecht eine Falle auf zwei Meilen gegen den Wind. Aber jetzt wird er die Sache dem Kaiser vortragen, falls es nicht Talleyrand selbst tut."

„Also ist Fouché auch bereit, seinen Chef zu hintergehen?"

Solomon lächelte wissend wie ein Vater, der seinem Kind die Welt erklärt. „Napoleon hat seinen Schranzen bewiesen, daß sich grenzenloser Ehrgeiz auszahlt. Kennen Sie Aristoles' Epigramm über Revolutionäre? Sie zetteln eine Revolte an, um gleich zu werden, aber Gleiche, die an der Spitze stehen."

„Da hat er wohl recht", stimmte Drinkwater zu. „Dann wurde vielleicht sogar der Anschlag auf Lord Dungarth direkt von Napoleon arrangiert, womit er nicht nur unseren Geheimdienst schwächen, sondern auch Talleyrand und vielleicht Fouché eine Lektion erteilen wollte?"

Solomon zuckte mit den Schultern und hielt die Handflächen nach oben. „*Pour discourager les autres,* schon möglich – aber Sie glauben nicht so recht daran?"

Drinkwater verzog den Mund. „Ich bin nicht ganz überzeugt. Wir halten Napoleon stets für den Kopf des Drachen, aber das Gift kann auch woanders produziert worden sein, beispielsweise im Herzen . . ."

Aufmerksam beobachtete der Jude seinen Gast, drängte ihn aber nicht weiter. Drinkwaters graue Augen blickten nachdenklich in die Ferne.

Schließlich unterbrach Solomon Drinkwaters Grübelei. „Es stimmt, daß die Menschen nicht immer logisch handeln, Kapitän, obwohl die Franzosen das Prinzip Vernunft im allgemeinen hochhalten. Aber Leidenschaft und geheimes Verlangen, sogar krankhafte Abartigkeiten sind starke Motive. Schließlich ist Napoleon Korse."

Drinkwater lachte kurz auf. „Ein Anhänger der Blutrache, richtig. Dungarth hat tatsächlich versucht, in Frankreich einen ‚Unfall' zu arrangieren, dem der Kaiser zum Opfer fallen sollte. Nun ja, dann . . ." Er dachte an frühere Versuche, Bonaparte zu beseitigen, und erinnerte sich an den mysteriösen, halb verrückten Lord Camelford, den er vor Jahren nach der Pichegru-Verschwörung von einem französischen Fischkutter übernommen hatte. Das *Quid pro quo* mochte auch Dungarths Abgeklärtheit und seinen Mangel an Rachsucht erklären.

„Wer kann das schon beurteilen, Kapitän? Ich genieße nicht das uneingeschränkte Vertrauen Seiner Lordschaft, aber wir wissen ja, in dieser Grauzone sind viele Dinge möglich."

Der versteckte Hinweis Solomons, möglichst nicht über dieses Thema zu spekulieren, verfehlte seine Wirkung auf Drinkwater. Er hatte in den langen Monaten, seit er von dem Attentat auf Dungarth gehört hatte, seine eigene Theorie aufgestellt.

„Um nochmals auf diese Schattenwelt zurückzukommen, Mr. Solomon. Ich kann einfach nicht glauben, daß der Kaiser bei all seiner Voreingenommenheit einen derart amateurhaften Anschlag zu verantworten hat. Dann doch eher jemand, der Napoleon in ein schlechtes Licht setzen wollte." Er machte eine Pause, Solomons Interesse war wieder geweckt. „Wie auch Sie genieße ich bis zu einem gewissen Grad das Vertrauen und die Unterstützung Seiner Lordschaft. Wie Sie sehe ich viele Ungereimtheiten in dieser Angelegenheit. Aber anders als Sie hier in London habe ich immer mit hohem persönlichem Risiko gehandelt, und wenn ich richtig vermute, geht diese Sache auch mich an." Drinkwater blickte dem Juden in die Augen, aber Solomon zeigte keine Reaktion. „Hat Seine Lordschaft nie eine Frau erwähnt?"

Solomons plötzlich schmale Augen verrieten sein Interesse. Er handelte nicht nur mit Gold und Aktien, ganz zu schweigen von Militärstiefeln, sondern auch mit Nachrichten, Gerüchten und Vermutungen. Dabei verfügte er über Kanäle, die anderen verschlossen blieben. Sie waren sicherer und dauerhafter als die der Diplomatie, ihnen konnten die Stürme des Krieges, die Hochstapelei der Botschafter und die Grenzen mit ihren Zöllnern nichts anhaben.

„*Cherchez la femme*, Kapitän? Sie glauben, eine Frau hat das alles in Szene gesetzt?"

Drinkwater nickte lächelnd. „Ja. Aber es ist nur eine Theorie, nicht mehr." Er konnte sich nicht verhehlen, daß ihn die beschleunigte Entwicklung der Dinge und dieses Gespräch nach der erzwungenen Untätigkeit der letzten Woche erregte. Auch er war ein Mann der Logik, aber wie sollte er einem Menschen von Solomons Intelligenz eine instinktive Vermutung plausibel machen, von deren Richtigkeit er zutiefst überzeugt war, für die er jedoch keinen einzigen Beweis hatte?

„Sagen Sie Seiner Lordschaft, sobald Sie ihn wiedersehen, ich sei der Meinung, daß er das Opfer einer Schwarzen Witwe wurde."

Solomon hob seine dunklen Augenbrauen. „Und wessen Witwe?" fragte er langsam.

„Der Witwe von Edouard Santhonax, Mr. Solomon, geborene Hortense de Montholon. Dungarth kennt die Dame." Drinkwater streckte seine Hand aus. „Auf Wiedersehen, Sir. Ich danke Ihnen sehr für Ihre Freundlichkeit und Ihre Fürsorge. Hoffentlich sehen wir uns wieder."

Sie wechselten einen Händedruck. Der Griff des Juden war fest. Drinkwater fühlte sich seltsam zu diesem Mann hingezogen, ohne sich den Grund genau erklären zu können.

„Ich werde Seiner Lordschaft ausrichten, was Sie mir dargelegt haben, Kapitän. Er hat den Namen dieser Dame in meiner Gegenwart nie erwähnt."

„Sie war eine adlige Emigrantin, die wir nach der Revolution retteten. Aber Edouard Santhonax verdrehte ihr den Kopf, und bald hängte sie ihr Mäntelchen nach dem revolutionären Wind. Sie war auch während unserer Großen Meuterei im Jahr '97 hier im Lande tätig. In einem Anfall uncharakteristischer Schwäche ließ Lord Dungarth sie nach Frankreich bringen. Dort heiratete sie Santhonax, einen persönlichen Adjutanten des Kaisers ... Er fiel in einem Gefecht mit der Fregatte *Antigone*."

„Die Sie kommandierten?"

„Richtig. Vor zwei Jahren*. Es war Schicksal, daß sich unsere Wege und Degen immer wieder kreuzen mußten. Hortense hat mich gehaßt, lange bevor ich sie zur Witwe machte. Und Dungarth auch. Als letztes hörte ich von ihr, daß sie Talleyrands Mätresse sei."

Solomon nickte ernst, während er diese Fakten mit seinem scharfen Verstand analysierte. „Ich werde es Seiner Lordschaft berichten."

„Sehr verbunden, Sir. Aber jetzt muß ich los."

Gegen Mittag stand Drinkwater wieder in Mr. Daveys Laden. Er trug noch immer die geliehenen Schaftstiefel und den schmutzigen Rock. Aber Hemd, Hose und Halstuch waren frisch, dazu kam ein dunkelblauer Mantel mit goldenen Knöpfen, der ihn als Skipper auswies. Davey brachte ihm seinen Koffer herunter und schüttelte den Kopf, als Drinkwater ihn fragte, ob Fagan Erkundigungen über Kapitän Waters eingeholt hätte.

„Ich habe ihn heute morgen weggehen sehen." Er deutete mit dem Kopf auf den gegenüberliegenden Pastetenladen. „Seitdem ist er nicht mehr aufgetaucht."

„Das überrascht mich nicht." Drinkwater wandte sich einer anderen Sache zu. „Ich muß mit Ihnen noch etwas Persönliches besprechen. Nebenan bei Mrs. Hockley gibt es eine Frau, die sich dort unter dem Namen Zenobia feilbietet ..."

Davey runzelte die Stirn. „Die kenne ich. Das ist doch die schwarzhaarige Nutte?"

„Richtig. Aber sie trägt eine Perücke."

„Haben Sie das vorher oder hinterher gemerkt?"

„Das konnte man doch auf drei Meilen sehen, Mr. Davey!"

„Zu Ihrem Glück, Mr. Waters."

„Jobs Dock, ich weiß. Aber sorgen Sie dafür, daß sie in ärztliche Behandlung kommt. Und nehmen Sie ihren Jungen als Lehrling an – hier sind zwanzig Pfund, damit Sie sich ernsthaft um die Angelegenheit kümmern. Sie ist mir wichtig, Mr. Davey."

---

* siehe Ullstein Buch 20881 *Der Mann unterm Floß*

„Sie sollten bei Ihrem Dienst kein so weiches Herz haben, Käpt'n. Zenobia wird sterben . . ."

„Das müssen wir alle. Also tun Sie mir den Gefallen", erwiderte Drinkwater kurzangebunden.

Zögernd nahm Davey das Geld. Drinkwater wandte sich schon zum Gehen, als plötzlich ein Junge hereingerannt kam, einen Zettel auf den Tresen warf und so schnell wieder hinausstürmte, als hätte er ein schlechtes Gewissen. Davey packte den Zettel, bevor er zu Boden flattern konnte, las und überreichte ihn Drinkwater. Auf dem Zettel stand:

Mr. Gorman sieht sich außerstande, die nötigen Mittel aufzubringen, die für das Geschäft mit Kpt. Waters nötig wären. Er bittet daher den Kapitän, den bereits gezahlten Vorschuß bei Mr. Davey zu hinterlegen.

„Das habe ich mir gedacht", knurrte Drinkwater und legte Fagans Guineen zu denen, die er für Zenobia dagelassen hatte. „Hier, Mr. Davey, damit sind Sie an einem einzigen Morgen Bankier und Menschenfreund zugleich geworden."

Drinkwater hatte keine Schwierigkeiten, am Kai von Wapping einen Fährmann zu finden, der ihn zur Bark *Galliwasp* übersetzte. Bei der Annäherung sah er, daß sie für achtzehn Kanonen ausgelegt war – wie viele würde sie tatsächlich führen? Es freute ihn nach dem langen frustrierenden Warten, daß die Segel schon leicht in den Geien und Gordings killten, bereit zum Setzen in der westlichen Brise. Die Ebbe hatte gerade begonnen, ihre Strömung umspielte das quietschende Ruder. Als er aufblickte, um nach den Manntauen zu schauen, an denen er an Bord klettern wollte, entdeckte er ein Empfangskomitee, das ganz den Eindruck erweckte, als wäre es gern schon unterwegs.

„Kapitän Littlewood, zu Ihren Diensten, Sir . . ." Der Skipper war ein kleiner, rundlicher Mann, dessen weiße Haarpracht in einem unordentlichen Zopf gebändigt wurde. Er verfügte trotz seines dicken Wanstes über eine ruhelose Energie, die sofort nach dem Austausch der üblichen Höflichkeiten deutlich wurde. „Ich habe von Solomon & Dyer gehört, daß Sie so schnell wie möglich auslaufen wollen. Der Moses wird Ihnen unten alles zeigen." Damit drehte er sich um, griff nach der Flüstertüte und befahl, die Marssegel zu setzen. Kaum war Drinkwater unter Deck, konnte er durch die Heckfenster sehen, wie die London Bridge in der Ferne verschwand. Mr. Solomon hatte wirklich alles effizient vorbereitet.

„Die Bark ist für den Westindienhandel gebaut, Sir", erläuterte Littlewood, als Drinkwater wieder an Deck kam. „Deshalb ähnelt sie eher einer Kanonenslup... Hellum, einen Strich abfallen... Mittschiffs... Stützruder... Recht so... Kurs halten! Allerdings hat sie nicht so viele Kanonen. An die Leebrassen, aber etwas plötzlich, wenn ich bitten darf! Nur ein Dutzend Karronaden... Das Vorliek dichter, Mister! Was ist los mit Ihnen? Haben Sie sich heut' früh den Kopf im Pißpott einer Nutte gewaschen? Sie hätten beinahe die Königliche Werft in Deptford gerammt, dann wäre die ganze Mannschaft schneller in die Kriegsmarine gepreßt worden, als Sie ‚Luzifer' sagen können! Zur Hölle mit Ihnen!... Die leeren Stückpforten füllen wir mit Attrappen auf..."

Drinkwater beobachtete, wie diese gerade abgeschlagen und aus dem Weg geräumt wurden.

„Sie ist am Bug und in der Wasserlinie verstärkt worden, obwohl ich glaube, daß die Ostsee in diesem Jahr spät zufrieren wird... Klar bei Brassen! Legt euch vor der Admiralität mal ordentlich ins Zeug, Jungs, damit die hohen Herren sehen, was für tolle Kerle ihnen durch die Lappen gehen... Etwas Backbord..."

Sie glitten am Greenwich Hospital vorbei, und Littlewood fuhr mit seinen Kommentaren fort. Dabei trieb er seine Mannschaft unaufhörlich an, wich sprietgetakelten Bargen, einem Postschiff und vor Gravesend einem großen Kauffahrteifahrer der Ostindischen Handelskompanie aus. Seine Mannschaft, im Vergleich zur Kriegsmarine zwar zahlenmäßig gering, schien hervorragend ausgebildet zu sein. Drinkwater konnte sich zum ersten Mal seit Wochen entspannen. Ein anderer trug die Verantwortung für das Schiff, und bei einem Mann wie Littlewood, dem er mit Sicherheit nicht auf die Finger zu schauen brauchte, hatte er keinerlei Bedenken, sich seinen Gedanken hinzugeben. Ihm wurde klar, daß die geistigen Auseinandersetzungen mit Fagan und Solomon seine Schuldgefühle gemindert hatten.

Ein roter Milan rüttelte über der Marsch unterhalb von Tilbury, und ein Schwarm Schnepfen landete auf einer trockengefallenen Sandbank bei Lower Hope. Bald würden sie die Welt der Landvögel hinter sich gelassen haben. Schon jetzt roch die Luft scharf nach dem Salz der offenen See.

„Kapitän Littlewood..."

„Kapitän Waters?"

„Ich muß mit Ihnen sprechen, Sir."

Littlewood prüfte nochmals die Segelstellung, dann kam er über das leicht geneigte Deck heran.

„Ich weiß nicht, welche Anweisungen Ihr Charterer Ihnen im einzelnen gegeben hat, Kapitän, aber sind Sie informiert, daß wir uns mit einem militärischen Begleitschutz treffen werden?" fragte Drinkwater.

„Ich wurde angewiesen, Ihre Ankunft abzuwarten und danach Ihren Anweisungen zu folgen."

Dungarth und Solomon hatten ganze Arbeit geleistet. Es mußte verdammt schwer gewesen sein, einen Handelsschiffskapitän zu finden, der sich mit dieser Einschränkung seiner gottähnlichen Unabhängigkeit einverstanden erklärte.

„Man hat mir gesagt, daß Sie ein befahrener Mann sind, Kapitän Waters", fuhr Littlewood fort und erklärte damit indirekt seine Gefügigkeit. „Und daß unsere Ladung nach Riga bestimmt ist. Ich habe das Kommando, muß mich aber nach Ihren Anweisungen als Supercargo der Charterer richten."

„Das ist richtig, Kapitän Littlewood. Sie haben die Situation erfaßt. Ich hoffe, daß Sie mit Ihrer Bezahlung zufrieden sind?"

„So leidlich." Littlewood lachte. „Mein Schiff war ursprünglich für die Versorgung der armen Schweine auf Walcheren gechartert. Gott sei Dank hat man mir dann diese Sache hier auf die Back gelegt . . ."

„Ach so." Drinkwater fragte sich, wieviel Littlewood wirklich wußte. Möglicherweise vermutete er, vom Transport Board gechartert und damit also im Auftrag der Regierung unterwegs zu sein. Sobald er den Mann besser kannte, würde er ihn einweihen, aber noch nicht jetzt.

„Machen Sie sich keine Sorgen, Kapitän Waters", unterbrach Littlewood seinen Gedankengang, „ehrliche Menschen werden niemals reich. Wer bin ich denn, daß ich darüber rechten dürfte, wenn eine Schiffsladung etwas außerhalb der Legalität verschoben wird? Ich war im letzten Krieg Steuermannsmaat und weiß nur zu gut, daß jeder Admiral und sogar schon jeder Vollkapitän eine paar Leichen in seinen Büchern ‚mitschwimmen' läßt, um damit sein eigenes Nest zu polstern. Was soll's also, wenn eine alte Bark unter zwei- oder dreihundert anderen Transportern fehlt?" Littlewood grinste und trat näher an Drinkwater heran, der sich fragte, ob die Erwähnung von Vollkapitänen und den Schiebereien in der Navy eine schlaue Anspielung auf ihn persönlich war. „Gott sei uns gnädig, Kapitän", fuhr Littlewood fort und zwinkerte. „Fast alle Engländer opfern hin und wieder ihre Prinzipien dem schnöden Mammon, und wenn ein *Lord* mit der Geldkatze winkt, dann ist das für unsereins so gut wie ein *Befehl!*"

VIERTES KAPITEL

August-September 1809

Die Kanonenbrigg

„Bitte achten Sie auf Ihren Kopf, Sir ... Nehmen Sie Platz ... Vielleicht einen Schluck?"

Unter die niedrigen Decksbalken geduckt, tastete sich Drinkwater in der engen Kajüte zu einem wackeligen Stuhl. Auf der anderen Seite des Tisches ließ sich Leutnant Quilhampton auf den zweiten Stuhl fallen, spreizte die Beine und griff mit einer geradezu artistischen Körperverrenkung zu einem Bord, auf dem eine angeschlagene Karaffe und drei Gläser in ihren Haltern standen.

Das kleine Schiff von etwa hundert Tonnen stampfte leicht in einer langen nördlichen Dünung. Der Wind reichte gerade aus, um die Steuerfähigkeit zu erhalten. James Quilhamptons Zwölf-Kanonen-Brigg stemmte sich bei Orfordness zusammen mit der *Galliwasp* gegen die Tide.

„Willkommen auf Seiner Britannischen Majestät Kanonenbrigg *Tracker*, Sir." Mit seiner gesunden Hand füllte Quilhampton zwei Gläser mit billigem Rotwein. „Mein Vorgänger war ein großer Bursche, der diesen Stuhl mit Rollen ausgestattet hat." Er wirbelte herum und kam zu dem ehemals schön polierten Tisch zurückgeschossen, der jetzt aber mit getrockneten Weinflecken und tiefen Kerben verunstaltet war. „Eine Fangleine erlaubt mir einen Spielraum von einem halben Faden Radius um den Augbolzen herum."

Quilhampton beugte sich mit einem gefüllten Glas in seiner künstlichen Hand vor, und Drinkwater nahm es ihm ab. Ihm war klar, daß die Verlegenheit des jungen Mann auf mehr zurückging als auf seine Behinderung. Er hob das Glas, das ihm mit einer schlimmen Brühe gefüllt zu sein schien. „Auf Ihr Wohl, mein lieber James, und natürlich auch auf das Ihrer lieben Frau!" Er trank und unterdrückte einen Seufzer, als er den Geschmack des billigen Weins auf der Zunge hatte. „Tut mir leid, daß ich euch schon so bald wieder auseinanderreißen mußte."

Eine dunkle Wolke zog über Quilhamptons Gesicht.

„Ich bin . . . Wie soll ich sagen . . . Vielmehr, ich bin nicht . . .“ stotterte Quilhampton. „Verdammt, Sir, sie ist eben *nicht* meine Frau! Wir haben nicht geheiratet.“

Drinkwater runzelte die Stirn und blickte seinen Freund besorgt an. „Hat die widerliche Tante Schwierigkeiten gemacht?“

Heftig schüttelte Quilhampton den Kopf.

„Hat die junge Dame Ihren Antrag zurückgewiesen?“

„Nein, verdammt. Das hat sie nicht!“ Quilhampton stieß sein Glas um, schoß unter dem Rumpeln seines Stuhls davon, um es wieder zu füllen, und kam zum Tisch zurückgerollt. Er stürzte den Wein hinunter und knallte das leere Glas auf den Tisch. Der vergossene Wein glänzte blutrot im Licht des Skylights über ihren Köpfen.

„Ich habe die Hochzeit abgesagt, Sir . . . Es schien mir nicht fair . . .“

Gequält starrte Quilhampton auf die Weinpfütze nieder. Mit einem Finger rührte er darin herum und zeichnete eine nasse Kurve, die der typischen Tangenskurve aus den nautischen Tafeln ähnelte und im Unendlichen endete. Dann zog er die Hand weg und blickte auf. „Es war so besser für Catriona, Sir . . .“

„Aber jetzt tut es Ihnen schon leid?“

Ihre Augen trafen sich. „Natürlich!“

„Ist die Situation unrettbar verfahren?“

„Das fürchte ich, Sir.“

„Verdammt, James, diese arme junge Frau hat sechs Jahre auf Sie gewartet! Was hat sie verbrochen, um jetzt von Ihnen vertröstet zu werden?“ Drinkwater biß sich auf die Lippen. Es war wichtig, daß Quilhampton bei dem kommenden Einsatz einen klaren Kopf hatte, und er verstärkte noch die Skrupel des jungen Mannes. „Entschuldigen Sie, James, es geht mich ja eigentlich nichts an. Vielleicht hat sie sich anderweitig gebunden?“

„Ich wünschte, dem wäre so“, unterbrach Quilhampton hastig. „Nein, es war ausschließlich mein Fehler. Tatsache ist, daß ich mit Vollzeug vor dem Wind angestürmt kam und eine Patenthalse fuhr.“ Der hastig heruntergekippte Wein löste seine Zunge. „Ich habe doch kein Geld, Sir . . . Oh, ich bin Ihnen wirklich sehr dankbar, daß Sie mir dieses Kommando verschafft haben, aber es gibt für mich kaum Aufstiegsmöglichkeiten. Und da ist noch meine Mutter . . .“

„Aber Sie lieben Mistress MacEwan doch nach wie vor?“ unterbrach ihn Drinkwater. Allmählich wurde er etwas ungeduldig und wollte eigentlich zum Anlaß seines Besuches kommen.

„Mehr denn je."

„Und sie liebt Sie?" Quilhamptons trauriges Nicken machte die Sachlage vollends klar.

„Um Gottes willen, Mann, dann schreiben Sie ihr doch und rufen Sie einen Fischer heran, er wird Ihren Brief über Harwich weiterbefördern. Ich brauche bei diesem Einsatz Ihre volle Aufmerksamkeit, James. Um ein wundes Herz kann ich mich dabei nicht kümmern."

„Natürlich nicht, Sir, tut mit leid. Wenn Sie mich nicht so teilnehmend gefragt hätten . . ."

„Schon recht, lassen wir das. Bestätigen Sie der jungen Dame Ihre ernsten Absichten und versichern Sie ihr, daß Sie noch vor dem Winter wieder zurück sind. Dafür werde ich sorgen."

„Danke, Sir, ich bin Ihnen sehr zu Dank verpflichtet. Noch ein Glas?"

Drinkwater blickte angewidert in sein halbleeres Glas. „Lieber nicht, James, wir haben noch Wichtiges zu besprechen."

Er erklärte ihm ihre Aufgabe, erläuterte Quilhampton seine Befehle im einzelnen und den Grund, warum er selber als Supercargo herumlief.

„Ich fürchte, Sir, daß Ihre Tarnung inzwischen aufgeflogen ist. Ich habe nämlich einige Männer der *Patrician* an Bord, die Sie kennen, zum Beispiel Derrick."

Die Nachricht, das einige Männer ihres früheren Schiffes mit Quilhampton und Frey auf die *Tracker* transferiert worden waren, überraschte Drinkwater nicht. Quilhampton erläuterte, daß die Kanonenbrigg vorher unterbemannt gewesen sei, da sein Vorgänger des öfteren Leute an Fregatten und Slups hatte abgeben müssen, die nach Übersee unterwegs waren. Das Eindocken der alten *Patrician* in Plymouth hatte ihre Besatzung freigestellt. Drinkwater freute sich, den ekzentrischen Quäker Derrick, der ihm als Sekretär gedient hatte, an Bord zu wissen.

„Er ist offiziell Steward, aber ich beschäftige ihn als Zahlmeistergehilfe."

„Sollte ich je wieder ein Kriegsschiff kommandieren, wäre ich froh, ihn zurück zu bekommen." Drinkwater mußte über Quilhamptons Erstaunen lächeln. „Ich stehe bei der Admiralität nicht gerade in Gunst, James. Ich habe mich mal mit Mr. Barrow angelegt. Deshalb wollte ich ja, daß Sie dieses Kommando bekommen. Ich kann nicht für Ihr weiteres Fortkommen garantieren, wenn Sie Ihre Karriere an mich binden."

„Aber dieser Sondereinsatz ist doch sehr wichtig und wird Ihnen gewiß Pluspunkte einbringen."

„Es liegt im Wesen der Geheimdienste, daß man ihre Erfolge nicht publiziert. Aber was Ihre eigene Rolle angeht, so werde ich sie natürlich gebührend herausstreichen, bei der Admiralität ..." ‚Und bei Lord Dungarth', hatte Drinkwater sagen wollen, besann sich aber eines besseren. Die Abteilung des Lords war bei der Marine nicht allgemein bekannt. Es reichte, wenn Quilhampton wußte, daß er unter einem Geheimbefehl der Admiralität segelte.

Sie wurden durch ein Klopfen an der Tür unterbrochen. Mr. Frey lugte um die Ecke.

„Verzeihung, Sir, aber der Wind frischt auf, und im Beiboot draußen sind die Handelsmatrosen etwas besorgt über die Verzögerung."

„Unterschätzen Sie niemals einen Mann der Handelsmarine, Mr. Frey." Drinkwater erhob sich vorsichtig. „Kapitän Littlewood hat mir die Bootscrew nur zur Verfügung gestellt, nachdem ich ihm hoch und heilig versprochen hatte, daß keiner seiner Männer hier in die Marine gepreßt wird."

Frey grinste. „In der Tat ging mir dieser Gedanke schon durch den Kopf."

„Das dachte ich mir." Drinkwater nahm seinen Hut und ging an Deck. Das kleine Schiff mit seinen Reihen plumper, kurzer Karronaden an Oberdeck sah sauber und aufgeräumt aus, obwohl es überall die Spuren pausenloser harter Einsätze trug und einen Mangel an Farbe verriet. Drinkwater hatte Quilhamptons Beförderungschancen etwas geschönt dargestellt, denn es war häufig so, daß sich die Kommandierung von Leutnants auf eine Kanonenbrigg als Sackgasse in ihrer Karriere erwies.

„Warum ist Kapitän Drinkwater incognito unterwegs, Sir?" fragte Frey, während sie ihrem zivil gekleideten Ex-Kommandanten nachblickten, der im Beiboot der *Galliwasp* zurückgepullt wurde. „Und warum ist er an Bord dieser Bark?"

Quilhampton drehte sich rasch um. „Das erkläre ich Ihnen später, Mr. Frey. Im Augenblick wäre ich Ihnen dankbar, wenn Sie einen Kurs festlegen würden, mit dem wir diesen Fischkutter dort hinten abfangen können. Ich muß ihm einen Brief übergeben."

Vom Deck der *Galliwasp* beobachtete Drinkwater, wie Quilhamptons kleine Brigg auf den Fischkutter zuschoß, beidrehte und den schicksalsträchtigen Brief übergab. Erleichtert seufzte er auf in der Hoffnung, daß damit Quilhamptons Kopf wieder freier wurde, obwohl die ganze Angelegenheit natürlich noch nicht ausgestanden war. Auch er selber fühlte sich durch das Treffen mit seinem Freund belastet, und das lag nicht nur an Quilhamptons geplatzter Hochzeit. Im stinkenden Zimmer über Mr. Daveys Laden, wo er soviel Gin getrunken hatte, waren ihm die Argumente von Dungarth und später von Solomon logisch erschienen, und er hatte ihnen geglaubt, daß seine Freistellung vom regulären Dienst von nationaler Bedeutung war. Aber der Anblick des kleinen Kriegsschiffes mit seinen vertrauten Gerüchen hatte nostalgische Gefühle bei ihm geweckt. Dazu kamen Zweifel, ob Quilhamptons kleine Brigg das richtige Instrument war, um das mächtige französische Kaiserreich zu erschüttern. Auch private Erinnerungen waren ihm wieder durch den Kopf gegangen, die er für eine Weile verdrängt hatte. Freys Meldung, daß Drinkwaters persönliches Gepäck sicher auf der *Tracker* verstaut war, hatte ihm ins Gedächtnis gerufen, warum er es nicht nach Hause hatte bringen können. Tregembos schrecklicher Tod verfolgte ihn wie ein Alptraum, dazu kam die Erinnerung daran, wie sie seinerzeit alle zusammen in Richtung Skagerrak gesegelt waren. Seine merkwürdige Position auf der *Galliwasp* verurteilte ihn zur Untätigkeit in seiner Kajüte, obwohl Littlewood ein liebenswerter Gastgeber war, der ihn stets auf dem Achterdeck duldete. Als sich die Segel von Quilhamptons Brigg wieder füllten in dem Bestreben, die Bark einzuholen, blickte er nachdenklich zu der Sandbank und den beiden Leuchttürmen von Orfordness zurück. Hier in der Gegend hatten sie mit der holländischen Fregatte *Zaandam* gekämpft, deren Pulvermagazin der unerschrockene James Quilhampton in die Luft gejagt hatte. Und er selbst hatte hier Edouard Santhonax den Todesstoß versetzt. Es war schon merkwürdig, ja schicksalhaft, wie sich ihre Wege immer wieder gekreuzt hatten. Es war ein verzweifelter Kampf gewesen. Drinkwater hatte ein Staatsgeheimnis der Russen zur Admiralität zurückbringen müssen, und Santhonax wollte eben dies verhindern*.

Jetzt war er wieder auf dem Weg dorthin. Ein Gedanke durchzuckte ihn wie ein Blitzstrahl: daß er noch immer an den toten Santhonax gefesselt war, denn die notwendige Bewahrung dieses Geheimnisses hatte ihn bei der Admiralität zum unerwünschten Mann gemacht. Die Folgen spürte er noch heute.

* siehe Ullstein Buch 20881 *Der Mann unterm Floß*

„Der Teufel hole diesen Wind!" bellte Littlewood und hielt seinen Hut mit einer Hand fest. „Warum raumt er nicht wenigstens um einen Strich oder dreht ganz auf Südwest?"

Das war nur eine rhetorische Frage und vor allem Ausdruck seines Ärgers über den Nordwind, der sie dazu zwang, in die Deutsche Bucht auf Helgoland zuzuhalten, statt einen Kurs auf Skagen absetzen zu können. Sie hatten einen langen Schlag gemacht, um frei von Texel zu bleiben, und dabei schon die Breite von Whitby erreicht, was ihnen die Chance bot, Skagen anliegen zu können. Aber dann war der Wind einen Strich ausgeschossen, und sie hatten nur Ostnordost halten können, einen Kurs, der direkt auf Horns Riff zuführte.

„Bald haben wir die Äquinoktialstürme auf unserer Seite", meinte Drinkwater beschwichtigend, obwohl ihn die Verzögerung ebenso bedrückte wie Littlewood. Beide befürchteten, daß der Nordwind die Eisbildung in der Ostsee beschleunigen würde.

„Günstiger Wind wäre ja auch zuviel verlangt", knurrte Littlewood gereizt, drehte sich um und folgte Drinkwaters Blick. Achteraus arbeitete *Tracker* heftig im Seegang, grünes Wasser brach immer wieder über ihre Back, Spritzwasserwolken flogen von ihrem Vordeck nach Lee. „Die kann nur so hoch an den Wind gehen wie mein alter Hut!"

Drinkwater grunzte zustimmend. Bei dieser Windstärke, die sich vollem Sturm näherte, konnte das Leben dort drüben nicht sonderlich angenehm sein. Er erinnerte sich an seine Dienstzeit auf einem Kutter. Dort war es zwar naß und äußerst ungemütlich gewesen, aber man hatte wenigstens die Gewißheit, immer Luv machen zu können. Der arme Quilhampton würde sich ganz schön abrackern müssen, um seine Befehle auszuführen. Dieser Gedanke ließ Drinkwater grimmig lächeln.

„Etwas amüsiert Sie, Kapitän?"

Drinkwater nickte. „Ein wenig jedenfalls", gab er zu. „Der junge Bursche, der drüben das Kommando hat, trauerte gestern noch einer verlorenen Liebe nach, aber ich wette, jetzt hat er anderes im Kopf."

Littlewood lachte. „Ich lasse reffen, wenn Sie möchten. Es hat ja keinen Sinn, ihm davonzulaufen."

„Sehr verbunden, Kapitän Littlewood", stimmte Drinkwater zu. Schließlich war es die Kanonenbrigg, die sie beschützen sollte, und nicht umgekehrt.

„Der Wind wird bald wieder rückdrehen", grunzte Littlewood, während er sich umdrehte, um seiner Mannschaft die nötigen Befehle zu geben.

Aber sein Optimismus war verfehlt. Am Abend segelten sie mit dreifach gerefften Marssegeln und Besan, denn der Wind war auf volle Sturmstärke angewachsen.

FÜNFTES KAPITEL

September 1809

Der Sturm

Drinkwater konnte nicht schlafen. Zwar trug er für die *Galliwasp* keine unmittelbare Verantwortung, aber die Gewohnheiten eines Kommandanten waren zu tief in ihm verwurzelt. Außerdem lag die Sorge um das Wohlergehen des früheren Westindienfahrers und seiner Mannschaft wie eine schwere Bürde auf seinen schiefen Schultern. Also zog er gegen Mitternacht seinen Ölmantel an und ging an Deck, wo er Littlewood auf Posten fand.

„Es gibt Zeiten, Kapitän Waters, da ist die Versuchung, sich mit einer Pulle Schnaps in seine Koje zu verkriechen und hier oben alles dem Steuermann zu überlassen, wirklich sehr groß." Littlewood kam über das wild schwankende Achterdeck getaumelt und hielt sich an einem Backstag hinter Drinkwater fest.

„Sie können mich nicht täuschen, Sir", brüllte Drinkwater zurück und grinste in die Dunkelheit. Littlewoods bissiger Humor zeigte, daß er in gefährlichen Situationen seinen Mann stehen würde. „Aber Ihnen wäre ein sicherer Ankerplatz auf der Schelde vor Walcheren jetzt bestimmt lieber."

Littlewood beugte sich vor. „Das Wetter wird nicht besser, Kapitän", stellte er fest. „Nach meiner Schätzung können wir den Kurs bis zum Morgen beibehalten, aber bei Tagesanbruch müssen wir auf den anderen Bug gehen."

„Sie werden halsen müssen . . ."

„Aye", stimmte Littlewood zu, „bei diesem Wind klappt keine Wende."

Beide Männer blickten mit den gleichen Gedanken nach Luv. Die *Galliwasp* legte sich unter dem Winddruck weit nach Steuerbord über, hohe graue Brecher knallten gegen ihre Backbordseite. Einige brachen in Luv, dann peitschte das Spritzwasser übers Deck, andere ritt sie aus. Ständig jaulte der Wind in den steifen Luvwanten, und die Leewanten brummten. Das Wasser gurgelte in den Speigatten und Wasserabläufen der Steuerbordkuhl, der Rumpf wurde bis zum Kiel von den harten Schlägen der See erschüttert. Eiskalte Gischt prasselte mit der Wucht einer Schrotladung über die Aufbauten und brannte schmerzhaft auf der ungeschützten Haut.

Die Wache versteckte sich an den unmöglichsten Ecken, nur der Wachhabende und der Rudergänger hielten stand, geschützt von einer Persenning. Auch Drinkwater und Littlewood konnten den tobenden Elementen, die sie aus der heulenden Schwärze heraus anfielen, nicht entgehen.

Während er vergeblich versuchte, einem Schwall eisigen Wassers auszuweichen, und sich die brennenden Augen wischte, blickte Drinkwater nach Lee achteraus. „Was zum Teufel ist das?"

„Ein bengalisches Feuer?" fragte sich Littlewood neben ihm.

Der Winddruck ließ beide Männer über die Planken nach Lee rutschen, wo sie gegen die Reling prallten. Das niedrige rote Licht war verschwunden, entweder erloschen oder von einer besonders hohen See verdeckt.

„Da ist es wieder!" Littlewood zeigte in die Richtung, aber Drinkwater hatte den roten Schein schon entdeckt.

„Notsignal von der Brigg, Sir!" Der Erste Steuermann der *Galliwasp* zog sich von Handgriff zu Handgriff, um seine Meldung zu machen.

„Wir sehen es, Mr. Munsden, danke."

„Es dürfte die *Tracker* sein, Sir."

„Das denken wir auch." Littlewood drehte sich zu Drinkwater um. „Dieser junge Kommandant, der mit dem Liebeskummer, was ist er für ein Kerl, Kapitän?"

„Keine Memme, wenn es drauf ankommt", schnappte Drinkwater, aber seine Sorge wuchs. Während seine Augen die Finsternis, die dem Verglühen des bengalischen Feuers folgte, zu durchdringen suchten, sah er im Geist Quilhampton und Frey vor sich, die etwa eine Meile achteraus um ihr Leben kämpften.

„Kapitän Littlewood, Sie würden mich Ihnen sehr verpflichten, wenn Sie Ihr Schiff jetzt halsen würden, um nach der *Tracker* zu sehen. Sie haben dafür genug Männer an Deck."

Drinkwater spürte, daß Littlewood zögerte, doch dann sah er zu seiner Erleichterung den weißen Kopf nicken und hörte ihn nach dem Steuermann brüllen: „Mr. Munsden . . . !"

Über ihnen ertönte ein Knall, laut wie ein Kanonenschuß, der das ganze Schiff erzittern ließ: Das gereffte Großmarssegel war aus seinen Lieken geflogen.

Littlewood wirbelte herum und machte seinen Männern lautstark Beine. „Aufentern, ihr faulen Hunde, und sichert diesen Mist da oben! Alle Mann an Deck, Mr. Munsden!"

Drinkwater fluchte enttäuscht. Er wandte seinen Blick von der schlagenden Leinwand ab und schaute wieder nach Steuerbord achteraus, weil er hoffte, ein weiteres Signal von *Tracker* zu sehen – vergeblich. Er wurde noch wütender, als wieder eine Gischtwolke übers Deck fegte.

„Mit Ihrer Erlaubnis, Sir", rief er, schob sich an Littlewood vorbei und stieg in die Großwanten. Er mußte irgend etwas tun, auch wenn man von einem Vollkapitän der Royal Navy nicht unbedingt erwartete, daß er aufenterte.

Er erreichte die Marssaling und erkannte dort die Dummheit seines Tuns: Er keuchte fürchterlich, und die vernarbten Muskeln seiner verletzten Schulter schmerzten. Die Windstärke hier oben war beängstigend, aber er biß die Zähne zusammen. Mit wild flatterndem Ölmantel zog er sich mühsam auf die Saling. Oben fand er sich Auge in Auge mit einem Toppgasten der *Galliwasp* wieder, der ihn erkannte und aus seiner Überraschung keinen Hehl machte.

„Jesus, was ist denn in Sie gefahren . . .?"

„Los, Mann, auslegen, es gibt Arbeit!"

Der ganze Mast zitterte, und das zerrissene Segeltuch schlug so, daß es sie von der Rah zu reißen drohte. Die Luft schmeckte beißend nach Salz, und der Sturm heulte ohrenbetäubend, ein Kreischen, das vom Brummen und Jaulen des Riggs noch verstärkt wurde. Jedes Teil hatte entsprechend seiner Spannung eine eigene Tonhöhe.

Die Männer der Wache enterten auf und drängelten sich an Drinkwater vorbei, warteten auf den günstigsten Moment, um auf der vibrierenden Rah auszulegen.

Drinkwater merkte beschämt, daß er unkontrolliert bebte, und verfluchte sich, weil er seinem spontanen Entschluß gefolgt und aufgeentert war. Es war eine nervöse Überreaktion gewesen, ausgelöst von dem Drang, etwas für Quilhampton und seine Brigg zu tun. Da er von der Pflicht befreit war, Befehle zu brüllen und ihre Ausführung zu überwachen, hatte er den Männern der *Galliwasp* ein heroisches Beispiel geben wollen. Außerdem hatte er gehofft, von diesem erhöhten Standpunkt aus die *Tracker* sehen und helfende Hinweise geben zu können. Aber auch diese logische Begründung war nicht der eigentliche Auslöser gewesen, sondern sein Wunsch nach Betäubung durch Aktivität, der Drang, den Tod herauszufordern oder dem Teufel wieder einmal von der Schippe zu springen. Er wollte eine Art Gottesurteil erzwingen, denn er konnte es einfach nicht länger ertragen, sich die Schuld am Tod des alten Tregembo geben zu müssen.

Die Dummheit seines Verhaltens wurde ihm erst so richtig bewußt, als er auf der schwankenden Marssaling stand und sich nur mühsam am Mast festhielt. Sein Herz klopfte zum Zerspringen, seine Muskeln schienen aus Pudding zu sein. Innerlich zitterte er, äußerlich wurde er gebeutelt.

Littlewood brüllte von unten herauf: „Auslegen, auslegen!" Drinkwater stellte fest, daß der Kapitän abgefallen war, um den scheinbaren Wind zu mildern, dadurch wurde es leichter, die Reste des Segels zu bergen. Die Männer, die sich eben noch um ihn gedrängt hatten, waren plötzlich verschwunden. Sie schoben sich auf den Fußpferden nach außen, hielten sich mit einer Hand an der Rah fest, die andere Hand krallten sie in die schlagenden Tuchfetzen. Sie waren nur noch graue Schemen in der Dunkelheit auf der schwankenden Rah, deren Nock ins Auge des Sturms zu zeigen schien.

Unbeweglich verharrte Drinkwater, ohne sich bewußt zu sein, daß er das Opfer völliger geistiger und körperlicher Erschöpfung war. Seit zwei Jahren, als er versteckt in einer Dachkammer Tilsits das Treffen von Zar Nikolaus mit Napoleon beobachtete, hatte er keine Zeit mehr für sich allein gehabt. Zuerst die Anstrengung, um die höchst geheime Nachricht nach England zu bringen; dann das Gefecht mit der *Zaandam*, in dem er Santhonax getötet hatte; die schweren Beschädigungen an der *Antigone*, die darauffolgende Auseinandersetzung mit Barrow in der Admiralität; die Hinrichtung eines fahnenflüchtigen Matrosen, die die Reise seiner *Patrician* von Anfang an unter einen schlechten Stern gestellt hatte; die Tötung zweier Deserteure an einem Wasserfall auf der Insel Mas-a-Fuera; der Verlust und die Zurückeroberung seines Schiffes und schließlich die Ankunft in Kanton, wo er wieder auf seinen langjährigen Intimfeind Morris stieß – das alles hatte schließlich dazu geführt, daß er seinen alten Vertrauten und Freund Tregembo erschießen mußte. Sein Schuldgefühl wurde noch durch die Erkenntnis verstärkt, daß Tregembo sich für ihn, Nathaniel Drinkwater, geopfert hatte. Solange er sein Gehirn mit Gin umnebelt, den Spion für Lord Dungarth gemimt, seine Spielchen mit Fagan und den merkantilen Interessen Solomons getrieben hatte, war es ihm möglich gewesen, Haltung zu bewahren. Aber jetzt legte dieser Sturm seine Nerven bloß. Er hatte sein Verantwortungsgefühl und seinen Stolz mißbraucht, um auf die Marssaling zu klettern und den Handelsmatrosen ein Beispiel zu geben, die jetzt damit beschäftigt waren, die Segelfetzen zusammenzurollen und mit Zeisingen zu verschnüren. Er fragte sich, ob sie wohl die Angst bemerkt hatten, die in seinem Inneren wütete. Warum hatte er nicht auf die Rah ausgelegt, bevor ihn diese Erstarrung übermannte? Dann hätte er sich jetzt in die kochende See stürzen können, wo ihn ein gnädiger Tod erwartete. Warum klammerten sich seine Hände so fest um die eisernen Mastbeschläge?

Quilhampton . . .

Der Gedanke stieg so langsam in ihm auf, daß er später der Meinung war, er sei kurz bewußtlos gewesen und nur der Instinkt des Berufsseemanns habe verhindert, daß er abstürzte. Quilhamptons Notlage und Drinkwaters tiefverwurzeltes Pflichtbewußtsein ließen ihn seinen seelischen und körperlichen Tiefpunkt überwinden.

Angewidert starrte er nach Steuerbord, wo die *Tracker* stehen mußte. Er hatte seine eigenen Ängste abgeschüttelt und war plötzlich imstande, eine gefährliche Veränderung des Windes und der See festzustellen. Die See wurde nicht mehr aufgesteilt, sondern vom Wind flachgedrückt. Sie war jetzt keine dunkle Masse von Wellenkämmen mehr, sondern ein kochender weißer Hexenkessel. Das Geheul des Sturms hatte sich zum irrsinnigen Kreischen des Orkans gesteigert.

Neben ihm ging wieder ein Krachen durch den Mast, und wie mit einem Kanonenschlag riß nun auch das Großbramsegel aus den Lieken. Das Peitschen loser Leinwand begann von neuem und ließ über die Verstagung den ganzen Mast heftig erzittern. Es schien nicht ausgeschlossen, daß die Bark durch die Erschütterung alle drei Masten verlieren würde. Unter ihm bellte Littlewood Befehle, seine Toppgasten kamen von der Großmarsrah nach innen und enterten am Mast zur Großbramrah auf. Ihre geröteten Gesichter waren, soweit Drinkwater sie erkennen konnte, wild vor Verzweiflung und verzerrt vor Anstrengung, hielten dem Winddruck und dem Gischthagel nur unter Schmerzen stand. Nach Luv zu blicken, war unmöglich. Einen Augenblick ließ sich Drinkwater ablenken und nahm das Kreischen des Sturms und das Leiden der *Galliwasp* in sich auf, aber als die Matrosen in die Oberwanten gekrochen waren, um das zerfetzte Bramsegel zu bergen, fiel ihm wieder Quilhampton ein. Angestrengt versuchte er, die Kanonenbrigg in der Dunkelheit auszumachen.

Littlewood hielt die Bark weiterhin vor dem Wind, aber Drinkwater konnte nur den Kreis weißen, kochenden Wassers rund um das Schiff sehen: eine kleine begrenzte Welt, in der nur sie allein existierten. Er merkte, daß er kaum noch atmen konnte, daß er sich an seinem exponierten Platz bald nicht mehr würde festhalten können, geschweige denn den Abstieg schaffen. Besorgt wegen seiner Schwäche und der Gewalt des Sturms, schob er sich über die Kante der Marssaling und preßte sich, behindert durch die aufsteigende Luftströmung, gegen die Wanten. Taumelnd wie eine Fliege im Spinnennetz, kämpfte er sich nach unten, bis er die relative Sicherheit des Decks erreicht hatte.

Littlewood hatte jetzt alle Mann im Einsatz, und die drohende Gefahr verwandelte sie in wahre Energiebündel. Anders als auf einem Kriegsschiff mit seinen komplizierten Kommandostrukturen, die vom Achterdeck bis in den letzten Winkel reichten, mußte ein Handelskapitän, obwohl er die Befehlsgewalt innehatte, in einer solchen Krise viele Aufgaben selbst übernehmen. Seine Steuerleute und Decksoffiziere setzten ebenfalls Leinen durch und belegten sie, um das schlagende Großbramsegel unter Kontrolle zu bringen und die Rahen zu brassen. Littlewood selbst kämpfte mit dem Ruder. Drinkwater hangelte sich zu ihm hinüber und griff in die Speichen auf der anderen Seite des Rades, um ihm zu helfen.

„Danke", rief Littlewood. „Wir haben drei Fuß Wasser in der Bilge . . . Haben Sie – einen Strich abfallen, Kapitän – haben Sie die Brigg sehen können?"

„Nein."

Eine Zeitlang mühten sie sich schweigend ab. Littlewood duckte sich immer wieder und blickte nach oben, brüllte ab und zu einen Befehl nach vorn zu seinem Steuermann, der am Fuß des Großmasts stand, ein Fall klar zum Belegen in der Hand. Von Zeit zu Zeit warf Littlewood einen Blick über die Schulter und ließ das Ruder eine Speiche weit aufkommen, um das Schiff vor dem Wind zu halten. Zwischen ihnen waren keine Worte mehr nötig, denn Drinkwater spürte instinktiv, worum es ging. Die Gefahr, daß ein Brecher sie von achtern überlief, bestand nicht, denn der Orkan drückte die Seen herunter. Ihre größte Sorge waren die immensen Kräfte, die auf das Rigg einwirkten.

Drinkwater, der noch immer unter den Anstrengungen seiner Klettertour litt, begnügte sich einen Augenblick damit, Littlewood die Sorge um die *Galliwasp* allein zu überlassen. Blicklos starrte er auf die schwingende Kompaßrose, die von der flackernden Flamme einer Öllampe beleuchtet wurde. Er fühlte Littlewoods Zug am Ruder und gab nach. Aber dann spürte er plötzlich, daß etwas nicht stimmte, und blickte hoch.

„Was, zum Teufel . . .?" Mißtrauisch spähte Littlewood um sich.

Überraschend hatte der Wind ganz ausgesetzt, das Heulen verstummte, nur die Geräusche der See waren zu hören. Verblüfft warf Drinkwater einen Blick auf den Kompaß.

„Wir haben um drei Strich angeluvt . . ." murmelte er auf der Suche nach einer Erklärung, aber da war sie schon über ihnen.

„Abfallen!" röhrte Littlewood und wirbelte das Ruder herum. Doch schon war der Wind, jetzt aus ganz anderer Richtung, wieder da und traf das Rigg mit der Gewalt einer gigantischen Streitaxt. Das Schiff verlor augenblicklich jede Fahrt und blieb mit backstehenden Segeln hilflos liegen. Das halb weggenommene Großbramsegel wurde aus seinen Gatchen gerissen und zerrte wild schlagend an den Männern auf der Rah, die es zu bändigen versucht hatten.

Das erste Opfer war ein Toppgast, ein alter Salzbuckel, der von oben kam und mit einem Aufschrei in der brodelnden See verschwand. Drinkwater kam es später so vor, als hätte er so lange geschrien, bis das Schiff entmastet war, als hätte der Todesschrei den Sturm ermutigt, sein Zerstörungswerk zu vollenden. Drinkwater schien der Abstürzende die Stagen und Wanten mit sich zu reißen und in einer letzten gigantischen Kraftanstrengung sogar die Masten zu kappen. Aber es war nur eine dumme Sinnestäuschung, ausgelöst durch die Fakten, mit denen sie sich gleich darauf konfrontiert sahen: ein Mann über Bord und verloren, die drei Masten in Trümmern an Deck.

Einen Augenblick blieb es still, weil alle unter Schock standen, dann erhoben sich überall Stimmen. Einige schrien vor Schmerz oder um Hilfe, andere versuchten, ihrer Autorität Gehör zu verschaffen. Drinkwater kämpfte sich durch die Trümmer der Takelage und sah, daß eine herabfallende Rah das Ruderrad zerschlagen hatte. Kapitän Littlewood war weniger glücklich gewesen als er und lag eingequetscht unter der von oben gekommenen Spiere. Unter seinen Füßen begann die Bark zu taumeln, weil der größte Teil des Riggs über die Seite gestürzt war, jetzt nachschleppte und das Schiff quer zur See zog. Das ganze Gewirr wirkte wie ein riesiger Treibanker. Durch die plötzliche Richtungsänderung des Windes baute sich eine gefährlich hohe und steile Kreuzsee auf, die das unglückliche Schiff durchschüttelte und die Nöte der Mannschaft erheblich erschwerte.

„Kapitän Littlewood!" Drinkwater versuchte, den Skipper zu befreien. „Sind Sie verletzt, Sir?"

„Nicht der Rede wert . . . Verdammt, ich kann mich nicht bewegen . . ."

Drinkwater richtete sich auf und brüllte: „Mr. Munsden!" Heilfroh, eine Antwort des Ersten zu hören, fuhr er fort: „Holen Sie eine Handspake oder eine Spillspake! Kapitän Littlewood ist hier eingeklemmt."

Mit ziemlichem Kraftaufwand gelang es ihnen, die Rah von Littlewoods Bauch zu stemmen und ihn darunter herauszuziehen. Von Zeit zu Zeit krachten Brecher in das Chaos aus Spieren, Tauwerk und zerrissenen Segeln, dann schoß das Wasser wie ein Wildbach übers Deck. Überall in dem Durcheinander halfen Männer, ihre Kameraden zu befreien. Als Littlewood wieder auf den Beinen stand, stellten sie fest, daß sie sich nicht mehr schreiend verständigen mußten. Der Orkan war, nachdem er offenbar sein Ziel erreicht hatte, wieder auf normale Sturmstärke zurückgegangen. Littlewood ließ die Mannschaft durchzählen. Außer dem über Bord gegangenen Toppgasten waren zwei Mann erschlagen worden, einer wurde vermißt, drei andere waren schwer verletzt. Ein Dutzend hatten Schnitte, Beulen und Wunden von weniger schwerer Art.

Durchnäßt bis auf die Haut, zogen sie diese traurige Bilanz und wurden sich über ihre Lage klar. Der rückdrehende Wind war jetzt nicht mehr so kalt, so daß die Männer bei der Arbeit zu schwitzen begannen, als sie das Deck klarierten, um die *Galliwasp* wieder in Fahrt zu bringen.

Als schließlich der Morgen graute, fand er eine entmastete, hilflose Hulk vor, die stark rollend nach Lee abtrieb. Die über Bord gegangenen Wrackteile brachten wenigstens den einen Vorteil, daß sich die Brecher in Luv daran totliefen und deshalb nicht an Deck steigen konnten. Im Lauf des Vormittags ließ der Wind weiter nach. Mit Äxten und Messern kappte die Mannschaft das Wirrwarr der Trossen, Leinen und Spieren und versuchte dabei, soviel Brauchbares wie möglich zu retten. Kapitän Littlewood erwies sich in der Krise als ebenso tüchtig und energisch wie bei Schönwetter. Drinkwater, der in Hemdsärmeln half, wo er konnte, erinnerte sich an Littlewoods eigene finanzielle Investition in Schiff und Ladung. Im Augenblick war er vollauf damit zufrieden, an der Rettung beider aktiv beteiligt zu sein.

Es wurde Nachmittag, bevor so etwas wie die Ordnung an Bord wieder hergestellt war. Die *Galliwasp* trieb nun an ihrem gebrochenen Bugspriet nach Lee, der wie ein Treibanker wirkte und ihren Vorsteven gegen See und Wind hielt. Der Koch setzte das Kombüsenfeuer wieder in Gang und servierte einen dampfenden Haferbrei, den er mit Rum und Sirup verfeinert hatte. Er schmeckte den erschöpften und ausgehungerten Männern köstlich.

Mit vollem Mund winkte Littlewood Drinkwater nach achtern, wo sich die beiden über ihren gefüllten Schüsseln berieten.

„Unsere Lage behagt mir nicht, Kapitän Waters. Wir haben vier Fuß Wasser in der Bilge, und was unseren Standort angeht – na ja . . ." Mit dem Rücken seiner rechten Hand, die den Löffel hielt, rieb sich Littlewood das stoppelige Kinn; eine schmierige Spur Hafergrütze blieb darauf zurück.

„Darüber habe ich auch schon nachgedacht", sagte Drinkwater. „Aber bei diesem Himmel", er warf einen Blick zu der geschlossenen Wolkendecke hinauf, „können wir den Sextant vergessen. Wir sollten nach unten gehen und in die Karte sehen."

In der Achterkajüte schenkte Littlewood zwei Gläser voll Rum ein, dann entrollte er die Karte auf dem Tisch. Der Nagel seines kurzen dicken Zeigefingers, mit dem er auf ihren letzten gegißten Ort deutete, war abgebrochen und blutig. Die Fingerspitze wanderte nach Süden.

„Zuerst sind wir südwärts auf die friesischen Inseln zugetrieben, dann nach der Winddrehung mehr östlich in die Deutsche Bucht."

Drinkwater studierte die lange Inselkette, die sich in weitem Bogen an der niederländischen und hannoverschen Nordküste entlangzog und die Mündungen von Jade, Weser und Elbe schützte. Wie weit standen sie noch entfernt von diesen tödlichen Sänden mit ihren fremdartig und gefährlich klingenden Namen: Vogelsand, Knechtsand und Scharhörn? Wie viele Meilen trennten sie noch von den Brechern der Grundsee, die das Schiff unweigerlich zerschlagen würden, wenn sein Kiel erst auf den Untiefen saß, die sich endlos weit ins Meer hinaus erstreckten?

„Wir haben genug Material für ein Notrigg gerettet. Damit könnten wir ablaufen und bei etwas Glück sogar Raum nach Norden gewinnen."

Littlewoods verletzter Zeigefinger bewegte sich von der kleinen Insel Neuwerk, die wie ein Wächter an der Elbmündung lag, nach Norden.

„Das wäre unsere beste Chance – falls wir Horns Riff entgehen können und den dänischen Freibeutern. Natürlich ist es ein Risiko . . ." Der Kapitän beschloß den Satz mit einem kräftigen Schluck Rum.

Nördlich der Insel Sylt lag Esbjerg, von dem aus dänische Freibeuter mit Begeisterung Jagd auf die *Galliwasp* machen würden. Die Dänen hatten den Briten weder die Beschießung ihrer Hauptstadt Kopenhagen noch die anschließende Wegnahme ihrer Flotte vergessen. Zwei Jahre nach dieser Demütigung hatte ein britisches Schiff, das ihnen in die Hände fiel, wenig Gnade zu erwarten – und schon gar nicht ein verkappter britischer Marineoffizier. Kam heraus, daß er in Zivil unterwegs war, würde man ihn mit ziemlicher Sicherheit als Spion erschießen oder aufhängen. Drinkwater hatte vor Zeiten so eine Exekution unter den Kanonen der Holländer beobachtet, dabei war mit dem Agenten ebenfalls nicht lange gefackelt worden.

„Haben Sie eine Karte größeren Maßstabs?" fragte Drinkwater, das gräßliche Bild verdrängend.

„Aye." Littlewood drehte sich um und zog eine Kartenrolle aus seinem Schrank. Drinkwater wartete und genoß die Wärme des Rums in seinem Magen. „Sie denken an Helgoland, nicht wahr?"

„Ja."

Sie breiteten die zweite Karte aus. Drinkwater fiel auf, daß es sich um die englische Kopie einer Karte handelte, die von der Hamburger Handelskammer herausgegeben worden war.

„Helgoland ist zu riskant", meinte Littlewood kopfschüttelnd. „Stimmt unsere Koppelung nicht, verrechnen wir uns oder werden wir versetzt, dann segeln wir an der Insel vorbei, und unser Schicksal ist besiegelt."

„Dann könnten wir immer noch ankern und Notsignale geben. In der Nähe der Insel steht meist eine Slup oder ein Kutter unserer Marine."

„Ja, und ebenso oft ist es ein verdammter Lugger vom französischen Zoll. Oder – noch schlimmer – ein dänischer Küstenwachkutter. Diese verdammte Insel zieht sie alle an wie das Licht die Motten. Nein, es bleibt dabei, Helgoland ist zu riskant. Statt den Kopf in diese Schlinge zu stecken, würde ich es lieber im Norden versuchen, wo wir mit etwas Glück auf einen britischen Kreuzer stoßen."

Aus Littlewoods Ton klang die Überzeugung eines Mannes, der seine Entscheidung getroffen hatte und kein Gegenargument mehr dulden würde. Er blickte dem noch unentschlossenen Drinkwater fest in die Augen und brachte sein letztes und stärkstes Argument an.

„Was würde die französische Garnison in Hamburg wohl mit uns anstellen, wenn sie Wind von unserer Ladung bekommt, Kapitän? Wir wären für sie ein verdammt guter Fang. Ich würde eine wertlose Quittung bekommen und in einer Zelle landen. Sie wissen genau, daß ich zuerst an mein Schiff denken muß. Nein, wir werden unser Glück im Norden versuchen."

Littlewood ließ sein Ende der Karte los, und sie rollte wie eine entspannte Feder auf Drinkwaters Hand zu, die den anderen Rand festhielt. Der leichte Schmerz weckte in Drinkwater das unangenehme Bewußtsein, daß Littlewood hier das letzte Wort hatte. Für den Handelskapitän war er kein Marineoffizier, sondern nur eine Belastung. Damit sah sich Drinkwater einer Situation gegenüber, die er nicht völlig in der Hand hatte. Er konnte Littlewood unmöglich seines Kommandos über die *Galliwasp* entheben, ohne seine Tarnung aufzugeben. Außerdem war seine Autorität nur schwer zu beweisen und schon gar nicht durchzusetzen. Die Mannschaft würde glauben, durch einen Trick in den Marinedienst gepreßt worden zu sein. Dann aber mußte er um sein Leben fürchten.

Littlewoods Lagebeurteilung war seemännisch korrekt und seine Lösung die einzig praktikable. Falls sie sich irgendwie nach Norden kämpfen konnten, gewannen sie Seeraum, Zeit und die Chance, auf ein britisches Kriegsschiff zu treffen. Liefen sie aber vor dem Wind auf das britisch besetzte Helgoland zu, war das nur der berühmte Griff nach dem Strohhalm.

„Ja, ich stimme Ihnen zu." Drinkwater nickte.

„Schade um die Kanonenbrigg . . ."

Drinkwater blieb noch in der Kajüte, nachdem Littlewood wieder an Deck gegangen war und seine Crew zu neuen Anstrengungen trieb. Die Bark schlingerte im Seegang, ihr angeschlagener Rumpf protestierte quietschend. Drinkwater hörte das monotone Klappern der Pumpen, mit denen Littlewood seine wertvolle Ladung vor dem schmutzigen Bilgenwasser zu retten versuchte.

„Himmelherrgott!" fluchte Drinkwater wild und hieb mit der Faust auf den Tisch. Was in Dreiteufelsnamen hatte er hier zu suchen, ein schiffbrüchiger Agent zwischen den Scherben von Dungarths grandiosem Geheimunternehmen?

Die ganze Sache war geplatzt – ein Fiasko!

Herausgekommen war dabei nur der Verlust von Quilhampton und Frey samt ihrer Besatzung, denn es war undenkbar, daß ihre kleine Brigg den nächtlichen Orkan überstanden hatte. Die ganze Mission – wenn man das so nennen konnte, was nach Dungarths verrückter Vorstellung den Umschwung des Krieges bewirken sollte - war mit der *Tracker* gescheitert. Littlewood hatte recht, sie konnten nichts weiter tun, als sich selbst und die Ladung zu retten versuchen. Sollten sie die englische Küste tatsächlich erreichen, konnte das Unternehmen im nächsten Frühling ja noch einmal starten. Das war jedenfalls ein kleiner Trost.

Aber der Tod von Quilhampton, Frey und den anderen alten Bekannten schmerzte zu sehr, als daß es für ihn selbst Trost gegeben hätte. Ein niederschmetterndes Gefühl des Verlustes überkam ihn und verstärkte seine Depression. Und sein Schuldgefühl wuchs, als er selbstsüchtig nun auch um den Verlust seiner Seekiste und all seiner persönlichen Habe zu trauern begann, die mit der *Tracker* untergegangen war.

SECHSTES KAPITEL

Oktober 1809

Kohlen nach Newcastle

Drinkwater schreckte aus tiefem Schlaf hoch, sein Herz pochte in dumpfer Angst. Einen Augenblick lang dachte er, daß ihn seine Besorgnisse und Alpträume geweckt hätten, aber im nächsten Moment stand er stolpernd vor seiner Koje. Aus allen Teilen des Schiffes erklangen Schreie, Schreckensrufe von Männern, die ebenfalls aus dem Schlaf geholt worden waren. Wieder setzte *Galliwasp* auf, ihr Rumpf bebte wie ein lebendes Wesen in Todesangst.

Er erreichte das Deck, als ein Ruf ein Leuchtfeuer in Lee meldete.

„Wo, verdammt?" brüllte Littlewood, der sich in seinen Mantel hüllte. Sein Gesicht war eine weiße Maske der Besorgnis.

„In Lee, Käpt'n! Dort!"

Sowohl Drinkwater als auch Littlewood starrten in die Schwärze, als das Schiff zum vierten Mal heftig aufs Riff krachte. Das Wasser gurgelte und zischte im typischen Rhythmus von Grundseen.

Dann sahen sie das Feuer: einen gleichmäßigen roten Schein, den man für das Licht des aufgehenden Mondes hinter einer Wolke hätte halten können, nur daß er jetzt plötzlich gelb aufglühte. Sie waren nahe genug, um eine Funkenwolke aufstieben zu sehen.

„Das ist das Feuer von Helgoland!" rief Littlewood aus, dann bellte er: „Achtung, Kuhl! Loten!"

Drinkwater fühlte Littlewoods Griff an seinem Arm. „Käp'n Waters", seine Stimme war angestrengt und dringlich, „die Burschen müssen gepennt haben." Er meinte die erschöpfte Wache, die zusammen mit den anderen den ganzen Tag über an der Erstellung des Notriggs geschuftet hatte. „Wir sind vertrieben!"

„Sieben an der Marke, Sir!"

„Sie kommt schon wieder frei." Drinkwater beobachtete die auswandernde Peilung des Feuers und fühlte die Veränderung in den Schiffsbewegungen.

„Neun zu Wasser!" bestätigte ihn der Ruf von vorne.

„Vielleicht waren die Leute gar nicht nachlässig", meinte Drinkwater versöhnlich, der Littlewoods Betroffenheit spürte. „Das Feuer kann auch schlecht gewartet worden sein." Beide Männer blickten in die nun hell flackernden Flammen, die fast über ihren Köpfen zu lodern schienen.

„Ankern Sie sofort, Sir!"

Bei Drinkwaters scharfem Ruf schüttelte Littlewood seine Erstarrung ab.

„Ja, ja, natürlich. Klar zum Ankern, klar bei Schaftstropp und Kranstopper!"

Zum Glück hatten sie am Nachmittag vorausschauend eine Trosse an ihren schwersten Buganker angeschlagen. Ursprünglich hatten sie erwogen, für die Nacht zu ankern, sich aber dagegen entschieden, weil sie glaubten, genügend Seeraum zu haben, um beigedreht liegenbleiben zu können. Am Morgen hatten sie die Bark dann unter Notrigg weitersegeln wollen.

„Elf im Wasser!"

Der Anker klatschte vom Kranbalken ins Wasser, dann rumpelte die schwere Trosse aus der Klüse. Littlewood hatte seine Lethargie jetzt völlig überwunden. Er befahl dem Zimmermann, die Bilge zu loten, und schickte einige Matrosen an die Pumpen. Das mehrfache Aufsetzen auf dem Riff mußte am Kiel Planken gelockert haben. Littlewood war bestimmt todmüde, dachte Drinkwater, aber im Augenblick konnte er nichts für ihn tun. Er wandte sich wieder dem Leuchtfeuer zu, als er spürte, daß sich der Anker in den Grund eingrub und das Schiff an der Trosse eintörnte.

Aufmerksam beobachtete er, wie sich die Peilung stabilisierte.

Littlewood kam schnaubend nach achtern gestampft. „Und er hat doch gepennt, der Steuermann . . . Der Teufel soll ihn holen!"

„Die Peilung steht. Das Schiff hat eingetörnt."

„Zum Glück ist der Wind abgeflaut."

„Amen", murmelte Drinkwater.

„Wir machen Wasser, Sir." Der Zimmermann kam nach achtern und meldete seine Messungen, die sich Littlewood grunzend anhörte. „Wir müssen die Männer bis zum Morgen pumpen lassen . . . Mr. Watts!"

Der Steuermann kam nach achtern geschlichen, die Beschämung über sein Versagen war ihm sogar in der Dunkelheit anzumerken. Während Drinkwater Littlewoods Befehlen lauschte, bedachte er ihre

Situation. Die Mannschaft der *Galliwasp* hatte geschuftet wie die Berserker, und Watts war immer dabei gewesen. Sie hatten eben zu wenig Männer, weit weniger, als auf einem Kriegsschiff gleicher Größe zu finden gewesen wären. Littlewood drehte sich abrupt zu ihm um, während Watts unglücklich wieder davontrottete.

„Ich übernehme Ihre Ankerwache", sagte Drinkwater. „Alle an Bord sind überfordert worden." Littlewood stand einen Augenblick still neben ihm und schaute nach vorn, wo die Pumpen ihr monotones Klappern begannen. Dann hob er den Blick über die Reling zu den brennenden Kohlen des Leuchtfeuers von Helgoland.

„Sehr verbunden", erwiderte er kurz und verschwand unter Deck.

Die Morgendämmerung enthüllte ihre genaue Lage. Im Südosten beherrschten die Klippen und das Hochland von Helgoland den Horizont. Littlewoods Befürchtung, daß sie nachts an diesem Fliegendreck von Insel vorbeilaufen könnten, war vom Schicksal dadurch entkräftet worden, daß es sie auf die Riffe im Nordwesten Helgolands versetzt hatte. Jetzt lagen sie zwischen den weißen Brechern, den letzten Nachwehen des vergangenen Orkans.

Drinkwater erkannte nun klar den Umriß des Leuchtturms, die Dächer einiger Häuser und den Turm einer Kirche. Links von Helgoland lag ein schmaler Wasserstreifen mit einigen verankerten Handelsschiffen. Eine flache Sandbank begrenzte diese Reede auf der anderen Seite, zwei Baken hoben sich darauf deutlich von der gelblichen Morgenddämmerung ab. Drinkwater nahm das abgewetzte Fernrohr der Wache aus seinem Gestell, stellte es ein und suchte das Hochland ab. Die Felswände ragten steil in die Höhe und waren voller Spalten und Erosionsrinnen, verursacht durch unzählige Stürme und die starke Brandung. Gräser, Grasnelkenbüschel und Flechten bedeckten hier und da den Boden. Überall hatte der Kot von Seevögeln das drohend aufragende Felsmassiv bekleckert. Unzählige Möwen hingen auch jetzt wie eine Wolke mit bewegungslosen Schwingen über der Luvkante im Aufwind. Dann sah Drinkwater auch Menschen, zwei Männer in den roten Uniformen der britischen Seesoldaten. Das Teleskop absetzend, ging er nach achtern und suchte die Nationalflagge der *Galliwasp* heraus. Ihre Situation war zwar eindeutig, selbst die tumben roten „Hummer" da oben mußten sie begreifen, aber es konnte nicht schaden, sie noch etwas zu verdeutlichen.

Auf seinem Weg mit der Flagge nach vorne kam Drinkwater an einigen müden Männern vorbei, die halbherzig die Pumpenschwengel betätigten. Er packte ein Fall, das zur Spitze der Spiere führte, die sie an den Stumpf des Vormasts gelascht hatten. Nachdem er daran die Flagge so angeschlagen hatte, daß die Gösch des Union Jack nach unten zeigte, setzte er sie als Notsignal.

„Rechnen Sie mit Hilfe von Land, Käpt'n?" fragte einer der Männer, seinem Akzent nach ein Amerikaner.

„Zwei Soldaten oben auf der Klippe haben uns gesehen", erwiderte Drinkwater zuversichtlich und belegte das Fall. „Und warum sollten uns die Schiffe dort auf Reede nicht helfen?" Er deutete in die Richtung.

Die Männer mit ihren vor Erschöpfung grauen Gesichtern blickten auf und sahen die verankerten Schiffe zum ersten Mal.

„Sagen Sie mal, Käpt'n Waters, wo sind wir hier überhaupt?"

Drinkwater begriff plötzlich den Grund ihrer Besorgnis. Sie hatten keine Ahnung, daß sie sich vor dem britisch besetzten Helgoland befanden, und hatten vermutet, daß das Hissen der britischen Flagge eine Torheit gewesen war.

„Keine Sorge, Jungs", sagte er. „Wir sind hier vor Helgoland. Die Insel gehört uns, und die Soldaten sind keine Franzosen."

Er konnte sehen, wie sich ihre Gesichter aufhellten. Erleichtert spuckten sie in die Hände und gingen wieder an die Arbeit, ihr Schiff schwimmfähig zu halten, bis Hilfe eintraf.

Die Hilfe erschien in Gestalt eines gewissen Mr. Browne und zweier Marinebarkassen. Die schweren Boote kamen unter Riemen um die Ostecke Helgolands gekrochen. Sie waren voller Männer, und hinter ihnen folgten noch mehrere Beiboote der Handelsschiffe.

Mr. Browne war ein schwergewichtiger Mann mit gerötetem Gesicht und weißem Backenbart. Er trug eine schlichte blaue Jacke mit goldenen Knöpfen, auf denen Drinkwater den Marineanker der Admiralität erkannte. Folglich war Mr. Browne – zusammen mit seinen beiden Barkassen – ein Diener der englischen Krone.

„Browne", stellte er sich vor, während er über die Reling kletterte, „Hafenmeister des Königs."

„Littlewood, Kapitän der *Galliwasp* aus London. Bestimmt in die Ostsee vom London River. Und das ist Kapitän Waters, Supercargo."

Browne nickte kurz in Drinkwaters Richtung.

„Sie sitzen ganz schön in der Klemme", sagte er, schob seinen geteerten Südwester in den Nacken und kratzte sich den Hinterkopf.

„Ich habe eine wertvolle Ladung, Mr. Browne", erwiderte Littlewood genervt, aber würdevoll, „und werde jede Anstrengung unternehmen, sie zu retten."

Browne ließ den Blick abschätzend über den dicken Skipper gleiten.

„Hier gibt es nur wertvolle Ladungen, Mister", grunzte er ebenso genervt zurück. „Aber wir werden sehen, was wir tun können." Er schneuzte sich; als ob er mit diesem Trompetenstoß das Kommando übernommen hätte, trat er an die Reling, formte aus seinen riesigen Pranken ein Sprachrohr und rief den Booten, die die *Galliwasp* umschwärmten, seine Befehle zu.

„Wir schleppen sie ein, Jungs!" Er wandte sich Littlewood zu. „Macht sie viel Wasser?"

„Reichlich, aber die Pumpen schaffen es gerade." Littlewood warf Drinkwater einen schnellen Blick zu, damit dieser den Mund hielt, denn Watts hatte gerade berichtet, daß das Wasser weiter stieg.

„Sollte sie absacken, werden wir sie bei der neuen Bake auf Grund setzen", brüllte Browne zu seinen Bootsleuten hinunter. Dann wandte er sich wieder an Littlewood und fischte aus seiner Tasche einen Priem, den er sich in den Mund schob. „Wir werden Ihren Anker slippen und aufbojen, Käpt'n, das spart Zeit. Bald haben wir nämlich den starken Ebbstrom gegen uns. Können Ihre Männer eine Schleppleine auf dem Vordeck klarmachen?"

Gegen Mittag erreichten sie die Reede querab der neuen Bake. Sie hatten einen Segelfetzen am Notmast gesetzt, um die Boote, die unter dem Kommando von Mr. Browne unermüdlich pullten, etwas zu unterstützen. Jetzt lagen sie an ihrem zweiten Buganker auf einem sicheren Platz, wo das Schiff bei Niedrigwasser unbeschadet trockenfallen konnte. Im Osten schützte sie die sandige Insel, die sogenannte Düne, vor östlichen Winden. Von Nordwest nach Südost verliefen flache Riffe wie jenes, auf das sie vor zwölf Stunden aufgelaufen waren, und schützten sie vor Seegang bei Süd- oder Nordwind.

Gegen Westen, die vorherrschende Windrichtung, bildete die Insel ein höchst willkommenes Bollwerk. Von hier aus wirkte sie nicht ganz so schroff und abweisend. Auf dem Strand stand eine Reihe hölzerner Gebäude, einige davon waren noch im Bau. Eine Straße führte zu einem sauberen kleinen Dorf empor, dessen Häuser sich um die Kirche scharten; ihren kreuzgekrönten Turm hatte Drinkwater schon am Morgen gesehen. Unten am Strand stand vor den hölzernen Gebäuden eine Bake mit einem Kegel als Toppzeichen, genau in Deckung mit dem Leuchtturm weiter draußen.

„Nun denn, Sir", meinte Browne, nachdem er die Boote entlassen hatte, „Sie könnten Ihre Dankbarkeit auf die übliche Art beweisen."

Littlewood nickte, während sich Browne mit einer seiner riesigen Pratzen über den Mund wischte.

„Kommen Sie unter Deck, Mr. Browne", lud ihn Littlewood ein, dem die Erleichterung im Gesicht geschrieben stand. „Und natürlich auch Sie, Käpt'n Waters. Sie waren schließlich auf den Hufen, seit der Mist hier losging."

Sie stiegen unter Deck. Die Augen des Helgoländer Hafenmeisters leuchteten auf, als er den dunkelbraunen Rum sanft im Licht schimmern sah.

„Lupenreiner Jamaikarum, Mr. Browne", erläuterte Littlewood und drückte ihm ein volles Glas in die Hand.

„Das ist der Beste, Sir." Browne erwies sich nun als umgänglich, nachdem die Arbeit getan war. „Sie werden Ihre Ladung löschen müssen, Käpt'n Littlewood. Ich nehme Sie später mit an Land." Er schob das geleerte Glas zum Nachfüllen über den Tisch, damit andeutend, daß er es nicht mehr eilig hatte.

„Ich wäre Ihnen verbunden, Mr. Browne, wenn Sie mir eine Unterredung mit dem Gouverneur verschaffen würden", warf Drinkwater ein.

Browne fixierte den Supercargo. „Der Gouverneur ist nur für militärische Angelegenheiten zuständig, Käpt'n . . ."

„Waters."

„Käpt'n Waters, wenn einer von Ihnen beiden kommerzielle Probleme hat, wird Mr. Ellerman, der Vorsitzende unseres Handelskomitees, Ihnen gewiß helfen." Er wandte sich wieder Littlewood zu. „Er ist auch der richtige Ansprechpartner für Sie, falls Sie Ihre Ladung löschen wollen."

„Aber wo könnten wir sie lagern?"

„In den hölzernen Schuppen, die dort drüben am Strand überall gebaut werden." Browne stürzte das zweite Glas Rum hinunter. „Das sind unsere Lagerhäuser. Die meisten stehen noch leer . . . Spekulationsobjekte." Browne stieß das Wort mit einigem Widerwillen hervor. „Man wird Ihnen dort ausreichend Raum vermieten, da bin ich ganz sicher."

„Ich bestehe darauf, einen Termin beim Gouverneur zu bekommen, Mr. Browne", unterbrach Drinkwater mit ruhiger Beharrlichkeit.

Browne blickte Littlewood an, bis dieser nickte. „Unterstützen Sie Käpt'n Waters, soweit es Ihnen möglich ist, Mr. Browne."

„Ach du grüne Neune", grollte des Königs Hafenmeister, „das ist doch nicht schon wieder so eine verdammte Geheimdienstfracht, oder?"

„Nun, Sir?"

Der Offizier hinter dem Schreibtisch blickte von einem Stapel Papier auf und musterte Drinkwater durch seine Klemmbrille. Seinem Gesichtsausdruck nach war er wenig begeistert von dem, was er sah, aber das hatte Drinkwater auch nicht anders erwartet. Auf dem steilen Weg durch das Dorf zu der alten dänischen Kaserne hinauf hatte ihn Browne gewarnt, der Gouverneur sei verärgert darüber, daß die Brüderschaft der Handelsschiffer seine Insel eher als ein großes Lagerhaus denn als militärischen Außenposten betrachtete. Etwas von diesem Zorn hatte auch auf Browne abgefärbt, dem es nicht paßte, daß sein Strand von den Handelsherren mit Lagerhäusern bepflastert wurde. Schließlich war Drinkwater, als er endlich zum Gouverneur vorgelassen wurde, selbst schon etwas mehr als nur irritiert.

„Sie sind also Colonel Hamilton, der Gouverneur?" fragte er gereizt, den Adjutanten an seiner Seite bewußt übergehend, der ihm gerade den Namen des Gouverneurs genannt hatte.

Hamiltons Gesicht lief rot an. „Und Sie, Sir", schnarrte er, „wer zum Teufel sind Sie?"

„Das ist Kapitän Waters, Sir, Supercargo auf der Bark *Galliwasp*. Sie ist das gestrandete Schiff, von dem ich Ihnen zuvor berichtet habe", erklärte der Adjutant.

„Ich möchte Sie unter vier Augen sprechen, Colonel", sagte Drinkwater. Den Blick, den die beiden Militärs daraufhin tauschten, ignorierte er.

„So, möchten Sie das?" Hamilton lehnte sich in seinem Stuhl zurück, so daß das Licht vom Fenster auf den goldenen Knöpfen seiner Uniform blitzte. „Und in welcher Angelegenheit?"

„In einer Angelegenheit von höchster Dringlichkeit und Geheimhaltungsstufe." Mit seiner strengsten Achterdecksmiene funkelte Drinkwater den jungen Offizier neben sich an.

„Kapitän Waters", sagte Hamilton gedehnt und legte seine Brille auf den Papieren ab, „jeder verwünschter Skipper jedes verwünschten Schiffes, jeder verwünschter Supercargo, Schiffsagent, Händler und Bürohengst kommt hier an und blökt was von Geheimgeschäften und höchster Dringlichkeit. Ich bin ein vielbeschäftigter Mann. Mr. Browne wird alles tun, um Ihrem Schiff und seiner Ladung weiterzuhelfen . . ." Damit klemmte sich Hamilton wieder die Brille auf die Nase und beugte sich über seine Papiere.

„Nein, Colonel. *Sie* werden mir helfen . . ."

„Kommen Sie, Sir!" Der Adjutant nahm Drinkwater am Arm, aber dieser ließ sich nicht beirren.

„Sie werden mir sofort eine Unterredung unter vier Augen gewähren!" sagte er scharf. Hamilton blickte auf, das Gesicht jetzt so rot wie sein Waffenrock. Drinkwater wandte sich an den Adjutanten: „Und Sie warten gefälligst draußen."

„Ich warne Sie, Sir", erwiderte der junge Mann. „Achten Sie auf Ihre Worte . . ."

„RAUS!" brüllte Drinkwater, plötzlich froh darüber, alle Höflichkeit vergessen zu können. „Sie haben mir zu gehorchen, verdammt noch mal!"

Aber der Adjutant griff nach seinem Degen. Hamilton sprang auf die Füße. „Bei Gott . . ."

„Bei Gott, Sir, schicken Sie diesen Jungen hier raus. Ich habe eine Angelegenheit unter vier Augen mit Ihnen zu besprechen, und Sie werden mir zuhören." Hamilton zögerte, und Drinkwater stieß nach: „Hinterher können Sie sich entscheiden, wie Sie es für richtig halten. Aber Sie sind mein Zeuge, daß Ihr Adjutant mich angefaßt hat – auf einem Achterdeck ein schweres Vergehen."

Hamiltons Mund klappte zu wie der eines Nußknackers. Als Drinkwater weiterhin fest seinem Blick begegnete, dämmerte in den Augen des Gouverneurs hinter seiner Wut so etwas wie eine Erkenntnis. Immer noch stehend, winkte er den zornbebenden Adjutanten hinaus.

„Nun, Sir", sagte Hamilton, der sich sichtlich um Beherrschung bemühte, „vielleicht werden Sie mir jetzt eine Erklärung für Ihren Auftritt geben?"

„Meine Name ist nicht Waters, Colonel Hamilton, sondern Drinkwater, präzise Kapitän Drinkwater, Royal Navy. Ich bin in einer geheimen Mission unterwegs. Sie betrifft eine Ladung, die keinesfalls nach Helgoland bestimmt war, deshalb brauche ich Ihre Hilfe."

Hamilton setzte sich, legte die Fingerspitzen aneinander und klopfte damit gegen seine Lippen. „Welchen Beweis haben Sie für diese Behauptung?"

„Keinen außer meiner Entschiedenheit, aber falls es Sie beruhigt - ich führe die Befehle von Lord Dungarth aus. Jedenfalls habe ich das getan, bis uns der Orkan erwischte. Der Name Dungarth sagt Ihnen doch etwas?"

„Ich verstehe." Hamilton tippte nachdenklich die Fingerspitzen aneinander. Lord Dungarth war nicht sehr bekannt, nur Offizieren in wichtigen Positionen war er ein Begriff. Hamilton, obwohl nur Halfcolonel im achten Bataillon der Royal Veterans, gehörte in seiner Eigenschaft als Gouverneur Helgolands dazu.

Hamilton schien sich entschieden zu haben. Er beugte sich vor, tauchte eine Feder in Tinte und schrieb einige Zeilen auf ein Blatt Papier. Er streute Sand darüber, dann versiegelte er den Bogen, kritzelte eine Aufschrift auf die Vorderseite, lehnte sich zurück und klopfte mit dem Brief gegen seine Zähne. Wieder betrachtete er Drinkwater nachdenklich, dann rief er: „Dowling!"

Der Adjutant kam durch die Tür geschossen. „Sir?"

„Bringen Sie das zu Nicholas."

Der junge Offizier wirkte enttäuscht, es war klar, daß er viel lieber seinen bedrohten Vorgesetzten aus der Patsche herausgehauen hätte.

Nachdem er gegangen war, meinte Hamilton: „Bitte nehmen Sie doch Platz, Kapitän." Und nach längerem Schweigen: „Kennen Sie Seine Lordschaft persönlich, Kapitän Drinkwater?"

„Ich habe diese Ehre, Colonel Hamilton."

„Schon lange?"

„Er war Erster Offizier auf der *Cyclops,* als ich dort als Midshipman diente."

Die Unterhaltung schleppte sich hin, während sie warteten. Hamilton versuchte Einzelheiten über seinen Besucher zu erfahren, die ihm Drinkwater bis zu einem gewissen Grad gnädig gab. Schließlich klopfte es an der Tür, und ein junger Mann in unauffälligem grauem Zivilanzug trat ein.

„Mr. Edward Nicholas, Kapitän Drinkwater, vom Auswärtigen Dienst", stellte Hamilton vor.

Drinkwater erhob sich, und die beiden Männer verbeugten sich voreinander. Nicholas hatte intelligente dunkle Augen und offenbar eine rasche Auffassungsgabe. Er tauschte einen schnellen Blick mit dem Gouverneur, dann studierte er Drinkwater.

„Kapitän Drinkwater behauptet, unter dem Befehl von Lord Dungarth zu stehen, Ned. Er hat eine Ladung an Bord, deren Bestimmungsort geheim ist. Ich denke, er ist eher Ihr Baby – falls er nicht blufft."

Nicholas ließ den Blick zwischen den beiden hin und her wandern, dann setzte er sich auf die Kante von Hamiltons Schreibtisch und ließ ein Bein nonchalant baumeln. „Wie ist Ihr Vorname, Kapitän Drinkwater?"

„Nathaniel."

„Welches Schiff kommandierten Sie im Sommer 1807?"

„Die Fregatte *Antigone*, ebenfalls mit einem Sonderauftrag . . ."

„Wo? Auf welchem Kriegsschauplatz?"

„Das geht Sie nichts an."

„Es würde uns aus der augenblicklichen Sackgasse heraushelfen, wenn Sie mir diese Frage beantworteten", lächelte Nicholas. „Seien Sie ruhig offen, Sir, sonst wird diese Angelegenheit scheußlich langweilig."

„In der Ostsee."

„Gut. Sie kannten meinen Vorgänger hier, Mr. Mackenzie . . ."

„Colin Mackenzie?"

„Genau der. Er war mit Ihnen in der – Ostsee, nicht wahr?" Die kleine Pause vor dem Wort ‚Ostsee' verriet, daß Nicholas mehr über Drinkwaters wahren Einsatzort von damals wußte, als er sagte.

„Ich war seinerzeit in der Downing Street tätig, Kapitän Drinkwater, und habe die Sonderbefehle ausgefertigt, bevor Lord Gambiers Expedition nach Kopenhagen auslief, um die dänische Flotte aus dem Verkehr zu ziehen. Ich erinnere mich, daß Mr. Canning Ihren Namen sehr lobend erwähnte."

Drinkwater neigte den Kopf. Es war schon merkwürdig, wie sich die Reise nach Tilsit auf sein ferneres Leben ausgewirkt hatte. Vorher war alles Hoffnung und Begeisterung gewesen, hinterher, nach dem überraschenden Schlag gegen die nichtsahnenden Dänen, hatte ihn das Schicksal ins Abseits gestellt.

Aber Hamilton holte ihn aus seinen düsteren Gedanken zurück.

„Nichts davon beweist, daß er wirklich der ist, für den er sich ausgibt", sagte er, als wäre Drinkwater gar nicht anwesend.

Nicholas ignorierte den Gouverneur. Drinkwater vermutete, daß die beiden Männer nicht sonderlich gut miteinander auskamen.

„Wenn Sie unsere Unterstützung brauchen, Kapitän Drinkwater, müssen Sie schon etwas offener mit uns sein. Wohin soll Ihre Ladung gehen? Ich kann Ihnen versichern, daß sowohl Colonel Hamilton als auch ich mit Staatsgeheimnissen umzugehen wissen."

„Sie ist nach Rußland bestimmt. Ich verlange, daß sie von der *Galliwasp* gelöscht und sicher in einem von der Regierung beschlagnahmten Gebäude gelagert wird. Danach werde ich mich um ein Ersatzschiff kümmern, sollte sich herausstellen, daß die *Galliwasp* zu schwer beschädigt ist, um die Reise fortzusetzen."

„Sie verlangen es, Sir?" Der Sarkasmus in Hamiltons Stimme war unüberhörbar.

„Zu welchem Zweck sollte die Ladung nach Rußland gehen, Kapitän?" bohrte Nicholas nach.

„Um die Blockade zu brechen."

„Das schaffen wir auch von hier aus", warf Hamilton säuerlich ein. „Man könnte fast sagen, es ist sogar der einzige Grund, warum wir diese Insel besetzt halten."

„Aber mit Ihren Transaktionen desavouieren Sie nicht den Zar von Rußland", erwiderte Drinkwater gelassen, und damit war ihm die Aufmerksamkeit beider Männer sicher.

„Wie das?"

„Der Zweck meines Auftrags, Gentlemen, und der Grund, einen Vollkapitän der Royal Navy diesen Erniedrigungen auszusetzen, ist folgender: Meine Ladung soll Aufsehen erregen und es bis Paris ausposaunen, daß Zar Alexander, angeblich ein verläßlicher Verbündeter des Kaisers von Frankreich, mit den Todfeinden seines Freundes Geschäfte macht."

„Das könnte das gute Einvernehmen zwischen Paris und St. Petersburg stören." Nicholas hatte begriffen, seine Augen glänzten vor Begeisterung. „Brilliant!"

„Und woraus besteht Ihre Ladung?" fragte Hamilton.

„Aus militärischer Ausrüstung, Colonel: Mäntel, Stiefel, Waffen . . ." begann Drinkwater schon im Vorgeschmack seines Triumphes.

Aber Hamilton lachte nur. „Hol Sie der Teufel, Sir, Sie belieben wohl zu scherzen? Wir haben hier die *Delia*, die *Hanna*, die *Anne*, und dann noch *Ocean*, *Egbert* und die *Free Briton* auf Reede liegen, und alle ihre Laderäume sind randvoll mit militärischer Ausrüstung und Munition, mit Bekleidung, Kugeln und Kartuschen. Kapitän Gilham versauert hier mit seiner *Ocean* schon seit Mai! Und alle sind sie für den Geheimdienst tätig! Ich fürchte, Sie haben Kohlen nach Newcastle gebracht*, Kapitän Drinkwater!"

Hamiltons Gelächter war die Rache für seine vorangegangene Demütigung, eine Demonstration seines überlegenen Wissens, und sollte Drinkwater kränken. Aber dem Gouverneur war der Kern der Sache entgangen.

„Ganz gleich, was die Aufgabe der anderen Schiffe ist, Colonel Hamilton, die *Galliwasp* war nicht dazu bestimmt, in Helgoland zu landen."

---

* Englische Redewendung, etwa: Eulen nach Athen bringen.

„Wir werden nach London schreiben und Instruktionen einholen, Kapitän", sagte Hamilton kühl. „Außerdem weiß sogar ein ‚Hummer' wie ich, daß die Ostsee in ein oder zwei Wochen zugefroren und nicht mehr schiffbar sein wird. Sie werden also wohl oder übel für eine Weile ein Mitglied unserer Messe sein. Ich bin sicher, mein Adjutant, Leutnant Dowling, wird sich besonders aufmerksam um Sie kümmern."

„Sie stellen mich unter Arrest, Sir?"

„Nur als Vorsichtsmaßnahme, Kapitän", versicherte Hamilton fröhlich. „Bis Mr. Nicholas neue Befehle von Seiner Majestät Regierung in Händen hält, Sie betreffend. Wir sind hier nämlich nicht weit entfernt von Feindesland, müssen Sie wissen."

„Was wird aus Kapitän Littlewood und der Ladung?"

„Kapitän Littlewood kann sich hier mit der Brüderschaft der Kaufleute arrangieren und sein Schiff reparieren lassen, sofern das noch möglich ist. Browne wird ihm dabei zweifellos jede Hilfe angedeihen lassen. Und nun seien Sie ein guter Junge, Ned, und rufen Sie endlich Dowling herein. Guten Tag, Kapitän."

SIEBTES KAPITEL

Oktober – November 1809

Helgoland

Die Wochen, die der unerfreulichen Unterredung Drinkwaters mit dem Gouverneur folgten, wurden extrem langweilig. Drinkwaters einzige nützliche Arbeit bestand darin, daß er Dungarth seine Lage brieflich beschrieb und seinen Aufenthaltsort angab. Notwendigerweise blieb seine Wortwahl dabei kurz und knapp. Die Sätze, mit denen er ihm sein Scheitern mitteilte, brannten sich besonders tief in sein Gehirn ein: *Mit Bedauern muß ich Ihnen mitteilen, daß wir, bedingt durch schweres Wetter, manövrierunfähig vor Helgoland liegen. Da die Jahreszeit zu weit fortgeschritten ist, um die Reise fortsetzen, schlage ich vor, das Unternehmen auf nächstes Frühjahr zu verschieben . . .* Aber Drinkwater wußte, daß eine so späte Ankunft seiner Ladung all die mühsam eingefädelten diplomatischen Bemühungen scheitern lassen konnte.

Während er auf Nachricht aus London wartete, zog er Littlewood insoweit ins Vertrauen, als er dem Skipper der *Galliwasp* die Auskunft erlaubte, seine im Auftrag des Geheimdienstes verschiffte Ladung sei nach Schweden bestimmt. Es war ein offenes Geheimnis, daß die Lage in diesem Land alles andere als stabil war, deshalb würde eine Ladung Miltärgüter für Schweden kein Stirnrunzeln verursachen, zumal die anderen Schiffe auf der Helgoländer Reede wohl in ähnlichem Auftrag unterwegs waren.

Littlewood stimmte zu. Er mußte das Leichtern und die Reparatur seines Schiffes beaufsichtigen und hatte viel um die Ohren. Drinkwater überließ ihn seinen Aufgaben.

Ihm selbst blieb nur wenig Bewegungsfreiheit in der ehemals dänischen Kaserne. Er bekam ein kleines Zimmer zugewiesen und durfte die Offiziersmesse besuchen, war aber kein willkommener Gast. Die Offiziere betrachteten ihn mit Mißtrauen, das von Hamilton und Dowling geschürt wurde, während Nicholas, zu dem sich Drinkwater hingezogen fühlte, höflich distanziert blieb. Obwohl er nicht unbedingt als Gefangener behandelt wurde, hatte Drinkwater das Gefühl, daß man ihm die Gastfreundschaft der Royal Veterans nur angedeihen ließ, um ihn besser im Auge behalten zu können. Er unternahm lange Spaziergänge an der wildromantischen Westküste der Insel und wurde dabei von den schrillen Schreien der Seevögel begleitet, die ihm wie ein Echo seiner wunden Seele klangen.

Seine ausweglose Situation weckte in Drinkwater die Überzeugung, von einem gehässigen Schicksal gnadenlos verfolgt zu werden. Seine düsteren Selbstzweifel bewegten sich ständig im Kreis und wurden schließlich schon zu Zwangsvorstellungen. Wegen seiner Einsamkeit drohte die Depression ihn zu überwältigen. Unter anderen Umständen wäre er vielleicht dem Opium oder dem Alkohol verfallen. Seine Gedanken wanderten von seinem Einsatz in Rußland bis zum Verlust von Quilhampton, drehten sich als quälendes Rad in seinem Kopf und trieben ihn an die einsamsten Stellen der kleinen Insel. Dort konnte er laut fluchen, schäumen und sich selbst bedauern, um dann abends einigermaßen normal wieder in der öden Messe zu erscheinen.

Hier wurde sein Elend etwas gemildert. Leutnant McCullock vom Transport Service, ein älterer Marineoffizier, der sein Leben lang gedient hatte, war auf eine rauhe Art nicht unfreundlich zu ihm. Das galt auch für Mr. Thompson, den Agenten des Verpflegungsamtes. Von diesen beiden Männern erhielt Drinkwater ein paar Informationen über die Insel und ihre Bewohner.

Vielleicht war McCullock nur deshalb umgänglich, weil das Gerücht umging, daß der merkwürdige Mann mit den scharfen grauen Augen, der Narbe auf der Wange, dem altmodischen Zopf und der schiefen Schulter ein Vollkapitän der Royal Navy war. Für den Fall, daß dies zutraf, erinnerte sich McCullock zumindest an seine guten Manieren. Mr. Browne dagegen schien für derartige Feinheiten völlig unempfindlich zu sein, obwohl er sich immerhin dazu herabließ, Drinkwater zu erklären, wie die Helgoländer ihren Lebensunterhalt verdienten.

„Sie fischen jeweils zu zwölft in offenen Booten mit langen Leinen auf Dorsch und Heilbutt." Er grinste. „Außerdem besitzt jeder Helgoländer eine uralte Lizenz, wonach er Spirituosen verkaufen darf." Browne wischte sich den Mund. „Das bereitet unserem hochwohlgeborenen Gouverneur natürlich eine Menge Probleme." Er deutete mit dem Kopf auf die beiden Wachposten, die sich vor ihrem Häuschen am Strand langweilten.

Das 8. Bataillon der Royal Veterans, unterstützt von einer Handvoll Männer der Invalid Artillery, stellte die Garnison der Insel. Es waren überwiegend alte oder pensionierte Soldaten, die man für die Dauer des Krieges gegen Frankreich wieder reaktiviert hatte. Und die paar Jüngeren darunter waren offensichtlich für untauglich befunden worden, in einem Frontbataillon in Spanien zu kämpfen.

„Sie sind zu schwach auf der Brust und im Kopf", knurrte Browne, als sie die beiden herumlungernden Wachposten passierten, „und ihr Futter nicht wert. Aber es sind ausgerechnet diese jungen Bengel, die dem Gouverneur am meisten Sorgen machen." Sein rotes Gesicht und die kräftige Schnapsfahne ließen darauf schließen, daß Mr. Browne den eigenen Suff völlig in Ordnung fand. „Schwachköpfe können eben nichts vertragen, verstehen Sie?"

Sie spazierten durch das Dorf mit seinen sauberen bunten Häuschen und der Kirche mit dem hohen Turm. Ihre Farben und Ornamente erinnerten Drinkwater an Kopenhagen. Schweine und Hühner liefen auf den Höfen umher, und jede Kate hatte ihren eigenen Gemüsegarten, geschützt durch weißgekalkte Mauern.

„Und dann sind da noch die Frauen", fuhr Browne fort. „Die meisten sind ja verheiratet, und der Pastor hält ein scharfes Auge auf sie, wenn ihre Männer zum Fischen draußen sind. Aber wo ein Wille ist, da ist auch ein Gebüsch."

Sie sahen einer vollbusigen, flachsblonden Frau mittleren Alters zu, wie sie Männerhosen an eine Leine klammerte, an der schon viele Wäschestücke lustig flatterten. Sie lächelte sie scheu an.

„Guten Tag", grüßte Browne mit der lässigen Überheblichkeit des Besitzers.

„Guten Tag, Herr Browne."

„Das ist doch die Frau, die die Kohlen zum Leuchtfeuer bringt", bemerkte Drinkwater.

„Damit verdient sie sich ein paar Shillinge", erwiderte Browne. Sie hatten den Bootssteg erreicht, wo er sich verabschiedete. Drinkwater kam seiner täglichen Pflicht nach und inspizierte den Fortgang der Reparaturen an der *Galliwasp*.

Nachdem die Ladung gelöscht war, hatte Littlewood den Rumpf trockenfallen und auf die Seite legen lassen. Die Bewehrung war abgerissen, ein Stein hatte ein Leck in die Planken geschlagen, und außerdem war der Blindkiel beim Aufsetzen fast ganz abgeschoren. Man hatte die beschädigten Planken ersetzt und gedoppelt, dann wurden die überlasteten Nähte neu kalfatert. Ende Oktober meldete Littlewood, daß das Schiff wieder dicht sei. Jetzt arbeiteten die Männer am Strand weiter und fertigten neue Masten und Spieren an.

Zum Glück hatten sie genügend geeignetes Holz auf der Insel vorgefunden, das von vorausschauenden Schiffern eingelagert worden war. Sie kauften einiges davon für teures Geld und auch andere Dinge, die ihre Arbeit erleichterten.

Littlewood äußerte jeden Tag seine Zufriedenheit mit dem Fortgang der Arbeiten, und Drinkwater nahm seinen Bericht mit geheuchelter Dankbarkeit entgegen. Insgeheim befürchtete er, daß Littlewood der Verlierer sein würde, denn jeden Tag konnte das Postschiff aus London eintreffen, das ihnen die Nachricht vom Abbruch ihrer Rußlandreise bringen würde.

Das Postschiff *King George* hatte Helgoland Mitte Oktober mit Hamiltons Bericht und Drinkwaters Brief in Richtung Harwich verlassen. Hamilton hatte geschätzt, daß Ende des Monats eine Antwort vorliegen würde, die Drinkwaters zwielichtigen Status beenden würde. Aber das war nicht der Fall gewesen. Der windige Oktober ging in einen grauen, kalten und diesigen November über, als der Wind nach Ost drehte und abflaute.

Diese Wetterbedingungen, die Nachrichten aus England natürlich verzögerten, ließen andererseits die Schmuggler sehr aktiv werden. Fischkutter und Ewer mit etwa dreißig Tonnen Tragfähigkeit trafen auf der Helgoländer Reede ein, um die Luxusgüter zu übernehmen, die reichlich in den Lagerhäusern am Strand vorhanden waren. Sie kamen aus Brunsbüttel und Cuxhaven an der Elbe, aus Blexen und Geestemünde an der Weser und aus Hooksiel an der Jade, um Napoleons Kontinentalsperre zu durchbrechen. Zumindest die Begüterten unter den aufsässigen Untertanen des Korsen mußten auf nichts verzichten. Tee, Kaffee, Gewürze, Portwein, Madeira, Seide und Baumwolle und vor allem Zucker waren bei der neuen Bourgeoisie sehr beliebt. In handlichen Mengen wurde das alles an den einsamen Küsten Frieslands und Dithmarschens an Land gebracht und nahm von dort seinen Weg durch Europa. Zurück kamen Cognac, Brüsseler Spitzen und Rheinweine, die in England begehrt waren.

Von Zeit zu Zeit brachten die Schmuggler auch Neuigkeiten mit, Klatsch oder Zeitungen aus Hamburg. Schon allein das bewies die militärische Bedeutung des Horchpostens Helgoland. Gelegentlich schafften sie sogar einen Agenten auf die Insel, so auch eines späten Novemberabends. Leutnant Maimburgs Ankunft fiel mit der von Seiner Majestät Kanonenbrigg *Bruizer* zusammen, die von einer Patrouillenfahrt entlang der dänischen Küste zurückkehrte, weil dänische Kanonenboote vor Sylt gesehen worden waren. Das Erscheinen des Kommandanten der *Bruizer*, eines gewissen Leutnant Smithies, und des undurchsichtigen Leutnant Maimburg, King's German Legion, diente als Vorwand für einen wilden Saufabend in der Offiziersmesse.

Maimburg, der eher als Spion denn als Offizier diente, hatte fünfzehn junge Hannoveraner mitgebracht, Rekruten für die Deutsche Legion, die zur Zeit in Spanien kämpfte. Er erzählte, daß die Türken bei einem Ort namens Siliskia einen Sieg über die Russen erfochten hatten, ferner gab es Gerüchte, daß Napoleon beschlossen habe, Teile des Königreichs Hannover seinem Vasallenstaat Westfalen zuzuschlagen. Dagegen sollte für seinen Stiefsohn Eugène de Beauharnais ein Pendant geschaffen werden – Ostfalen. Nach diesen Gerüchten summte die Messe von wilden Spekulationen, die Gläser und Flaschen klirrten, die Gespräche wurden immer lauter. Drinkwater saß ruhig da und vernahm, daß sich vor ein, zwei Wochen Gerüchte verdichtet hatten, wonach Österreich und Frankreich Frieden schließen wollten, damit der Kaiser der Franzosen und der Habsburger gemeinsam dem Zar gegen die Türken zur Hilfe kommen konnten.

Aber diese gesellschaftlichen Höhepunkte waren selten. Das Leben der kleinen Kolonie verlief im Rhythmus der Nachrichten, die entweder vom Kontinent oder von England eintrafen. Die Verspätung des Postschiffs aus Harwich machte die anderen Offiziere nur nervös, für Drinkwater dagegen war sie eine Strafe. Hamiltons hartnäckige Ablehnung und Nicholas' vorsichtiges Taktieren machten seine Situation äußerst unangenehm. Er konnte zwar vor den anderen seine Tarnung als Handelsschiffkapitän aufrechterhalten, aber ständig mißtrauisch beäugt zu werden, das war fast mehr, als er ertragen konnte.

Eines Nachmittags, während er das Kliff beim Leuchtturm inspizierte, entdeckte er ein Segel im Westen: das langersehnte Postschiff. Es rundete die Bake, die das Steinriff markierte, und ging auf der Reede vor Anker. Drinkwater war zu aufgeregt, um sich in der Kaserne blicken zu lassen, deshalb lief er nicht sofort hinunter, sondern blieb in stoischer Einsamkeit auf seinem Kliff. Dort fand ihn Dowling, der auf Hamiltons Gaul angaloppiert kam.

In Drinkwaters Herz keimte Hoffnung auf, während er beobachtete, wie der Offizier das schöne Pferd über die trockenen Grasbüschel trieb. Es war das einzige Reittier auf der Insel, die Nachricht mußte

Hamilton also wichtig genug gewesen sein, um sein Schlachtroß an Dowling abzutreten.

„Der Gouverneur will Sie sofort sehen", rief Dowling und parierte das Pferd zwanzig Meter vor Drinkwater durch. „Sofort, haben Sie verstanden?" Damit wendete er auf der Hinterhand und galoppierte wieder davon.

Drinkwater blickte ihm nach. In Dowlings Gesicht hatte zuviel Häme gestanden, als daß er der Unterredung zuversichtlich entgegensehen konnte. Trotzdem legte er den Weg zur Kaserne so schnell zurück, wie ihn seine Beine trugen. Er wurde sofort zu Hamilton vorgelassen, wo Nicholas schon wartete.

„Setzen Sie sich, Kapitän", sagte der Attaché aalglatt. Hamilton erhob sich und blickte aus dem Fenster auf den Exerzierplatz. Es war klar, daß er die Angelegenheit dem jungen Diplomaten überlassen wollte.

„Wenn es Ihnen nichts ausmacht, bleibe ich stehen", entgegnete Drinkwater kühl.

„Wie Sie wünschen." Nicholas fischte nach einem Blatt Papier, das vor ihm auf Hamiltons Schreibtisch lag. „Ich fürchte, Kapitän, mit Ankunft der Post wird Ihre Situation komplizierter denn je. Lord Dungarth hat uns nämlich nicht mit einer Antwort beglückt."

„Er hat nicht geantwortet?" Drinkwater war konsterniert. „Das verstehe ich nicht ..."

„Es scheint", fuhr Nicholas fort, „daß man sich innerhalb der Regierung duelliert hat. Lord Castlereagh und Mr. Canning haben sich mit Pistolen auf der Heide von Putney gegenübergestanden."

„Weiter, Sir." Drinkwater wollte seinen Ohren nicht trauen.

„Außerdem heißt es hier, daß Mr. Canning verwundet wurde, allerdings nicht tödlich. Dieser Zwischenfall hat die Regierung gestürzt ..."

„Aber Lord Dungarth ..." begann Drinkwater, wurde jedoch sofort von Hamilton unterbrochen, der jetzt am Fenster herumfuhr.

„Hat uns kein Wort geschrieben, Mr. XYZ."

Drinkwater blickte ungläubig in das triumphierende Gesicht des Gouverneurs.

„Ich habe schon mit Kapitän Littlewood gesprochen", fuhr Hamilton fort. „Er berichtete mir, daß sein Schiff in ein oder zwei Tagen wieder beladen werden und nach England zurückkehren kann. Was Sie angeht, so werden Sie sich auf der *King George* einschiffen, die in wenigen Tagen ausläuft. Müßte ich nicht noch auf einen Kurier aus Hamburg warten, würde ich ihr sofortiges Auslaufen anordnen."

Der Sinn von Hamiltons Worten war klar: Seine Abneigung, die auf den Irritationen bei ihrem ersten Zusammentreffen beruhte, war zu einer fixen Idee geworden. Diese Erkenntnis erschreckte Drinkwater, aber sein Zorn über die unverdiente Verachtung ließ ihn wenigstens seine lange gepflegte Depression vergessen. Er reagierte mit einer Heftigkeit, die all seine weiteren Aktionen beeinflußte.

„Sir, ich wünsche mir nichts sehnlicher, als daß wir uns bald unter Umständen wiedersehen, die mir Gelegenheit zu einer Satifikationsforderung geben." Ohne ein weiteres Wort marschierte er aus dem Raum, weil er die Beherrschung zu verlieren fürchtete.

Er hörte nicht auf zu marschieren, bis er seinen einsamen Ausguck auf dem westlichen Kliff erreicht hatte. Die Gehässigkeit des Kleingeists Hamilton brachte seine Gedanken zum Rasen. Zweifellos gab es einen guten Grund, warum Dungarth nicht geantwortet hatte. Wie dieser auch lautete, er hatte ganz bestimmt nichts mit dem Duell zwischen Castlereagh und Canning zu tun. Unwahrscheinlich, daß Dungarth ihn deshalb in der Klemme sitzen ließ oder gar seine Position als Chef des Marinegeheimdienstes aufgegeben hatte.

Drinkwater wünschte jetzt, er wäre in dem Brief an Seine Lordschaft ausführlicher geworden. Zumindest hätte er andeuten sollen, daß Gouverneur Hamilton ihm nicht glaubte. Falls Dungarth wußte, daß Drinkwater in Helgoland gestrandet war, würde er erwarten, daß er aus einer verfahrenen Situation das Beste herausholte. Aber was war, falls er es nicht wußte?

Drinkwater erinnerte sich an Dungarths Bemerkung, daß sich zwischen Canning und Castlereagh Streit zusammenbraute. Die sich daraus ergebenden Erschütterungen würden die britische Außenpolitik beeinflussen, hatte er damals vorausgesagt.

Drinkwater blieb stehen und starrte auf die graue See hinunter. Ein aus dieser Höhe elegant und ungefährlich aussehendes Filigranmuster weißer Schaumspritzer überzog die Felsen, wenn die Brecher aufprallten und zurückrollten. Im Westen versank die fahle Sonne in einem Gebirge dunkler Cumuluswolken. Drinkwater hob schnüffelnd die Nase und blickte sich nachdenklich um. Es waren weniger Vögel als üblich in der Luft, die meisten drückten sich in ihre Nester am Kliff. Wieder blickte er auf die Brandung an der Steilküste hinunter und lachte kurz und freudlos auf.

Morgen früh würde hier ein ausgewachsener Weststurm toben. Er würde zwar mit dem Postboot auslaufen, aber wann, das entschied Gott allein – und nicht Colonel Hamilton! Er drehte sich um, denn er wollte am Leuchtturm vorbei zurückwandern. Etwas würde sein unfreiwilliger Besuch auf Helgoland jedenfalls bewirken: Er wollte einen bösen Brief an die Elder Brethren von Trinity House schreiben, die für die Unterhaltung der Seezeichen zuständige Behörde. Darin wollte er sich darüber beschweren, daß man hier noch das archaische System einer Kohlenblüse unterhielt, obwohl doch ein Parabolreflektor und eine Argandlampe die sichere Befeuerung der Insel gewährleistet hätten.

Unter derartig düsteren Gedanken begann er seinen Rückweg und wäre nach hundert Metern fast über einen schlafenden Seemann gestolpert. Der Mann schreckte auf, als Drinkwater laut fluchte: „Zur Hölle mit dir, Kerl, was tust du hier?"

„Verzeihung, Käpt'n Waters, ich bin wohl eingeschlafen. Hier herauf komme ich aus demselben Grund wie Sie – um ein bißchen Ruhe und Frieden zu finden."

Drinkwater erkannte den amerikanischen Seemann, mit dem er zuletzt an den Pumpen der *Galliwasp* gesprochen hatte.

„Sie sind Sullivan, nicht wahr?"

„Richtig, Sir." Der Amerikaner klopfte seine Kleidung ab.

„Sie sind weit weg von zu Hause, Sullivan."

„Aye, Käpt'n, aus meiner eigenen Dummheit. Wenn ich je wieder heimkommen will, muß ich mich von Leutnant Smithies freihalten. Der ist nämlich dabei, Leute von der *Galliwasp* in den Dienst zu pressen. Deshalb verbringe ich meine Freizeit hier und gehe nicht in die Kneipe."

„Verstehe. Nun, dann viel Glück. Je schneller Sie die Bark wieder seeklar haben, desto schneller sehen Sie Ihre Heimat wieder."

Drinkwater ging weiter, ohne sich darüber klar zu sein, daß die Begegnung mit Sullivan das zweite wichtige Ereignis dieses Tages war.

Am Abend vermied Drinkwater ein Zusammentreffen mit den Offizieren der Garnison und ging direkt auf sein Zimmer. Es hatte keinen Zweck, Hamilton zu reizen. Er beschäftigte sich mit seiner Abrechnung für Littlewood, als es an der Tür klopfte. Es war Nicholas.

„Kann ich Sie sprechen, Kapitän Drinkwater?"

„Warum dieser plötzliche Wandel, Sir?" fragte Drinkwater kühl. „Ich dachte, alles Wesentliche sei gesagt."

„Nicht ganz, Sir. Darf ich . . .?"

Drinkwater zündete eine Kerze an, dann deutete er mit dem Kopf auf das Bett und setzte sich auf den einzigen Stuhl. „Ich werde nicht traurig sein, wenn ich diesen Raum verlassen kann."

„Sir", sagte Nicholas dringlich, „ich muß mich sowohl für Colonel Hamiltons Benehmen als auch für mein eigenes entschuldigen. Er ist ein gestreßter Mann, der von vielen Seiten unter Druck gesetzt wird, und Sie waren – wenn Sie mir den Vergleich verzeihen – ein wohlfeiler Prügelknabe. Aber falls Sie der sind, der zu sein Sie vorgeben oder sind ... Verdammt, ist das kompliziert ... Also, kurz gesagt, als Vollkapitän stellen Sie für Hamilton eine Bedrohung dar."

„Mein Gott, Mr. Nicholas, ich habe doch nur etwas Unterstützung von ihm erwartet!"

„Ich glaube, Sir, daß Sie über mehr Entschlossenheit verfügen als der Gouverneur. Er ist auf alle eifersüchtig, deren Energie seine Autorität in Frage stellt."

„Deshalb bleiben Sie auch so schön in seinem Windschatten", bemerkte Drinkwater ironisch.

„Äh, genau, Sir. Ich muß es noch lange auf diesem Posten aushalten."

Drinkwater lächelte. „Nun, was meine Entschlossenheit angeht, so war sie in letzter Zeit nicht sonderlich gefragt. Aber welchem Umstand verdanke ich die Ehre Ihres Besuchs?"

„Nur ein privates Gespräch, Sir. Ich habe über das nachgedacht, was Sie uns berichteten, und auch mit Kapitän Littlewood gesprochen. Er erzählte mir, er sei in London insgeheim darüber informiert worden, daß Sie ein hoher Marineoffizier sind."

„Wer hat ihm denn das gesteckt?" Drinkwater erinnerte sich an die versteckten Anspielungen Littlewoods.

„Sein Charterer, denke ich, ein gewisser Mr. Solomon ..."

„Verstehe. Wenn Sie das wußten – warum haben Sie dann Hamilton nicht davon in Kenntnis gesetzt?"

„Ich habe es erst vor drei Tagen erfahren. Dann kam Leutnant Maimburg an, und ich war bis über beide Ohren mit Depeschen beschäftigt. Außerdem ..."

„Außerdem ist Ihr Verhältnis zu Hamilton nicht das beste."

„Völlig richtig, Sir, leider."

„Aber heute hätten Sie ihn informieren können."

„Ich stellte die Verbindung zwischen einer Nachricht und Ihnen erst abends beim Dinner her. Vorher kam ich nicht darauf, außerdem gibt es Dinge, die nur mich als Vertreter des Foreign Office angehen."

„Ich verstehe."

„Aber bevor ich weitersprechen kann, bevor ich auf eigene Verantwortung handle, muß ich mich davon überzeugen, daß Sie wirklich der Offizier sind, von dem ich gehört habe."

„Und wie wollen Sie das anstellen?" fragte Drinkwater trocken.

„Sie erwähnten Ihre Verbindung zu Colin Mackenzie. Mit welchem Auftrag waren Sie mit ihm in der, äh, Ostsee?"

Einen Augenblick schaute Drinkwater den jungen Mann stumm an. Es gab gute Gründe, weiterhin zu schweigen, aber auch gute Gründe, es nicht zu tun.

„Was haben Sie vor, falls ich Ihnen den gewünschten Beweis liefere? Schließlich soll ich nach England zurückfahren. Wollen Sie nur Ihre Neugierde befriedigen?"

„Sie könnten Ihr Ziel vielleicht doch noch erreichen, Sir. Nämlich die Franzosen davon zu überzeugen, daß Ihre Ladung tatsächlich für Rußland bestimmt war, daß die Russen wirklich Militärgüter bei uns kaufen, was bedeuten würde, daß es geheime Abmachungen zwischen St. Petersburg und London geben muß."

„Und wie sollte ich das bewerkstelligen? Oder muß ich besser ‚wir' sagen, Mr. Nicholas?"

„Warten Sie, Sir. Noch etwas Geduld. Ich kann Ihnen meinen Plan nur in groben Umrissen schildern. Seitdem Sie uns von Lord Dungarths Komplott berichtet haben, bin ich von seiner Raffinesse begeistert. Es ist genau darauf abgestimmt, das persönliche Interesse Napoleons zu wecken. Aber zuerst müssen Sie mir meine Frage beantworten: Was haben Sie und Colin Mackenzie gemeinsam erreicht?"

Drinkwater war es, als ob in seiner Brust ein Damm bräche. Während die Kerzen unter Nicholas' hitzigem Atem flackerten und ihrer beider Schatten unruhig über die Wände tanzten, wuchs in ihm die Überzeugung, daß dieser Besucher von der Vorsehung geschickt worden war, um ihn aus seinem Elend zu erlösen. Das Schicksal gab ihm eine zweite Chance! Er spürte, daß er vom Ethusiasmus des jüngeren Mannes mitgerissen wurde.

„Nun gut, Sir. Aber wenn Sie jemals etwas von dem, was ich Ihnen jetzt anvertraue, außerhalb dieser Wände erwähnen, werde ich Sie erschießen." Er sagte es eigentlich nur der Form halber, aber sein sachlicher Tonfall schüchterte Nicholas so ein, daß er atemlos nickte.

Drinkwater grinste. „Wir sind also Verschwörer, nicht wahr, Mr. Nicholas?"

„Ich hoffe doch nicht, Sir."

„Lord Dungarth sagte mir einst, daß er sich vorkomme wie ein Marionettenspieler – er zieht an Fäden, und die anderen springen. Ein hinkender Vergleich, doch sehr bildhaft. Nun gut . . . Mackenzie und ich waren in Tilsit. Zwei weitere Männer waren beteiligt, von denen der eine tot ist und der andere . . . Aber das interessiert jetzt nicht. Unsere Aufgabe war Diebstahl – Diebstahl per Ohr. Wir hörten die geheime mündliche Übereinkunft zwischen dem Zar und Napoleon bei ihrem Friedensschluß mit. Glauben Sie nun, daß ich Nathaniel Drinkwater bin, Sir?"

„Das tue ich, Sir. Und ich bedaure aufrichtig, daß ich Ihnen nicht gleich geglaubt habe. Ich kann nur sagen, daß es Schicksal sein muß, wenn ich erst jetzt zu dieser Überzeugung gekommen bin, denn erst heute haben sich Umstände ergeben, die mir einen Vorschlag an Sie ermöglichen."

„Es ist zwecklos, alte Irrtümer zu beweinen", mahnte Drinkwater. „Fahren Sie bitte fort."

„Nun, Kapitän Drinkwater, wie gesagt hege ich große Bewunderung für Lord Dungarths Plan. Es ist doch höchst wahrscheinlich, daß er noch andere Schritte unternommen hat, um ihn zu fördern . . ."

„Woran denken Sie dabei?"

„Nun, der Feind mußte doch davon erfahren, sonst wäre er ein glatter Fehlschlag gewesen."

„Sie sind sehr scharfsinnig, Mr. Nicholas", murmelte Drinkwater und dachte an seinen Erfolg im Hurenhaus. „In der Tat, Sie vermuten richtig. Glauben Sie denn, Seine Lordschaft könnte zur Zeit nicht in London weilen, sondern unterwegs sein, um in diesem Sinne zu wirken?"

„Das scheint mir ziemlich sicher, Sir. Wäre alles glatt gegangen, wäre Ihre Ladung ungefähr jetzt in Rußland gelöscht worden. Also müßte er sich doch vergewissern, ob der gewünschte Erfolg erzielt worden ist."

Drinkwaters Herz setzte einen Schlag aus. Nicholas hatte zwar höchstwahrscheinlich unrecht, denn er wußte nicht, daß Dungarth körperlich nicht mehr in der Lage war, sein Leben in Frankreich zu riskieren. Aber er konnte aus einem ganz einfachen Grund, den Drinkwater nicht ahnte, von London abwesend sein. Wieso war er nicht längst auf diese Erklärung gekommen? Hamilton hatte mit Sicherheit nicht an Dungarth persönlich geschrieben, Nicholas dagegen hatte bestimmt mit Canning korrespondiert. Canning wiederum hatte sich vor seinem sinnlosen Duell nicht mehr mit der Depesche aus Helgoland beschäftigen können. Dungarths Abwesenheit von London – und sei es nur aus einem so banalen Grund wie einem Kuraufenthalt in Bath – konnte erklären, warum er nicht geantwortet hatte.

„Da mögen Sie recht haben. Bitte fahren Sie fort, Mr. Nicholas."

„Nun, wie Sie ja wissen, liegen mehrere Transporter auf Reede, die für den Geheimdienst gechartert sind."

„Ich habe Gilham von der *Ocean* gesprochen und andere, gewiß . . ."

„Es war beabsichtigt, im britischen Hannover einen Aufstand für König George zu entfachen, schließlich ist er dort der legitime Souverän."

„Aber der Plan mißlang?"

„Ja. Die Truppen, die ihn unterstützen sollten, wurden statt dessen nach Spanien geschickt, und wir mußten uns damit bescheiden, Rekruten für die Deutsche Legion auszuheben. Mit demselben Postschiff, das Ihre Identifikation leider nicht mitbrachte, bekam ich eine höchst geheime Depesche. Ich bin nicht unbedingt verpflichtet, Colonel Hamilton über ihren Inhalt zu informieren." Nicholas machte eine dramatische Pause.

„Daraus schließe ich, daß Sie vorhaben, Ihre Pflichten zu meinem Vorteil auszulegen. Ist es so?"

„Genauso, Sir", bestätigte Nicholas. „Der springende Punkt ist, daß das Ordnance Board in London den ganzen Konvoi, der hier auf Reede liegt, nach dem Scheitern der Revolte abgeschrieben hat. Das war die Nachricht, die ich heute bekam. Die Kosten dafür werden auf Mr. Cannings Geheimdienstbudget verbucht und Mr. Canning ist . . ."

„. . . zur Zeit nicht im Amt!"

„Richtig, Sir."

„Und in der Abwesenheit von Mr. Canning würden Sie es auf Ihre Kappe nehmen, mir diese Schiffe und Ladungen zur Verfügung zu stellen, damit ich meinen Auftrag noch überschreiten und mir einen Weg ausdenken kann, wie wir das alles nach Rußland liefern? Nein, nein, Mr. Nicholas, das klappt nicht vor dem Frühling. Die Ostsee wird bald zufrieren . . ."

„Aber die Elbe ist offen."

„Die Elbe?" Drinkwater ließ sich erstaunt nach hinten sinken, wobei sein Stuhl protestierend knarrte. „Sie schlagen vor, diese Waren die Elbe hinauf zu bringen?"

„Paris muß doch nur *glauben,* daß die Schiffe in Wirklichkeit nach Rußland bestimmt waren."

„Aber was Sie da planen, würde bedeuten, Eigentum der Krone dem Feind auszuliefern!"

„Denken Sie doch nur, was wir dabei gewinnen könnten. Lord Dungarths Plan hätte Erfolg, der Feind würde den Köder schlucken und glauben, daß er einen nachrichtendienstlichen Vorteil errungen hat. Und wir könnten gleichzeitig die Ladung mit gutem Profit veräußern."

„Aber . . ."

„Die Regierung, Kapitän Drinkwater, hat diese Waren bereits zu Lasten des Geheimdienstes abgeschrieben." Nicholas ließ nicht locker.

„Haben wir eine vertrauenswürdige Person in Hamburg, die bei dieser Transaktion als Agent fungieren könnte?"

„Die haben wir in der Tat." Nicholas grinste, und Drinkwater konnte nicht widerstehen. Er grinste zurück.

TEIL ZWEI

DIE ÜBERLISTUNG DES ADLERS

„England ist eine Nation von Krämern."

NAPOLEON, Kaiser von Frankreich

ACHTES KAPITEL

November – Dezember 1809

Die List

Lange Zeit saß Drinkwater still da, von Nicholas wachsam beobachtet. Je länger das Schweigen dauerte, desto weniger glaubte Nicholas, daß er seinen Zuhörer überzeugt hatte. Er überlegte sich einen ganzen Katalog von Gründen, warum dieser Auftrag nicht scheitern durfte.

„Sollten Sie noch Zweifel haben, Kapitän, bedenken Sie die Fakten. Die Gelder des Secret Service sind schon sinnloser verschwendet worden. Wir haben Tausende an die Chouans ausgeworfen ... Riesige Summen sind an die Emigranten in der Schweiz geflossen ... Graf D'Antraigues und Mr. Wickham haben sich phantastische Summen in die Taschen gesteckt – und alles ohne sichtbaren Erfolg ..."

Aber Drinkwater hörte ihm gar nicht zu. Nicholas' Vorschlag hatte sein entmutigtes Herz zum Klopfen gebracht. Erst der Ärger mit Hamilton, dann das Zusammentreffen mit Sullivan, dem Amerikaner, der den Keim einer Idee in sein Hirn gepflanzt hatte ... Er stand auf und begann in dem spartanisch eingerichteten Raum auf und ab zu laufen: drei Schritte zur Wand, drei Schritte zum Bett, auf und ab, auf und ab ...

„Wir haben bereits einen brillanten Erfolg erzielt, Sir. Von dieser Insel aus hat Mr. Mackenzie die Aktion von Pater Robertson geleitet ..."

Drinkwater blieb stehen und streckte abwehrend die Hand aus. „Halt, Mr. Nicholas, jetzt werden Sie indiskret. Stecken Sie sich keine fremden Federn an den Hut. Ihr Vorschlag hat viel für sich, aber jetzt hören *Sie* mal zu."

Drinkwater nahm seine Wanderung wieder auf, wenn auch langsamer. Er hatte den Kopf gesenkt und die Stirn vor Konzentration gerunzelt.

„Morgen wird es stürmen, dann kann das Postschiff nicht auslaufen. Wir müssen die Frist nutzen, um den Gouverneur umzustimmen.

Denn er braucht mich nur in Arrest zu stecken und anschließend abzuschieben, um Ihren Plan platzen zu lassen. Ihn zu überzeugen, muß ich Ihnen überlassen, aber ich werde Ihnen ein paar gute Argumente mit auf den Weg geben ... Und ferner: Um den ganzen Konvoi auszuliefern, müßten wir mit zu vielen Männern zusammenarbeiten. Ich bezweifle, daß die Leute von den Frachtern alle zustimmen. Also werden wir die Operation nur mit zwei Schiffen starten. In Hamburg ist bestimmt bekannt, daß der Konvoi schon seit Monaten hier herumliegt; da sollte es nicht schwerfallen, die Behörden davon zu überzeugen, daß die Besatzungen lustlos geworden sind und fürchten, in die Marine gepreßt zu werden. Kaiser Napoleon hat sich sehr über das Schicksal der unglücklichen gepreßten Seeleute Großbritanniens erregt ... Wenn diese beiden Schiffe in Hamburg sind, können die anderen als zusätzliche Köder in Wartestellung bleiben. Sie sollen zeigen, daß wir es ernst meinen, ohne gleich alles zu riskieren. Gibt es irgendwo in der Nähe einen Platz, der Kontakte mit dem Festland erlaubt, ohne daß unsere Leute in zu große Gefahr geraten?"

„Ja, Neuwerk, eine Insel, zwanzig Meilen von Helgoland und sechs von Cuxhaven entfernt."

„Richtig, ich habe sie auf der Karte gesehen. Nun gut, bei strikter Disziplin sollten wir das schaffen können. Lassen wir die meisten Schiffe bei Neuwerk zurück, können wir uns vielleicht Colonel Hamiltons Zustimmung erschleichen, aber er muß publik machen, daß das Ordnance Department die Verantwortung für den Konvoi abgegeben hat und er sie loswerden möchte."

„Ich hege keinen Zweifel, daß er zustimmen wird."

„Ja, er liebt die Kaufleute nicht gerade und sieht sie lieber von hinten. Können Sie garantieren, daß man das auf dem Festland erfährt?"

„Gilham und seine Kollegen grummeln seit sechs oder sieben Monaten unzufrieden vor sich hin, Sir. Die Schmuggler, die sich aus den Lagerhäusern versorgen, melden alle Schiffsbewegungen im Bereich der Insel weiter. Es kann den Behörden in Hamburg wirklich nicht entgangen sein, daß einige Schiffe hier schon seit Monaten untätig vor Anker liegen."

„Und daß sie deutlich als Versorgungsfahrzeuge gekennzeichnet sind", fügte Drinkwater hinzu und dachte an das auffällige ‚DA', das an die Außenhaut von Gilhams *Ocean* gepönt war.

„Richtig, Sir. Wenn Sie dann noch die schlechte Stimmung der Besatzungen demonstrieren, sobald Sie gezwungen sind, die französischen Zöllner an Bord zu lassen ..."

„Gewiß, Mr. Nicholas", unterbrach ihn Drinkwater. „Aber zuvor muß der Küstenklatsch den Boden für unser Unternehmen bereiten. Sie sagten, daß Sie einen Vertrauensmann in Hamburg haben, ich brauche aber auch einen Übersetzer. Ich weiß, daß Sie Deutsch können. Wissen Sie jemanden von gleichem Kaliber, der mich als Dolmetscher begleiten könnte?"

„Ja. Erinnern Sie sich, daß Colonel Hamilton davon sprach, er müsse auf einen Kurier aus Hamburg warten?" Drinkwater nickte. „Und Sie wissen auch noch, daß ich sagte, erst die Ereignisse des heutigen Tages brachten mich auf die Idee, auf der unser Plan basiert?"

„Ich erinnere mich."

„Es gibt da ein Handelshaus in Altona, sein Chef heißt Liepmann. Er ist ein Jude, der sich hauptsächlich mit dem Zuckerimport beschäftigt, trotz der Blockade. Wir unterstützen ihn natürlich. Seine florierenden Geschäfte sind den Franzosen zwar bekannt, aber er hatte gute Beziehungen zum früheren Gouverneur, M'sieur Bourrienne. Er fungiert auch als Agent . . ."

„Und wird die kommerzielle Seite unseres Handels wahrnehmen?" fragte Drinkwater, den naheliegenden Schluß ziehend.

„Richtig. Wir, ich meine den Gouverneur, erwarten aus Hamburg Ratschläge über unser Vorgehen nach Bourriennes Ablösung und eine mögliche Zusammenarbeit mit dem neuen französischen Statthalter, einem gewissen Reinhardt. Der Kurier, der sie überbringen wird, ist ein Herr Reinke, Vermesser der Hamburger Handelskammer. Er lotet ständig die wandernden Sandbänke der Elbe für die Seekarten aus und kann folglich immer wieder unauffällig für ein paar Tage verschwinden. Reinke wäre für Sie ein erstklassiger Lotse und Dolmetscher. Der Colonel erwartet seine Ankunft mit Ungeduld."

„Ich verstehe. Dieser Liepmann – können Sie in einer so heiklen Sache mit ihm direkt in Verbindung treten, oder müssen wir warten, bis Herr Reinke nach Hamburg zurückkehrt?"

Nicholas schüttelte den Kopf. „Ich kann ihm mit einem Fischerboot eine verschlüsselte Nachricht schicken."

„Sehr gut." Drinkwater stellte seine Wanderung ein und baute sich vor Nicholas auf. Er war jetzt entschlossen, denn er sah für den Plan eine gute Erfolgschance. „Sie werden London unsere Eigenmächtigkeit ausführlich erklären müssen, Mr. Nicholas. Ist Ihnen das klar?" Er wollte vermeiden, daß man seine Motive mißverstand, falls die

Sache schiefging und er nicht zurückkehrte. „Verschlüsseln Sie die Nachricht und überzeugen Sie Colonel Hamilton davon, daß unser Plan in Hamburg wie ein Blitz einschlagen wird."

„Ein zündender Blitz, nicht wahr, Sir?" In den Augenwinkeln des jungen Mannes saß der Schalk.

„So könnte man sagen." Drinkwater lächelte, dann fügte er hinzu: „Es wäre günstiger, wenn Sie Hamilton soweit bringen, daß er glaubt, unser Plan wäre auf seinem eigenen Mist gewachsen."

Skeptisch hob Nicholas die Augenbrauen. „Ich kann es versuchen. Aber ich bezweifle, daß ich dafür den nötigen Takt aufbringe."

Sie lachten wie zwei Verschwörer.

„Die Nachricht an Herrn Liepmann . . ."

„Entwerfen Sie sie, ich verschlüssele sie dann." Nicholas zögerte. „Kapitän Drinkwater, es ist wohl von Nutzen, wenn ich Sie in den Code einweihe, in dem wir mit Herrn Liepmann korrespondieren. Das kann Ihnen helfen, sollten Sie in Schwierigkeiten kommen."

„Ich sehe, daß Sie aus dem Holz geschnitzt sind, aus dem man erfolgreiche Diplomaten macht", erwiderte Drinkwater trocken. „Dieser Code ist nur Ihnen und dem Colonel bekannt?"

„Und Herrn Liepmann."

„Sehr gut. Ich stimme Ihnen zu. Und nun, Mr. Nicholas, besorgen Sie mir Tinte und Feder. Ich treffe Sie morgen, nachdem ich mit Littlewood und – ich denke, der wäre am geeignetsten – mit Gilham gesprochen habe. In der Zwischenzeit versuchen Sie bitte, auf dieser gottverlassenen Insel Tuch aufzutreiben, aus dem man ein Dutzend Yankeeflaggen herstellen kann."

„Yankeeflaggen, Kapitän? Sie meinen amerikanische?"

„Genau die meine ich, Mr. Nicholas."

„Darf ich fragen warum?"

„Nein, dürfen Sie nicht. Ich werde es Ihnen morgen abend erklären, falls ich mich vergewissern konnte, daß Ihr verrückter Vorschlag wenigstens eine gewisse Erfolgschance hat. Aber jetzt, Sir, Tinte und Feder, dann lassen Sie mich allein."

Gegen Morgen brach der Sturm los. Drinkwater ging hinaus, um den auffrischenden Wind zu genießen, der so gut zu seiner aufgewühlten Gemütsverfassung paßte. Unrasiert, mit gelöstem Halstuch, die Augen von Schlafmangel gerötet, fühlte er trotzdem dieses erregende Kribbeln, das er zuletzt bei seiner Unterredung mit dem Juden Solomon verspürt hatte, nachdem er in Wapping erfolgreich gewesen war.

Sollte er die schmutzige Arbeit dieser Nacht umsonst gemacht haben, dachte er, wäre es eine schreckliche Verschwendung. Denn es war ein tröstlicher Gedanke, daß ein Erfolg seiner wiederbelebten Mission vielleicht sogar den Verlust Quilhamptons und all der anderen tapferen Leute auf der *Tracker* rechtfertigen würde.

Er war überzeugt, daß sie bei richtiger Vorarbeit die Franzosen täuschen konnten. Sollte ihnen das Glück gewogen sein, würden sie damit einen dicken Keil zwischen den Zar und Napoleon treiben. Dabei kam es auf den Verlust einiger Musketen und Stiefel wirklich nicht an . . .

Drinkwater streckte sich und atmete tief die feuchte Luft ein, während graue Wolken über das Oberland rollten und Leuchtturm und Kirche verhüllten. Das rief ihm die britischen Geschwader in Erinnerung, die vor Ouessant, La Rochelle, Lorient und Toulon, vor der Schelde und Texel im Blockadedienst auf- und abstanden.

Allein schon die Vorstellung, daß es zu einem Bruch zwischen St.Petersburg und Paris kommen könnte, war erregend. Angenommen, die Grande Armee wurde zum zweiten Mal nach Osten in Marsch gesetzt, wo sie bei Eylau nur knapp einer Niederlage durch die Russen entgangen war . . . Angenommen, der jetzt noch sinnlos scheinende Tod von Quilhampton, Frey und sogar des armen Tregembo wurde durch einen langen, dauerhaften Frieden gerechtfertigt . . .

Dann konnten die von Atlantikstürmen zermürbten Geschwader im Westen, konnte die Mittelmeerflotte zurückgezogen werden, die Männer konnten zu ihren Familien heimkehren, und sogar er selber würde Elizabeth und die Kindern wiedersehen.

Drinkwater erzitterte plötzlich in der feuchten Luft. Nein, solche gedanklichen Höhenflüge waren nicht mit den harten Realitäten des Krieges zu vereinbaren. Er ging wieder hinein, auf der Suche nach heißem Wasser fürs Rasieren. Anschließend wollte er sich eine Lösung für das größte Problem überlegen, das dem Plan noch entgegenstand.

Wenn Nicholas' Idee Erfolg haben sollte, war die Teilnahme von Kapitän Littlewood unabdingbar. Gilhams Schiff würde Drinkwaters Auftauchen in der Elbe noch glaubwürdiger machen, und die anderen konnten dann ohne großes Risiko ihren Part vor Neuwerk spielen. Aber ohne *Galliwasp*s Ladung war schon der Versuch zum Scheitern verurteilt.

Daher war Littlewood die erste Person, die Drinkwater an diesem Morgen aufsuchte. Er fand den Skipper am Strand, wo er mit Watts und Munsden, seinen beiden Steuerleuten, diskutierte. Als er Drinkwater herankommen sah, hob er gereizt die Arme und ließ sie dann entmutigt wieder sinken. Im Rücken des Trios lag *Galliwasp* an einer der Festmachertonnen, die von Browne und seinen Leuten ausgebracht worden waren, um den Schiffen das Abreiten des Sturms zu erleichtern. Ein paar Kranbalken ragten aus der Kuhl der Bark, aber die meisten Matrosen drückten sich am Strand herum, wo die Boote über die Hochwasserlinie hinaufgezogen worden waren.

„Ich hatte gehofft, heute den Großmast stellen zu können", murrte Littlewood. „Aber der verdammte Sturm . . ." Er ließ den Satz unvollendet.

„Tja, Kapitän Littlewood, denken Sie auch an die guten Seiten", meinte Drinkwater leutselig. „Wenigstens liegt sie bei diesem Sturm nicht draußen auf dem Riff."

„Genau meine Meinung, Kapitän Waters", mischte sich Watts ein. „Noch so einen Sturm könnte sie niemals abwettern."

„Vielleicht sollten wir zusammen einen kleinen Spaziergang machen, Käpt'n Littlewood", schlug Drinkwater vor.

Eine Zeitlang gingen sie schweigend nebeneinander her. Zu ihrer Linken lag die Reede mit den vielen verankerten Schiffen, dahinter die Düne. Zur Rechten erhoben sich die steilen roten Klippen aus dem Sand, Felsbrocken ragten aus dem schmaler werdenden Flutgürtel. Wattvögel stolzierten an der Hochwasserlinie zwischen dem Treibgut, das von der letzten Flut angeschwemmt worden war. Ein paar Austernfischer flogen auf, aus ihren grell orangefarbenen Schnäbeln erklangen schrille Warnrufe, als sich die beiden Männer näherten.

„Ich habe mich schon gefragt, wann Sie kommen würden, Käpt'n Waters", sagte Littlewood schließlich, als sich der Strand unter den zerklüfteten Felsen zu einem schmalen Pfad verengte.

„Ich war doch jeden Morgen bei Ihnen, Kapitän Littlewood", erwiderte Drinkwater vorsichtig und fragte sich, wie er das heikle Thema anschneiden sollte.

„Das meine ich nicht." Littlewood blickte Drinkwater verschlagen an. „Halten Sie mich nicht für einen Narren, Kapitän Waters. Ich kann jede denkbare Ladung an jeden beliebigen Punkt dieser Erde liefern, auch ohne Supercargo. Ich weiß, was Sie sind, wenn auch nicht, wer Sie sind."

„Mr. Solomon war indiskret . . ."

„Mr. Solomon hat seine Investitionen geschützt, Kapitän." Littlewood betonte auffallend Drinkwaters Dienstrang. „Ich weiß, daß Sie da oben in der Kaserne lange gegrübelt haben. Ich bin mir auch sehr genau bewußt, daß meine Ladung wertvoll ist, und zwar nicht nur in Pfund und Shilling ausgedrückt."

„Hat Ihnen Solomon auch *das* gesagt?" fragte Drinkwater überrascht.

Littlewood lachte. „Nein, nein, so gesprächig war er nun auch wieder nicht. Aber ich wußte, von diesem Geschäft hängt eine Menge ab. Ich hätte doch nicht einen Bordgenossen wie Sie bekommen, wäre die ganze Sache nicht eine Regierungsangelegenheit gewesen. Außerdem wird man nicht von der Schelde-Expedition freigestellt, wenn nicht jemand ganz oben die Strippen zieht." Nach einer Pause fügte Littlewood hinzu: „Aber ich habe auch Ladung für eigene Rechnung an Bord."

Drinkwater blieb stehen und blickte Littlewood an. Ihm wurde klar, daß er sich zu sehr mit seinem eigenen Unglück beschäftigt und darüber ganz vergessen hatte, daß auch das Leben für andere schwer und gefährlich war.

„Was denn für eine Ladung, Kapitän Littlewood?" fragte er.

„Nun ja, Zuckerhüte, Kapitän Drinkwater, Zuckerhüte."

„Darf ich fragen, was Sie jetzt vorhaben, da Sie auf sich selbst gestellt sind?"

„Ich lebe vom Profit. Keine Regierung bezahlt mir und meiner Familie den Unterhalt. Ich werde meine Ladung also in einem schwedischen Hafen löschen. Dagegen können Sie doch nichts einzuwenden haben?"

„Nur daß sie damit nicht ihren Zweck erfüllt."

„Den haben wir bereits verfehlt. Außerdem wurde ihr Zweck zwar von der Regierung bestimmt, die Ladung selbst aber wurde von Solomon & Dyer bezahlt. Was auch passiert, diese Firma und Ihr ergebener Diener hier haben das Recht, wenigstens einen kleinen Gewinn daraus zu ziehen, Kapitän."

„Gewiß, Kapitän Littlewood. Nur lassen Sie mich Ihnen noch eine Frage stellen: Haben Sie oder Solomon & Dyer einen Agenten hier in der Nähe oder", er hielt inne, als sich Littlewoods Augen verengten, „oder in Hamburg?"

Aufmerksam beobachtete er das Mienenspiel des anderen Kapitäns. Littlewood saugte die Wangen ein und zog die Brauen hoch, aber seine Augen blieben starr auf Drinkwater gerichtet. Es war klar, daß ihm die Idee schon längst gekommen war, seine Ladung in einem näheren Hafen als Göteborg zu löschen. Schließlich straffte er sich.

„Und wenn meine Männer nicht nach Hamburg segeln wollen, Kapitän?"

„Dann müßte ich Ihr Schiff beschlagnahmen und mit Mr. Brownes Leuten bemannen", brachte Drinkwater ein Argument an, das er sich in den frühen Morgenstunden überlegt hatte.

„Untersteht Mr. Browne denn jetzt Ihrer Kommandogewalt?" konterte Littlewood, auf Drinkwaters mysteriösen Status anspielend, von dem wohl inzwischen die ganze Insel wußte.

„Mr. Browne kennt seine Pflichten . . ." bluffte Drinkwater. „Vielleicht hat unsere Täuschung bei anderen besser gewirkt als bei Ihnen."

Littlewood kicherte und blickte zum Horizont. „Wenn wir sie gut bezahlen, kann ich für zehn oder zwölf Mann garantieren."

Drinkwater registrierte dankbar die erste Person Plural, in der Littlewood sprach, und grinste ihn an. „Wie gut kennen Sie übrigens Kapitän Gilham? Könnten wir ihn zum Mitmachen überreden?"

Begreifen blitzte in Littlewoods Augen auf. „Mein Gott, Kapitän, Ihnen scheint es wahrlich um mehr zu gehen als um einen kleinen Gewinn und ein neues Kleid für Mistress Littlewood."

„Ich spiele um einen verdammt hohen Einsatz, Kapitän. Wenn wir Glück haben, kann Ihre Frau bald vierspännig fahren."

„Sapperlot, Sir! Na schön – falls sich Gilham widerborstig zeigt, bringe *ich* Ihnen sein Schiff. Was ist mit den anderen?"

„Auch für die habe ich Pläne, aber ihr Gelingen hängt ab von der Zuverlässigkeit der Männer, die daran teilnehmen. Wenn wir zu viele sind, fordern wir Verrat förmlich heraus. Und alle müssen Freiwillige sein, Freiwillige für einen gefährlichen Einsatz. Erst wenn sich die Männer gemeldet haben, sollten Sie die Extralöhnung ins Gespräch bringen. Aber dann können Sie ihnen Gold versprechen."

„Sie haben an alles gedacht, Kapitän, ich gratuliere Ihnen."

„Danke", meinte Drinkwater ironisch. „Wir laufen zunächst unter dem Sternenbanner in die Elbe ein, obwohl wir diese Täuschung nicht lange aufrechterhalten müssen. Die Schiffe liegen seit Monaten untätig vor Helgoland, die Mannschaften sind ohne Heuer und ohne Motivation . . ."

„Bei Gilham trifft das genau den Kern der Sache."

„Dann müssen Sie diese Version auch bei den anderen Skippern in Umlauf bringen. Klären Sie sie über mich erst auf, wenn Sie ihre Stimmung ausgelotet haben. Sobald sie begreifen, daß sie ohne allzu großes Risiko hier wegkommen und sogar noch Profit einstreichen können, werden sie dem Plan zustimmen."

„Und Sie wollen nicht mehr als zwei Schiffe nach Hamburg schicken, nur die *Galliwasp* und die *Ocean*?"

„Nicht, wenn ich es vermeiden kann. Die anderen sollen vor Neuwerk warten. Sie erwähnten, daß Sie auf der *Galliwasp* eine Partie Zukker auf eigene Rechnung transportieren?"

„Aye, Zuckerhüte."

„Ich denke, daß Sie dafür in Hamburg großes Interesse vorfinden werden, womit Mistress Littlewoods Kutsche gesichert sein dürfte, Kapitän." Littlewood kicherte, Drinkwater fuhr fort: „Ich habe einen kompetenten Lotsen besorgt und auch einen Agent, der sich um den Verkauf der Ladung kümmern wird."

„Etwa Herrn Liepmann, Kapitän?" fragte Littlewood.

„Verdammt, ja! Wie, zum Teufel . . ."

„Liepman ist der Agent von Solomon & Dyer."

„Was für ein Zufall", erwiderte Drinkwater, eine Augenbraue mißtrauisch hochgezogen. „Sehr merkwürdig."

Wie sich alles zusammenfügte, dachte er, als habe das Schicksal nachgeholfen.

„Erzählen Sie besser nicht zuviel über unser bevorstehendes Auslaufen", meinte er, als sie wieder am Landeplatz ankamen. „Takeln Sie die *Galliwasp* wieder auf und stauen Sie die Ladung an Bord. Wir können erst aktiv werden, wenn Sie fertig sind. Horchen Sie bis dahin die anderen Skipper aus und lassen Sie mich bald wissen, wie die Stimmung ist."

„Aye, ich werde mich darum kümmern. Was soll ich als Begründung für unseren heutigen langen Schwatz angeben?"

Drinkwater überlegte einen Augenblick. „Sagen Sie, ich hätte in der Messe mitgehört, daß das Ordnance Board den Konvoi abgeschrieben hat."

„Das läßt den Fuchs in den Hühnerstall", brummte Littlewood.

„Und außerdem ist es die Wahrheit, Kapitän Littlewood."

Als Drinkwater zur Kaserne zurückkehrte, fand er Nicholas in seinem Zimmer schon wartend vor.

„Haben Sie Ihren Brief fertig, Kapitän?" fragte der Diplomat ungeduldig und zog aus seinem Rock ein kleines, in braunes Kalbsleder gebundenes Buch von Oktavformat. „Dantes Göttliche Komödie, Kapitän, in der Übersetzung von Reverend Cary." Nicholas blätterte ein paar Seiten um. „Zweiter Gesang. Sie müssen diese Zeilen auswendig lernen." Nicholas tauchte die Schreibfeder ein, die er Drinkwater geliehen hatte, und begann ein Blatt Papier zu bekritzeln, dabei sprach er die Worte laut vor sich hin:

„Thy soul is by vile fear assail'd which oft
So overcasts a man, that he recoils
From noblest resolution, like a beast
At some false semblance in the twilight gloom."

Als Nicholas fertig war, blickte er auf. „Also, Sir, es ist wirklich ganz einfach. Schreiben Sie unter jeden Buchstaben der Verse einen des Alphabets. Wenn Sie einem aber schon einen neuen Buchstaben zugeordnet haben, dann lassen Sie die Stelle darunter blank. Also: *Thy soul is* . . . Darunter kommt a bis h, unter dem s in *is* aber bleibt der Platz leer, denn dem s haben Sie ja schon bei *soul* das d zugeordnet. Und so machen Sie mit dem Alphabet weiter bis zum Ende. I und j sind gleich, und die drei Buchstaben, die nicht in den Versen enthalten sind, nämlich j,p und q, werden zu x, y und z. Carys Übersetzung ist neu und auf dem Kontinent noch kaum bekannt, Liepmann hat allerdings eine Ausgabe. Sie müssen die Verszeilen nur auswendig lernen."

Nachdem Nicholas gegangen war, las Drinkwater die Zeilen wieder und wieder, um sie sich einzuprägen. Ihm wurde schlagartig klar, daß sie auf unheimliche Weise seine eigene Situation beschrieben, und bei dieser Erkenntnis sträubten sich ihm die Nackenhaare in primitiver Angst. Aber später, als er sich die Verse vorsagte, entdeckte er, daß der depressive Druck von seinem Hirn gewichen war. Die geistige Anstrengung der letzten Stunden hatte ihn aus seinem seelischen Tief geholt.

Diese Stimmung hielt so lange an, wie der Sturm tobte. In diesen drei Tagen überarbeitete er den Plan immer wieder und prägte sich nicht nur Dantes Verse ein, sondern auch die Angaben aus Gilhams Karten (die ihm Littlewood unter einem Vorwand besorgt hatte). Im Licht der blakenden Kerzen lernte er alles auswendig und verbrannte schließlich die Terzinen des großen Florentiners in der Fassung seines Verehrers Cary. Die Idee, die beiden Schiffe nach Hamburg zu bringen, hatte völlig von ihm Besitz ergriffen, und er fieberte dem Augenblick entgegen, da ihm Nicholas melden würde, daß er den Gouverneur hatte überzeugen können.

Er wußte, daß er nicht länger seinen verlorenen Freunden nachtrauern durfte, sondern sich den Herausforderungen der Zukunft stellen mußte. Das, und nur das, war ihm erlaubt. „Hoffnung *muß* sich ewig erneuern," murmelte er.

Als sich der Sturm aus Westnordwest bei herrlichem Sonnenschein auswehte, lief Seiner Britannischen Majestät Slup *Combatant* die

Insel an. Sie hatte zusätzliche Kanonen für die Verteidigung Helgolands an Bord und Geheimpost für den Gouverneur. Sie machte allen Verzögerungen ein Ende.

„Es ist wirklich Schicksal, mein lieber Sir, wirklich schicksalhaft", meinte Nicholas, der sich kaum beruhigen konnte. „Colonel Hamilton hat Befehle von Lord Dungarth bekommen, die Sie betreffen, Kapitän Drinkwater. Zusammen mit den neuen Kanonen hat er so etwas wie ein neues Rückgrat erhalten."

„Lord Dungarths Befehle laufen unseren Intentionen doch nicht entgegen?"

„Ganz im Gegenteil . . . Hier ist übrigens Post für Sie."

Nicholas zog zwei Briefe aus seiner Brusttasche. Drinkwater nahm sie und öffnete den von Dungarth als ersten. Seine Lordschaft schrieb:

London, 26. November

Mein lieber Nathaniel,
betrübt habe ich von Ihrem Mißgeschick gehört. Das Wagnis ist ebenso gescheitert wie die Affaire an der Schelde. Ihr Mißerfolg ist dagegen völlig nebensächlich. Gewiß haben Sie von den Umwälzungen in der Regierung gehört. Leider ist alles wahr. Besprechen Sie sich mit Ed. Nicholas und handeln Sie, wie Sie es für richtig halten. Solomon & Dyer haben sich mit hohen Verlusten abgefunden.

Ihr usw.
Dungarth.

Der Brief ließ wenig Mitleid für den Juden erkennen, dachte Drinkwater, während er den zweiten Brief öffnete. Die Unterschrift kam ihm vage bekannt vor. Vorsichtshalber war der Brief nicht datiert. Er lautete:

London

Geehrter Herr,
ich bin über Ihre Lage voll in Kenntnis gesetzt. Ihr persönlicher Kredit hier ist jedoch sehr hoch. Sie würden Ihren ergebenen Diener noch mehr verpflichten, wenn Sie meinen Beauftragten und sein Schiff entlassen würden, damit er jede geeignete Maßnahme ergreifen kann, um für unser aller investiertes Kapital noch einen kleinen Gewinn zu erzielen.

Ich verbleibe hochachtungsvoll,
Ihr Isaac Salomon.

Drinkwater konnte ein klägliches Lächeln nicht unterdrücken – denn der Brief war ein Meisterstück. Während Dungarth die Kosten der gescheiterten Mission Solomon & Dyer aufgebürdet hatte, machte ihm der listige Juden klar, daß das von Drinkwater überlassene Gold einen erheblichen Wert und damit eine Sicherheit für ihn darstellte. Kurz gesagt, er, Nathaniel Drinkwater, durfte jetzt das Unternehmen finanzieren!

Drinkwater blickte Nicholas an. Es konnte weder Dungarth noch Solomon entgangen sein, daß Helgoland den Briten hauptsächlich dazu diente, einen Resthandel mit Europa aufrechtzuerhalten. Daher Dungarths vage Anweisungen und Solomons Hinweise auf Profitmöglichkeiten.

„Ich fühle, wie mich die Fäden des Puppenspielers manipulieren, Mr. Nicholas", sagte er müde. „Haben Sie irgendwelche Befehle erhalten, die mich betreffen?"

„In der Tat, Sir. Der Brief Seiner Lordschaft weist den Gouverneur an, uns jede Unterstützung zu geben. Aber ich bringe Sie gleich selbst zu Colonel Hamilton."

Drinkwater griff nach seinem Hut, und beide Männer traten in den Flur. „Haben Sie Intruktionen betreffs der restlichen Schiffe erhalten – Gilhams und der anderen?" fragte Drinkwater, während sie zu Hamiltons Unterkunft marschierten.

Nicholas schüttelte den Kopf. „Nein. Ich vermute, daß nach der schlimmen Canning-Affäre in der Regierung noch immer alles drunter und drüber geht... Kommen Sie, Sir, wir werden erwartet."

Hamilton hatte ihnen den Rücken zugewandt und starrte aus dem Fenster. Draußen stieg eine mit Schafen gesprenkelte Wiese sanft bis zum Leuchtturm an.

Der Klügere gibt nach, dachte Drinkwater und brach das Schweigen.

„Es freut mich, daß sich die Dinge so glücklich aufgeklärt haben, Colonel Hamilton. Wollen wir uns die Hände schütteln?"

Hamilton drehte sich um. Drinkwater sah, daß er einen Brief in der Hand hielt. Er schien noch nach den rechten Worten zu suchen, denn die Position, in der er sich befand, mußte ihm überaus peinlich sein.

„Hier, Colonel, meine Hand, Sir. Lassen Sie uns das Kriegsbeil begraben... Vielleicht bei einem Glas Wein?"

Bei diesem Vorschlag wurde Hamilton lebendig, ergriff die dargebotene Hand und murmelte etwas von ‚Spionen überall' und daß man gar nicht vorsichtig genug sein könne.

„Vielleicht wollen Sie Kapitän Drinkwater den Brief zeigen, Sir", schlug Nicholas vor, „während ich . . ."

„Ja, ja, gießen Sie uns endlich schon ein Glas ein." Hamilton reichte Drinkwater Dungarths Brief und ließ sich in seinen Sessel fallen. Drinkwater las:

Admiralität, London
26. November 1809

Lt.Col. Hamilton
  Gouverneur
  Helgoland

Sir,
  ich habe Ihren Brief vom Zweiten des Monats erhalten. Der Offizier, der sich an Bord der Galliwasp von Kapitän Jno. Littlewood befindet, ist ein Mitarbeiter meiner Abteilung, unterwegs in einer geheimen Mission. Es ist nicht erforderlich, daß Sie seinen Namen erfahren, aber Sie erkennen ihn an den folgenden Merkmalen: Pulververbrennungen über einem Auge, eine alte Degennarbe auf der Wange, außerdem eine schwere Verwundung der rechten Schulter, weshalb diese deutlich tiefer hängt als die linke.
  Ich wäre Ihnen zutiefst verbunden, wenn Sie ihm Ihre großzügige Gastfreundschaft angedeihen und ihn völlig frei mit Mr. Nicholas zusammenarbeiten ließen. Letzterer kennt meine Absichten, seine Anweisungen sind wie die meinigen zu befolgen.
  Hochachtungsvoll der Ihre usw.
  Dungarth.

Es war eine perfekte *Carte blanche,* Drinkwater hätte sich nichts Besseres wünschen können. Allerdings war es auch eine totale Niederlage für den armen Hamilton.

Drinkwater legte den Brief auf den Gouverneursschreibtisch zurück, und ihre Augen trafen sich.

„Vielleicht ist es sogar ganz gut, daß der Brief Seiner Lordschaft nicht früher eingetroffen ist, Colonel."

„Warum das?" Hamilton runzelte die Stirn.

„Ich war schändlich niedergeschlagen und nicht in der Stimmung für Gespräche. Aber jetzt habe ich Ihnen einen Vorschlag zu machen,

Colonel, wie wir unserem Land einen großen Dienst erweisen können."

„Trinken wir zuerst einen Schluck", mischte sich Nicholas ein. „Es ist Schnaps, Kapitän Drinkwater." Grinsend fügte er hinzu: „Aus Hamburg."

NEUNTES KAPITEL

Dezember 1809 – Januar 1810

Der Weihnachtsmann

Von seinem Platz an der Heckreling der *Galliwasp* aus sah Drinkwater Helgoland hinter dem westlichen Horizont versinken. Er fragte sich, ob er es wohl jemals wiedersehen würde. Dieser Gedanke stürzte ihn in Trübsinn und Selbstvorwürfe, die in den letzten Tagen Teil seiner selbst geworden waren. Er hatte an Elizabeth geschrieben. Diese Aufgabe, lange hinausgeschoben, hatte ihn aus der Euphorie seines bevorstehenden Einsatzes gerissen. Nicholas würde den Brief absenden, falls Drinkwater in zwei Monaten nicht zurückgekehrt war. Darin hatte er Elizabeth alles berichtet. Er hatte ihr auch aufgebürdet, an Quilhamptons Verlobte und Freys Familie zu schreiben, und hatte ihr dabei lediglich ein paar Redewendungen zur Hand gegeben, die sie benutzen sollte.

Es hat keinen Sinn zurückzublicken, dachte er und schlug entschlossen mit der flachen Hand auf die Reling. Dann drehte er sich um. Gilhams *Ocean* stampfte schwerfällig an Backbord achteraus, ihr Unterwasserschiff war dicht bewachsen, obwohl man versucht hatte, es so weit wie möglich abzukratzen. *Galliwasp* geisterte nur unter Marssegeln dahin, damit sie ihrer langsamen Schwester bei dem leichten westlichen Wind nicht davonlief. Drinkwater blickte nach oben, um die Windrichtung an der großen amerikanischen Flagge abzulesen. Sie flatterte lustlos über seinem Kopf.

„An Steuerbord voraus liegt Neuwerk, Kapitän." Littlewood deutete mit seinem Teleskop in die Richtung, dann reichte er es Drinkwater.

Hinter dem gelben Sand von Scharhörn, der bei diesem niedrigen Tidenstand noch zu sehen war, erkannte man eine flache Insel, auf der ein großer Steinturm in die Höhe ragte.

Mit Interesse studierte Drinkwater die Insel, während die einsetzende Flut sie in die Mündung der Elbe trug. Neuwerk war für ihn der

Ärmel, aus dem er sein As ziehen würde. Er gab das Teleskop an Littlewood zurück.

„Wir wollen hoffen, daß wir sie bald wieder über den anderen Bug zu sehen bekommen", meinte Drinkwater mit gespielter Zuversicht. Er wünschte, daß sie Helgoland einen Tag früher verlassen hätten - bevor die niederschmetternde Nachricht eingetroffen war. Sie legte sich wie eine schwarze Wolke über ihr Unternehmen, auch wenn Drinkwater, Nicholas und Hamilton sie für sich behalten hatten.

Während sie darauf gewartet hatten, daß *Galliwasp* und die anderen Schiffe seeklar machten, die Mannschaften ausgewählt wurden und die verschlüsselte Nachricht Liepmann in Hamburg erreichen konnte, hatte Drinkwater täglich mit Nicholas und Hamilton in Klausur gesessen.

Als Drinkwater dem Gouverneur die Idee zum ersten Mal entwickelt hatte, griff Hamilton nur zu begierig nach dem Olivenzweig, der ihm gereicht wurde. Nicholas hatte darauf geachtet, daß Hamiltons Glas immer voll Schnaps war. Zusammen hatten sie den Colonel so in die Ecke gedrängt, daß ihm auch sein natürliches Mißtrauen nicht mehr zu Hilfe kam. Eine Art Kriegslüsternheit hatte sich breitgemacht, seit die *Combatant* mit den neuen Kanonen angekommen war. Drinkwater hatte darauf bestanden, daß auch die Handelsmatrosen bei ihrem Transport und ihrer Aufstellung an Land mit Hand anlegten. Das hatte ihm den knurrigen Dank Hamiltons eingetragen, denn er selber hielt zu wenig von den Skippern und Handelsherren, als daß er sie zur freiwilligen Zusammenarbeit hätte bewegen können. Aber für Drinkwater war die Arbeit interessant gewesen. Er konnte manchen alten Salzbuckel der Handelsmarine und Freiwilligen der Kriegsmarine kennenlernen, den er bald in das Kernland des Feindes führen würde. Die Tatsache, daß nach Monaten erzwungener Untätigkeit etwas passierte, gab den Männern mächtigen Auftrieb.

Als äußeres Zeichen ihrer verbesserten Beziehungen hatten Hamilton, Nicholas und Drinkwater stets zusammen diniert, einmal um Hamiltons Begeisterung zu schüren, zum anderen, um die Fortschritte ihres Unternehmens zu diskutieren.

Einer der Abende dehnte sich beim Dessertwein erheblich aus, und Drinkwater lernte viel über die wirkliche Bedeutung Helgolands als Lauschposten an der Tür des französischen Kaiserreichs.

„Hamburg war immer von großer Bedeutung für uns", erklärte

Hamilton. „Dort schnappten wir auch Napper Tandy nach der Revolution in Irland. Die Stadt war jahrelang voll aufständischer Iren."

„Man sagt, die Witwe von Lord Edward Fitzgerald wohnt noch immer dort", fügte Nicholas hinzu.

„Sie soll Französin sein, nicht wahr?" fragte Drinkwater. „Und ihre Schwester ist mit Sir Thomas Foley verheiratet. Ich kenne ihn aus Kopenhagen."

„Kopenhagen . . . Waren Sie bei Nelsons Schlacht dabei oder bei der Gambiers?"

„Nelsons, Colonel, kurz vor dem letzten Friedensschluß."

„Nach Gambiers Coup haben wir den Dänen diesen Felsen hier abgenommen."

„Ja. Damals war ich auf dem Weg in den Pazifik."

„Und danach fädelte Colin Mackenzie von hier aus sein Meisterstück ein", ergänzte Nicholas.

„Ach ja, Sie erwähnten einen gewissen Pater Robertson . . ."

„Robertson. Ein Jesuit, der von hier aus über Hamburg zu den spanischen Truppen auf der dänischen Insel Seeland reiste, die Napoleon dort isoliert hielt – denn er ließ Dänemark sofort besetzen, nachdem wir uns ihre Flotte geholt hatten. Und dabei erregte er sich die ganze Zeit über die perfiden Briten!"

„Das war wohl etwa zu der Zeit, als in Spanien die Revolution ausbrach?"

„Richtig. Unser Pater Robertson informierte die Spanier vom Aufstand ihrer Landsleute gegen die Franzosen und versprach ihnen die Heimkehr – wenn irgend möglich." Nicholas füllte sein Glas nach. „Er tarnte sich als Zigarren- und Schokoladenhändler und stellte den Kontakt zu ihrem Kommandeur her, dem Marquis von Romana. Als Ergebnis wurde das gesamte spanische Corps von der Flotte Konteradmiral Keats' evakuiert, der damals vor Seeland kreuzte."

„Fast alle, Ned. Ein paar der armen Teufel konnten nicht entkommen. Man sagt, ganze Schwadronen reiterloser Pferde liefen danach in perfekter Formation am Strand auf und ab", erzählte Hamilton.

„Und was wurde aus Robertson?" fragte Drinkwater.

„Ich glaube, er kehrte irgendwann nach England zurück. Er beherrschte viele Sprachen, müssen Sie wissen, ein wirklich bemerkenswerter Mann . . ." Nicholas' Bewunderung war unüberhörbar, und Drinkwater fragte sich nicht zum ersten Mal, ob der junge Mann jetzt mit seiner Hilfe seinen Ruf durch einen ähnlichen Handstreich aufpolieren wollte.

113

„Boney soll vor Wut im Dreieck gesprungen sein, als er vom Verlust des spanischen Corps hörte", schmunzelte Hamilton. „Romanas Truppen galten als die besten der spanischen Armee."

Diese Geschichte und ihr guter Ausgang befriedigte die Männer, die ihren eigenen Coup planten. Aber am Vorabend ihrer Abreise erreichte sie eine schlimme Neuigkeit. Herr Reinke, dessen verspätete Ankunft endlich das Ende ihrer Wartezeit signalisierte, hatte sie mitgebracht.

Nachdem er die Nachricht gelesen hatte, zog sich Nicholas zurück, um an Lord Bathurst zu schreiben, daß sein Neffe, der erst kürzlich der diplomatischen Vertretung in Wien zugeteilt worden war, unter mysteriösen Umständen in Perleberg verschwunden war und als tot galt.

Nicholas erzählte Drinkwater davon im Vertrauen, um ihn auf die Gefahr hinzuweisen, in die er sich begab. Ein Marineoffizier in Zivil auf dem Weg ins feindliche Hamburg hatte keine Gnade zu erwarten. „Bitte seien Sie vorsichtig", drängte er. „Ganz bestimmt rächte sich Napoleon an Bathursts Neffen für den Erfolg Robertsons und das Gelächter auf seine Kosten. Er würde sich besonders freuen, jemanden zu schnappen, der in den Verrat seines Geheimvertrags von Tilsit involviert war."

„Verstehe", hatte Drinkwater geantwortet. „Sie brauchen den Teufel nicht an die Wand zu malen."

„Die Scharhörntonne, Kapitän." Herr Reinke, der Lotse, deutete voraus. „Halten Sie bitte etwas weiter nach Osten."

Drinkwater nickte Munsden zu, der neben dem Rudergänger stand. „Fallen Sie einen Strich ab, Mr. Munsden."

Er tauschte einen schnellen Blick mit Littlewood. Um die Verhandlungen mit den Behörden in Hamburg zu beschleunigen, fungierte Drinkwater jetzt als Skipper, während Littlewood sich um die Geschäfte kümmern sollte, von denen Drinkwater nichts verstand.

Diese Feinheiten hatten ihn während der letzten Wochen in Atem gehalten, die Regie des Gaukelspiels, warum einige britische Mastermariner im Dienst des Mammons angeblich zum Feind überlaufen wollten.

Auch andere Details waren zu bedenken gewesen. Sowohl *Combatant* als auch *Bruizer* waren auf Aufklärungsfahrten geschickt worden. Die Zuträger würden demnach bestätigen, daß keine Kriegsschiffe mehr auf der Reede von Helgoland lagen, die Skipper also frei über ihre Schiffe hatten verfügen können. Nach ihrer Rückkehr in ein oder zwei Tagen sollten sich *Combatant* und/oder *Bruizer* scheinbar empört in der Elbmündung nach den verschwundenen Frachtern umsehen.

Um die Besorgnis des Gouverneurs zu demonstrieren, der seine Kreuzer heil zurückhaben wollte, würden in der kommenden Nacht vom Leuchtturm Helgoland aus bengalische Feuer im Abstand von zwei Stunden abgebrannt werden.

Auf der Karte überprüfte Drinkwater die Anweisungen Herrn Reinkes. Sie liefen zwischen Scharhörn und dem Vogelsand hindurch, dann blieb Neuwerk achteraus, schließlich tauchte die Kugelbake und das flache Festland auf. Cuxhaven duckte sich hinter den Deich. Sie kamen an vielen Fischerbooten vorbei, von denen jedes wahrscheinlich schon mehrfach auf Helgoland gewesen war. Endlich passierten sie den Nordergrund, wo sich der Fluß verengte. Kleine Dörfer glitten vorbei, die Häuser drängten sich um ihre Kirchen: Groden mit seinem windbetriebenen Pumpwerk, Altenbruch und Otterndorf. Die Küste Süddithmarschens rückte von Norden her näher. Die Flut wurde schwächer, und als die Sonne nach dem kurzen Wintertag unterging, ankerten die beiden Schiffe vor Brunsbüttel.

„Wir bekommen Besuch", knurrte Littlewood und deutete auf ein Boot, das von einem großen Kutter mit starkem Rigg abstieß, der nahe am Ufer ankerte. „Das ist ein Zollkreuzer mit holländischer Besatzung. Diese Quadratschädel sind in den Tidengewässern hier so fix wie Taschendiebe", fügte er mit widerwilliger Bewunderung hinzu.

Drinkwater studierte den Kutter. Der starke Großmast, die hohe Stenge und der füllige Rumpf mit seinen riesigen Seitenschwertern wiesen ihn als ausgezeichnetes Fahrzeug für die flachen Gewässer dieser Küste aus. Er erinnerte sich an einen ähnlichen Kutter, gegen den er während der Schlacht von Kampenduin gekämpft hatte. War es die Erinnerung daran, eine schlimme Vorahnung oder die Kälte des Dezemberabends? Jedenfalls schauderte es ihn plötzlich.

Es war schon fast dunkel, als das Zollboot längsseits kam. Zwei Offiziere mit Dreispitzen und schweren Botsmänteln stiegen, gefolgt von vier bewaffneten Seeleuten, an Bord. Einer trug eine Laterne.

„Sie sind Amerikaner, richtig?"

„Nein, Mijnheer, wir sind Engländer!" Littlewood trat einen Schritt vor. Drinkwater beobachtete, daß ein zweites Boot bei der *Ocean* längsseits ging. Er konnte nur hoffen, daß Gilham seine Rolle gut spielte. Dann verdrängte er seine Besorgnis, es war jetzt zu spät dazu. Sie saßen in der Falle, und Kapitän Gilham schien trotz seines übellaunigen Gehabes mit ihrem Vorhaben vollauf einverstanden gewesen zu sein. Er war ein dünner Mann mit einem Gesicht voll geplatzter Äderchen, was auf den ersten Blick einen Hartsäufer vermuten ließ. Drinkwater hatte jedoch erfahren, daß Gilham keinen Tropfen Alkohol anrührte, jeden Sonntag eine Andacht an Bord hielt und einen großen Teil seiner Zeit damit verbrachte, das aufzuschreiben, was er die ‚Wunder der Atmosphärologie' nannte. Das Ergebnis war ein Buch mit fortlaufenden Wetterbeobachtungen, aufgezeichnet im Sechs-Stunden-Abstand bei Tag und Nacht – seit sechzehn Jahren.

„Engländer?" wiederholte der holländische Zolloffizier erstaunt. „Warum kommen Sie dann mit Ihren Schiffen in die Elbe?"

Littlewood erklärte: „Unsere Regierung hat uns hereingelegt. Man hat uns zu lange vor Helgoland versauern lassen." Er deutete auf das Ankerlicht der *Ocean*. „Kapitän Gilham lag dort sieben Monate und wartete auf Order. Wir haben kein Geld bekommen, keine Verpflegung, und meine Charterzeit ist abgelaufen. Jetzt wollen wir unsere Ladung endlich verkaufen. Wenn die britische Regierung sie nicht mehr braucht, finden wir vielleicht Abnehmer in Hamburg."

Die beiden Holländer blickten einander an. Der Ältere zuckte die Achseln und sagte etwas zu seinem Untergebenen.

„Woraus besteht Ihre Ladung?"

„Aus Stiefeln", erwiderte Littlewood, hob einen Fuß und deutete zum besseren Verständnis mit der Hand darauf. „Außerdem bringen wir Mäntel, dicke Wintermäntel, Gewehre, Feuersteine, Pulver und Kugeln."

Die Augen des jüngeren Douaniers wurden kugelrund, schnell übersetzte er das Gehörte. Der Ältere murmelte ein paar Worte, dann schlenderte er zur Reling und bellte etwas zu seinen Kollegen auf der *Ocean* hinüber.

„Er fragt nach Gilhams Ladung", flüsterte Littlewood.

Die anderen Zöllner antworteten. Einige Zeit gingen Rufe zwischen den verankerten Schiffen hin und her und störten die Stille, die sich nach dem abendlichen Einschlafen des Windes über die Elbe gelegt hatte. Schließlich drehte sich der ältere Offizier wieder zu den gespannten Engländern um und gab ein paar Befehle. Der jüngere übersetzte.

„Sie haben hier vor Brunsbüttel zu warten. Ich bleibe mit unseren Leuten an Bord." Er deutete auf die vier Seeleute. Dann geleitete er seinen Vorgesetzten zur Reling und sah zu, daß er sicher ins Boot kam. Während der Zolloffizier weggepullt wurde, rief er etwas zurück. „Er sagt, daß ich jeden erschießen soll, der Ärger macht."

„Wir machen keinen Ärger. Kommt er morgen früh zurück?"

„Ja. Ihre Ankunft wird nach Hamburg gemeldet."

„Das ist sehr gut."

Drinkwater machte mit dem Kopf eine Bewegung in Richtung der *Ocean*, und Littlewood verstand den Hinweis.

„Kapitän Gilham!" brüllte er. „Alles klar bei Ihnen?"

„Alles klar, Sir. Die Temperatur fällt, morgen früh werden wir Seerauch über dem Wasser haben."

Das Gelächter, das dieser Wettervorhersage folgte, löste die Spannung. Die Ankerwache wurde eingeteilt, danach ging die Mannschaft der *Galliwasp* mitsamt ihrem vermeintlichen Skipper unter Deck, um zu essen und zu schlafen.

„Sie haben richtig vermutet, Kapitän Gilham", begrüßte Drinkwater den Skipper der *Ocean*, als er am nächsten Morgen an Bord kam. Ein niedriger Nebelschleier lag wie Rauch über dem Fluß, so daß die beiden Schiffe auf einer Wolke zu schwimmen schienen. Beim Übersetzen waren nur Gilhams Kopf und Schultern zu sehen gewesen, das Boot unter ihm war unsichtbar geblieben.

„Das war keine Vermutung, Kapitän Waters, sondern eine schlichte Interpretation atmosphärischer Gesetze." Gilham blickte zum wolkenlosen Himmel empor. „Heute haben wir einen naßkalten Morgen, aber die Sonne wird den Nebel bald auffressen."

„Hatten Ihre Gäste etwas dagegen einzuwenden, daß Sie uns besuchen?" fragte Drinkwater und deutete mit dem Kopf auf den holländischen Zolloffizier, der sie mißtrauisch beobachtete.

„Ach, sie haben sich etwas angestellt, aber . . ." Gilham hob vielsagend die Schultern und verzichtete auf die Beendigung des Satzes.

Drinkwater grinste. „Sind alle Ihre Männer noch bei der Stange?"

„Natürlich, warum nicht? Schließlich werden sie für diese kleine Unannehmlichkeit sehr gut bezahlt. Sie waren viel schlechter gelaunt, als wir auf jener fürchterlichen Reede vor Anker vergammelten."

Drinkwater neidete Gilham die kühle, emotionslose Art eines Mannes, dessen Leben die einfachen logischen Prinzipien von Profit und Verlust prägten. „Es heißt, jeder Mann hat seinen Preis", bemerkte er.

„Ein sehr richtiger Gesichtspunkt, Sir." Mit schmalen Augen musterte Gilham den mysteriösen ‚Kapitän'. Littlewood hatte ihm gesteckt, daß Drinkwater eine ziemliche wichtige Persönlichkeit war.

„Das klingt, als hätten Sie so etwas schon öfter gemacht, Kapitän."

„Man sagt, daß es in den Tuillerien und in Malmaison den besten indischen Tee für die Gäste gibt . . ."

„Und am Hof von St. James den besten französischen Cognac, ganz recht . . . Oha, unser Freund wird munter."

Sie kamen in den Genuß des seltsamen Schauspiels, daß auf dem holländischen Zollkutter das Großsegel wie von Geisterhand gesetzt wurde, weil das Deck darunter im Nebel unsichtbar blieb. Der lange Wimpel mit dem Wappen des Kaiserreichs wehte in der leichten nordwestlichen Brise aus. Littlewood gesellte sich zu ihnen, und schweigend beobachteten sie das Ablegemanöver des Zollkutters. Aber nach wenigen Minuten hörten sie das Klatschen des Ankers und das Rumpeln der auslaufenden Ankertrosse, dann verschwand das Großsegel wieder. Der holländische Kutter hatte sich nur näher an die beiden britischen Handelsschiffe heran verholt.

„Sobald der Seerauch weg ist, werden Sie sehen, daß er seine Geschütze ausgerannt hat."

„Das ist kein unabänderliches atmosphärisches Gesetz, Kapitän Gilham", bemerkte Drinkwater leichthin, „aber gesunder Menschenverstand."

Ein paar Minuten danach kam der ältere holländische Zolloffizier ebenso gespenstisch wie zuvor Gilham auf sie zugeschwebt. Er kletterte über die Reling, und als er Gilham sah, runzelte er die Stirn. Grob fuhr er seinen müden Untergebenen an, der die ganze Nacht Wache geschoben hatte. Der junge Mann antwortete mit einem Achselzukken.

Ärgerlich überquerte sein Vorgesetzter das Deck und trat vor Gilham hin. Er stellte ihm eine Frage, die der junge Offizier übersetzte.

„Er will wissen, warum Sie auf dieses Schiff gekommen sind."

„Um mit meinen Freunden zu sprechen", antwortete Gilham mürrisch. „Wie sonst sollen wir uns vergewissern, daß Sie uns nicht betrügen?"

Der junge holländische Offizier zuckte wieder die Achseln und übersetzte. Das Spiel setzte sich in umgekehrter Richtung weiter fort.

„Es ist aber verboten, daß Sie miteinander parlieren!"

Jetzt war es an Gilham, die Schultern zu heben. „Ich verstehe Sie nicht."

Wieder die Pantomime der Übersetzung, diesmal etwas länger. „Warum sind Sie nach Brunsbüttel gekommen?"

„Das haben wir Ihnen schon gestern abend gesagt", erwiderte Gilham scharf. Ehrliche Verbitterung machte seine selbstgewählte Stellung als Sprecher der Gruppe noch glaubhafter. „Weil ich sieben Monate in Helgoland vergeblich darauf gewartet habe, meine Ladung irgendwo loszuwerden." Er hob sieben Finger, um seine Worte zu unterstreichen. „Jetzt hat uns die britische Regierung abgeschrieben. Ich habe kein Geld mehr, aber ich muß meine Besatzung bezahlen. Ich habe eine Frau und Söhne." Er stach mit seinem Zeigefinger in die Luft und stiefelte auf den unglücklichen Holländer zu, bis seine Fingerspitze auf dessen blaue Uniformbrust klopfte; so schien er ihm die einfache Logik seiner Sätze geradezu physisch in den Körper rammen zu wollen. „Jetzt bin ich hier, um den Hamburgern zu verkaufen, was die britische Regierung nicht mehr will. Sagen Sie das Ihrem Chef, und sagen Sie ihm auch, daß er mir nichts zu sagen hat, schon gar nicht, was ich tun darf und was nicht! Ich bin der Skipper der *Ocean*, bei Gott, und lasse mich von keinem herumschubsen!"

Drinkwater beobachtete die Holländer. Der eine wand sich unbehaglich bei Gilhams Ausbruch, das Gesicht des anderen lief vor Zorn rot an, weil er offenbar den Sinn vom Gilhams Rede verstand. Als sein Untergebener zu übersetzen anhub, stieß er ihn ungeduldig beiseite und überschüttete Gilham mit einer Tirade von Schimpfworten, in der Gott, Schweine und Engländer in immer neuen Abwandlungen vorkamen.

Danach wartete er nicht ab, bis seine Beleidigungen übersetzt waren, sondern machte auf dem Absatz kehrt, stürmte zur Reling und stieg mit wehendem Mantel in sein Boot. Sein Untergebener begann eine Erklärung zu stammeln, verstummte aber, als ihm Gilham freundlich auf den Arm klopfte.

„Schon gut, mein Freund." Er grinste verschmitzt. „Das war unmißverständlich."

Der Zolloffizier stand verdutzt herum, dann zuckte er ein letztes Mal mit den Schultern, rief nach seinen Seeleuten und folgte seinem Chef über die Seite. Einen Augenblick später kletterte ein anderer junger Offizier an Bord.

„Der König ist tot, lang lebe der König," kicherte Gilham.

„Jetzt können wir nur noch abwarten", bemerkte Littlewood. „Ob es draußen wohl auch so neblig ist?"

Gegen Mittag hatte sich die Sicht gebessert. In der kalten, klaren Luft konnten sie den Leuchtturm von Cuxhaven und die auffallende Silhouette der Kugelbake erkennen. Nördlich von ihnen lag ziemlich nahe das grüne Flußufer mit dem Kirchturm von Brunsbüttel und seinen weißen Häusern. Noch näher tauchte der niedrige schwarze Rumpf des holländischen Zollkutters allmählich aus dem Nebel auf.

„Er sieht so unschuldig aus wie eine Baggerschute, nicht wahr?" bemerkte Littlewood, während sie seinen geschwungenen Bug studierten.

„Nicht mit diesen schwarzen Mündungen, die auf uns gerichtet sind", erwiderte Gilham.

„Was trauen Sie Ihren Männern zu, falls es zu einem Kampf kommt?" erkundigte sich Drinkwater leise.

„Sie sind völlig ungeübt, aber harte Burschen."

„Nun, Gentlemen", sagte Gilham energisch, „wenn Sie hier einen Privatkrieg vorbereiten, fahre ich lieber zur *Ocean* zurück. Wie ich schon diesem Quadratschädel sagte, bin ich nur am Überleben interessiert, für die Ehre kann man sich wenig kaufen. Außerdem", er pfiff nach seiner Bootsbesatzung, „ist es Zeit fürs Mittagessen."

Littlewood und Drinkwater, die lieber später speisten, standen schweigend nebeneinander und suchten neugierig mit ihren Fernrohren das Ufer ab. Die friedliche Landschaft schien unendlich weit von dem Kriegsgetümmel entfernt zu liegen, das sie beschäftigte. Vieh graste auf der Marsch. Sie sahen ein Mädchen mit einem roten Schal Gänse auf den Uferwiesen hüten.

„Ein Boot setzt vom Holländer ab." Bei Munsdens Meldung schwenkten die Teleskope zum Zollkutter. Ihre beiden Besucher von vorhin machten sich also auf den Weg zum Strand, wo sie ein Reiter erwartete. Die Sonne beleuchtete seine grüne Uniform und einen federgeschmückten Tschako.

„Ein französischer Offizier der Chasseurs", murmelte Drinkwater, als er den Mann mit seinem Dollond-Taschenfernrohr eingefangen hatte.

„Ich sehe noch mehr davon, dort hinter dem großen Gehöft, links von der Kirche ..."

Drinkwater richtete sein Glas auf die angegebene Stelle. Er sah Reiter, die ihre Pferde kurz am Zügel hielten.

„Es wundert mich, daß er nicht nach unseren Papieren gefragt hat", sagte Littlewood nachdenklich. Drüben sprang der Holländer an Land und konferierte mit dem französischen Offizier.

„Ich glaube, wir haben ihn zu sehr geärgert, außerdem war er frustriert, weil er nicht direkt mit uns reden konnte. Als Holländer steht er hier vielleicht ziemlich unter Druck."

„Es gibt ein paar Holländer, die in der Wolle gefärbte Republikaner sind", meinte Littlewood.

„Ja, ich weiß."

„Ich frage mich, wie sich die beiden dort drüben miteinander verständigen?" überlegte Littlewood. Der Franzose riß den Kopf seines Pferdes herum.

„Das weiß Gott allein."

Der französische Offizier brüllte einen Befehl, und vier Reiter lösten sich aus der Linie der Wartenden und folgten ihm ostwärts im Galopp.

„Merkwürdig, daß er eine Eskorte braucht", stellte Littlewood fest. Er senkte das Glas und rieb sich das tränende Auge. „Aber warten wir's ab."

Sie mußten zwei Tage warten, bevor eine Reaktion aus Hamburg eintraf. Früh am ersten Tag – es war ein Morgen voller Wolken, und der Wind hatte auf Südwest gedreht – wurde die Linie des Horizonts hinter den gelben Sandbänken von den grauen Toppsegeln zweier Schiffe unterbrochen.

Besorgt und schweigend beobachteten die Männer auf den beiden verankerten Schiffen ihre Annäherung. Ihre Sorge war berechtigt, denn bei Tagesanbruch war die Beschaulichkeit von Brunsbüttel durch das Gerassel einer in Stellung gehenden Artillerieabteilung gestört worden. Die bespannten Feldgeschütze zielten jetzt direkt auf sie. Zusammen mit den Kanonen des Zollkutters konnte man sie also ins Kreuzfeuer nehmen. Bis zum Insichtkommen der Segel hatte sich die Neugier der zwangsläufig untätigen Engländer auf die Artilleristen an Land konzentriert. Nachdem diese ihre Geschütze gerichtet hatten, machten sie es sich bequem und lungerten im Gras herum.

Obwohl ihr Bewacher protestierte, hatte Littlewood Munsden mit einem Fernglas in den Topp gejagt, damit er die Vorgänge weiter draußen beobachten und an Deck berichten konnte.

„Na klar, das sind *Combatant* und *Bruizer*", rief Munsden herunter. „Jetzt geien sie Fock und Groß auf."

„Wie weit sind sie entfernt?"

„Ungefähr querab von Cuxhaven ... Aye, *Combatant* dreht im Strom ..."

„Ankert sie oder hält sie auf Land zu?" fragte Littlewood besorgt, denn *Combatant*s Kommandant mußte unbedingt den Eindruck erwecken, daß er die beiden flüchtigen Handelsschiffe zurückerobern wollte.

„Sie eröffnet das Feuer!"

Auch an Deck konnte man jetzt die gelben Blitze sehen. Die Rahen der Kanonenslup waren hart angebraßt, als sie quer zur einsetzenden Flut dahinkroch.

„In Cuxhaven dürfte es nicht viel Widerstand geben, wenn unsere letzten Berichte stimmen", bemerkte Littlewood.

„Nein." Drinkwater starrte durchs Glas, sein Herz war bei den beiden fernen Schiffen. Der Donner der ersten Breitseite erreichte sie erst, als *Combatant* schon die zweite und dritte abfeuerte.

„*Bruizer* hält weiter auf uns zu", meldete Munsden. So war es für die Brigg vereinbart, während die schwerere Kanonenslup das beschäftigt halten sollte, was auch immer in Cuxhaven an Artillerie stationiert war. Dann sahen sie es: An Land flammten sechs gelbe Mündungsfeuer auf, und dann nochmals sechs.

„Mein Gott, sie haben dort zwei Feldbatterien hingeschafft! Als wir Cuxhaven passierten, waren sie mit Sicherheit noch nicht da."

„Sie wurden heute morgen postiert, genau wie unsere Freunde hier." Littlewood deutete mit dem Kopf zum Brunsbütteler Ufer, ohne das Glas abzusetzen.

„*Bruizer* hält zu weit nach Norden, Kapitän", bemerkte Herr Reinke, der Lotse und Vermesser. „Sie sollte vorsichtiger sein."

Drinkwater richtete seine Aufmerksamkeit auf die Kanonenbrigg. Da mit einem Beschuß von Cuxhaven aus nicht gerechnet worden war, hatten sie den beiden Kommandanten verklart, unter welchem Vorwand sie sich zurückziehen sollten. Smithies sollte seinen Kurs so weit nach Norden absetzen, daß er auf dem Nordergrund gegenüber Cuxhaven kurzzeitig auflaufen würde. Seine scheinbare Notlage sollte dem Kommandanten der *Combatant* den nötigen Vorwand liefern, die Aktion abzubrechen und sich um *Bruizer* zu kümmern. Eigentlich barg dieser Plan kein Risiko, denn die Brigg hatte nur wenig Tiefgang, die Flut war am Steigen, und nach ein bis zwei Stunden hätte sie wieder flott sein müssen.

Aber jetzt war die *Combatant* in ein Artillerieduell verwickelt, und Smithies agierte übereifrig. Aus der List schien bitterer Ernst zu werden.

„Falls was schiefgeht, Kapitän", warnte Littlewood neben Drinkwater, „dann vergessen Sie nicht, erleichtert auszusehen."

Drinkwater grunzte nur, der Hals war ihm wie zugeschnürt. Natürlich konnte sich Reinke auch irren. Aus dieser Entfernung war es sehr schwer, die Peilungen zu erkennen.

Doch schon meldete Munsden: „*Bruizer* ist aufgelaufen und hat ihre Vormarsstenge verloren!"

Littlewood brach in lauten Jubel aus und schlug Drinkwater herzhaft auf den Rücken. Drinkwater stolperte und kaschierte seinen Schreck mit einem Hustenanfall. Die rollenden Salven von *Combatant*s Kanonen, die sich mit den Batterien von Cuxhaven duellierte, fanden ihr Echo im dröhnenden Schlag seines Herzens.

Auch die Männer auf dem dicht besetzten Deck des Zollkutters jubelten. Littlewood ging zu dem holländischen Zöllner hinüber. „Warum hieven Sie nicht Anker und kämpfen mit?" drängte er.

Aber der Douanier schüttelte den Kopf. „Die Kanonen von Cuxhaven haben Ihre Schiffe schon verjagt."

Und so war es. *Combatant* brach das Gefecht ab und wendete zur anderen Stromseite, als die Tide schwächer wurde. *Bruizer* schwamm wieder auf und richtete ihren Bug auf die offene See. Ein Boot pullte zwischen den beiden Schiffen hin und her, und als die *Combatant* schließlich der Nordsee zustrebte, zog sie *Bruizer* an einer unsichtbaren Schlepptrosse hinter sich her. Während sie einen letzten Schlag auf Cuxhaven zu machte, verabschiedete sie sich beim Feind mit einer letzten Breitseite. Bis auf ein paar Löcher in den Segeln schien sie unbeschädigt zu sein.

„Das beste Stück Seemannschaft, das ich seit langem gesehen habe", zischte Littlewood aus dem Mundwinkel.

„Hätte es sie einen Mast gekostet, wäre die Sache völlig anders ausgegangen", seufzte Drinkwater erleichtert. Er hatte schon den Verlust einer anderen Kanonenbrigg auf seinem Gewissen, der *Tracker* . . .

„Oh, sie hat sich wohlweislich außer Reichweite der französischen Neunpfünder gehalten . . . Aber es freut mich, daß Sie diese spektakuläre Niederlage der Briten so gelassen aufnehmen."

Littlewood grinste ihn an, und diesmal lächelte Drinkwater zurück.

„Rußland? Wollen Sie damit sagen, Kapitän, daß Ihre Ladung für *Rußland* bestimmt war?"

„Ja", antwortete Drinkwater schlicht und blickte den hübschen, dunkelhaarigen Franzosen gleichmütig an, der ihm in einem einfachen schwarzen Anzug gegenübersaß. Seine schlichte, aber elegante Kleidung erinnerte ihn an Nicholas. Offensichtlich hatten die beiden mehr Gemeinsamkeiten als nur einen dezenten Geschmack in Kleiderfragen. Beide waren Diplomaten und daher die politischen Vertreter ihrer jeweiligen Herren. Monsieur Thiebault war aus Hamburg angereist, um im Auftrag von Monsieur Reinhard, dem Statthalter des Kaisers, den Vorfall zu untersuchen. Mit Monsieur Thiebaults Einschätzung der beiden seltsamen englischen Skipper stand oder fiel ihre Mission. Außerdem, dachte Drinkwater, seine aufsteigende Angst mühsam verdrängend, hing auch ihr Leben von ihm ab.

„Aber warum?"

„Rußland ist ein Markt, M'sieur. Das westlichere Festland bleibt uns durch das Dekret Ihres Kaisers verschlossen, also müssen wir verkaufen, wo wir können. Hätte mich schlechtes Wetter nicht nach Helgoland vertrieben, müßte ich jetzt nicht Ihre kostbare Zeit stehlen ..."

„Ja, ja, das hatten wir schon", erwiderte Thiebault in seinem perfekten Englisch. „Aber auch Rußland befolgt das Embargo."

Drinkwater lachte auf, und neben ihm lächelte Littlewood wissend.

„Oh, wir können trotzdem nach Rußland exportieren, M'sieur, das klappt sogar ganz gut. Sie sehen ja ..." Drinkwater deutete mit dem Kopf auf die drei dicken grauen Militärmäntel und die beiden Paare genagelter Stiefel, die zwischen ihnen auf dem Tisch lagen. „Zeigen wir ihnen was, das weckt ihren Appetit", hatte Littlewood vorgeschlagen und ein paar Beweisstücke aus der Ladung holen lassen.

„Und der Empfänger war bestimmt die russische Regierung?"

„Das geht klar aus den Frachtpapieren hervor, die vor Ihnen liegen, Sir", bestätigte Littlewood.

„Die Papiere besagen aber auch, daß Kapitän Waters der Schiffsführer ist", sagte Thiebault mißtrauisch.

„Kapitän Waters ist neu in diesem Fahrtgebiet", antwortete Littlewood und fegte das Thema von Tisch. „Ich bin in seinem Auftrag und für die Charterer tätig."

„Und wer sind diese, Kapitän Littlewood?"

„Sie haben doch das Manifest vor sich, Sir: Solomon & Dyer."

Der ältere holländische Zolloffizier flüsterte etwas in Thiebaults Ohr. Er nickte und flüsterte seinerseits mit einem zweiten Douanier, einem hohen französischen Offizier des Kaiserlichen Zolls.

„Mijnheer Roos teilt mir mit, daß dieses Handelshaus in Hamburg bekannt ist. Wollen Sie deshalb Ihre Ladung trotz des Embargos hier löschen?"

„M'sieur, Mijnheer Roos weiß sehr gut, daß von Zeit zu Zeit britische Handelsschiffe hier einlaufen. Der Gouverneur von Hamburg, M'sieur Bourienne, hat uns dazu ermutigt, um das Leben der Bevölkerung zu erleichtern ..."

„Das stimmt nicht ganz", fiel Thiebault schnell ein. Bourienne war wegen Bestechlichkeit und Ungehorsam von Napoleon abberufen worden, dessen Vertrauter und Sekretär er früher gewesen war.

„Vielleicht nicht *ganz*, M'sieur, aber doch im Kern", meinte Littlewood hinterhältig.

„Gentlemen, beantworten Sie mir noch eine Frage von allgemeinem Interesse: Ist das Haus Solomon & Dyer die einzige Firma in London, die mit Rußland Handel treibt?"

„I wo, bestimmt nicht." Littlewood lachte unbekümmert, und Drinkwater bewunderte ihn dafür. Der Skipper genoß offenbar den merkantilen Schlagabtausch und hatte jedes Detail verinnerlicht, das sie ihm auf Helgoland eingetrichtert hatten. Der Mann war sein Gewicht in Gold wert.

Nachdenklich rieb sich Thiebault das Kinn und ließ die Gesichter der vier Männer vor sich nicht aus den Augen.

„Und nun zu Ihnen, Kapitän", er blickte in Roos' Bericht, „Gilham. War Ihre Ladung unter Vertrag bei der britischen Regierung?"

„Wie schon gesagt, M'sieur, ich hab' 'ne Fliege gemacht . . ."

„Das verstehe ich nicht, Kapitän Gilham. Beantworten Sie bitte nur meine Frage."

„Ja, ich bin in Charter für die Regierung gefahren."

„Aber dann haben Sie sich für diese verräterische Aktion entschieden?"

„Uns wurde in Helgoland gesagt, daß die Operation abgeblasen ist. Die Regierung hat unsere Ladungen abgeschrieben. Meine Erfahrung sagt mir, daß ich mich glücklich schätzen kann, wenn ich wenigstens meine Unkosten wieder reinkriege."

„Was für eine Operation?" hakte Thiebault nach.

„Ach, es sollte ein Aufstand der Bevölkerung von Hannover gegen die preußischen und französischen Besatzer angezettelt werden. Das war doch allgemein bekannt."

„War es das?" fragte Thiebault pikiert. „Und warum hat dann Ihre Regierung beschlossen, die Operation – wie sagten Sie – abzublasen?"

Gilham rutschte auf seinem Stuhl ganz nach vorn. „Weil, M'sieur, weil sie gerade in einem ganz großen Schlamassel steckt, nämlich wegen Walcheren. Das wissen wir aus Ihren Hamburger Zeitungen und auch durch den Küstenklatsch auf Helgoland."

„Ah ja." Thiebault nahm sich den Vierten in der Runde vor. „Und was ist mit Ihnen, Herr Reinke? Sie sind Vermesser, nicht wahr? Sie erstellen Vermessungsunterlagen für die Hamburger Handelskammer. Wie ich hörte, sprechen Sie ausgezeichnet englisch."

Reinke nickte ernsthaft.

„Es stört mich, Sie auf einem englischem Schiff zu finden."

„Ich vermaß die Sände vor Neuwerk, M'sieur Thiebault, als ich von Fischern gefangengenommen wurde. Sie brachten mich nach Helgoland, wo sie eine Belohnung erhielten, weil die Engländer scharf waren auf meine Unterlagen." Für Drinkwater klang die Geschichte in Reinkes starkem deutschem Akzent glaubhaft.

„Niemand hat uns von diesem Vorfall berichtet, Herr Reinke."

„Es war ja auch erst vor fünf Tagen. Ich bin bei meiner Arbeit oft viele Tage unterwegs."

„Und diese Gentlemen sorgten dafür, daß Sie wieder freikamen?"

„Man könnte sagen, daß seine Ankunft uns half, einen Entschluß zu fassen, M'sieur", schmunzelte Littlewood.

Thiebault blickte Littlewood an. „Sie meinen, es war ein Zufall?" Der Zweifel in seinem Ton alarmierte Drinkwater.

„Nein, ich wollte sagen, daß das, was wir schon unter uns diskutiert hatten, durch Mr. Reinkes Ankunft erst möglich wurde."

Drinkwaters Blick traf auf den Thiebaults, sie maßen einander wie zwei Fechter. Jeder suchte beim anderen nach dem fast unsichtbaren, verräterischen Zucken, das mehr aussagte als Worte - nämlich die Wahrheit.

„Und woher, Kapitän, äh, Waters, woher wollen Sie wissen, daß Sie uns trauen können? Nehmen Sie doch mal an, wir versprechen Ihnen Geld, beschlagnahmen dann Ihre Fracht und werfen Sie selbst ins Loch?"

„Weil Sie ein Ehrenmann sind und uns ein *Laissez-passer* ausstellen werden." Drinkwater beugte sich vor. „Und weil noch drei andere Frachtschiffe untätig bei Helgoland liegen und auf Anweisungen aus England warten. Bekommen sie von uns günstige Nachrichten – die entsprechenden Übermittlungskanäle kennen Sie ja –, werden sie ihre Ladungen hier ebenfalls anbieten. Sie haben Kugeln, Kartätschen, Bekleidung und Handfeuerwaffen geladen."

„Und wenn wir diese Nachricht nach Helgoland lancieren, Sie aber trotzdem alle einsperren?"

„Dann würde hier nie mehr ein britisches Schiff einlaufen . . ."

„Nicht doch. Dazu sind Ihre Landsleute viel zu gierig."

„Das stimmt", lächelte Drinkwater. „Deshalb würden sie auch lieber nach Rußland liefern, weil sie dort mehr Profit machen als in Hamburg."

Mißtrauisch blickte Thiebault ihn aus schmalen Augen an. Alle in der Kajüte der *Galliwasp* Anwesenden wußten, daß der illegale Handel trotz Napoleons Verbot blühte. Tatsächlich wurde er sogar auf je-

126

der Ebene der kaiserlichen Verwaltung heimlich gefördert. Hamburg war bekannt dafür, daß über seinen Hafen der größte Teil dieser dunklen Geschäfte abgewickelt wurde.

„Falls wir Ihrem Vorschlag zustimmen und zu einem befriedigenden Abschluß für alle kommen ..." Thiebaults Handbewegung umschloß den ganzen Tisch zum Zeichen, daß man zwar theoretisch verfeindet war, aber gemeinsame Interessen hatte. „Wie wollen Sie dann Ihren Reedern Ihr Überlaufen erklären?"

„Es sind sechs Schiffe beteiligt, M'sieur. Die Risiken des Krieges werden ihr Verschwinden erklären. Und natürlich sind alle versichert ..."

Diese Erklärung war von Drinkwater vorgeschlagen worden, aber die meisterhafte Ausschmückung mit den geschädigten Versicherern stammte von Littlewood. Die Aussicht auf eine zusätzliche Schwächung der Volkswirtschaft Großbritanniens schien Thiebault zu freuen. Darüber hinaus lieferte Littlewood gleich noch eine Kostprobe seiner Schlitzohrigkeit.

„Haben wir übrigens schon vom Zucker gesprochen?" fragte er unschuldig.

„Zucker?" Thiebault und seine Begleiter richteten sich stocksteif auf.

„Ja, ja, Zucker von bester Qualität. Wir haben neben diesem Zeug", er deutete abfällig auf die Stiefel, „auch eine kleine Sendung Zuckerhüte an Bord."

„Nun gut." Thiebault hatte sich wieder gefaßt. „Das ist ein äußerst interessantes Angebot. Vorausgesetzt natürlich, daß wir es uns leisten können." Er besprach sich mit seinen Duaniers, die ihn flankierten, dann erhob er sich. „Ich muß diese Affäre selbstverständlich erst nach Hamburg melden. Ich bin sicher, man wird mit Interesse vernehmen, daß der Weihnachtsmann aus einer völlig unerwarteten Himmelsrichtung nach Hamburg gekommen ist ..."

„Der Weihnachtsmann?" fragte Littlewood verdutzt.

„Fragen Sie Herrn Reinke. Nach altem Brauch beschert er in Deutschland, nicht wahr, Herr Reinke? Fröhliche Weihnachten, meine Herren."

ZEHNTES KAPITEL

Januar 1810

Hamburg

„Alles klar, Kapitän", sagte Herr Reinke in seinem platten, humorlosen Englisch. „Die Sache ist arrangiert."

„Es wird keine Probleme geben?" Drinkwater konnte kaum glauben, was Reinke, Littlewood und Gilham ohne Zögern als gegeben hinnahmen.

„Nein." Ein schwaches Lächeln huschte über Reinkes Gesicht. „Sie sind noch nicht lange in diesem Geschäft tätig?" fragte er, aber es klang eher wie eine schlichte Feststellung. „Deshalb sind Sie überrascht, wie einfach es läuft, nicht wahr?"

„Das kann man wohl sagen." Drinkwater goß Littlewoods Rotwein in zwei Gläser und reichte eines dem deutschen Vermesser.

„Prosit. Unter Bourienne ging es sogar noch einfacher."

Drinkwater hatte von der Korruption gehört, wenn es denn Korruption gewesen war, die angeblich unter dem abgesetzten Gouverneur Hamburgs geblüht hatte. Bourienne hatte die Hand nur leicht auf dem Ruder gehabt, aber schwer auf den Börsen seiner widerstrebenden Untertanen. Als Begründung für die stillschweigende Umgehung des kaiserlichen Dekrets hatte er die Sorge angeführt, daß eine zu starke Einschränkung des Handels bei den Einwohnern der Hansestädte nur Widerstand und Auflehnung, vielleicht sogar offene Rebellion bewirken würde. Gerüchte wollten wissen, daß es in Preußen und anderen deutschen Ländern, die mit ihrem Vasallenstatus nicht einverstanden waren, schon zu Revolten gekommen sei. Daß Bourienne abberufen und in Ungnade gefallen war, ließ auf Napoleons spontanen Zorn schließen und war vielleicht auch eine Meßlatte für die mögliche emotionale Reaktion des Kaisers, sobald er von ähnlichen Unregelmäßigkeiten seines russischen Verbündeten erfuhr.

„Kapitän, jedes Jahr löschen über tausend britische Schiffe ihre Ladung in Hamburg – jedes Jahr, seit Helgoland britisch besetzt ist."

„Ich verstehe. Dann gibt es wohl eine Menge flüssiges Kapital in der Stadt?" Drinkwater hatte zwar die kommerziellen Details Littlewood und Nicholas überlassen, die ihm versichert hatten, daß es keine Schwierigkeiten geben würde; außerdem war er mit der logistischen und militärischen Seite des Unternehmens vollauf beschäftigt und froh gewesen, diese Details delegieren zu können. Doch jetzt, da die *Galliwasp* im Herzen der großen Stadt lag und er darauf wartete, daß die Luken geöffnet und die Kontrabande ausgeladen wurde, erwachte seine Neugierde.

„Aber sicher gibt es das", antwortete Reinke. „Hauptsächlich bei Juden wie Ihrem Herrn Liepmann, aber auch bei tüchtigen deutschen Handelsherren. Herr Liepmann weiß, daß der Gouverneur Nachschub für die Grande Armée benötigt. Einige Dinge, wie zum Beispiel die Stiefel, kauft er von Ihnen, die Agenten des Gouverneurs kaufen sie von Liepmann, und der Gouverneur liefert sie nach Paris. Paris freut sich über die Stiefel, der Gouverneur freut sich über seinen Verdienst, weil er teurer verkauft, als er eingekauft hat, Herr Liepmann freut sich, weil er dasselbe mit Ihnen und den Franzosen macht, und Sie freuen sich auch, denn wenn Herr Liepmann nicht kaufen würde, hätten Sie gar nichts."

„Aber wie", fragte Drinkwater, der keineswegs Freude verspürte, „kam Herr Liepmann mit dem Gouverneur zu einer Übereinkunft? Wie konnte er sie aufrechterhalten, nachdem Bourienne in Ungnade gefallen war und Reinhard jetzt mit eiserner Hand die strikte Einhaltung des Embargos durchsetzt?"

„Ach, *das* verstehen Sie nicht? Dabei ist es kinderleicht." Ein weltmännisches Lächeln huschte über Reinkes sonst so nüchternes Gesicht. „Wir sind keine Barbaren. Die Franzosen haben Hamburg zwar besetzt – aber wir müssen trotzdem leben. Wir müssen uns, wie sagt man . . .?"

„Anpassen?"

„Richtig, anpassen. Hamburg muß sich anpassen. Es gibt immer einen Weg. Herr Thiebault ist *un homme d'affaires,* er hat Verständnis . . ."

„Und eine Vorliebe für Zucker?"

„Ja! Jetzt verstehen Sie mich, Kapitän. Obwohl ich glaube, daß er auch sehr an den Stiefeln interessiert ist."

Der Seerauch, den sie bei Brunsbüttel kennengelernt hatten, wurde ein tägliches Phänomen während der Zeit, in der sie an Bojen vor der Innenstadt Hamburgs lagen. Die beiden Schiffe waren nur langsam stromaufwärts vorangekommen. Wind und Tidenstrom wurden wann immer möglich ausgenutzt, standen sie aber ungünstig, mußten sie ankern und abwarten. Reinke lotste sie geschickt durch das Fahrwasser, das sich zwischen weiten Salzwiesen und Untiefen dahinschlängelte. Sie waren die Heimstatt von Reihern und Weihen, unzähligen Entenarten und Gänsen. Erlen und Weiden säumten die Ufer und die kleinen Inseln in der Flußmitte. Vieh weidete in der Marsch um die verstreut liegenden Dörfer, die sie unter ihrer falschen amerikanischen Flagge passierten.

Bei Blankenese wurde das Land hügeliger, und hinter Altona konnten sie die Kirchtürme und den Rauch der großen Stadt am nördlichen Ufer der Elbe sehen. Schließlich legten sie sich nach Thiebaults Anweisungen an die Festmacherbojen im Strom. Ihre holländische Eskorte verschwand, und französische Soldaten, bärenstarke Infanteristen eines Linienbataillons, das hier in der Etappe neue Kräfte sammelte, übernahmen ihre Bewachung. Der Kontrast zu Hamiltons Soldaten berührte Drinkwater tief, denn dies hier waren wirkliche Veteranen, Männer, die ihr halbes Leben in rauhen Biwaks verbracht hatten und gewohnt waren, sich aus dem Land zu ernähren, wo sie sich auch befanden. Männer mit scheinbar unerschöpflichen Kraftreserven, deren lässiges Benehmen ihn an seine Seeleute erinnerte. Aber ihre hellwachen Augen, die stets griffbereiten Waffen und der unsichtbare, aber spürbare Esprit verliehen ihnen eine Aura der Unbesiegbarkeit. Ihre Anwesenheit verstärkte Drinkwaters Unruhe.

Littlewood wurde sofort an Land eskortiert. Bei seiner Rückkehr berichtete er, daß er den mysteriösen Herrn Liepmann getroffen hatte. Er zeigte sich über die Transaktion befriedigt und berichtete, daß Liepmann durch seine eigenen Kanäle eine verschlüsselte Nachricht an Isaac Solomon nach London schicken würde. Am dritten Tag des neuen Jahres gingen Leichter bei *Galliwasp* und *Ocean* längsseits, jeder brachte eine Löschgang und weitere Wachen.

Littlewood deutete auf die Abteilung Voltigeurs in ihren blauen Uniformen. „Sie sind der Beweis dafür, daß die französischen Behörden unsere Fracht selbst unter Verschluß nehmen." Damit wandte er sich zu den geöffneten Luken um, aus denen die ersten Ballen mit Militärmänteln gehievt wurden.

Drinkwater wußte, daß er die offensichtliche Euphorie von Littlewood und Gilham hätte teilen sollen, aber er wurde das Gefühl nicht los, daß alles zu glatt lief, daß ihr Plan fast zu perfekt funktionierte. In seiner Erinnerung rekapitulierte er die Verhöre, Thiebaults Reaktion und Reinkes geschraubte Erklärungen. Es konnte keinen Zweifel mehr daran geben, daß diese Ladung von London nach Rußland unterwegs gewesen war und daß die Franzosen das jetzt wußten. Selbst wenn Fagan Paris nicht alarmiert hatte, mußte Thiebault das jetzt mit Sicherheit nachgeholt haben. Er hatte gar nicht erst versucht, sein Interesse an dieser Information zu verbergen.

Drinkwater war sich bewußt, daß er eigentlich noch euphorischer hätte sein sollen als seine Kameraden, denn entgegen jeder Wahrscheinlichkeit hatte er seinen Auftrag nun doch noch ausgeführt. Der Feind war ihm auf den Leim gegangen und hatte den Köder geschluckt. Das war wohl zu einem nicht unbedeutenden Teil dem Gefecht vor Cuxhaven zuzuschreiben, das ausführlich in den Hamburger Zeitungen beschrieben wurde. Die Artikel übertrieben so gewaltig, daß sie in Paris entstanden sein mußten, und sprachen von „zwei britischen Fregatten, die sich den Weg in die Elbe freischießen" wollten, um „neutrale amerikanische Handelsschiffe" zu bedrohen. Sie seien gestellt und von der wachsamen französischen Artillerie vertrieben worden, nachdem ein Schiff „entmastet" worden sei.

Erst als Reinke den seltsamen Artikel übersetzt hatte, wurde Drinkwater klar, daß mit den neutralen Amerikanern die *Galliwasp* und die *Ocean* gemeint waren. Der Bericht war der Beweis, daß die Franzosen ihnen glaubten. Allerdings gab es keine Garantie dafür, daß man die Mannschaften wirklich laufen lassen würde, obwohl ihn Reinke da beruhigte. Es brachte den Franzosen wenig Nutzen, sagte er, wenn sie Handelsmatrosen einsperrten, denn diese wurden nicht gegen Kriegsgefangene ausgetauscht. Zudem behauptete die französische Propaganda, daß die Briten ihre Schiffe nur mit Gepreßten besetzen konnten, und solche Leute durfte man doch nicht einkerkern. Unter den Gegebenheiten war allerdings das wichtigste Argument, daß im Fall einer Gefangennahme der Zustrom begehrter Luxusgüter versiegen würde.

„Sollte Thiebault Ärger machen", versprach Reinke, „bekommt er es mit uns zu tun."

Es lag klar im Interesse der Handelskammer, die Freiheit der Briten in ihrer Mitte zu sichern. Das wurde dadurch erleichtert, daß sich alle Seiten an die Fiktion hielten, es handle sich um amerikanische Schiffe. Allerdings konnte sich Drinkwater nur schwer vorstellen, wie die Hamburger Handelskammer dem siegreichen Franzosen Thiebault hätte Steine in den Weg legen wollen.

Er lehnte an der Reling, sah zu, wie die kräftig gebauten deutschen Schauerleute die letzte Lage schwerer Mäntel, in Sacktuchballen verpackt, löschten, und sagte sich, daß er ein alter, furchtsamer Schwarzseher geworden war. Allerdings ging er hier auch das größte Risiko ein, denn als verkleideter Marineoffizier auf feindlichem Territorium lief er Gefahr, sang- und klanglos als Spion erschossen zu werden.

Nachmittags verließ sie Reinke, denn seine Dienste als Lotse und Übersetzer wurden nicht mehr benötigt. Die Behörden gaben sich damit zufrieden, daß die Mannschaften der beiden Schiffe in der Strommitte in Quarantäne blieben. Die Entladung ging langsam voran, nur ein Leichter durfte jeweils längsseits kommen. Das war der letzte Beweis dafür, daß die Waren sorgfältig in einem gut bewachten Lagerhaus verstaut wurden, meinte Littlewood.

Ungeduldig marschierte Drinkwater auf der Poop hin und her. Kleine neue Eisschollen trieben langsam an ihnen vorbei, denn es war bitterkalt geworden. Die Kupferkuppel des Michel hob sich grün von dem dunkelgrauen Himmel ab, der nur darauf zu warten schien, alles unter Schneemassen zu ersticken. Am zweiten Tag begann es denn auch zu schneien, und Drinkwater erkannte seine Umgebung kaum wieder. Die Dächer waren weiß, die Geräusche an der Pier und das Rauschen des Stroms klangen seltsam gedämpft. Zuerst dachte er, der Schnee wäre an der geringeren Aktivität schuld, aber dann bemerkte er die Neigung der französischen Soldaten, sich in Gruppen zusammenzufinden und mit größerer Intensität als üblich zu tuscheln. Auch das mochte am Wetterumschwung liegen, aber da war noch etwas anderes: Es gab keinen Schiffsverkehr mehr auf dem Fluß. Zwar trieb jetzt viel Eis darauf, aber die Elbe war eine zu wichtige Verkehrsader und ein ergiebiges Fischereigewässer. Er wußte aus langer Erfahrung, daß Männer, die ihren Lebensunterhalt auf dem Wasser verdienten, sich nicht von ein paar Schneeflocken abhalten ließen. Eher verdoppelten sie noch einmal ihre Anstrengungen, bevor das schlechte Wetter ihnen jede Aktivität verbot.

„An Land ist irgend etwas los." Littlewood setzte sein Glas ab, mit dem er den nächstliegenden Kai abgesucht hatte. Auch er hatte also etwas bemerkt.

„Das ist mir auch schon aufgefallen", sagte Drinkwater. „Und es kann sich nicht wieder um einen ihrer religiösen Feiertage handeln, denn die Kirchenglocken schweigen."

„Dort drüben auf dem Kai sind Soldaten." Littlewood reichte Drinkwater das Fernrohr.

Drinkwater suchte die Pier ab. Eine Gruppe Dragoner trabte vorbei, ihre langen Karabiner ragten aus den Sattelholstern.

„Das kann nichts mit uns zu tun haben." Aber Littlewoods Stimme klang nicht sehr überzeugt.

„Verstärkung für die Garnison?" überlegte Drinkwater. „Vielleicht erwarten sie einen französischen Großmogul?"

„Das könnte die Arbeitsunterbrechung erklären", stimmte Littlewood etwas skeptisch zu. „Hoffentlich dauert die Verzögerung nicht zu lange, mir gefällt der Eisgang nicht." Er deutete über die Seite, wo sich jetzt große, flache, glitzernde Schollen langsam im Strom drehten; von Zeit zu Zeit stieß eine gegen die Ankertrosse, riß sich wieder los und setzte ihre Reise zur Nordsee fort.

In der folgenden Nacht wurde Drinkwater gegen Morgen wachgerüttelt. Vor ihm stand Littlewood in Nachtmütze und Morgenrock und mit einer Laterne in der Hand.

„Käpt'n Waters, aufstehen! Wir haben Besuch von Land! Thiebault ist an Bord und will mit Ihnen und Gilham sprechen."

„Wie spät ist es?" fragte Drinkwater, aber Littlewood hörte ihm nicht zu.

„Irgend etwas braut sich zusammen!" fuhr er fort. „Zwei Leichter werden noch in dieser Stunde längsseits kommen. Sie sollen die Restladung übernehmen. Thiebault will, daß wir bei Morgengrauen sofort auslaufen."

Littlewood verschwand so schnell, wie er gekommen war, und ließ einen verstörten Drinkwater zurück, der sich ankleidete und ihm folgte. An Deck fand er den französischen Offizier in einen dicken Mantel gehüllt vor.

„Kapitän Waters?" Thiebaults Stimme klang gepreßt und dringlich.

„Ja. Was bedeutet das alles?"

„Bereiten Sie sich bitte darauf vor, das Schiff zu verlassen."

„Aber Sie wollen doch, daß wir bei Morgengrauen auslaufen . . ." protestierte Drinkwater.

Thiebault unterbrach ihn. „Ich gebe Ihnen fünf Minuten, Kapitän, nicht mehr."

„Ich verlange eine Erklärung!"

„Ich habe hier zwei geladene Pistolen, die sind Erklärung genug. Tun Sie, was ich sage", zischte Thiebault. „Ich möchte nicht die Wache alarmieren müssen. Sie haben fünf Minuten, um sich fertig zu machen."

Drinkwater drehte sich auf dem Absatz um und kehrte in die Kajüte zurück. In seinem Kopf drehte sich alles. Jetzt bestätigte sich seine unterschwellige, dumpfe Angst, dachte er, während er seine Füße in Dungarths Schaftstiefel zwängte. Dann rollte er sein Rasierzeug zusammen und stopfte etwas Unterzeug in eine lederne Reisetasche. Einen Augenblick dachte er daran, durch ein Heckfenster zu entweichen, aber dann verwarf er diese törichte Idee. In dem eisigen Wasser würde er binnen weniger Minuten erfrieren, und mit seiner verletzten Schulter konnte er nicht lange schwimmen. Also wickelte er sich in seinen Bootsmantel, rammte sich den einfachen Dreispitz auf den Kopf und kehrte er auf die Poop zurück. Thiebault brannte darauf zu gehen.

„Sie sind nicht in Gefahr, Kapitän Waters. Aber ich habe die unangenehme Aufgabe, mich Ihrer Person zu versichern und der von Kapitän Gilham. Als Bürgen."

„Bürgen! Wofür, zum Teufel?" schnappte Drinkwater, der immer wütender wurde.

„Dafür, daß sich die Mannschaften der restlichen Schiffe, deren Ladungen Sie uns versprochen haben, hier friedlich benehmen . . . Los, Sir, ich erkläre Ihnen alles, aber kommen Sie jetzt sofort mit, wir haben keinen Augenblick zu verlieren!"

Drinkwater wandte sich an Littlewood, ein schlimmer Verdacht formte sich in seinem Gehirn. „Littlewood, sind Sie an diesem Bubenstreich beteiligt?"

„Nein, Sir! Ich werde alles tun, um die Ankunft der restlichen Schiffe zu beschleunigen, glauben Sie mir."

„Das muß ich wohl", knirschte Drinkwater.

„Kommen Sie, Kapitän . . ." Drinkwater fühlte Thiebaults Hand an seinem Ellenbogen und schüttelte sie ärgerlich ab. Da befahl Thiebault energisch, aber ohne die Stimme zu heben: „M'aider, mes amis!"

Drinkwater sah sich plötzlich von den grimmigen Infanteristen der Wache umstellt. Unzeremoniell wurde er zur Reling gedrängt und in das wartende Boot bugsiert. Er stolperte, weshalb der nachfolgende Thiebault fast auf ihn getreten wäre. Im Boot saß schon ein indignierter Gilham, eine gespannte Pistole vor der Nase.

„Was in drei Teufels Namen . . .?" begann Drinkwater, aber da wurde er von hinten gepackt, und eine Hand legte sich fest über seinen Mund. Während das Boot von der *Galliwasp* ablegte, beugte sich Thiebault zu den beiden Briten vor.

„Keinen Laut, Gentlemen, ich beschwöre Sie! In Kürze werde ich alles erklären."

134

Damit mußten sie sich fürs erste zufrieden geben. Mit regelmäßigen Schlägen wurde das Boot über den Strom gerudert. Es wich Eisschollen aus und stieß schließlich leicht gegen eine steinerne Treppe an der Pier. Sie wurden die Stufen hinaufgeschoben und in eine Kutsche mit geschlossenen Vorhängen verfrachtet. Thiebault stieg nach ihnen ein, zündete eine Laterne an, drehte sich um und nahm einem seiner Soldaten eine Pistole ab. Die Tür wurde zugeschlagen, die Kutsche setzte sich ruckartig in Bewegung. Drinkwater und Gilham blickten in die Mündung der Pistole. Von Zeit zu Zeit hob der Franzose den Vorhang und spähte hinaus. Im Schein der Laterne entdeckte Drinkwater trotz des kalten Winterwetters Schweißperlen auf Thiebaults Stirn.

Erst eine knappe halbe Stunde war vergangen, seit ihn Littlewood geweckt hatte. Während des ganzen Durcheinanders hatte er nur Ärger und Verwirrung empfunden, aber jetzt wurde allmählich Zorn daraus. Die ganze Zeit hatte er mit so etwas gerechnet, und jetzt, da es passierte, mußte er stillsitzen und abwarten. Aufmerksam beobachtete er Thiebaults Besorgnis.

Gilham neben ihm war unbeherrschter und zischte den Franzosen wütend an: „Also, wo bleibt diese verdammte Erklärung, die Sie uns versprochen haben?"

Thiebault ließ den Vorhang zum dritten oder vierten Mal sinken, senkte die Pistole und entspannte sie.

„Gentlemen", begann er in dem Versuch, seine gewohnte Verbindlichkeit zurückzugewinnen, „bei unseren Geschäften hat es eine überraschende Wendung gegeben. Ich versichere Ihnen, daß ich nichts Böses gegen Sie im Schilde führe. Es ist nur eine Vorsichtsmaßnahme."

„Dann klären Sie uns bitte auf, M'sieur Thiebault", sagte Gilham sarkastisch. „Ist es etwa nichts Böses, um Mitternacht entführt und ständig mit einer Pistole bedroht zu werden?" Aggressiv beugte sich Gilham vor, aber Drinkwaters Hand hielt ihn zurück.

„Ich glaube, M'sieur Thibault hat seine eigenen Sorgen, Kapitän Gilham. Wir wurden wahrscheinlich nicht nur als Bürgen für die restlichen Schiffe festgenommen, sondern als Geiseln . . ."

„Als Geiseln, bei Gott!"

„Beherrschen Sie sich, Sir."

Thiebault fühlte sich offensichtlich durchschaut. Seine ungewöhnliche Nervosität ließ darauf schließen, daß er mit eigenen Plänen beschäftigt gewesen war, denen er Priorität vor allem anderen eingeräumt hatte. Nun warf er Drinkwater einen Blick ehrlicher Überraschung zu.

Drinkwater nutzte seinen Vorteil. „Wer ist in Hamburg eingetroffen, M'sieur Thiebault, daß Sie sich zu so verzweifelten Maßnahmen gezwungen sehen?"

Thiebaults Mund öffnete und schloß sich wieder. Er schwieg, aber Drinkwater wußte, daß sein Schuß ins Schwarze getroffen hatte.

„Sehen Sie, Gilham", fuhr Drinkwater fort, ohne den Blick von dem französischen Offizier zu wenden,"ich glaube nämlich, daß wir M'sieur Thiebaults Geiseln sind. Wir sollen dem betreffenden Neuankömmling ausgeliefert werden, falls M'sieur Thiebault sich gegen den Vorwurf verteidigen muß, mit den Briten zusammengearbeitet zu haben. Ist es nicht so, M'sieur?"

Thiebault atmete zischend aus, schwieg aber noch immer.

„Nun?" hakte Gilham nach. „Was sagen Sie dazu?"

Da resignierte Thiebault. „Gestern", sagte er, „ist der Fürst von Eckmühl in Hamburg eingetroffen."

„Und wer zum Teufel ist das?" fragte Gilham scharf.

„Das ist Marschall Davout, meine Herren", flüsterte Thiebault. „*Le Maréchal de fer*, der Eiserne Marschal . . ."

ELFTES KAPITEL

Januar 1810

Zucker

Kapitän Gilham hatte offenbar noch nie von Davout gehört und murmelte weiter vor sich hin – die augenscheinliche Angst Thiebaults vor dem Marschall beeindruckte ihn nicht. Stattdessen regte er sich über die Hinterhältigkeit des Franzosen auf und überschüttete ihn mit einer Flut von Schimpfworten, bis ihm Drinkwater Einhalt gebot, sehr zur Erleichterung Thiebaults.

„Wohin bringen Sie uns?"

„Zu einem Haus von Herrn Liepmann, Kapitän Waters, dort werden Sie ziemlich sicher sein."

Drinkwater mußte ein Lächeln unterdrücken. Ihm war klar, daß Thiebault diese Aktion auf eigene Verantwortung vornahm oder aber zumindest auf die Verantwortung derjenigen, die in den illegalen Handel verstrickt waren. Auch er wußte nur wenig über Marschall Davout, aber was er wußte, ließ ihn Thiebaults Sorgen teilen. Davouts Drittes Armeekorps hatte der preußischen Hauptmacht bei Auerstädt standgehalten, während Napoleon bei Jena den Rest schlug. So war die preußische Armee an einem einzigen Tag vernichtet worden. Man sagte, daß Davout ohne Wenn und Aber loyal zu Napoleon stand, er war unbestechlich und humorlos, ein Mann von bedingungloser Schärfe und ohne private Schwächen. Kein Wunder, wenn Thiebault sich durch seine Ankunft so in die Ecke gedrängt fühlte, daß er zu dem verzweifelten Mittel griff, zwei britische Kapitäne zu entführen, deren Schiffe gerade auf der Elbe lagen. Es war eine Ironie des Schicksals, dachte Drinkwater, daß er sich durch den Tausch mit Littlewood selber in diese fatale Lage gebracht hatte.

„Ich will die Abfahrt Ihrer Schiffe nicht gefährden, Gentlemen", unterbrach Thiebault seine Gedanken. „Deshalb habe ich Kapitän Littlewood an Bord gelassen als Ihr – wie heißt es? *Comprador?"*

„Supercargo", half Drinkwater aus.

„Ah ja . . .“

Die Kutsche hielt abrupt und wiegte sich in ihren Federn, ehe der Schlag aufgerissen wurde. Thiebault erhob sich von seinem Sitz. „Bitte keinen Ärger, Gentlemen.“

Sie stiegen in eine dunkle Hintergasse hinab, die kaum breiter als die Kutsche war. Auf beiden Seiten ragten hohe Gebäude auf, die Luft war erfüllt von fremdartigen, exotischen Gerüchen. Drinkwater wußte, daß sie sich zwischen Speichern befanden.

In der völligen Dunkelheit öffnete sich neben ihnen quietschend eine Tür. Sie wurden in einen höhlenartigen Raum gedrängt, in dem es atemberaubend süßlich roch. Dann fiel die Tür mit einem Knall zu, es folgte das Klappern von Riegeln und Schlössern, schließlich rumpelte ein Querbalken schwer in seine Halterung. Einen Augenblick später hörte man, wie Stahl auf einen Feuerstein geschlagen wurde, Funken sprühten, und ein Licht flackerte auf.

„Folgen Sie mir, Gentlemen“, befahl Thiebault und hielt die Laterne in die Höhe.

Sie gingen zu einer Treppe zwischen aufgetürmten Ballen und Kisten. Vergebens sah sich Drinkwater nach Stiefeln und Militärmänteln um, die von der *Galliwasp* oder der *Ocean* stammen konnten. Nach und nach stiegen sie auf hölzernen Stufen mehrere Etagen empor und standen schließlich in einem kleinen Raum, dessen Boden aus ungenagelten Nut-und-Feder-Dielen bestand, wie man sie auch in Pulvermagazinen verwendete.

„Hier ist Wasser, Gentlemen, und zweimal am Tag wird man Ihnen etwas zu essen bringen. Ich glaube nicht, daß Sie hier länger als eine Woche oder zehn Tage bleiben müssen.“ Thiebault deutete auf zwei Strohsäcke, die wohl ursprünglich für die Speicherwachen gedacht waren. „Allerdings muß ich Ihnen sagen, daß ein Entkommen unmöglich ist. Herr Liepmann hält hier einige scharfe Hunde, um Einbrecher abzuschrecken. Während unserer Ankunft hat man sie eingesperrt, aber sobald ich weg bin, werden sie wieder freigelassen.“ Thiebault hielt inne. „Zudem wimmelt die Stadt von Soldaten.“

Er wandte sich zum Gehen, aber Drinkwaters Frage hielt ihn zurück: „Eines verstehe ich nicht, M’sieur Thiebault.“

„Was denn, Kapitän?“

„Sie wollen so schnell wie möglich die Ladung von *Galliwasp* und *Ocean* löschen, dann sollen die Schiffe sofort verschwinden, damit Marschall Davout sie nicht entdeckt. Aber warum sind Sie dann so scharf darauf, daß die restlichen Schiffe einlaufen?“

„Das geht Sie nichts an!"

„Was halten Sie von dem Ganzen?" schnarrte Gilham, nachdem sich die Tür hinter Thiebault geschlossen hatte. „Ich hoffe nur inständig, daß Littlewood ausgezahlt wurde."

Wortlos warf sich Drinkwater auf den nächsten Strohsack.

„Ich muß schon sagen, Waters, unsere scheußliche Lage läßt Sie verdammt kalt. Machen Sie sich denn keine Sorgen um Ihre Fracht, Mann?"

„Um ehrlich zu sein, Sir, nein." Drinkwater stützte sich auf einen Ellenbogen. „Ich glaube nicht, daß uns Herr Liepmann hier vergißt, Gilham, also beruhigen Sie sich und lassen Sie uns nachdenken."

„Oder beten", murmelte Gilham bedrückt.

„Wie Sie wünschen."

Ganz gleich, welche Abmachungen Thiebault mit Liepmann getroffen hatte, es war unwahrscheinlich, daß der Jude die beiden britischen Kapitäne vergessen würde, die in seinem Lagerhaus gefangen saßen. Weitere Aspekte dieser komplizierten Affäre gingen Drinkwater durch den Kopf, während er in der Kälte lag und seine schmerzende Schulter massierte. Der Tag verging langsam.

Es war völlig klar, daß Thiebault tief in den illegalen Handel verstrickt war, der über Hamburg abgewickelt wurde. Als hoher Offizier des Kaiserlichen Zolls hatte er einen Druckposten inne, der es ihm erlaubte, sein Nest weich auszupolstern. Aber jetzt mußte er sich von seinen Geschäftspartnern distanzieren, mit denen er geschachert hatte, Männern wie Liepmann. Sie konnten niemals im Zweifel darüber gewesen sein, daß Thiebault sie bei eigenen Schwierigkeiten ohne ein Wimpernzucken über die Klinge springen lassen würde. Er mußte sogar mit Gewalt verhindern, daß sie gegen ihn aussagten.

Deshalb verwickelte er den Juden durch die Anwesenheit seiner Geiseln mit in die Affäre. Sollte Davout auch nur den leisesten Verdacht gegen Thiebault äußern, daß er illegale Geschäfte gemacht hatte, mußte der französische Zolloffizier nur seinen Leuten befehlen, Liepmann zusammen mit den beiden britischen Skippern zu verhaften. Dann konnte er sie dem Marschall vorführen, um sich reinzuwaschen und seine Tüchtigkeit und Glaubwürdigkeit zu beweisen.

„Wenn es uns nur gelingt, Kontakt zu Herrn Liepmann herzustellen, dann haben wir wenig zu befürchten", versicherte Drinkwater seinem Leidensgenossen.

„Hoffentlich haben Sie recht."

Kurz nach Einbruch der Dunkelheit hörten sie unten wütendes Bellen. Es ging in ein Winseln über, dann waren Schritte auf der Treppe zu vernehmen. Einen Augenblick später betrat ein junger Mann den Wachraum, einen Korb mit Essen am Arm. Auf einer Serviette arrangierte er kalte Wurst, Brot und eine Flasche Wein, dann lächelte er zum Abschied und zog sich zurück. Als die beiden Briten sich bedienten, sahen sie einen großen Mann abwartend in der Tür stehen. Drinkwater erhob sich. „Herr Liepmann?"

Der Mann verbeugte sich gemessen. Wie Solomon trug er das lange Haar der orthodoxen Juden. „Ja. Leider ist mein Englisch nicht sehr gut. Kapitän Waters, richtig?"

„Zu Ihren Diensten, Sir."

„Gut. Herr Solomon hat mir einiges über Sie berichtet . . ."

Drinkwater wandte Gilham den Rücken zu und machte mit seinem rechten Zeigefinger eine verneinende Geste dicht vor seiner Brust, um anzudeuten, daß Gilham über seine wahre Rolle nicht im Bilde war. Liepmann nickte kaum merklich.

„Monsieur Thiebault ist ein sehr schlauer Mann, Herr Liepmann", begann Drinkwater langsam. „Wie ich es sehe, hat er uns als Geiseln genommen, damit Sie auf keine dummen Gedanken kommen." Er begleitete seine Rede mit erläuternden Gesten und wurde durch ein Nikken Liepmanns belohnt.

„Ja."

„Warum möchte er die Schiffe, die jetzt vor Helgoland liegen, in Hamburg haben? Ich weiß, daß er Angst vor Marschall Davout hat . . ."

Liepmann blickte von einem zum anderen, leckte sich die Lippen und lächelte schwach.

„Die Schiffe haben Kanonen, ja?"

Drinkwater nickte.

„Marschall Davout liebt englische Kanonen. Herr Thiebault besorgt Kanonen. Er macht damit Geld und erfreut Marschall Davout. Verstehen Sie?"

Wieder nickte Drinkwater.

„Aber *ich* verstehe kein Wort, verdammt!" grollte Gilham.

„Hier sehr gefährlich für Sie. Sie dürfen nicht bleiben . . ."

Liepmann teilte jetzt seine eigenen Karten in diesem Spiel aus, vermutete Drinkwater. Aber es war von größter Wichtigkeit, daß *Galliwasp* und *Ocean* ungehindert die Elbe verlassen hatten, bevor sie einen Ausbruch versuchen konnten.

„Wir müssen warten, bis wir aus Helgoland hören, daß unsere Schiffe in Sicherheit sind, Herr Liepmann."

„Ja, ja." Abermals nickte der Jude. „Aber sehr gefährlich für Sie in Hamburg. Hier noch bester Ort. Sobald Zeit, wir Sie bringen aus Hamburg weg, mit Zucker."

„Können Sie eine Nachricht nach Helgoland übermitteln", fragte Drinkwater, „wenn ich sie niederschreibe?" Liepmann nickte. „Mr. Nicholas sagte mir . . ."

„Ja, er sagt mir auch." Liepmann warf einen warnenden Blick in Gilhams Richtung und deutete auf ein Regal, das ein Heft mit Tinte und Feder enthielt.

„Bitte auf englisch, Kapitän . . ."

„Ist das ungefährlich?"

„Ja."

Drinkwater nahm die Feder und schrieb in sorgfältigen Großbuchstaben:

G UND W WURDEN GEWALTSAM VON IHREN SCHIFFEN GEHOLT, GENIESSEN ABER ZUR ZEIT DIE GASTFREUNDSCHAFT EINES GEMEINSAMEN FREUNDES. DIE AKTION WURDE DURCH DIE ANKUNFT MARSCHALL DAVOUTS GESTÖRT. DIE SCHIFFE SIND ENTLADEN UND LAUFEN AUS.

Er überlegte einen Moment, wie er unterschreiben sollte, dann fügte er hinzu: BALTIC.

Er richtete sich auf und übergab Liepmann die herausgerissene Seite. Der Jude nahm die Feder, tunkte sie in das Tintenfaß und begann zu schreiben: den Vers aus Dantes Göttlicher Komödie. Nachdem er Drinkwaters Nachricht verschlüsselt hatte, öffnete er die Lampe und hielt Drinkwaters Entwurf an die Flamme. Die Asche flatterte auf den Tisch.

„Noch etwas, Herr Liepmann. Sie sollten wissen, daß niemals beabsichtigt war, weitere Schiffe hier einlaufen zu lassen. Es sollte nur dieser Eindruck erweckt werden. Verstehen Sie?"

„Sie kommen nicht?" fragte Liepmann überrascht.

„Nein, sie segeln nur bis Neuwerk. Es soll so aussehen, als ob sie in die Elbe wollten."

„Sie wollen nicht Kanonen verkaufen, nein?"

„Nein, nur Mäntel und Stiefel."

„Ach . . . Und Zucker, ja?"

„Ja." Drinkwater lächelte zurück. „Und den Zucker."

Liepmann wandte sich schon zum Gehen, als Gilham mit vollem Mund fragte, denn er hatte eifrig gegessen, während sich die beiden anderen unterhielten: „Herr Liepmann, haben Sie Littlewood ausgezahlt?"

Milde Überraschung im Gesicht, drehte Liepmann sich zu ihm um. „Ja. Er ist gut bezahlt . . . Auch für Ihr Schiff, die *Ocean*. Zweitausend Taler . . ."

Gilham grunzte zufrieden, und der Jude verschwand. Mit einem schiefen Blick auf seinen gierigen Landsmann bediente sich Drinkwater mit dem, was von der Wurst und dem Brot noch übrig war.

Nach dem Essen fühlte er sich besser. Der kurze Wintertag, der jetzt der Dunkelheit wich, war so voll unangenehmer Überraschungen und Gefahren gewesen, daß er seinen Hunger vergessen hatte, bis er das Essen vor sich sah.

Mit etwas Glück konnte noch alles klappen. Ein, zwei Tage mußten sie sich ruhig verhalten, dann waren *Galliwasp* und *Ocean* in Sicherheit, und Liepmann konnte sie aus der Stadt schmuggeln. Drinkwater war es zufrieden, diese Einzelheiten dem jüdischen Händler zu überlassen. Davout mußte sich erst einrichten und Lageberichte von den französischen Offizieren und Verwaltern lesen, die alle sehr vorsichtig und vage abgefaßt sein würden. Selbst ein so dynamischer Mann wie der Eiserne Marschall würde mehrere Tage brauchen, um sich für seinen künftigen Kurs zu entscheiden. Zweifellos war er nach Hamburg geschickt worden, um das hanseatische Leck in der Kontinentalsperre seines Kaisers abzudichten.

„Sie scheinen eine Menge von dem zu wissen, was hier vorgeht", unterbrach Gilham plötzlich seine Gedankengänge. Die unausgesprochene Frage erinnerte Drinkwater daran, daß diese Gefangenschaft seinen sicheren Tod bedeutete, falls seine wahre Identität bekannt wurde.

Er zuckte die Achseln. „Es ist nicht schwer, das alles zu erraten", sagte er mit gespielter Lässigkeit. „Vertrauen Sie eigentlich Littlewood?" fragte er, um das Thema zu wechseln.

„Ich habe wohl keine andere Wahl, oder?"

Im Wachraum wurde es nachts bitterkalt. Drinkwater schlief schlecht und wachte immer wieder auf, die verhärteten Muskeln seiner verwundeten Schulter quälten ihn. Neben ihm schnarchte Gilham mit vollem Bauch unter seiner Decke, denn er besaß die segensreiche Fähigkeit der Seeleute, überall schlafen zu können.

Drinkwater beneidete Gilham. Er selbst war völlig übermüdet, zermürbt von der Last, die ihm Dungarth aufgebürdet hatte, und müde des endlosen Krieges. Darin hatte er sein Bestes gegeben und war jetzt kein junger Mann mehr. Seine Schulter schmerzte entsetzlich.

Er dachte an seine Frau Elizabeth und ihre gemeinsamen Kinder Charlotte Amelia und Richard. Er hatte sie schon so lange nicht mehr gesehen, daß sie einer anderen Zeit anzugehören schienen, in der auch er noch ein anderer Mann gewesen war. Es fiel ihm schwer, sich ihre Gesichter vorzustellen, und er merkte, daß vor seinem inneren Auge immer nur die starr blickenden Porträts seiner Familie auftauchten, die in seiner Kajüte auf der Fregatte *Patrician* gehangen hatten. Aber jetzt war er kein Kommandant mehr, sondern lag zusammengekrümmt unter geliehenen Decken in einem Hamburger Speicher.

Wo waren diese nicht sehr gelungenen Porträts jetzt? Verloren mit seinem übrigen Hab und Gut beim Untergang der *Tracker*, mit der auch der arme Quilhampton, Frey und Derrick umgekommen waren.

Er versuchte die schrecklichen Bilder vom qualvollen Tod seiner Freunde zu verdrängen, indem er im Geist eine Liste seiner Kleider, Bücher, Karten und sonstigen Habe aufstellte, die zusammen mit seiner Seekiste und den Porträts seiner Familie verlorengegangen waren. Da waren sein Sextant, sein Degen, seine Tagebücher und das kleine Bild, das ihm Elizabeth mit der Versicherung geschickt hatte, daß die Kinder es für ihn gemalt hätten . . .

Im Geist durchwühlte er die Kleidungsstücke in der Seekiste. Ganz unten lag der Mantel aus Eisbärenfell, ein Geschenk der Offiziere von der Kanonenslup *Melusine,* und darunter, aus seinem Rahmen geschnitten, die Farbe brüchig und abgeplatzt, lag ein anderes Porträt, das er vor zehn, elf Jahren gefunden hatte, als er die *Antigone* im Roten Meer erobert hatte*.

Seltsam, daß er sich an dieses Bild in allen Einzelheiten erinnern konnte. Es zeigte eine schöne Französin mit nackten Schultern, die Brüste von einem Schleier aufreizend verhüllt, das Haar *à la mode* aufgetürmt und mit einer Perlenkette durchflochten: Hortense Santhonax, jetzt verwitwet. Als er sie zum ersten Mal gesehen hatte, war sie noch unverheiratet gewesen . . .

Er schloß die Augen vor dem Mondlicht, das durch ein schmales Giebelfenster in der Ecke hereinflutete. All das war schon so lange her, Teil eines anderen Lebens . . .

---

* siehe Ullstein Buch 20585 *Kurier zum Kap der Stürme*

Irgendwo unten rührten sich Liepmanns Hunde. Johannes, der junge Wachmann, der ihnen das Essen gebracht hatte, machte wahrscheinlich seine Runde.

Das Knurren ging in wütendes Gebell über. Plötzlich fielen einige Schüsse, und das Bellen verstummte mit einem schmerzlichen Jaulen.

Einen Augenblick lag Drinkwater stocksteif da, nicht fähig oder nicht willens, die Vorgänge zu begreifen. Dann hörte er einen erstickten Ruf und ein kurzes, scharfes Kommando.

Er stieß seine Decke weg und griff nach seinen Stiefeln.

„Gilham! Aufwachen!"

Mit einem Tritt beförderte er den Schläfer in die rauhe Wirklichkeit.

„Was ist denn los?" fragte Gilham benommen.

„Die verdammten Franzosen sind da!"

Drinkwater zog seinen Rock über und beförderte die Decken mit dem Fuß in die Dunkelheit. Schritte polterten auf der hölzernen Treppe, dann wurde an der Tür ihres Verstecks gerüttelt. Gilham sprang auf und griff nach der leeren Weinflasche auf dem Tisch.

„In den Schatten, Mann, und halten Sie den Mund!" zischte Drinkwater. Sein Herz pochte so laut, daß er es zu hören meinte.

Die Tür flog auf. Drei Dragoner, unbeholfen in ihren hohen Stiefeln, stürmten in den Raum. Einen Moment blieben sie wie angewurzelt stehen und starrten sie an, das Mondlicht blinkte auf ihren hohen Helmen und aufgepflanzten Bajonetten. Als vierter schob sich ein Sergeant mit einer Laterne herein. Drinkwater sah, daß weitere Dragoner draußen warteten. Er hörte das ängstliche Wimmern einer jungen Stimme. Johannes hatten sie also schon geschnappt.

Die Lampe des Sergeanten leuchtete den Raum aus, ihr Schein fiel auf die albernen Goldquasten an Drinkwaters Schaftstiefeln. Eine Sekunde später schien sie ihm voll ins Gesicht.

„Qu'est ce que vous foutez là?"

Das Licht der Laterne fand Gilham, dann den Korb und die Essensreste, die Feder und die Tinte, die gelöschte Lampe und das zerrissene Quartheft. Ein paar Ascheflocken wirbelten durch die Luft.

Die Dragoner traten vor, Gilham schlug der Weinflasche den Hals ab und hielt sie ihnen mit einem trotzigen Schrei entgegen. Aber gleich darauf grunzte er schmerzlich und krümmte sich zusammen. Der nächststehende Dragoner hatte ihm voll in den Unterleib getreten. Gilham übergab sich.

Die Dragoner fesselten ihre Gefangenen in völligem Schweigen, das nur von Gilhams rasselndem Atmen unterbrochen wurde. Mit gefes-

144

selten Händen wurden sie auf das Podest am Kopf der Treppe zu Johannes geschoben.

Sie taumelten die Stufen hinab, der Sergeant mit der Laterne blieb immer vor ihnen. Ihre Schatten tanzten in einem phantastischen Reigen über die Ballen und Warenstapel. Im Erdgeschoß blieb der Sergeant stehen und ließ seinen Trupp halbwegs ordentlich antreten. Der Lichtkreis beleuchtete seine Stiefel und die langen gelben Innenschöße seines grünen Uniformmantels, die umgeschlagen und mit Messingadlern befestigt waren. Das Licht fiel auch auf einen Hundekadaver, dessen rosa Zunge schlaff zwischen den gefletschten Zähnen hing. Der Sergeant kickte ihn zur Seite.

„*Ouvrez!*" befahl er, und ein Schwall kalter Luft schlug herein, als die Tür geöffnet wurde. Der Sergeant schritt mit erhobener Laterne die Reihen seiner Leute ab und musterte die drei Gefangenen, die zwischen der Doppelreihe standen. Leise sagte er etwas, worauf seine Männer höhnisch feixten, dann drehte er sich schnell um. Drinkwater sah den Säbel in seiner Hand blitzen. Er hob die Laterne mit der Linken und ließ ihr Licht über prall gefüllte Säcke streichen.

„Hippolyte", befahl er," *allez . . . votre casque, mon ami.*"

Der Dragoner, der die Speichertür geöffnet hatte, trottete ergeben herbei, nahm seinen Helm ab und drehte ihn um. Der Sergeant hob den Säbel.

„*Qu'est que ce?*" fragte er spöttisch und stach in den Sack. Unter dem Gelächter der Dragoner purzelten Zuckerhüte in Hippolytes Helm.

„*Voilà!*" rief der Sergeant begeistert. „*Nom de Dieu! Sucre!*"

Die Patrouille marschierte schwungvoll auf das Kopfsteinpflaster der Gasse hinaus, während der letzte Mann sorgfältig das Lagerhaus hinter ihnen abschloß.

ZWÖLFTES KAPITEL

Januar 1810

Der Eiserne Marschall

Sie blieben nicht lange im Gewahrsam des Sergeanten und seiner Männer. Am Ende der Gasse erwartete sie ein berittener Offizier, dessen Helm, Holster und Pferdegeschirr im Schein einer Fackel glänzte, die eine Ordonnanz zu Fuß hielt. Die zuckende Flamme beleuchtete sein Gesicht von unten, was ihm etwas Dämonisches verlieh, während er auf die Gefangenen herabblickte. Das Pferd des Offiziers bewegte sich unruhig wegen der Nähe der flackernden Fackel, es warf den Kopf hoch, Schaumflocken flogen von seinen aufgeworfenen Lefzen. Der Offizier klopfte ihm mit der behandschuhten Hand beruhigend auf den Hals.

Begleitet von dem gleichmäßigen Hufschlag des Pferdes im Hintergrund, marschierten sie los, überquerten einen im Mondschein liegenden Platz mit Kopfsteinpflaster und hielten schließlich vor der hohen Silhouette des Rathauses. Trotz der mitternächtlichen Stunde gingen Meldereiter ein und aus, stürmten zu den wartenden Ordonnanzen, die ihre Pferde hielten, oder warfen ihnen die Zügel zu, sobald sie vor dem beleuchteten Torbogen aus dem Sattel sprangen. Die beiden Posten neben der Tür standen jedesmal stramm, doch die jungen Offiziere erwiderten ihre Ehrenbezeigung nur nachlässig.

Drinkwater, Gilham und Johannes wurden zu einer Seitentür geführt und betraten einen gefliesten Flur, der in einen Raum mit einem Spitzbogengewölbe mündete. Dort hielten zwei Posten Wache, ein Stabsoffizier saß an einem Tisch und schrieb. Die Dragoneskorte wurde entlassen, die Infanterie übernahm die Bewachung. Der Dragoneroffizier machte leise seine Meldung an den Hauptmann vom Stab. Letzterer blickte kaum auf, seine Feder huschte geschäftig über das oberste Blatt eines Papierstoßes. Nachdem die Formalitäten erledigt waren, wurden die Gefangenen durch eine eisenbeschlagene Tür in eine kleine Kammer gebracht, die hinter ihnen verschlossen wurde.

Gilham und Drinkwater wechselten stumm einen Blick, und ihr Schweigen beruhigte den jungen Deutschen nicht gerade. Johannes war offensichtlich kurz vor dem Durchdrehen und wäre wohl zusammengebrochen, wäre ihre Kerkerhaft nicht plötzlich zu Ende gegangen. Ein riesiger Korporal der Füsiliere brachte sie hinaus; er war so groß, daß die Feder seines Tschakos den Türrahmen streifte, obwohl er sich bückte.

„Allez!"

Sie folgten dem Korporal, und zwei Soldaten mit aufgepflanzten Bajonetten marschierten hinter ihnen her. Am Tisch des Stabsoffiziers wurden sie vorbeigewinkt. Sie stiegen eine Treppenflucht hinauf und kamen schließlich vor einer eindrucksvollen Doppeltür zum Stehen, die von zwei weiteren Posten bewacht wurde.

„Das Allerheiligste", murmelte Gilham, und in der folgenden Stille hörte Drinkwater Johannes' Zähne klappern. Als sich die Tür öffnete, waren alle drei überrascht. Denn Monsieur Thiebault kam auf sie zu. Sein Gesicht war bleich, nervös rang er die Hände.

„Gentlemen..." begann er und versuchte ein aufmunterndes Lächeln. Dann trat er zur Seite und schob sie vorwärts. „Seine Exzellenz wird Sie jetzt empfangen..." Er nickte den Wachen zu.

Drinkwater und Gilham setzten sich in Marsch, und Johannes folgte in ihrem Kielwasser, aber Thiebault machte eine rasche Handbewegung. Aus den Augenwinkeln sah Drinkwater, daß zwei Soldaten die Arme des Jungen ergriffen und ihn wegzogen. Alarmiert blickte er Thiebault an, doch der Zolloffizier hob nur fatalistisch die Schultern.

Drinkwaters Herz schlug wild. Falls er jetzt nur mit einer Silbe seine wirkliche Identität verriet, würde er als Spion erschossen werden. Und Gilham – obwohl er seinen wahren Status als Marineoffizier nicht kannte, konnte ihm doch eine gefährliche Bemerkung entschlüpfen.

„Überlassen Sie mir das Reden, Gilham", zischte Drinkwater deshalb, als sie in ein hohes Zimmer geführt wurden, das von einem Dutzend Kandelaber erleuchtet wurde. In einem Kamin brannte ein starkes Feuer, darüber hingen die Köpfe zweier ausgestopfter Bären und dazwischen das Wappen der Freien Hansestadt Hamburg. Noch andere Jagdtrophäen schmückten die dunklen Holzpaneele des Sitzungssaales der Bürgerschaft, der jetzt dem Oberkommandierenden der französischen Armee in Deutschland diente.

Louis Nicholas Davout, Fürst von Eckmühl, Herzog von Auerstädt und Marschall von Frankreich, saß hinter einem Schreibtisch in der Mitte des Raums, den Kopf mit dem schütteren Haar über einen Stapel Papiere gebeugt. Seine gewichsten Stiefel reflektierten die Flammen, der blaue Uniformrock mit den goldenen Litzen saß stramm über den kräftigen Schultern. Neben ihm stand respektvoll ein Adjutant in einer ähnlichen, wenn auch nicht so prunkvollen Uniform, seinen Zweispitz mit Federbusch fest unter den Arm geklemmt.

Leise sagte der Marschall etwas, und der Adjutant beugte sich eilfertig vor. Er nahm, nachdem der Marschall seine Unterschrift gekritzelt hatte, ein Dokument vom Tisch, schlug die Hacken zusammen und verließ den Raum. Das Rasseln seiner Sporen verklang, als sich die Doppeltüren schlossen. Drinkwater, Gilham und Thiebault blieben in der Stille zurück, die nur vom Prasseln der Flammen unterbrochen wurde.

Langsam hob der Marschall den Kopf und blickte sie scharf an. Das Feuer spiegelte sich in den Gläsern seines Nasenkneifers und verbarg seine Augen, aber Drinkwater registrierte den harten Mund und die runden, regelmäßigen Gesichtszüge. Nachdem Davout die Brille abgenommen hatte, wurde sein Miene streng und einschüchternd. Das Licht tanzte auf dem goldenen Eichenlaub an seiner Brust, als er sich aufseufzend im Sessel zurücklehnte.

„M'sieur Thiebault . . .“ murmelte er und fixierte die beiden Briten vor seinem Tisch. Thiebault ließ eine Tirade los, gespickt mit vielen einschmeichelnden „Monseigneurs“.

Was auch der Inhalt von Thiebaults Ausführungen sein mochte, Drinkwater merkte, daß sie Davout nicht beeindruckten. Der Mann wurde von den Franzosen nicht umsonst der „Eiserne Marschall“ genannt, Napoleons rächender Erzengel. Zuerst versuchte Drinkwater, mit dem Marschall die Blicke zu kreuzen, aber dann überlegte er, daß das gefährlich werden konnte. Statt dessen versuchte er lieber, den Sinn von Thiebaults Ausführungen zu erfassen, während er den Blick mit der scheinbaren Gelassenheit eines Mannes, dessen Neugierde geweckt wurde, durch den Raum schweifen ließ. Er konnte nur hoffen, daß man ihm seine Besorgnis nicht ansah.

Er hörte oder meinte zu hören, daß Thiebault von „Russie“ sprach, brachte es aber nicht über sich, den Marschall anzusehen. Doch dann sagte Thiebault es nochmals, und Drinkwater, der sehr wohl wußte, daß ihn Davout nicht aus den Augen ließ, senkte den Blick. Neben den Stiefeln des Marschalls, zwischen einem kleinen Haufen Meldertaschen, einer Brieftasche und einem Reisekoffer lag eine ausgefranste Leinwandrolle. Sie war einst fest zusammengebunden gewesen, aber jetzt nach dem Aufrollen lose genug, daß Drinkwater die Innenseite sehen konnte.

Der Schock des Wiedererkennens war so stark, daß er einen Augenblick befürchtete, ohnmächtig zu werden. Statt dessen scharrte er mit den Füßen und beugte sich hustend vor, um einen besseren Blick auf das altbekannte Ölgemälde werfen zu können.

Neben Davouts glänzenden Stiefeln sah er den Kopf Hortenses, die flammend roten Locken mit den eingeflochtenen Perlen und ihre hochmütig gehobenen Augenbrauen. Ihre helle Haut hob sich lockend von dem nilgrünen Hintergrund ab. Drinkwater erkannte den sternförmigen weißen Fleck, wo die Farbe abgeblättert und die nackte Leinwand darunter zu sehen war. Diese Beschädigung bestätigte ihm mit letzter Sicherheit, daß Marschall Davout im Besitz des Porträts der Hortense Santhonax war, das früher in seiner Kajüte auf der *Antigone* gehangen und das er erst kürzlich unten in seiner Seekiste verstaut hatte.

Er fühlte, wie sich seine Nackenhaare sträubten; sein ungläubiger Blick suchte den des Marschalls.

„M'sieur Thiebault sagt, daß Ihre Ladung für Rußland bestimmt war?"

Drinkwater riß sich zusammen und nickte. „Jawohl, Exzellenz, militärischer Nachschub . . ."

„*Et sucre, n'est-ce pas?* Und Zucker . . .?" Davouts Englisch war gebrochen, sein Akzent stark. „Warum Sie kommen nach Hamburg, nicht Rußland?"

„Mein Schiff wurde im Sturm beschädigt, Sir. Wir", mit einer vagen Handbewegung wies Drinkwater auf Gilham, der geistesgegenwärtig nickte, „liefen Helgoland an. Dann kam der Winter und das Eis in der Ostsee . . ." Er verstummte resigniert. „Deshalb konnten wir nicht nach Rußland weitersegeln. In Helgoland teilte uns der Gouverneur mit, daß uns die Regierung abgeschrieben hatte. Also beschlossen wir, die Ladung hier in Hamburg zu verkaufen."

Drinkwater machte eine Pause. Ohne die Augen von den Briten zu lassen, stellte Davout Thiebault eine Frage, der nickend Drinkwaters Bericht zu bestätigen schien. Eingedenk der beschädigten Leinwand zu Davouts Füßen, beschloß Drinkwater, seinen Vorteil zu nutzen.

„Wir wurden von einem Schiff der Royal Navy begleitet, aber im Sturm getrennt . . ."

„Wie hieß dieses Begleitschiff?" Davouts schlechtes Englisch, das er wohl als junger Mann in britischer Gefangenschaft erlernt hatte, konnte die Schärfe der Frage nicht verschleiern.

„*Tracker*." Drinkwater sah den schnellen Blickaustausch zwischen

Davout und Thiebault und das schiefe Lächeln auf dem Gesicht des Marschalls.

„Sie haben Nachricht von dem Schiff?" fragte Drinkwater schnell. Aber Davouts Augen blickten jetzt kalt, er würdigte Drinkwater keiner Antwort. Nur Thiebault wand sich verlegen über Drinkwaters Frechheit, dem Marschall eine Frage zu stellen.

„Sie haben Ihre Ladung verkauft, Capitaine?"

„Ja . . ."

„Auch den Zucker?"

„Ja." Drinkwater blickte Thiebault an. Schweißperlen standen auf dessen Stirn. Er machte sich klar, daß die Zukunft des Zolloffiziers nicht minder als seine eigene und die Gilhams von diesem Verhör abhing. Thiebaults Besorgnis verriet, daß sich zumindest ein Teil von Davouts Feindseligkeit gegen seinen Landsmann richtete. Diese Überlegung brachte Drinkwater dazu, seine Frage zu wiederholen.

„Wissen Sie etwas von der *Tracker*, Exzellenz?"

Hinter Davout machte ihm Thiebault mit verzerrtem Gesicht ein Zeichen, daß er schweigen solle. Wieder ignorierte Davout die Frage.

„*Peut-être* . . . Vielleicht wollten Sie gar nicht nach Rußland . . . Vielleicht haben Sie diese Papiere gefälscht." Davout hieb auf den Tisch, und Drinkwater sah dort die konfiszierten Frachtpapiere der *Galliwasp* mit dem Kronenstempel des Londoner Zollamts liegen. Der Marschall erhob sich, kam um den Schreibtisch herum und baute sich vor Drinkwater auf.

„Sind Sie als Spion nach Hamburg gekommen?"

„*Monseigneur, l'explication* . . ." begann Thiebault verzweifelt.

„*Assez!*" bellte Davout, wandte sich von Drinkwater ab und machte eine verächtliche Handbewegung. Er kehrte hinter den Schreibtisch zurück, klemmte sich das Pince-nez wieder auf die Nase und sagte mit einem finsteren Blick auf Thiebault ein paar Worte.

„Sollte auch die *Tracker* nach Hamburg segeln?" übersetzte Thiebault.

„Die *Tracker*?" fragte Drinkwater mit ehrlicher Überraschung. „Nein, natürlich nicht." Er wandte sich wieder an Davout, ein alarmierender Gedanke schoß ihm durch den Kopf. „Nein, Exzellenz, die *Tracker* war doch nach Rußland bestimmt . . ."

Er konnte nicht abschätzen, ob der Marschall ihm glaubte oder nicht, denn es klopfte an der Tür, und der Adjutant trat wieder ein, offensichtlich schon erwartet. Es wurde klar, daß sein Auftrag wichtiger war als das Verhör zweier britischer Küstenkipper, die man beim

Durchbrechen der Kontinentalsperre erwischt hatte. Davout widmete sich wieder seinem Schreibtisch und entließ Thiebault und die beiden Gefangenen mit einem Wink. Dabei nickte er dem jungen französischen Offizier nur kurz zu, der sofort zur Tür ging.

Er begleitete sie die Treppe hinunter. Der Stabsoffizier, der immer noch in seinem Papierberg wühlte, warf ihnen einen müden Blick zu, dann wurde lautstark nach der Wache gerufen.

„Was in Gottes Namen hatte das alles zu bedeuten?" fragte Gilham, der seinen Mund nicht länger halten konnte.

„Warten Sie noch einen Augenblick", murmelte Drinkwater und zog ihn zu Thiebault, der mit dem Stabsoffizier sprach. Thiebault drehte sich um, und sein Gesicht verriet Erleichterung. Als er sprach, war sein Ton wieder beschwingt, er hatte seine frühere Weltläufigkeit fast zurückgewonnen.

„Nun, Gentlemen, ich denke, daß Seine Exzellenz mit unseren, äh, Arrangements einverstanden war . . ."

„Sie meinen die Stiefel?" fragte Gilham sarkastisch.

„Richtig, Kapitän."

„Und was zum Teufel sollte das mit der *Tracker*, M'sieur?" fragte Drinkwater stirnrunzelnd.

„Sind unsere Schiffe ausgelaufen?" stieß Gilham nach.

„Gentlemen, Gentlemen, bitte! Seine Exzellenz hat befohlen, daß Sie nach Altona ins Militärlazarett gebracht werden – nur für ein paar Tage. Das ist eine reine Formalität, ich versichere es Ihnen." Thiebault senkte die Stimme. „Seine Exzellenz wird in Kürze die Verteidigungsanlagen in Lübeck inspizieren. Ich gebe Ihnen dann Bescheid . . . Aber jetzt müssen Sie mich entschuldigen."

Thiebault wandte sich zum Gehen, als zwei Füsiliere erschienen. Im selben Augenblick öffnete sich eine Tür am anderen Ende des Raums, die Kerzen flackerten unruhig im Luftzug. Ein französischer Offizier mit martialischem Schnauzbart unter der Bärenfellmütze geleitete eine vermummte Gestalt herein. Der Offizier trug die Felduniform der berittenen Jäger der Kaiserlichen Garde. Sein purpurroter Umhang war nicht *à la hussard* über eine Schulter zurückgeschlagen, sondern verdeckte den Dolman, dessen goldbestickter Kragen gegen die Kälte fest geschlossen war. Seine prächtige Uniform war voller Schlammspritzer – ein Beweis für einen langen, harten Ritt. Er zog die in ihr Cape gehüllte Person hinter sich her, dann griff er in seine Satteltasche, die zusammen mit seiner Säbelscheide über die Fliesen schleifte, und holte ein versiegeltes Dokument hervor.

„*Lieutenant Dieudonné, a votre service*", stellte er sich dem Stabsoffizier vor und hielt ihm das Dokument hin. „*Pour le Maréchal . . .*"
Er nickte der Gestalt im Cape zu, wobei sein rot-grüner Federbusch bizarre Schatten auf die Wand warf.

Die momentane Ablenkung hatte Thibault die Möglichkeit verschafft, ohne Anwort auf ihre Fragen zu verschwinden. Ohne Gilham zu beachten, der noch mehr wissen wollte, stand Drinkwater da wie angewachsen. Eine Vorahnung bereitete ihn auf den Schock vor, der ihn erwartete, als die verhüllte Gestalt die Kapuze ihres Capes zurückschlug.

Sie schüttelte das rote Haar, das jetzt über ihre Schultern fiel, und obwohl er nicht ihr ganzes Gesicht sehen konnte, gab es keinen Zweifel. Er sah ihr Halbprofil fast aus dem gleichen Winkel, wie es der Maler Jacques Louis David gesehen hatte. Drinkwater kannte dieses Gesicht nur zu genau von Davids Porträt - gemalt für ihren toten Ehemann Santhonax, erobert von Drinkwater und zu dieser Stunde halb aufgerollt und unbeachtet unter dem Schreibtisch des Fürsten von Eckmühl liegend.

Geistesabwesend widersetzte sich Drinkwater dem Griff der Wache, so daß der Soldat ärgerlich wurde, hinter den Gefangenen trat und ihm die Mündung seiner Muskete mit einer scharfen Warnung in den Rücken bohrte. Drinkwater taumelte vorwärts, verlor das Gleichgewicht und erregte so die Aufmerksamkeit von Leutnant Dieudonné und der Frau. Als Gilham ihn am Arm packte, riß er sich zusammen und ging, blickte aber zurück. Über die Schulter des grimmigen Wachtpostens starrte ihn die Frau an, das Gesicht jetzt von den Kerzen auf dem Schreibtisch des Stabsoffiziers voll ausgeleucht.

Es gab keinen Zweifel über ihre Identität: Es war Hortense Santhonax. Und sie wußte, daß Nathaniel Drinkwater ein Offizier der Royal Navy Großbritanniens war.

DREIZEHNTES KAPITEL

Januar 1810

Das Erschießungskommando

Die Kutsche, die Madame Santhonax befördert hatte, stand noch mit offenem Schlag vor der Tür, umgeben von einem Dutzend aufgesessener Chasseurs, die sich müßig unterhielten. Drinkwater wankte wie betäubt hinaus. Er fror, war müde und hungrig, und die Ereignisse des Tages kamen ihm irgendwie unwirklich vor. Seit seinen schrecklichen Erlebnissen im Dschungel von Borneo war alle Energie aus ihm gewichen; überwältigt von körperlicher und geistiger Lethargie, war er in ein tiefes Loch gefallen. Zwar hatte es Augenblicke gegeben, da er sich wieder aufgerafft hatte – zum Beispiel, als ihn Dungarth zu der Fahrt nach Rußland überredet hatte oder in den Gesprächen mit Solomon und Nicholas -, aber das war lediglich ein kurzes Aufbäumen gewesen. Wie er jetzt zu erkennen meinte, hatte es ihn nur dem Wiedersehen mit Hortense, die sein sicheres Verderben verkörperte, näher gebracht. Er hatte Blut an den Händen, hatte Edouard Santhonax erstochen, Morris hingerichtet und schließlich den armen Tregembo erschossen. Es war an der Zeit, daß er dafür büßte. Nun also kam die Reihe an ihn, man würde ihn als Spion erschießen, denn Hortense Santhonax hatte ihn bestimmt schon im Rathaus denunziert. Er war überzeugt, daß sie ihn erkannte hatte. Ihre Blicke hatten sich gekreuzt, und sie konnte in seinen Augen nur blanke Angst gelesen haben. Ihm wurde so übel und schwindlig, daß er erneut stolperte.

Gilham stützte ihn. „Geht es Ihnen nicht gut?"

„Doch, doch", keuchte Drinkwater und fühlte, wie der Schweiß in der eiskalten Winterluft auf seiner Stirn gefror.

„Ich glaube, wir sollen einsteigen." Gilham lenkte seine Schritte zu dem Gefährt, in dem Hortense angekommen war. Doch nicht dieselbe Kutsche, dachte Drinkwater, diese Ironie des Schicksals wäre zuviel. Außerdem mußte jeden Augenblick ...

„*Arrêtez!*"

Es war soweit, sie hatten ihn als Spion entlarvt. Jetzt kam ihnen der Stabsoffizier nachgelaufen, um ihn zurückzuholen und auf Befehl Marschall Davouts wie einen Hund erschießen zu lassen.

Aber Drinkwater irrte sich.

Der Stabsoffizier rief einem Unteroffizier der Chasseurs etwas zu. Sie wurden in die Kutsche geschoben, wo Drinkwater noch das raffinierte Parfüm der Witwe Santhonax wahrnahm. Zitternd sank er in die tiefen Lederpolster und schloß die Augen, als die Kutsche anruckte.

„Geht es Ihnen wirklich gut, Waters?" fragte Gilham nochmals.

„Gut genug. Ich bin nur müde und hungrig . . ." Er war also nicht denunziert worden. Vielleicht hatte Hortense ihn doch nicht erkannt? Warum auch? Ihr letztes Zusammentreffen war viele Jahre her, und auch sie hatte sich verändert, obwohl die Zeit ihrer Schönheit nichts hatte anhaben können. Sie war verführerischer denn je. Außerdem besaß sie kein Porträt von ihm, um sich seine Züge einzuprägen . . .

Drinkwaters Erleichterung währte nicht lange. Die Kutsche schwankte um eine Ecke und kam zum Stehen. Der Schlag wurde aufgerissen, sie mußten aussteigen.

„*Regardez-là, messieurs*", befahl der Unteroffizier und beugte sich in seinem quietschenden Sattel vor. „Sehen Sie dorthin!"

Sie standen am Eingang eines Hofes, der von blakenden Fackeln beleuchtet wurde und voller Soldaten zu sein schien. Alle waren Infanteristen und wurden von einem älteren, weißhaarigen Hauptmann befehligt. Er steckte ein beschriebenes Stück Papier in seinen Tschako, bevor er ihn aufsetzte.

„Was zum Teufel . . .?" begann Gilham, aber Drinkwater hieß ihn schweigen. Sein Herz klopfte zum Zerspringen, namenlose Angst beschlich ihn. Er verspürte einen übermächtigen Impuls, blindlings davonzurennen.

„Es ist ein Erschießungskommando!" zischte er in Gilhams Ohr. Kommandos fielen, die Soldaten formierten sich in zwei Reihen. Einen Augenblick später wurde ein Mann aus einer benachbarten Tür gezerrt. Es war Johannes.

„Gütiger Gott!" stöhnte Drinkwater auf. Er wollte sich bewegen und etwas dagegen unternehmen, aber seine Beine versagten ihm den Dienst. Hilflos sah er zu, wie ein Sack über Johannes' weit aufgerissene Augen gezogen wurde. Die Beine des jungen Mannes knickten ein, er stieß halberstickte Schreie aus, während er zu einer Wand gestoßen wurde. Als seine Hände schnell und geübt an einen Ring im Mauerwerk gefesselt wurden, sackte der Junge ohnmächtig vornüber. Auf

Befehl ihres Hauptmanns legte die Doppelreihe der Füsiliere die geladenen Gewehre an, eine Salve krachte. Noch während ihr Echo von den Wänden widerhallte, sank der Körper des Jungen in sich zusammen. Der Hauptmann zog eine Fackel aus ihrem Halter, bückte sich über den zerfetzten Körper und feuerte ungerührt seine Pistole in Johannes' linkes Ohr ab. Ein Arzt trat vor. Drinkwater und Gilham wurden wieder zur Kutsche geführt. Sie stiegen ein, und der Schlag fiel hinter ihnen zu.

Gilham sprach Drinkwaters Gedanken aus: „Armer Bursche. Einen Moment dachte ich schon, wir wären dran."

Bedrückt schwieg Drinkwater, der Tod von Johannes und sein Anteil daran belasteten ihn.

„Schuld war der Zucker, nicht wahr?" Gilham suchte offenbar nach einem Argument, mit dem er sein schlechtes Gewissen beschwichtigen konnte.

„Ja, wahrscheinlich", murmelte Drinkwater.

„Auf Johannes' Kosten hat sich diese Memme Thiebault vor dem Marschall reingewaschen", fuhr Gilham fort. „Deshalb hat er diesen Monseigneur – wie hieß er noch? – die ganze Zeit belabert."

„Ja, vermutlich . . ."

„Er hat den armen Jungen geopfert, um seine eigene Haut zu retten."

„Ich glaube", überlegte Drinkwater, der sich allmählich erholte, „daß Marschall Davout bei der militärischen Ausrüstung ein Auge zugedrückt hat. Aber den Zuckerschmuggel konnte er nicht durchgehen lassen, das war ein zu krasser Angriff auf die Kontinentalsperre des Kaisers." Er machte eine Pause und sah in Gilhams Gesicht, das nur ein bleicher Fleck in der Dunkelheit war. „Es überrascht mich, daß ein Mann von Davouts Ruf uns nicht ebenfalls über den Haufen knallen ließ. Thiebault muß ein gutes Wort für uns eingelegt haben . . ."

„Dann glauben Sie, daß wir jetzt außer Gefahr sind?"

„Sie sind es wohl, Kapitän, aber bei mir bin ich nicht so sicher."

„Warum denn nicht?"

„Es ist besser, wenn Sie mir keine Fragen stellen. Sie sollten nur wissen, daß Sie in Lebensgefahr schweben, wenn jemand eine enge Verbindung zwischen uns vermutet."

„Bei allen Heiligen, was reden Sie da?"

„Ich würde es Ihnen wirklich gern erklären, Gilham, aber die Vorsicht heischt mich schweigen, zumindest noch eine Weile. Was Sie nicht wissen, kann man nicht gegen Sie verwenden. Die Hinrichtung von Johannes kann auch zur Abschreckung für jene Hamburger Bürger gedacht gewesen sein, die Zucker schmuggeln. Uns ließen sie zur Warnung dabei zusehen. Nun hält sich Seine Exzellenz bestimmt für ungeheuer großmütig . . ."

„Aber ich . . . Ach, schon gut." Gilham verfiel in ratloses Schweigen.

Drinkwater lehnte ihm gegenüber und versuchte, seine chaotischen Gedanken zu ordnen. Ohne Zweifel war Gilhams Einschätzung von Thiebault richtig. Er hatte in der Tat „seine Hände in Unschuld gewaschen" und den jungen Johannes geopfert, um den gegenüber den Edikten des Kaisers so loyalen Marschall zu befriedigen. Daß Davout mit ihnen derart milde verfuhr, war mit den Militärstiefeln erkauft worden. Gewinn oder Verlust bei dem Geschäft waren eine Angelegenheit zwischen Littlewood, Liepmann, Thiebault und dem Kriegsminister in Paris, aber soweit möglich hatte Davout durch die Exekution seinen Ruf der Unbestechlichkeit gewahrt. Drinkwater hätte es eigentlich freuen sollen, daß ein so unangreifbarer, hochgestellter Diener Frankreichs jetzt davon überzeugt war, daß die Stiefel ursprünglich nach Rußland gehen sollten.

Aber diese Überlegungen beruhigten ihn nicht, zu sehr verstörte ihn das Auftauchen des Ölporträts und seines Modells. Ohne Zweifel hatte man das Bild seiner Seekiste entnommen, die an Bord der Kanonenbrigg *Tracker* verstaut gewesen war. Wenn sie offenbar heil geborgen worden war, konnte auch die Brigg den Sturm überstanden haben. Denn wäre sie gesunken, wäre die Kiste in ihrem Laderaum mit auf Grund gegangen. Die einzig logische Erklärung war also, daß die Franzosen die *Tracker* aufgebracht hatten. Vielleicht war sie wie die *Galliwasp* durch den Sturm manövrierunfähig geworden, aber im Gegensatz zu dieser an eine feindliche Küste getrieben worden.

Vielleicht waren dann auch Quilhampton, Frey, Derrick und die anderen noch am Leben! Drinkwater fühlte neue Hoffnung in sich aufsteigen. Sein Lebensmut regte sich wieder, ihm wurde warm ums Herz. Wenn sich seine Vermutung als richtig erwies, war eine schwere Last von seinen Schultern genommen. Sicherlich war doch in einer Welt, auf der das Porträt der Hortense Santhonax wieder auftauchte, auch ein so kleines Wunder möglich?

Aber was war mit ihr selbst? Hatte sie ihn erkannt? Und falls ja, warum hatte sie ihn nicht an Davout ausgeliefert?

Er rief sich ihr seltsames Zusammentreffen im Rathaus ins Gedächtnis. Sie hatte ihn zweifellos ebenso angesehen wie er sie. Er hatte sie nicht nur erkannt, weil er immer ihr Porträt bewundert hatte, son-

156

dern auch, weil er sie persönlich kannte, seit er sie damals vor den Revolutionären gerettet und als Emigrantin wohlbehalten nach England gebracht hatte.

Schon damals war sie eine exquisite Schönheit gewesen, eine stolze junge Aristokratin, Hortense de Montholon. Ihr Zusammentreffen mit dem genauso stolzen Republikaner Edouard Santhonax hatte zur Heirat der beiden und zur Bekehrung Hortenses für die Revolution geführt. Nach dem Ende des Terrors war sie in ihre Heimat zurückgekehrt und von Lord Dungarth und einem unbedeutenden Steuermannsmaaten namens Nathaniel Drinkwater am Strand von Criel an Land gesetzt worden. Im Lauf der Jahre war ihre Schönheit nur gereift, ihre stattliche Erscheinung machte jetzt nicht weniger Eindruck. Und seit die Republik dem Kaiserreich Platz gemacht hatte, benötigte die Krone des korsischen Emporkömmlings den Glanz einer neuen Aristokratie.

Jetzt hatten sie sich wieder getroffen. Die Witwe von Santhonax war in Hamburg, und ihre Blicke hatten sich gekreuzt.

Aber auch Hortense war eine Gefangene gewesen! Diese Erkenntnis traf Drinkwater wie ein Schlag vor die Brust, und er stöhnte laut auf.

„Verdammt, Waters, was ist bloß los mit Ihnen?"

„Mir ist soeben etwas klar geworden. Sagen Sie, Gilham, erinnern Sie sich an den Kavallerieoffizier, der ankam, als wir abgeführt wurden?"

„Dieser Husar mit der Dame? Ja, natürlich, ein beeindruckendes Pärchen."

„Wie schätzen Sie die beiden ein?"

„Was meinen Sie?"

„Gab es da etwas, das Ihnen merkwürdig vorkam?"

„Nun, sie wurde als Gefangene behandelt wie wir auch . . ."

„Genau!" rief Drinkwater erleichtert. Nun wußte er, daß dieser Eindruck nicht seiner überhitzten Phantasie entsprungen war. „Sie war eine Gefangene und wurde mit einer Eskorte vorgeführt. Eine Eskorte der Gardejäger ist etwas Außergewöhnliches. Diese Kutsche . . ."

„Aber was, um alles in der Welt, hat diese Frau mit uns zu tun? Hören Sie, Waters, allmählich glaube ich, daß hier etwas gewaltig stinkt." Gilhams Tonfall hatte sich verändert, er war jetzt wachsam und mißtrauisch. „Warum bestanden Sie darauf, im Rathaus nur allein zu reden? Bis dahin hatten Sie sich immer im Hintergrund gehalten und Littlewood die Verhandlungen führen lassen. Ich glaube, Sie schulden mir eine Erklärung."

Seufzend beugte sich Drinkwater vor und suchte in der Dunkelheit das helle Oval von Gilhams Gesicht.

„Also gut", antwortete er resigniert. Vielleicht war es wirklich besser, Gilham einzuweihen. Später mochte ihm keine Zeit für Erklärungen mehr bleiben, außerdem schien Gilham auf seine Weise ein kühler Kopf zu sein.

„Ich heiße nicht Waters, Kapitän Gilham. Ich will Sie nicht mit Einzelheiten langweilen, es reicht, wenn Sie wissen, daß ich Vollkapitän der Royal Navy bin . . ."

„Ach du grüne Neune!" Verstört sank Gilham auf die Bank zurück.

„Sie haben nichts zu befürchten. Ihr landesverräterischer Verkauf von Militärgütern an den Feind wurde durch die Hilfe der Marine Seiner Majestät und des diplomatischen Dienstes überhaupt erst möglich."

„Ich bin hereingelegt worden!"

„Ich fürchte, das wurden wir alle mehr oder weniger. Kaum einer in dieser Affäre ist wirklich der, als der er sich ausgibt. Aber um zum Punkt zu kommen . . ."

Es erleichterte ihn, sich Gilham anzuvertrauen. Das laute Aussprechen machte seine Theorien lebendig, befreite sie aus dem dunklen Gefängnis seiner kreisenden Phantasie und lieferte sie der Prüfung durch die rauhe Realität der bitterkalten Winternacht aus.

„Die Ladung der *Galliwasp* sollte tatsächlich nach Rußland gehen", fuhr er fort. „Und Sie werden an der Reaktion des Marschalls gemerkt haben, daß das keinesfalls im Interesse der Franzosen gelegen hätte. Nun ist ihr Mißtrauen gegen ihren Verbündeten, den Zaren, geschürt."

„Und nachdem die Sache mit Rußland scheiterte, haben Sie die Fracht in aller Öffentlichkeit nach Hamburg verschifft, um dasselbe Ziel zu erreichen."

„Richtig. Und es hat auch funktioniert, obwohl jetzt die Franzosen von den Stiefeln profitieren."

„Um einen hohen Preis", ergänzte Gilham, und Drinkwater merkte, daß er grinste.

„Um einen sehr hohen Preis. Sie erinnern sich, daß Littlewood vom Verlust unseres Begleitschiffs sprach?"

„Der Brigg *Tracker*, von der auch im Rathaus die Rede war? Ich habe mich gefragt, was das sollte."

„Wir dachten alle, daß sie gesunken wäre. Jetzt weiß ich aber, daß sie dem Feind in die Hände gefallen ist."

„Wie wollen Sie denn das erfahren haben, verdammt?"

„Unter dem Schreibtisch Davouts lag ein Porträt. Dieses Bild war mein Eigentum, es befand sich mit meinen übrigen Effekten an Bord der Brigg."

„Ein Porträt Ihrer Frau?"

„Nein." Drinkwater bewegte sich verlegen, froh über die Dunkelheit. Auch seine Beichte hatte also ihren Preis. „Ich habe es vor Jahren zusammen mit einer französischen Fregatte erbeutet, der *Antigone*, die wir mit den Männern der Brigg *Hellebore* enterten. Ich habe die Fregatte nach Hause gebracht und sie später kommandiert. Das Bild behielt ich als Kuriosität, denn ich kannte die Dame aus meiner Jugend . . . Sie hatte mich damals sehr beeindruckt . . ."

„Das war wohl die Frau, die heute nacht von M'sieur Schnauzbart hereingebracht wurde, wie?"

„Ja."

„Also weiß sie, daß Sie ein Spion sind, was Davout ja schon vermutete."

„Das ist der springende Punkt", erwiderte Drinkwater langsam. „Sie hat keinen Grund, freundliche Gefühle für mich zu hegen, obwohl ich ihr früher mal einen kleinen Gefallen getan habe."

„Dann wird sie Sie verraten, und sei es auch nur, um ihre eigene Haut zu retten." Gilham sprach das so trocken aus, als wäre es schon eine Tatsache.

„Halten Sie den Marschall für einen Mann, der sich schnell umstimmen läßt?"

„Er ist ganz gewiß keiner, der seine Position wegen der Anwürfe einer Frau gefährdet. Aber falls er schon die Verbindung hergestellt hat zwischen einem aus dem Besitz des Feindes erbeuteten Porträt und Ihnen . . ."

„Glauben Sie, daß das Auffinden eines alten, halb abgeblätterten Porträts Mißtrauen erregt hätte, wenn die Dame dem Entdecker nicht bekannt gewesen wäre und schon unter Verdacht gestanden hätte? Falls ich Ihnen sagte, daß sie die Mätresse eines hohen französischen Staatsbeamten war, der mit allen seinen Schranzen in Ungnade fiel, erschiene Ihnen dann die Angelegenheit in einem günstigeren Licht?"

„Das würde davon abhängen, wie wichtig dieser Bursche war."

„Der ehemalige Außenminister des Kaisers."

„*Talleyrand*?"

„Eben dieser."

„Oha! Dann ist ihr Aufenthalt in Hamburg nur ein Zufall?"

„Nein, das glaube ich nicht. Die Dame ist entweder aus eigenem Antrieb oder auf Betreiben Talleyrands hier. Vielleicht wollte sie über

Helgoland mit London Kontakt aufnehmen. Der Zufall ist, daß *wir* in Hamburg sind . . ."

„Glauben Sie, daß sie den Mund hält? Daß sie Ihre wahre Identität nicht preisgibt?" fragte Gilham besorgt.

„Ich glaube, daß sie so lange schweigt, wie es ihren Plänen nützt. Das heißt aber noch nicht, daß ich mich auf ihr Schweigen verlassen kann. Ich nehme an, daß sie ihre private Abrechnung mit mir vertagt, bis sie mit Helgoland Kontakt aufgenommen hat."

„Also müssen wir auf unseren Freund Thiebault warten?"

„Altona liegt an der Elbe, Gilham, und wir sind beide Seeleute."

Gilham gluckste in der Dunkelheit. Kurze Zeit später fuhr die Kutsche am Marinelazarett von Altona vor.

Drinkwater hatte gedacht, damit sei es der Überraschungen für diese Nacht genug, aber er irrte sich. Das Altonaer Lazarett bestand aus langen, niedrigen Holzbaracken, die einen schneebedeckten Exerzierplatz säumten. Der Morgen dämmerte bereits, als sie eintrafen, und ein paar Gestalten waren schon auf dem Hof zugange, Männer mit düsteren Gesichtern und in zerlumpten Uniformen.

„Was zum Teufel sind das für Leute?" fragte Gilham, als sie zitternd vor Kälte warteten, während die Chasseurs sie an die blau uniformierten Infanteristen übergaben, mit denen Napoleon ganz Europa überrannt hatte.

Ein Mann in Zivil lief mit einer kleine Tasche in der Hand vorbei, blieb aber plötzlich vor ihnen stehen und fragte abrupt: „Engländer, yes?"

„Ja, wir sind Engländer", bestätigte Gilham. „Und Sie sind kein Franzose?"

„Ich bin Spanier, *Señor*. Meine Name ist Castenada, Doktor Enrico Castenada. Früher stand ich in Diensten des Marquis de la Romana."

Drinkwater begriff den Zusammenhang. „Sie sind zurückgeblieben, als die Armee Romanas von der Royal Navy aus Dänemark evakuiert wurde."

„*Si, Señor*, das ist korrekt." Er wechselte in Französisch über und sagte etwas zu den Wachen. Die zuckten mit den Achseln und schlossen das Tor hinter den abrückenden Chasseurs.

„Kommen Sie, ich bringe Sie zu den Quartieren der Engländer." Castenada winkte ihnen, ihm zu folgen.

„Ach, hier sind noch andere Engländer?"

„*Si, Señor*, mit ihnen übe ich mein Englisch."

160

Sie gingen über den Exerzierplatz, als ein Trompeter gerade die Reveille blies, den Weckruf. Noch mehr Männer tauchten auf, die meisten in abgetragenen, geflickten Kleidern, einige mit Bandagen, andere an Krücken. Irgendwie kamen sie Drinkwater vertraut vor . . .

„Sir, sind Sie das? Kapitän Drinkwater, Sir?"

Das schadhafte Gebiß des Sprechers grinste ihn aus einem unrasierten Gesicht an, er stank nach schlechtem Essen und mangelnder Körperpflege. Plötzlich drehte er sich um und rief laut: „Hallo, Jungs, es ist der Käpt'n!"

„Sie sind von der *Tracker*, nicht wahr?" fragte Drinkwater lächelnd. „Wie geht es Mr. Quilhampton?"

Der Mann wandte sich um und schüttelte den Kopf. „Nicht so gut, Sir. Aber er hat den Frogs einen heißen Kampf geliefert, Gott segne ihn!"

„Was ist mit Mr. Frey?"

„Mir geht es gut, Sir!" Frey kam herbeigerannt und ergriff Drinkwaters ausgestreckte Hand. In seinen Augen standen Tränen, erleichtert umarmte er seinen Kommandanten.

„Verdammt, Sir, was bin ich froh, Sie zu sehen!"

VIERZEHNTES KAPITEL

Januar 1810

Altona

„Wie viele von euch sind hier?" erkundigte sich Drinkwater gespannt. Seine Stimmung hatte sich nach dem Zusammentreffen mit Frey verbessert. „Nein, warten Sie." Er wandte sich an den Seemann, der ihn als erster erkannt hatte. „Sagen Sie bitte Ihren Kameraden, daß sie meinen Namen nicht erwähnen sollen." Er senkte die Stimme. „Ich bin inkognito hier, verstehen Sie?"

Der Mann kniff ein Auge zu und grinste schief, wieder seine schlechten Zähne entblößend. „Aye, aye, Sir, ich verstehe. Wir halten den Mund, keine Sorge."

„Sehr gut. Dann los, kümmern Sie sich darum." Drinkwater wandte sich wieder Frey zu. „Also wie viele?"

Frey wandte den Blick ab. „Elf."

„*Elf?* Herr im Himmel, mehr nicht?"

„Nein, Sir, nur noch die Schwerverwundeten. Das sind weitere sieben einschließlich des Kommandanten, Leutnant Quilhampton. Aber er wurde letzte Nacht nach Hamburg gebracht."

„Letzte Nacht?" Drinkwater runzelte die Stirn. War Quilhampton etwa zur selben Zeit wie er und Gilham irgendwo im Rathaus gewesen? Hatte Davout den Schwerverwundeten nach Hamburg schaffen lassen, um ihn wegen des verdammten Porträts zu verhören? „Wie schwer ist er verwundet?" fragte er Frey.

„Er hat einen Säbelhieb in den linken Arm bekommen, Sir, über dem Armstumpf. Der Wundbrand war schon drin, als wir hier ankamen. Doktor Castenada mußte eine zweite Amputation vornehmen. Mr. Quilhampton hatte hohes Fieber, als sie ihn gestern fortschafften."

„Gott verdamme sie!" fluchte Drinkwater hilflos. Einen Moment dachte er an seinen Freund, der im Delirium den Franzosen ausgeliefert war, dann riß er sich zusammen. „Können wir irgendwo ungestört reden? Übrigens, dies ist Kapitän Gilham, Skipper des Handelsschiffs *Ocean.* Mr. Gilham – ein Schützling von mir, Mr. Frey."

Die beiden Männer schüttelten einander die Hände.

„Man ist hier sehr lax, Sir. Es heißt, daß ein neuer Gouverneur eingetroffen sein soll . . ."

„Das wissen wir." Drinkwater mußte Frey bremsen. „Aber lassen Sie uns um Gottes willen endlich woanders hingehen, hier ist es zu kalt."

Frey führte sie zu einer Baracke, die eine Art Offiziersmesse zu sein schien. Sie war voller Spanier, den Resten von Romanas Armeekorps, die es nicht rechtzeitig bis zu Konteradmiral Keats' Schiffen geschafft hatten, als dieser das Gros von der Insel Seeland holte.

Frey deutete auf einen Tisch und zwei Bänke, die für die jämmerlich wenigen Überlebenden aus *Trackers* kleinem Offizierskorps reserviert waren.

„Und jetzt berichten Sie mir, Mr. Frey."

Frey nickte und rieb sich das abgehärmte Gesicht. Drinkwater sah den Schmutz an seinen Manschetten und dem Halstuch. Die hohlen Wangen waren mehrere Tage nicht rasiert worden, die rotgeränderten Augen lagen tief in den Höhlen.

„Sie erinnern sich an die Nacht des Orkans, Sir?"

„Ja, nur zu gut."

„Schon in der ersten Stunde verloren wir unseren Fockmast. Zuerst war er nur gesplittert, aber die Stagen rutschten von den Hunden. Während wir uns bemühten, das Gewirr zu klarieren, wurden wir ständig von Brechern überspült. In dem Durcheinander verloren wir mehrere Männer, sowohl aus der Takelage als auch von Deck. Als Notsignal brannten wir bengalische Feuer ab, wußten aber nicht genau, wo Sie waren . . ."

„Wir haben sie gesehen und halsten, konnten Sie aber nicht finden. Kurz darauf befanden wir uns in der gleichen Lage wie Sie und strandeten schließlich vor Helgoland. Aber bitte fahren Sie fort."

„Wir waren weniger glücklich dran, Sir. Bei Tagesanbruch hatten wir drei Fuß hoch Wasser im Raum, und bei einem so kleinen Schiff bedeutete das fast schon den sicheren Untergang. Wir hatten nur noch verdammt wenig Freibord und rollten entsetzlich. Mr. Q. aber war wie ein Fels in der Brandung. Obwohl wir einen Teil der Besatzung verloren hatten, einschließlich des Bootsmanns und des Zimmermanns, gelang es uns, ein Notrigg zu setzen. Damit versuchten wir Nord zu machen . . ."

„Aber der Wind sprang um und trieb Sie nach Osten ab."

„Aye, Sir. Ihnen ist es zweifellos genauso gegangen?"

„Aye."

„Das Schiff setzte auf einer Sandbank auf, rutschte aber drüber, und wir ankerten in ihrem Lee. Nachdem der Sturm abgeflaut war, begannen wir aufzuräumen. Die Männer pumpten drei von vier Stunden, einer fiel bei der Arbeit tot um. Aber Mr. Q. schonte uns genausowenig wie sich selbst. Wir fanden das Leck und dichteten es mit einem Lecksegel ab. Dadurch sank der Wasserspiegel im Raum. Wir wollten die Hälfte unserer Wasserfässer leeren, um sie als Auftriebskörper im Laderaum zu verwenden, aber dann kamen die Dänen mit ihren verwünschten Kanonenbooten. Sie hielten Abstand und schossen uns mit ihren langen Zwanzigpfündern einfach in Stücke. Wir hatten keine Chance, bis sie uns enterten, aber dann gaben wir ihnen kalten Stahl zu fressen. Wir hatten kaum ein Korn trockenes Pulver mehr an Bord, und was noch da war, kam in die Karronaden. Ich denke, wir waren noch etwa vierzig Mann, als das Gemetzel begann . . ."

„Und James wurde im Kampf gegen die dänischen Enterer verwundet?" fragte Drinkwater.

Frey nickte. „Aye, Sir, er tat sein Bestes . . ."

„Mr. Frey", sagte Drinkwater nach einiger Zeit und riß den jungen Offizier damit aus seinen trüben Gedanken über das traurige Schicksal der *Tracker*, „denken Sie bitte nicht, daß ich die folgende Frage aus Eigensucht stelle: Was wurde aus meiner persönlichen Habe?"

„Wir hatten uns viel Mühe damit gegeben, Sir. Mr. Q. hatte Ihre Seekiste in Segeltuch einnähen und teeren lassen. Sie stand auch nicht im Laderaum, verstehen Sie, sondern in Mr. Q.s Kajüte. Nachdem die Dänen die *Tracker* erobert hatten, plünderten sie das Schiff, und alles, was nicht niet- und nagelfest war, wurde fortgeschleppt. Ich fürchte, Sir", Frey schlug die Augen nieder, „Ihre Seekiste wurde geraubt, zusammen mit den Schiffsbüchern und -papieren." Er machte eine Pause. „Es war mein Fehler, Sir. Ich hatte sie in der Hitze des Gefechts vergessen, als Mr. Q. verwundet worden war . . ."

Drinkwater musterte den zerknirschten Frey. Nachdem Quilhampton ausgefallen war, hatte er das Kommando über die *Tracker* gehabt und im bitteren Moment der Kapitulation vergessen, die Geheimpapiere der Brigg zu vernichten.

„Also weiß der Feind, daß wir nach Rußland bestimmt waren?"

„Jawohl, Sir, und er hat auch das Signalbuch mit dem Geheimkode . . ."

„Kann ich mir vorstellen!" knurrte Drinkwater, dem die Ironie der Umstände nicht entging.

„Ich bin untröstlich, Sir, dafür gibt es keine Entschuldigung . . ."

„Nicht doch, Mr. Frey, ich habe überhastet gesprochen. Ich wollte Sie nicht tadeln . . . Es ist nur – ach, egal. Sie werden dies alles in Ihrem schriftlichen Bericht an die Admiralität erwähnen müssen, sollten aber nicht mit schlimmen Konsequenzen zu rechnen haben."

„Sir?"

„Kein britisches Kriegsgericht wird einen Offizier verurteilen, der soviel durchgemacht hat wie Sie, Mr. Frey, und sein Schiff tapfer verteidigt hat. Allerdings müssen Sie natürlich das Urteil des Gerichts abwarten."

„Ich habe meinen Bericht schon geschrieben, Sir", sagte Fey düster.

„Lassen wir das jetzt", fuhr Drinkwater fort. Er wollte Frey wieder aufrichten. Obwohl er und Quilhampton – falls er überlebte – sich vor einem Kriegsgericht für den Verlust der *Tracker* verantworten mußten, lag das noch in ferner Zukunft, und die Gefahren der Gegenwart waren dringlicher.

„Noch eine Sache, Mr. Frey, bevor wir entscheiden, was zu tun ist." Er stellte fest, daß sich Freys Gesicht aufgehellt hatte. „Was geschah nach der Kapitulation? Wer brachte Sie nach Altona?"

„Oh, nicht die Dänen, Sir. Es scheint, die Franzosen kontrollieren hier alles. Sobald wir ans Ufer kamen, nachdem die *Tracker* verbrannt worden war – sie war aufgelaufen und lag hoch und trocken, als wir die Flagge strichen –, wurden wir der französischen Garnison eines Ortes namens Tönning überstellt. Obwohl die Dänen uns auf See bekämpfen – wohl aus Rache für unseren Angriff auf Kopenhagen vor drei Jahren –, haben sie an Land nicht mehr viel zu sagen. Französische Soldaten halten überall den Daumen drauf. Auch waren es Franzosen, die schließlich die Papiere des Schiffes an sich nahmen – und Ihren persönlichen Besitz, Sir", ergänzte Frey entschuldigend. „Aber wie erging es Ihnen, Sir?"

Drinkwater blickte Frey nachdenklich an. Er hatte sich gefragt, unter welchen Umständen das Porträt in den Besitz der Franzosen gekommen war und Hortense kompromittiert hatte. Genau würde er es jedoch nie erfahren, und außerdem gab es jetzt wichtigere Dinge, um die er sich kümmern mußte.

„Eines Tages werde ich es Ihnen erzählen, Mr. Frey, wenn wir in besserer Stimmung sind und dieses Unglück hinter uns liegt. Jetzt, Sir, erzählen Sie mir etwas über dieses Lazarett. Sie sagten – äh, Gilham,

Sie haben etwas zu essen gefunden?" Drinkwater blickte dem Handelskapitän entgegen.

„Das ist für Sie: Haferbrei. Allerdings ein verdammt dünnes Süppchen im Vergleich zu unserem Porridge. Aber es wird Sie erwärmen."

„Danke."

„Ich hole auch etwas für Ihren jungen Freund, falls Sie beide gerade einen Plan aushecken, wie wir dieser ungastlichen Stätte den Rücken kehren können."

„Sie würden mit uns kommen und nicht auf Thiebault warten?"

„Ich traue diesem Fuchs nicht, verdammt soll er sein, schon gar nicht, seit er unter der Fuchtel des Marschalls Wie-heißt-er steht."

Drinkwater konnte ein Grinsen nicht unterdrücken. „Sehr gut. Also, Mr. Frey?"

„Nun, es ist tatsächlich ein Lazarett, wie Sie schon sagten, Sir. Wir wurden hergebracht, weil so viele von uns verwundet waren."

„Sie auch?"

„Nur leicht, Sir, ein Kratzer, mehr nicht. Einige unserer Leute sind seither gestorben, obwohl wir einigermaßen gut behandelt wurden. Wir durften unsere Toten bestatten, und die Offiziere dürfen gegen Ehrenwort am Fluß spazieren gehen."

„Ah, das ist gut. Haben Sie Ihr Ehrenwort gegeben?"

„Nein, Sir."

„Warum nicht?"

„Mr. Quilhampton hat's verboten, Sir. Es reiche, daß er sein Schiff verloren habe, er wolle nicht auch noch seine Ehre verlieren, sagte er."

„Eine Donquichotterie. Aber ich vermute, daß er einen Fluchtplan hatte, nicht wahr?"

„Er wußte eben nicht, wie krank er war."

„Verstehe." Drinkwater schwieg. „Sind Besuche in Altona möglich?"

„O ja, wir schickten regelmäßig einen Mann hin, um Essen zu kaufen – bis uns das Geld ausging."

„Wäre es möglich, eine Nachricht nach Altona zu senden? Kommen überhaupt Einwohner ins Lazarett?"

Frey runzelte die Stirn. „Nun, ein Junge bringt immer frisches Brot, und der Kommandant hat Verkehr mit dem Ort, um seine Tafel reichlicher auszustatten ... Doktor Castenada ist der Mann, den Sie fragen sollten, Sir. Ein sehr bemerkenswerter Bursche."

„Vertrauenswürdig?"

„Aye, Sir, soweit ich das beurteilen kann. Er hegt eine tiefe Abneigung gegen die Franzosen."

Drinkwater grunzte und rieb sich das Stoppelkinn. „Ich dagegen habe sie früher heimlich bewundert – was natürlich sehr unpatriotisch von mir war –, denn es schien mir nicht das Schlechteste zu sein, unter dem Banner der Menschenrechte zu kämpfen. Aber in der letzten Nacht sahen Gilham und ich, wie ein Junge nur für das Hamstern von Zucker erschossen wurde . . ."

„Wir pflegen Schmuggler zu hängen, Sir", entgegnete Frey trocken.

„Genau deshalb hegte ich ja diese heimliche Bewunderung für die Frogs", grinste Drinkwater. „Also – was würden Sie sagen, wenn Sie den Diebstahl eines Bootes planen müßten, das groß genug ist, um zwei Dutzend Männer flußabwärts zu befördern? Wie würden Sie zu Werke gehen?"

Freys Gesicht strahlte plötzlich vor Enthusiasmus. „Darüber habe ich schon nachgedacht, Sir. Uns bleibt nur noch wenig Zeit, denn das Eis setzt sich schon im Schilfgürtel fest. Aber gleich unterhalb Altonas liegt eine Ballastladestelle. Dorthin bringen sie leere Leichter von Hamburg, um sie mit Steinen zu beladen. Diese Boote haben Segel und Riemen, ein Dutzend von uns könnte leicht . . ."

„Wieso zum Teufel wissen Sie das alles, wenn Sie Ihr Ehrenwort verweigert haben?"

„Ich sage ja nicht, daß ich nicht am Strom spazierengegangen bin, Sir."

„Ich glaube, Kapitän Gilham", bemerkte Drinkwater, „daß wir einen Ausweg aus unserer mißlichen Lage gefunden haben."

„Ich bete zu Gott, daß Sie recht haben, lieber Freund. Denn falls Ihre Französin doch noch beschließt, Sie zu verraten, dann . . . Ich glaube nicht, daß uns dann viel Zeit bleibt."

Niemand mußte Drinkwater daran erinnern, wie sehr die Zeit drängte. Jeden Augenblick konnte ein reitender Bote von Marschall Davout mit dem Befehl eintreffen, einen gewissen Kapitän Waters unter strengen Arrest zu stellen.

Selbst wenn ihn Hortense nicht erkannt hatte – aber er war fast sicher, daß sein Gesicht auch bei ihr Erinnerungen aufgewühlt hatte –, würde sie bei der Konfrontation mit dem Porträt und der Tatsache, daß es auf einem britischen Kriegsschiff gefunden worden war, bestimmt die richtigen Schlüsse ziehen.

In einer ruhigen Ecke brachte ihn Frey mit Doktor Castenada zusammen. Der ehrbare Chirurg trieb irgendwo Papier, Tinte und Feder auf und nickte, als ihm Frey erklärte, daß der neue Gefangene jemandem in Altona eine Nachricht schicken wolle.

Drinkwater schrieb unbeobachtet die Verse Dantes auf und verschlüsselte seine Nachricht an Liepmann. Er schilderte kurz ihre Festnahme im Lagerhaus, das Verhör bei Davout und Thiebaults vermutliches Doppelspiel, auch das Schicksal von Johannes teilte er ihm mit. Und er schloß mit einer Bitte: *Ermitteln Sie bitte den Aufenthaltsort eines gewissen Leutnant Quilhampton, Kommandant des britischen Schiffes, das vor Tönning erobert wurde.*

„Kennen Sie Herrn Liepmann, Doktor Castenada?" fragte er. „Ich glaube, er wohnt in Altona."

„*Si . . . yes, yes.* Er ist dort gut bekannt. Soll er diese Nachricht bekommen?" Castenada deutete auf die Endfassung in Drinkwaters Hand.

„Ja, falls es ohne Risiko möglich ist."

„Ich werde sie selbst überbringen." Castenada streckte die Hand nach dem Blatt Papier aus und blickte darauf nieder. „Das ist kein Englisch?"

„Nein." Drinkwater blieb vorsichtig, er war nicht sicher, daß er dem Spanier trauen konnte.

„Es liest sich wie ein Rezept für den Apotheker." Lächelnd faltete Castenada das Papier zusammen. „Glücklicherweise versorgt mich Herr Liepmann manchmal mit, äh . . ." Er runzelte die Stirn und kratzte sich den Kopf.

„Medikamenten", half Frey nach.

„Ja, ja, natürlich, Medikamente." Castenada lächelte zufrieden.

„Wann können Sie nach Altona gehen?" fragte Drinkwater.

„Heute, ich gehe gleich heute. In einem Lazarett wie diesem benötige ich immer viele – äh – Medikamente, richtig?"

Drinkwater nickte. „Sehr gut."

Es hatte wieder zu schneien begonnen, deshalb ging er mit Frey schnell über den Exerzierplatz zurück in die Baracke. „Falls er mir eine Antwort von Liepmann bringt, weiß ich, daß ich ihm trauen kann", sagte er. „Aber es ist auf jeden Fall besser, für ihn wie für mich, daß man uns nicht zusammen sieht. Beobachten Sie ihn, Mr. Frey, und sobald er zurückkommt, fangen Sie ihn ab. Herr Liepmann kennt mich und wird mit einer kodierten Nachricht antworten. Falls Castenada seine Sache gut gemacht hat, können Sie ihm anbieten, ihn und zwölf weitere noch kräftige Spanier mit Ihrem Leichter in die Freiheit zu bringen. Versprechen Sie ihm, daß die Männer auf Kosten der britischen Regierung nach Spanien repatriiert werden. Haben Sie alles verstanden?"

„Völlig, Sir."

„Gut. Und nun – haben Sie sich auch schon Gedanken darüber gemacht, wie wir diese ummauerten Baracken verlassen können?"

„Das Haupttor wird bei Sonnenuntergang verschlossen – das ist in dieser Jahreszeit ziemlich früh –, und danach besteht Ausgangsverbot für alle. Dagegen wurde niemals verstoßen, Sir – es bestand ja auch kein Grund . . ."

„Haben Sie denn bisher nicht an Ausbruch gedacht?"

„Fast an nichts anderes, Sir, das kann ich Ihnen versichern." Frey blickte Drinkwater gekränkt und mißtrauisch an. „Aber ohne Mr. Quilhampton konnte ich nicht abhauen, Sir."

„Natürlich, mein Junge. Vergeben Sie mir, ich habe viel um die Ohren. Fahren Sie bitte fort."

„Die Ausbrecher sollten auf ein bestimmtes Signal hin die Baracken verlassen, Sir. Sobald die Soldaten das Tor verschlossen haben, treffen sie sich in der Wachstube, um etwas Heißes zu trinken – Schokolade, falls sie welche haben –, danach beginnt der Nachtdienst. Aber sie sind sehr nachlässig, die meisten von ihnen sind selber Invaliden, zur Erholung hierher abkommandiert. Castenada erzählte mir, daß mehrere eklige und unheilbare Krankheiten haben, andere sind Simulanten. Wenn wir sie alle überwältigen, sollte es eine Stunde dauern, bevor Alarm gegeben wird. Das läßt uns Zeit genug, um den Fluß zu erreichen und einen Leichter zu stehlen."

„Die Torschlüssel hängen in der Wachstube?"

„Der Korporal der Wache hat sie."

„Und die Offiziere – gehen sie keine Ronden?"

„Der Kommandant hat eine deutsche Geliebte in Hamburg, Hauptmann Chatrian ist ein Säufer, und Leutnant Blanchard ist nicht gerade für seinen Diensteifer bekannt. Sie machen alle nur eine Runde, und zwar bevor sie sich zurückziehen. Wir haben mindestens eine Stunde Zeit. Gleich nach der Sperrstunde gehen die Offiziere nämlich essen."

„Auf den militärischen Dienstplan ist überall Verlaß, wie?" sagte Drinkwater trocken. „Aber ich wette, daß dieser Plan erheblich verändert wird, sobald Marschall Davout von der Routine hier erfährt."

„Ich glaube nicht, daß es Ärger gegeben hat, solange nur die Spanier hier waren, Sir."

„Nun, Davout mag neu in Hamburg sein, aber er weiß, daß eine britische Brigg aufgebracht wurde. Meine persönliche Habe befand sich in seinem Besitz."

„Was?" fragte Frey fassungslos, aber Drinkwater fuhr ohne weitere Erklärung fort: „Ich will, daß Sie noch heute abend ausbrechen, Mr. Frey."

„Heute abend, Sir?"

„Jawohl, das sagte ich. Spricht etwas dagegen?"

„Nur was Mr. Quilhampton betrifft, Sir."

„Ich kümmere mich um James, Mr. Frey, denn ich komme nicht mit. Mr. Gilham wird Sie lotsen und nach Helgoland bringen. Halten Sie sich frei von einem großen holländischen Kutter des kaiserlichen Zolls und fahren Sie möglichst nur nachts. Nach Ihrem Eintreffen in Helgoland werden Sie dem dortigen Vertreter unseres Außenministeriums, einem Mr. Nicholas, sofort eine Nachricht von mir übergeben und sich dann bei dem ranghöchsten Marineoffizier melden. Ist das klar?"

„Jawohl, Sir . . . Aber was wird aus Ihnen, Sir?"

„Was genau mit mir passiert, hängt von den Neuigkeiten ab, die Castenada mir hoffentlich von Herrn Liepmann überbringt. Eins ist jedoch sicher: Ich habe nicht die Absicht, hier auch nur eine Minute länger zu bleiben als Sie. Ich habe es restlos satt, untätig herumzuhängen und darauf zu warten, daß etwas passiert. Ich werde also zusammen mit Ihnen ausbrechen. Sobald Sie die Wachen überwältigt haben, besorgen Sie mir bitte eine Pistole, Kugeln, Feuersteine und Pulver. Auch ein Degen könnte hilfreich sein . . ."

Sehnsüchtig dachte Drinkwater an den Stockdegen, mit dem er die kahle Hure in Ma Hockleys Puff geängstigt hatte. „Ein französisches Bajonett tut es aber auch." Er lächelte Frey an. „Also, Mr. Frey, noch Fragen?"

„Nein, Sir."

„Dann bis heute abend. Ich überlasse es Ihnen, die Vorbereitungen zu treffen, informieren Sie Ihre Männer und so weiter. Wir wollen uns jetzt gleich Lebewohl sagen, aber so unauffällig wie möglich. Viel Glück, lieber junger Freund."

Drinkwater nickte Frey kurz zu und drehte sich auf dem Absatz um. Es würde ein verdammt langer Tag werden. Jeden Augenblick, dachte er, während er die am Tor herumlungernden Posten beobachtete, konnten Leutnant Dieudonné, der überarbeitete Stabsoffizier oder sogar – was Gott verhüten mochte – Hortense Santhonax selbst am Eingang erscheinen und sein Erscheinen in Hamburg fordern.

Castenada erwies sich als so gut wie sein Wort, auch Liepmann enttäuschte ihn nicht. Seine Antwort war nicht nur verschlüsselt, sondern auch rätselhaft. Sie lautete dekodiert: *Diese Ereignisse sind bereits bekannt. Ich bin Ihr Diener.*

Drinkwater rätselte über den letzten Satz, denn er erinnerte sich an Liepmanns mangelhaftes Englisch. War es nur eine höfliche Grußformel, oder offerierte er ihm ernstlich Hilfe? Castenada, in dessen Unterkunft er die Nachricht dechiffriert hatte, blickte ihn an.

„Ich habe mit Herrn Liepmann gesprochen, Kapitän. Ihr Freund, Mr. Frey, sagte mir, daß Sie heute abend diesen Ort verlassen werden, und fragte mich nach Spaniern, die mitgehen wollen. Ich erkundigte mich, wie das ablaufen soll, und zuerst wollte er mich nicht einweihen. Da sagte ich ihm, daß sich meine Männer auf ein närrisches Abenteuer nicht einlassen. Schließlich erzählte er mir von dem Leichter. Ich weiß, daß alle Leichter Herrn Liepmann gehören . . .“

„Gut . . . Und weiter?“

„Also habe ich es Herrn Liepmann berichtet . . .“

„Sie haben – *was?*“ fauchte Drinkwater.

„Und natürlich sagte Herr Liepmann, daß Sie einen Leichter nehmen sollen, er wird keine Diebstahlsmeldung machen.“ Castenada lächelte. „Verstehen Sie? Herr Liepmann ist Ihr Freund.“

Einen Moment hegte Drinkwater einen bösen, fremdenfeindlichen Verdacht, aber der Wert von Castenadas hilfreicher Eigenmächtigkeit war nicht zu unterschätzen. Außerdem durfte er keine Zeit mehr verlieren.

„Ich schulde Ihnen Dank, Doktor Castenada. Vielleicht bin ich in glücklicheren Zeiten in der Lage, mich bei Ihnen zu revanchieren.“ Für Drinkwater klang die gestelzte Redewendung hohl, aber Castenada verbeugte sich höflich.

„Noch etwas, *Señor*“, sagte der Chirurg. „Herr Liepmann sieht eine Möglichkeit, Ihnen zu helfen, sollte es Ihnen gelingen, sein Haus zu erreichen.“

Drinkwater versuchte sich zu erinnern, ob er in Castenadas Anwesenheit darüber gesprochen hatte, daß er nicht mit den anderen fahren wollte. Er hatte es wohl nicht getan. Vielleicht hatte Liepmann zwischen den Zeilen herausgelesen, daß er zurückbleiben wollte. Vielleicht unterbreitete er ihm über Castenada nur ein simples Hilfsangebot in Erweiterung des Satzes: *Ich bin Ihr Diener.* Nichts davon konnte Drinkwater mit Sicherheit wissen, aber Liepmann gehörte zu Isaac Solomons Glaubens- und Handelsgemeinschaft und vermittelte ihm seltsamerweise den gleichen Eindruck von Vertrauenswürdigkeit wie dieser. Er nickte Castenada zu. „Danke."

Castenada erklärte ihm den Weg zu Liepmanns Haus. „Sie werden es schon finden, es ist gar nicht schwierig."

„Ich bin Ihnen sehr verbunden." Nach einer Pause fuhr Drinkwater fort: „Doktor Castenada, die Dinge könnten sich für Sie sehr unangenehm entwickeln, sobald wir weg sind."

Castenada zuckte mit den Achseln. „Nachdem der Marquis de la Romana entkommen war, wurde es auch schwierig, aber ich lebe noch. Ein Arzt überlebt immer, besonders in Kriegszeiten."

„Kann ich irgend etwas für Sie tun, sobald ich wieder in England bin? Haben Sie eine Frau, der ich eine Nachricht zukommen lassen soll? Falls Sie es noch nicht wissen: Eine britische Armee steht zur Zeit in Spanien . . ."

„Das weiß ich, Kapitän. Diese Armee marschiert in Spanien ein und aus und jetzt mal wieder raus. Genau wie das englische Lied, Kapitän, nicht wahr? Es geht so: *„The Grand Old Duke of York*, er hat zehntausend Mann, die marschieren den Hügel hinan, und wenn sie dann oben sind, marschieren sie wieder runter, mein Kind . . . Heißt es nicht so, Kapitän?"

Castenada begann zu lachen. Drinkwater fand seine Heiterkeit ansteckend und lachte mit.

„Nun, Gilham, sind Sie fertig?"

„Ich bin nie fertiger gewesen. Sie sind verrückt, wenn Sie hierbleiben, aber trotzdem viel Glück."

Sie tauschten einen Händedruck und blickten sich in dem kahlen Raum mit den spartanischen Holzpritschen um. „Ich versichere Ihnen, daß ich nicht scharf darauf bin, hier zu schlafen", gab Drinkwater zu. „Und Sie werden bald wieder Ihre meteorologischen Beobachtungen festhalten können."

Ein Funken glomm in Gilhams Augen auf, er zog ein kleines Notizbuch aus der Tasche. „Ich habe nie damit aufgehört, Kapitän . . . Übrigens, wie ist Ihr Name?"

Drinkwater grinste. „Fragen Sie Frey in Helgoland. Dann kann er es Ihnen sagen."

„Sie heißen Drinkwater, nicht wahr? Der Bursche nannte Sie Drinkwater."

„Vielleicht. Lassen Sie uns nachsehen, ob die anderen fertig sind."

Sie blickten auf den Exerzierplatz hinaus. Dichter Schneefall nahm ihnen so sehr die Sicht, daß sie kaum den Platzrand gegenüber erkennen konnten. Die Ausgangssperre war jetzt in Kraft, die „Patienten" waren in ihren hölzernen Quartieren eingeschlossen worden. Drinkwater mußte nicht lange warten. Die gestohlene Spitzhacke, eine Trophäe vom Latrinenbau, brach schnell durch die Fichtenplanken der Barackenwand.

„Sie sind der letzte", zischte Frey.

„Ein Vorrecht des höheren Dienstrangs", murmelte Drinkwater, erfüllt von der altbekannten, aber schon fast vergessenen Erregung vor einem Gefecht. Draußen trafen er und Gilham auf die schweigend wartenden Männer, die sich im Windschutz der Baracke zusammendrängten.

„Ich wäre Ihnen verbunden, wenn Sie die Nachhut übernehmen würden, Sir . . . Dort drüben sind die Spanier", wisperte ihm Frey ins Ohr, dann rückte er mit seinen Leuten ab. Sogar im Dunkeln erkannte Drinkwater vertraute Gesichter: Männer, die er hatte auspeitschen lassen, die mit ihm um Kap Hoorn in den Pazifik gesegelt waren und das russische Linienschiff *Suvorov* niedergekämpft hatten. Einige erkannten ihn und grinsten. Erschrocken stellte er fest, daß Derrick nicht unter ihnen war. Er hatte nicht nach Derrick gefragt, und dieses Versäumnis belastete ihn jetzt. Da tippte ihm Gilham auf die Schulter, und die Gesichter, die nach ihm kamen, waren nicht mehr vertraut. Drinkwater schloß sich dem Ende der Kolonne an.

Die Menschenschlange umrundete den Exerzierplatz. Neben dem Tor sah Drinkwater den gelben Schein einer Laterne durch den Schneefall blinzeln, die Tür der Wachstube stand offen. Plötzlich wurde es dunkel, die Silhouette eines Mannes erschien im Türrahmen und verdeckte das Licht. Wie ein einziger Mann erstarrte die geduckt vorwärtskriechende Schlange zu völliger Bewegungslosigkeit. Alle sahen zu, wie der Posten seine Zigarre auf den Boden warf, hörten es leise zischen und atmeten auf, als er sich umdrehte und zu seinen lachenden Kameraden zurückkehrte. Der gelbe Lichtschein fiel wieder auf den Schnee.

Von seiner Position am Ende der Schlange sah Drinkwater, wie Frey seine Männer vor der Tür zusammenzog. Sie wirkten wie dunkle Säcke, bis sie auf ein Signal hin in die Wachstube stürmten. Einige Rufe erklangen, sonst blieb es still.

Plötzlich stand das Tor offen. Drinkwater warf einen Blick in die Wachstube, wo ein halbes Dutzend gefesselter und geknebelter Posten lag, und begann zu rennen.

Hinter dem Tor machte die Straße eine Biegung nach rechts, und dort wäre Drinkwater fast mit Frey zusammengestoßen.

„Viel Glück, Sir. Zwei Kabellängen weiter treffen Sie auf eine Kreuzung, wo die Straßen von Hamburg, Altona und Blankenese zusammenlaufen. Wir gehen nach rechts zum Fluß hinunter, Sie müssen sich nach links wenden, um Hamburg zu erreichen."

„Ich weiß, Castenada hat es mir erklärt. Viel Glück."

„Ich konnte Ihnen nur ein Bajonett besorgen." Frey hielt ihm die Waffe hin, deren Stahl sich in der Kälte eisig anfühlte. Als Drinkwater wieder aufblickte, war er allein, der Schnee verschluckte jeden Laut der Flüchtenden. Die Mauer des Gefängnislazaretts warf ihren dunklen Schatten auf ihn, und plötzlich überkam ihn ein Gefühl der Angst und der Verlassenheit. Einen Augenblick später begann er schnell nach Süden zu wandern, auf die Straßenkreuzung zu.

Liepmanns Haus fand er ohne Schwierigkeiten. Es lag zurückgesetzt von der Straße hinter einer Backsteinmauer, aber das schmiedeeiserne Tor darin stand offen. Eine Laterne über der Haustür beleuchtete den Vorgarten und schien nur für ihn angezündet worden zu sein. Ein höchst willkommener Anblick, dachte er, als er über den Kiesweg schritt.

Im Schnee waren die Spuren von Wagenrädern zu erkennen. Erst kürzlich mußte eine Kutsche vor- oder weggefahren sein, denn sie waren noch nicht wieder verschneit. Vielleicht war die großzügige Beleuchtung auch für die Kutsche gedacht gewesen und nicht für ihn. Der Gedanke ließ ihn innehalten. Sollte er wirklich einfach zur Vordertür gehen?

Auf sein vorsichtiges Klopfen hin wurde sofort geöffnet. Schuldbewußt versteckte er das Bajonett hinter seinem Rücken.

„Kapitän, willkommen . . . Bitte treten Sie ein . . ."

Der Jude streckte eine Hand aus und zog Drinkwater ins Warme. Der Reichtum von Liepmanns Haus wirkte auf Drinkwater wie die Bilder aus seinem Märchenbuch, als er noch ein Kind gewesen war. Er hatte bisher nicht bemerkt, wie ausgekühlt und verdreckt er war, aber jetzt begann er zu schwitzen, und seine Haut brannte.

„Ich habe frische Kleider für Sie und warmes Wasser, kommen Sie . . ."

Schon seltsam, dachte er, daß er sich wieder im Haus eines Juden waschen und umziehen sollte, aber er sträubte sich nicht. Liepmann geleitete ihn in einen Raum, wo ihn ein Diener erwartete. Ohne falsche Scham spülte sich Drinkwater wonnevoll die Vergangenheit ab, dann zog er Hemd und Unterhose an, die für ihn bereitgelegt waren. Eine seidene Kniehose und Strümpfe sowie eine bestickte Weste vervollständigten seine Garderobe. Schließlich hielt ihm der Diener noch einen grauen Gehrock mit flachem Kragen hin, dessen altmodischer Schnitt Drinkwater an die frühere Ausgehuniform der britischen Marineoffiziere erinnerte. Er warf den neugebunden Zopf über den Kragen und musterte sich im Spiegel. Schließlich wandte er sich dem Diener zu.

Der Mann machte eine unterwürfige Geste der Zustimmung, trat zur Seite und öffnete die Tür. Er führte Drinkwater zurück in die Halle und wuselte dort an ihm vorbei zu einer anderen Tür, die er beflissen aufriß.

Abgelenkt durch den ihn umgebenden Luxus, betrat Drinkwater den Raum, seine Blicke suchten Liepmann, dem er für den herzlichen Empfang danken wollte. Aber Liepmann war nicht im Zimmer. Beim Öffnen der Tür hatte sich eine Frau aus dem Sessel vor dem flackernden Kaminfeuer erhoben. Jetzt wandte sie sich um.

Drinkwater stand vor Hortense Santhonax.

TEIL DREI

DER ADLER IN DER FALLE

„Napoleon marschierte nach Moskau, um den Geist von Tilsit einzufangen."

J. Bainville: Napoleon

FÜNFZEHNTES KAPITEL

Januar 1810

Teuflische Schönheit

Der Schock des Zusammentreffens mit Hortense weckte in Drinkwaters Hirn starkes Mißtrauen. Verzweifelt fühlte er die drückende Last einer ihm feindlich gesinnten Vorsehung. Plötzlich erschienen ihm Castenadas Zuvorkommenheit und Liepmanns Abwesenheit nur Vorboten dieser Falle zu sein, in der er jetzt saß. Er bedauerte, das Bajonett neben dem Waschzuber vergessen zu haben, und fühlte sich vor dieser atemberaubend schönen Frau unbehaglich in seinen geborgten Kleidern.

Sie trug ein dunkelblaues Reitdress und abgenutzte Stiefel, aber die graue Seidenkrawatte um ihren Hals wurde durch eine mit Edelsteinen besetzte Nadel gehalten, die das Grün ihrer Augen wiederholte. Hut und Mantel lagen neben dem Sessel, und in der Hand hielt sie nichts Bedrohlicheres als ein Glas Weißwein.

„Wir kennen uns von früher", begann sie und legte den Kopf etwas schräg, so daß eine schwere Locke ihres roten Haars lose herabfiel. Sie sprach ein perfektes Englisch, ihre Stimme hatte ein tiefes, erregendes Timbre.

„In der Tat, Madame", erwiderte Drinkwater vorsichtig. Er war sich bewußt, daß diese Frau in überreichem Maß die Schönheit und Anmut besaß, für die Männer ihr Leben in die Schanze warfen. Er deutete eine Verbeugung an und fragte sich dabei, was sie beabsichtigen mochte.

„Ein Glas Wein, Sir?" Ihr kühler, höflicher Ton war zwingend, und sie wandte sich nach der Flasche um in der Gewißheit, daß ihr Angebot nicht abgelehnt würde.

Der Wein war erfrischend. „Danke, Madame", sagte er, trotz seines inneren Aufruhrs die höflichen Umgangsformen wahrend.

„Sie haben mich am Strand von Carteret vor den *Sans-culottes* gerettet, erinnern Sie sich?" Sie beobachtete ihn über den Rand ihres

Glases. „Und Sie begleiteten Lord Dungarth, als ich nachts am Strand von Criel an Land gesetzt wurde . . ."*

Er antwortete nicht. Sie hatte damals die Seiten gewechselt, nachdem sie Santhonax kennengelernt hatte, und sich der Sache der Revolution verschrieben. Während er ihr die Konversation überließ, fragte er sich, ob sie wohl wußte, daß er ihrem Mann den tödlichen Degenstoß versetzt hatte.

„Aber das ist lange her. Damals waren wir noch jung und *impétueux*, nicht wahr?"

Sie trat so nahe auf ihn zu, daß er ihr Parfüm roch. Ihre vollschlanke, reife Schönheit wurde durch die bewußte Ausstrahlung der erfahrenen Frau noch unwiderstehlicher. Drinkwater fühlte unwillkürlich Verlangen in sich aufsteigen. Dazu kam, daß ihr verdammtes Porträt mit seiner teuflischen Schönheit jahrelang für ihn den heimtückischen Feind symbolisiert hatte, der an die unbefriedigten Leidenschaften seiner jungen Männlichkeit appellierte. Hortenses Macht über ihn beruhte sowohl auf seiner ungebärdigen Phantasie als auch auf ihren gemeinsamen Erlebnissen und manifestierte sich als eine Synthese aus Verruchtheit, unterdrücktem Verlangen und Wollust . . .

„Es war kein Zufall, daß ich Sie bei Marschall Davout antraf, nicht wahr? Mein Porträt fiel ihm auch nicht zufällig in die Hände, oder?"

In ihrer Stimme schwang jetzt eine Schärfe mit, die seine lüsternen Gedanken verscheuchte.

„In diesem Punkt irren Sie, Madame", erwiderte er. „Es stimmt, daß sich Ihr Porträt früher in meinem Besitz befand, aber Marschall Davout hat es von einer britischen Brigg, die an der Küste Jütlands Schiffbruch erlitt. Ich war nicht an Bord dieser Brigg, Madame, darauf gebe ich Ihnen mein Wort."

„Ihr Wort? Was ist das für mich wert? Sie sind ein britischer Marineoffizier, befinden sich auf dem Territorium des französischen Kaiserreichs und", sie musterte ihn arrogant von oben bis unten, „und das ist keine Uniform, M'sieur Drinkwater."

Merkwürdigerweise erschreckte ihn ihre unverblümte Drohung nicht. Mit kühler Resignation akzeptierte er die Umstände, eine Reaktion, die er oft genug im Gefecht bei sich erlebt hatte, wenn das gespannte Warten vorüber war. Er wußte, daß sie sich kurz vor dem Höhepunkt dieser seltsamen Konfrontation befanden, und die Erkenntnis beflügelte ihn. Er lächelte. „Sie erinnern sich an meinen Namen."

* siehe Ullstein Buch 22776 (20557) *Kutterkorsaren*

„So wie ich mich an Lord Dungarth erinnere." Sie wandte sich ab, um ihr Glas nachzufüllen.

Drinkwater bluffte: „Sie haben ihn ja auch nach dieser Geschichte am Strand von Criel wiedergetroffen." Er wartete ihre Antwort nicht ab, sondern fuhr schnell fort, sie dabei scharf beobachtend: „Wollten Sie ihn in die Luft sprengen lassen?"

Ärgerlich fuhr sie herum. „Nein!"

„Ich muß Ihnen notgedrungen glauben", sagte er, unbeeindruckt von der Heftigkeit ihrer Verneinung. „Und Sie müssen *mir* glauben: Es war tatsächlich nur ein Zufall, daß wir uns im Vorzimmer von Marschall Davout trafen. Was Ihr Porträt angeht, so habe ich es vor vielen Jahren erbeutet, als ich die französische Fregatte *Antigone* im Roten Meer aufbrachte. Sie stand unter dem Kommando Ihres Ehemannes, Edouard Santhonax. Und nun befand sich das Porträt unter meinem Privatbesitz auf der Brigg *Tracker*, die vor vierzehn Tagen von den Dänen geentert wurde."

„Warum haben Sie mein Bild so lange aufgehoben, M'sieur?" Sie wirkte jetzt ruhiger, seine Erklärung schmeichelte anscheinend ihrer Eitelkeit. Sie streckte die Hand nach seinem leeren Glas aus. Er reichte es ihr, ließ es aber nicht los.

„Ich war von Ihrer Schönheit verhext, Madame. Sie haben mich immer beeindruckt."

An der Ernsthaftigkeit seiner Worte war nicht zu zweifeln, auch wenn ihr nüchterner Ton nichts von seiner wieder aufgeflammten Passion verriet.

„War es ein dauerhafter Eindruck?" fragte sie neckisch; ihre Augen funkelten, ein Lächeln spielte um ihren schönen Mund.

„Offenbar. Obwohl Ihr Gatte die dauerhafteren Spuren bei mir hinterlassen hat." Er ließ das Glas los.

„Ihre Wunden?" fragte sie, während sie sein Glas nachfüllte. Dann drehte sie sich um und reichte es ihm. Mit einem koketten Glitzern in den Augen fragte sie: „Wissen Sie, daß ich jetzt Witwe bin?"

„Ja, Hortense." Seine Stimme wurde plötzlich rauh. „Ich habe Ihren Mann getötet."

Die Worte entschlüpften ihm in dem unbewußten Drang, sie zu verletzen, nichts vor dieser Hexe zu verbergen, mit der ihn eine so ungewöhnliche Schicksalsgemeinschaft verband.

Ihr Gesicht wurde leichenblaß. Ihre Augen suchten die seinen, und ihre ausgestreckte Hand zitterte. „Das ist unmöglich", murmelte sie auf französisch. Er nahm ihr das Glas ab und stützte sie, aber sie wich stirnrunzelnd zurück. „*Mais non . . . L'Empereur . . .*"

Sie schien etwas zu überdenken, eine Antwort auf ein persönliches Rätsel zu suchen. „Man sagte mir, er wäre in Polen vermißt . . . Diese Schande . . ."

„Keine Schande, Madame. Santhonax war ein Mann von ungewöhnlicher Zielstrebigkeit. Er starb auf See, an Bord der holländischen Fregatte *Zaandam.*"

„Eine holländische Fregatte? Ich verstehe nicht . . ."

„Madame", sagte er mit Nachdruck, „ich war im Besitz äußerst wichtiger Informationen für London. Ich nehme an, daß man Ihren Mann dafür verantwortlich machte. Er versuchte zu verhindern, daß ich England erreichte . . ."

Aber sie hörte ihm nicht mehr zu. Rote Flecken erschienen auf ihren Wangen, als hätte er sie geohrfeigt. Ihre Augen blitzten. „*Diable!*"

Bisher hatte Drinkwater gedacht, daß er in ihrem Gespräch die Oberhand hatte, aber nun merkte er, daß dies eine Illusion gewesen war. Sie schien plötzlich zu schrumpfen, aber nicht aus Angst oder Schwäche, sondern mit der latenten Energie einer Sprungfeder.

„*Deshalb* also . . ."

Dann erkannte er, daß der Haß, den er in ihr geweckt hatte, nicht gegen ihn, sondern nach innen gerichtet war. Denn als sie wieder sprach, war ihr Ton so sachlich und erläuternd, als verarbeite sie etwas mit dem Verstand, aber zu seinem besseren Verständnis auf englisch.

„Dann haben Sie damit auch Hortense Santhonax getötet, M'sieur Drinkwater. Denn mein Mann gilt seither als Verbrecher, der das Vertrauen des Kaisers mißbraucht hat."

„Ich kann Ihnen versichern", erwiederte er ruhig, „daß Ihr Gatte bis zum Äußersten seine Pflicht erfüllt hat. Es hieß er oder ich. Eine Frau mußte zur Witwe werden, Sie oder meine."

Aufseufzend schüttelte sie die Vergangenheit ab. „Seit Edouard entehrt in Ungnade fiel, habe ich keine Pension erhalten und nicht einen Sous seines Vermögens. Ich wurde vom Kaiser fallengelassen, vom Hof mittellos verstoßen."

„Ich glaube, die Angelegenheit, in der ich Ihrem Gatten schadete, war für den Kaiser von großer Wichtigkeit." Drinkwater konnte ihr nicht erzählen, welch außergewöhnliche Information er aus Tilsit nach Hause gebracht hatte: nichts weniger als das Geheimabkommen zwischen Napoleon und Alexander, mit dem sich der Zar aus seiner Allianz mit Großbritannien gelöst hatte. Die beiden absoluten Herrscher hatten damals die Aufteilung Europas unter sich beschlossen. Ebensowenig konnte er ihr sagen, daß es der Zweck seiner gegenwärtigen Mission war, diese unheilige Allianz zu unterminieren. „Nicht nur er mußte einen hohen Preis zahlen, Madame. Auch ich bin seither in Ungnade und habe meine Frau nicht wiedergesehen."

Hortense hatte ihre Haltung wiedergewonnen und hob ihr Glas. „Wollen wir also auf die Ungerechtigkeit des Krieges trinken?"

„Das sollten wir wohl, obwohl ich Ihren Motiven mißtraue."

„Sie dachten, ich würde Sie an Davout verraten, und trauen mir immer noch nicht?"

„Ich kann mich auf nichts verlassen. In Hamburg schienen Sie mir allerdings so eine Art Gefangene zu sein."

„Des guten Dieudonné?" Sie lächelte träumerisch. „Er war ein Mann, M'sieur Drinkwater, und wie die meisten Männer berechenbar. Vielleicht verstehen Sie jetzt, warum ein so loyaler Diener Napoleons wie der Fürst von Eckmühl mich verhören wollte, nachdem mein Bild auf einem britischen Schiff gefunden worden war."

„Dann war Ihre Anwesenheit in Hamburg . . ."

„Ein Zufall wie die Ihre." Sie wirkte merkwürdig entspannt. Konnte sie dem Urheber ihres Unglücks so leicht vergeben – oder war sie dabei, ihn genauso zu manipulieren, wie sie es offenbar mit Dieudonné gemacht hatte? Ihre nächste Bemerkung ließ ihn noch vorsichtiger werden.

„Wollen wir uns nicht setzen?"

Drinkwaters Antwort verriet sein Unbehagen. „Wo ist unser Gastgeber?"

„Herr Liepmann?" Sie hob die schönen Schultern. „Ich habe ihn gebeten, uns ein paar Augenblicke allein zu lassen." Sie hatte sich so gesetzt, daß sie ihm am Kamin halb zugewandt war. „Bitte nehmen Sie doch Platz. Wenn Sie stehen, sind Sie im Vorteil, und das ist unfair."

„Sie vergeben Ihren Feinden schnell."

Sie lachte. „Nein. *Sie* sind nicht mein Feind, M'sieur Drinkwater, Sie sind ein Werkzeug der Vorsehung. Glauben Sie an die Vorsehung?"

„Zwangsläufig." Er setzte sich ihr gegenüber. „Also, da mich Ihnen die Vorsehung nun einmal so völlig ausgeliefert hat – warum haben Sie mich nicht an Davout verraten, um sich bei ihm und dem Kaiser zu rehabilitieren? Und warum sind Sie in Liepmanns Altonaer Haus gekommen, um mich zu sprechen?"

„M'sieur Drinkwater, warum sind *Sie* hierher gekommen? Oder

nach Hamburg, he? Etwa um Stiefel an die Franzosen zu verkaufen?"
Sie lachte. Es war ein dunkles Gurren, das ihren schlanken Hals vibrieren ließ. „Ach, Sir, die Spatzen pfeifen es in Hamburg von den Dächern – und wahrscheinlich auch schon in Paris –, daß zwei britische Schiffer, denen ein gutes Geschäft mit Rußland entging, den schnöden Mammon woanders suchten." Sie hielt inne und nippte an ihrem Wein. „Aber dazu braucht man doch keinen Marineoffizier, oder?"

„Richtig." Drinkwater unterdrückte die Befriedigung, die ihm ihre Bemerkung bereitete, und überhörte den Sarkasmus in ihrer Stimme.

„Ich werde Sie nicht drängen, mir Ihre Anwesenheit hier zu erklären", sagte sie nach einer Pause und beobachtete ihn. „Aber Sie sollten wissen, daß ich für das Attentat auf Lord Dungarth nicht verantwortlich bin. Den Urheber können Sie getrost bei Fouché oder beim Kaiser selbst suchen, wer weiß. Aber ich habe Dungarth gesehen, zweimal in Frankreich, einmal in England." Sie seufzte. „Edouard war mein Leben. Ohne ihn wäre ich in England eine verbitterte Emigrantin geworden, die von Almosen in einer Kleinstadt leben mußte. Nun ist er tot, und ich muß weiterleben. Ich habe Freunde . . ." Sie blickte ihn an und schnell wieder weg. Aus irgendeinem Grund fühlte sie sich unbehaglich, und Drinkwater erinnerte sich daran, was Dungarth über ihre Liaison mit Talleyrand gesagt hatte. „Es sind mächtige Freunde. Auf *ihr* Geheiß bin ich in Hamburg . . ."

„Fahren Sie fort", drängte er, denn sie wirkte plötzlich unentschlossen.

„Würden Sie mir einen Gefallen tun?" Jetzt blickte sie ihm voll ins Gesicht.

„Wenn ich es mit meiner Ehre vereinbaren kann."

„Würden Sie eine Nachricht nach London befördern, für Lord Dungarth?"

Drinkwater lehnte sich vor. „Ist das der Zufall, der Sie nach Hamburg führte?"

„Mehr als das. Es ist der Zufall, der mich nach Altona führte. Lord Dungarth informierte mich, daß der Jude Liepmann, Kaufmann in Hamburg, Verbindung zu einem britischen Agenten auf Helgoland hat."

Drinkwater hätte beinahe aufgelacht. Die Spannung in seinem Inneren schien sich plötzlich zu lösen, aber auch seine instinktiven Reaktionen zu verlangsamen.

„Sie lachen doch nicht über mich?"

„Nein, Madame", entgegnete Drinkwater, sich zusammenreißend.

Er beugte sich vor und hielt ihr sein Glas hin. „Bitte noch ein wenig Wein, um auf unsere Allianz anzustoßen. Leider stehen zwischen uns zu viele Lügen, als daß wir Freunde werden könnten."

„Außerdem haben Sie eine Frau, M'sieur." Hortense war wieder ernsthaft geworden und konterte ebenso hart wie er. Erneut empfand er ihre starke, rein animalische Anziehungskraft und gab sich einen närrischen Augenblick der Illusion hin, daß sie ähnlich fühlte wie er.

„*Touché*, Madame", murmelte er und verabschiedete sich von seinen Illusionen. „Ja, ich werde Ihre Nachricht befördern, aber erst, nachdem ich mich um eine andere Angelegenheit gekümmert habe."

„Worum geht es?"

„Um die Befreiung eines schwerverwundeten britischen Marineoffiziers. Eine junge Dame daheim erwartet sehnlichst Nachricht von ihm."

„Ich weiß, Herr Liepmann erzählte mir davon."

„Dann war er indiskret . . ."

„Nein, nein, er wußte, daß ich helfen kann. Er ist sich voll bewußt, daß wir beide, Sie und ich, für ihn gefährlich sind. Wahrscheinlich wäre er nur zu froh, wenn wir alles schnell erledigen und verschwinden würden." Sie machte eine Pause. „Hier ist es *très domestique, n'est-ce pas, M'sieur?*"

Drinkwater blickte sie am Kaminfeuer vorbei an und erwiderte ihr verschwörerisches Lächeln.

„Ja, sehr."

„Ich denke, wir sollten jetzt den Hausherrn rufen."

Sie stand auf und zog an einem Glockenstrang, Drinkwater erhob sich ebenfalls. Sie ließ das geflochtene Band fallen, wandte sich ihm wieder zu und trat näher. Ihm unverwandt in die Augen blickend, hob sie eine Hand und berührte mit den Fingerspitzen seine Wange.

„Ja, die Vorsehung, M'sieur, die Vorsehung. Vielleicht ist sie noch nicht fertig mit uns."

Sie griff in den Ausschnitt ihrer Reitjacke und zog ein versiegeltes Päckchen hervor, das sie ihm reichte.

SECHZEHNTES KAPITEL

Januar – Februar 1810

Der Leichenzug

Noch lange, nachdem Hortense gegangen war und Liepmann ihn in ein kleines Schlafzimmer unterm Dach geführt hatte, saß Drinkwater vor dem offenen Fenster, die Bettdecke um die Schultern gelegt. Er konnte nicht schlafen, denn seine Verwundung schmerzte und in seinem Kopf kreiste ein endloser Gedankenstrom.

Liepmanns Ankunft hatte die intime Stimmung am Kamin verscheucht. Er brachte die Nachricht, daß überall die Kirchenglocken wegen des Ausbruchs aus dem Lazarett Alarm läuteten. Ruhig standen sie daneben, als der jüdische Kaufmann die schweren Brokatvorhänge zur Seite zog und die großen französischen Fenster öffnete, damit sie das Geläut hörten. Durch den fallenden Schnee gedämpft, erklangen Rufe und Hundegebell.

„Sie gehen zur Elbe." Liepmann schloß das Fenster und wandte sich an Hortense. „Haben Sie dem Kapitän von dem britischen Offizier erzählt, Madame?"

„Noch nicht." Sie drehte sich zu Drinkwater um. „Ich wußte von dem gestrandeten Schiff und daß mein Porträt darauf gefunden wurde. Als ich dann erfuhr, daß Sie nicht – wie ich vermutet hatte – ein Gefangener von der *Tracker* waren, dachte ich ... entschloß ich mich, Sie zu suchen. Was den verwundeten Offizier angeht, so war er zu krank, um verhört zu werden. M'sieur le Maréchal wird sich mit *meinen* Erklärungen zufriedengeben müssen. Es hieß, der Engländer liege im Sterben."

Die Sorge um Quilhampton mußte so deutlich in Drinkwaters Gesicht gestanden haben, daß Liepmann ergänzte: „Doktor Castenada soll morgen nach Hamburg fahren, um ihn nach Altona zurück zu begleiten." Aber diese Nachricht brachte Drinkwater nur wenig Erleichterung, und Liepmann hatte seine eigenen Sorgen. Er zog eine Taschenuhr aus der Weste. „Madame, es ist spät ...‟

Hortense bückte sich und nahm Hut und Mantel auf. Liepmann half ihr.

„Sorgen Sie sich nicht, Herr Liepmann", meinte sie in ihrem perfekten Englisch und warf Drinkwater einen schnellen Blick zu. „Eine Frau, die ein Rendezvous hat, darf überall passieren. *A bientôt*, Kapitän Drinkwater."

„Madame." Er verbeugte sich, als sie aus der Tür schwebte und ihn voller Zweifel an ihren Motiven zurückließ. Er hörte das Knirschen ihrer Kutsche auf dem Kies, dann kam Liepmann zurück.

„Sie kutschiert selbst?" erkundigte sich Drinkwater.

„Ja. Eine gefährliche Frau. Aber ich glaube . . ." Er überlegte. „Hat sie Ihnen Papiere für London gegeben?" Drinkwater nickte. „Gut. Ich kann Ihnen mitteilen, daß Ihre beiden Schiffe heute morgen Brunsbüttel passiert haben."

„Ausgezeichnet", sagte Drinkwater. „Herr Liepmann – der britische Offizier, von dem wir eben sprachen, ist mein Freund. Ich muß ihn befreien."

Liepmann, der Kummer gewöhnt war, nickte ergeben. „Wir wollen es besprechen . . ."

Als sie sich schließlich zurückzogen, war Drinkwater hundemüde. Er hatte nichts mehr gegessen, seit ihm Gilham am Morgen den Haferbrei gebracht hatte. Von dem Wein hatte er Kopfschmerzen, aber er konnte nicht schlafen, saß am offenen Fenster und lauschte dem fernen Lärmen der Suchtrupps.

Doch die Nacht gab ihre Geheimnisse nicht frei, und das Ersterben der Geräusche bewies noch gar nichts. Drinkwater stellte sich vor, wie Frey mit seinen Männern langsam zwischen den Eisschollen stromabwärts trieb. Er hoffte inbrünstig, daß es ihnen gelungen war, die Verfolger am Ufer abzuhängen. Er dachte auch an James Quilhampton, der einige Meilen stromaufwärts im Delirium lag, und an Elizabeth in ihrem fernen einsamen Ehebett. Aber immer wieder kehrten seine Gedanken voll Sehnsucht und Mißtrauen zu Hortense Santhonax zurück.

Der Schneefall hatte aufgehört. Ein paar Sterne zeigten sich, schließlich erstrahlte auch der Mond. In seinem Licht musterte Drinkwater das versiegelte Päckchen, das Hortense ihm übergeben hatte. War es wirklich für London bestimmt? Oder war es ein vernichtendes Beweisstück, das man ihm absichtlich untergeschoben hatte? Und war das „Rendezvous", von dem sie gesprochen hatte, ein Treffen, auf dem sie den britischen Spion verraten würde, der sich im Haus eines bekannten jüdischen Kaufmanns aufhielt? Marschall Davout würde hocherfreut sein, ihn auf frischer Tat zu ertappen, während er in Liepmann gleichzeitig den Drahtzieher des Widerstands gegen die Kontinentalsperre vernichten konnte. In seinem eigenen Interesse würde Thiebault die Geschichte der verdächtigen Madame Santhonax bestätigen. Demnach konnte bereits gegen Morgen die Kavallerie in Altona eintreffen!

Was hatte Hortense zu verlieren? Mit einer einfachen Denunziation konnte sie sich beim Kaiser wieder beliebt machen, Sathonax' Geld und die Pension waren ihr dann sicher. Er hatte ihr nicht nur gestanden, ihren Mann getötet zu haben, sondern hatte ihr auch die bisher geheimgehaltene Erklärung für seinen Tod geliefert. Wenn sie dies vor einem Notar in Paris aussagte und beschwor, war die Ehre ihres Mannes mit einem Schlag wieder hergestellt.

Was lag für sie näher, als so vorzugehen?

Und trotzdem . . .

Und trotzdem hätte er diese schlaflose Nacht lieber in ihrem Bett verbracht als irgendwo sonst auf dieser Erde.

Das alarmierende Scheppern von Harnischen weckte Drinkwater. Er war in voller Bekleidung quer über dem Bett eingeschlafen, wie es ihm oft auch an Bord passierte. Das Fenster stand noch offen, weshalb er bis in die Knochen durchgefroren war. Nun sprang er auf, blickte hinaus und sah seine schlimmsten Befürchtungen bestätigt. Unten in der Auffahrt stand ein Trupp abgesessener Dragoner mit glänzenden Helmen, die grauen Mäntel von den grünen Uniformen zurückgeschlagen, und hielt die unruhigen Pferde am kurzen Zügel. Direkt unter ihm, wo man noch die Spuren von Hortenses Kutsche erkennen konnte, sprach Herr Liepmann mit ihrem Offizier. Eine Magd erschien mit einem Tablett dampfender Krüge und wurde von den feixenden Dragonern sofort umringt.

Fast gleichzeitig betrat der Diener, der ihm am Vorabend aufgewartet hatte, nach einem kurzen Klopfen Drinkwaters Zimmer. Auf einer Hand balancierte er ein Tablett, den Zeigefinger der anderen legte er an die Lippen, um Drinkwater Schweigen anzuraten.

Der Duft von Kaffee, frischem Brot und Wurst erfüllte die kalte Luft, und Drinkwater entspannte sich. Das Frühstück und der erhobene Finger deuteten nicht auf Verrat hin. Um sich vom Fenster abzulenken, stürzte er sich ausgehungert auf das willkommene Mahl.

Von Zeit zu Zeit erhob er sich, spähte vorsichtig zur Auffahrt hinunter und wurde schließlich mit dem Anblick der abrückenden Dragoner belohnt. Kurz darauf betrat Liepmann den Raum.

„Ich habe Neuigkeiten." Er hielt einen Zettel in die Höhe. „M'sieur Thiebault schreibt mir, daß wir jeden Handel einstellen müssen . . . Jedenfalls für kurze Zeit, Sie verstehen." Er lächelte schief.

„Thiebault hat Ihnen die Nachricht durch den Dragoneroffizier geschickt?"

„Leutnant Bourmeester ist Holländer, es waren holländische Dragoner. Sie sind nicht sonderlich, äh, loyal." Liepmann zog die Schultern hoch. „Nicht nur die reichen Bürger wollen gern Zucker in ihrem Kaffee haben, Kapitän. Es gibt aber noch weitere Neuigkeiten: Bourmeester erzählte mir, daß mehr Soldaten zur Bewachung des Lazaretts abgestellt werden. Marschall Davout ist sehr wütend."

„Also haben wir nur wenig Zeit."

„Ich fahre heute nach Hamburg. Meine Kutsche und die von Doktor Castenada werden sich . . ." Anschaulich hob er die Hände und rieb sie, die Flächen nach innen gekehrt, aneinander.

„Sie werden sich treffen?" half ihm Drinkwater.

„Ja, und reden. Sie müssen hierbleiben. Sollte ich nicht zurückkommen, machen Sie sich keine Sorgen. Gehen Sie nur zu dem Ort, über den wir gestern Nacht sprachen."

Drinkwater nickte gähnend. „Ihr Hauspersonal ist zuverlässig?"

„Es wird von mir bezahlt, Kapitän. Ich sage dem Diener, was Sie benötigen. Auf Wiedersehen."

Mit einem Händedruck verabschiedete sich Liepmann, und Drinkwater warf sich wieder aufs Bett. Im nächsten Augenblick war er fest eingeschlafen.

Es war fast dunkel, als er erwachte. Der Diener schüttelte ihn sanft und deutete auf ein Tablett mit Essen, einige grobe Kleidungsstücke und einen Stapel Pelze. Drinkwater schwang die Beine aus dem Bett und rieb sich die Augen. Der Diener klappte einen Pelz zurück, darunter kamen eine lange Reiterpistole, ein Säckchen mit Kugeln und eine Pulverflasche zum Vorschein. Beim Anblick der Waffe erinnerte sich Drinkwater siedend heiß an das, was ihm in dieser Nacht bevorstand. Sein Herz klopfte dumpf, alle Schläfrigkeit war verflogen.

„Ist Herr Liepmann aus Hamburg zurück?"

„Äh?" Der Diener blickte dumm drein und zuckte die Achseln.

Drinkwater versuchte es nochmals. „Herr Liepmann, ist er aus Hamburg zurück?"

„Ach so! Nein, nein." Der Diener schüttelte den Kopf, lächelte und zog sich zurück.

Nach dem Essen wechselte Drinkwater die Kleidung und zog über das wollene Unterzeug eine dicke Arbeitshose und eine wattierte Fischerjacke. Aus zwei Pelzen machte er eine feste Rolle und hängte sie sich über die Schulter, die anderen bündelte er im Mantel zusammen. Liepmann hatte ihm auch ein Paar Pelzstiefel bereitgestellt, aber er zog lieber seine alten Schaftstiefel an, denn sie waren bequem und schon eine Art Talisman für ihn. Er überlegte kurz, dann schob er die geborgten Seidenstrümpfe in die Tasche. Die geladene Pistole steckte er in den Gürtel. Zuletzt nahm er das versiegelte Päckchen zur Hand, das ihm Hortense gegeben hatte. Vielleicht hatte er ihr doch zu Unrecht mißtraut? Er zog einen Kopfkissenbezug ab, aus dem er einen Sack und einen Tragriemen anfertigte, den er sich um den Hals hängte. Der Sack verschwand unter seinem Überrock. Schließlich löste er das Band seines Zopfes und schüttelte den Kopf, so daß die Haare strähnig über seine unrasierten Wangen fielen.

Als er endlich fertig war, war es völlig dunkel geworden. Er hörte, daß im Lazarett der Zapfenstreich geblasen wurde, und machte sich auf den Weg nach unten. Der Diener erwartete ihn schon und winkte ihm zu folgen. Die Hitze in der Küche trieb Drinkwater den Schweiß auf die Stirn. Das Lampenlicht spiegelte sich in den langen Reihen von kupfernen Pfannen und Töpfen, ein halber Hammel lag ausgelöst auf einem sauber geschrubbten Tisch. Aber außer ihnen beiden war niemand in der gefliesten Küche, der vertrauenswürdige Diener hatte wohl Köchin und Küchenmädchen hinausgescheucht. Jetzt übergab er Drinkwater noch einen schweren Korb. Mit einem kurzen Blick stellte Drinkwater fest, daß er Käse, Brot, Wein, Schnaps und Wurst enthielt. Eine Tür führte von der Küche aus direkt ins Freie, der Diener öffnete sie für ihn. Dankbar nickte ihm Drinkwater zu, dann schlüpfte er hinaus. Es hatte wieder zu schneien begonnen.

Leutnant Quilhampton döste am Rand der Bewußtlosigkeit vor sich hin. Das Klappern der Hufe und das Rütteln seiner Tragbahre schienen ihn schon sein halbes Leben lang begleitet zu haben. Von Zeit zu Zeit tauchten bekannte Gesichter vor ihm auf: seine Mutter, Kapitän Drinkwater, der junge Frey und der Quäker Derrick, den er von Drinkwater übernommen hatte. Auch Catriona MacEwan war dabei, schwer faßbar wie immer, und lachte über ihn, als er schließlich fortlief. Er versuchte ihr zu folgen, aber jedesmal stürzte er mitten in die schäumenden Brecher, die das abscheuliche Donnern der Kanonen auf mysteriöse Weise in Bewegung versetzte. Darunter war ein Abgrund, in dem sie schon auf ihn warteten: der dunkle Mann mit der Säge und dem Messer, der in einer fremden Sprache freundlich auf ihn einredete, ihm aber dann das Messer in den Arm stieß, so daß er den brennenden Schmerz der Amputation ebenso spürte wie damals nach der Beschießung von Quesseir.

Als der Mann mit dem Messer fertig war, erschien ein anderer Fremder, ein Mann mit eiskalten Augen hinter Brillengläsern, dessen kahler Kopf für seine Schultern zu groß schien. Er warf nur einen Blick auf ihn, dann fluchte er laut. Natürlich war der kahlköpfige Mann Gott, der ihn der Hölle überantwortete, weil ihn Catriona ausgelacht hatte. Wieder fiel er tiefer, dem dunklen Mann erneut ausgeliefert, der sein Werkzeug in Quilhamptons Fleisch stieß. Er wußte, dieser dunkle Mann war der Teufel, und er war als großer Sünder in die Hölle verdammt worden.

Manchmal hörte er sich schreien, die Worte hallten in seinem Kopf wider. Dann blickte ein anderer Dämon auf ihn herab, ein bleiches Gesicht mit lockigem Haar, das von einer Laterne beleuchtet wurde.

Er fühlte sich besser, als der Dämon verschwunden war – kühler, als ob er aus den schlimmsten Bereichen der Hölle entkommen wäre, obwohl das Rütteln nicht aufhören wollte.

Er mußte geschlafen haben, denn als er das nächste Mal etwas bemerkte, war alles ruhig. Er lag in völliger Dunkelheit auf dem Rücken. Seine linke Schulter pulsierte schmerzhaft, als ob dort das Zentrum seiner Qual angesiedelt wäre. Es fiel ihm schwer zu atmen. Je mehr er zu sich kam, desto mehr schwand die Gleichgültigkeit des Fiebernden, aber dafür wuchs das Gefühl, in einer Falle zu stecken. Er versuchte sich zu bewegen, doch sein rechter Arm war an der Seite festgeklemmt. Als er den Kopf hob, stieß seine Stirn an ein Hindernis. Schweiß brach ihm aus, nicht der Wärme wegen, sondern aus nackter Angst. Die Krise der Amputation war vorbei, aber sie hatten ihn für tot gehalten.

Er lag in einem Sarg.

Drinkwater fand das Boot mühelos an der Stelle, wo die Straße von Altona nach Blankenese dicht am Ufer der Elbe entlangführte. Grober Kies markierte die Grube, wo der Ballast für die Schiffe gefördert wurde. Hier mußte Frey zum ersten Mal die Leichter Liepmanns gesehen haben. Dicke Dalben waren zum Festmachen in den Grund gerammt worden, und das Fischerboot lag hochgezogen auf dem kleinen Strand. Es war ein Kahn, wie ihn Entenjäger oder Aalfischer benutzten. Darin lagen eine Stakstange und zwei Riemen, für die ins niedrige Dollbord halbrunde Ausparungen geschnitten waren.

Am Ufer bildete sich Eis, aber jenseits der flachen Bucht konnte Drinkwater dunkles Wasser erkennen. Sorgfältig verstaute er Ledertasche, Pelze und sein anderes Gepäck im Boot. Seine Stiefel knirschten laut auf dem Kies. Einmal erstarrte er, als ein Hund im nahen Dorf anschlug. Nachdem er das Boot vorbereitet hatte, ging er den Strand hinauf, wickelte sich in einen Pelz und wartete. Ein kleiner Überhang, etwa fünf Fuß hoch, schützte ihn vor dem fallenden Schnee, er machte es sich darunter so bequem wie möglich und zog die Knie unters Kinn.

Er hatte den Tag über zu gut geschlafen, um dösen zu können, deshalb verging die Zeit langsam. Er versuchte, nicht an die Kälte und die Schmerzen in seiner Schulter zu denken, sondern führte im Kopf lange Multiplikationen aus und zwang sich zum Rechnen, bis er mit dem Ergebnis zufrieden war. Schwach, durch eine leichte Brise von fern herangetragen, hörte er eine Glocke schlagen und machte sich klar, daß es der Michel in Hamburg sein mußte. Wenn er ihn so weit flußabwärts hören konnte, mußte der Schneefall schwächer geworden sein. Als es zehn schlug, klarte der Himmel wie durch ein Wunder auf. Drinkwater erhob sich und machte vorsichtig einige Übungen, um seinen Kreislauf wieder anzuregen. Es wurde kälter.

Dann hörte er stolpernde Schritte und den keuchenden Atem von Männern, die etwas Schweres trugen. Er versteckte sich, bis er sie sehen konnte. Vier Männer schleppten einen Sarg, ein fünfter bildete den Schluß. Mit klopfendem Herzen erhob sich Drinkwater und zeigte sich.

Er hatte keine Ahnung, wer die vier Träger waren, und wußte nur, daß Liepmann sie für ihre Arbeit und ihr Schweigen gut bezahlte. Der fünfte war Castenada mit einer Tasche in der Hand. Er trat vor, während die Träger den Sarg neben dem Boot abstellten.

„Kapitän . . .“

„Alles ruhig, Doktor.“

Beide Männer beugten sich sorgenvoll über den Sarg, während Castenada langsam den Deckel abnahm. Drinkwater wartete ungeduldig. Er wollte sich nach Quilhamptons Zustand erkundigen und gleichzeitig seinen Freund zur Ruhe ermahnen.

Grunzend schob Castenada den Deckel ganz zur Seite. Im fahlen Licht der Sterne wurde Quilhamptons Gesicht sichtbar, das mit offenem Mund nach Luft rang.

Castenada holte schnell ein Flasche Riechsalz aus seiner Tasche und reichte sie Drinkwater.

„Halten Sie ihm das unter die Nase!" befahl er, und Drinkwater tat wie geheißen, während der Chirurg mit beiden Händen die Wangen des Patienten rieb. Quilhampton röchelte. Castenada nahm sich jetzt den Armstumpf mit der Schulter vor und ertastete die Hitze der Wunde durch den Verband.

„Es war Gottes Wille, daß er die Krise überstanden hat, Kapitän. Aber er leidet noch am Wundschock." Castenada legte seine Hand auf Quilhamptons Stirn und schnalzte mit der Zunge. Wieder stöhnte Quilhampton.

„James . . . James, ich bin es, Drinkwater. Hören Sie mich? Sie sind jetzt unter Freunden, James. Verstehen Sie?"

„Sir? Sind Sie's?" Schwach hob Quilhampton die rechte Hand, und Drinkwater nahm sie. Von Rührung überwältigt, drückte er sie fester als beabsichtigt.

„Ja, James, ich bin's. Wir machen jetzt eine Bootsfahrt. Also seien Sie ein guter Junge und liegen Sie still."

„Aye, aye, Sir", flüsterte Quilhampton. Seine fieberglänzenden Augen suchten den hellen Fleck, von dem er kaum glauben konnte, daß es Drinkwaters Gesicht war.

Drinkwater richtete sich auf. „Auf geht's", befahl er mit einer Handbewegung. „Ins Boot mit ihm."

So vorsichtig wie möglich hoben sie den Verwundeten aus dem Sarg und legten ihn auf die Pelze, die Drinkwater im Boot vorbereitet hatte. Dann deckten sie ihn mit anderen Pelzen und den Decken zu, mit denen Castenada den Sarg gepolstert hatte.

Die vier Deutschen halfen Drinkwater, das Boot übers Eis zu schieben, bis es aufschwamm.

„Danke." Er keuchte, sein Mund stieß weiße Wolken aus, die schon an seinen Bartstoppeln zu gefrieren begannen. Er hob einen Fuß, um das Boot zu stabilisieren, und drehte sich halb zu Castenada um.

„Vielen Dank, Doktor", sagte er zu der grauen Gestalt, die am Ufer stand.

„Warten Sie!" Castenada bückte sich nach seiner Tasche und holte etwas heraus, das er den vier Trägern übergab. Dann klemmte er sie sich unter den Arm und stapfte ungeschickt durch das splitternde Eis, blieb neben Drinkwater stehen und griff haltsuchend nach seinem Arm.

„Ich komme mit. Ohne ärztliche Hilfe kann er bei dieser Kälte nicht überleben."

Drinkwater musterte skeptisch den schmalen Kahn, aber dann klopfte er Castenada auf den Rücken.

„Also gut, kommen Sie!"

Drinkwater versuchte das ranke Boot ruhig zu halten, als Castenada umständlich einstieg, aber es rollte gefährlich. Nachdem sich der Doktor eingerichtet hatte, folgte ihm Drinkwater. Er setzte sich mittschiffs auf die einzige Ducht und legte die Riemen ein, dann warf er einen kurzen Blick zum Ufer. Die Träger waren bereits verschwunden und hatten den Sarg mitgenommen. Sie würden ihn mit Erde füllen und am Morgen begraben.

Wenn er sich vorbeugte, konnte er Quilhamptons Gesicht sehen. „Na, wollen wir heimfahren, Mr. Q.?"

„Wenn's beliebt, Sir", kam die geflüsterte Antwort.

Drinkwater wandte den Kopf und fragte über die Schulter: „Alles klar, Doktor?"

„*Adelante, Señor!*"

Drinkwater tauchte die Riemen ins Wasser und pullte zur Strommitte, den Sog des großen Flusses ausnutzend. Schwach konnte er die Umrisse der Dächer Blankeneses und seiner kleinen Kirche ausmachen. Er legte sich kräftig in die Riemen und sah ihre Peilung achteraus wandern. Die Elbe trug das Boot der offenen See entgegen.

SIEBZEHNTES KAPITEL

Februar 1810

Eis

Beim ersten Tageslicht suchte Drinkwater Schutz vor neugierigen Blikken. Geschoben von der Ebbe, waren sie gut vorangekommen. Jetzt verbreiterte sich die Elbe und verzweigte sich in mehrere Seitenarme, die durch Kiesbänke und kleine Inseln getrennt waren. Drinkwater zog das Boot auf eine Schotterbank, die weit genug über der Hochwasserlinie lag und mit niedrigen Erlen und Buschweiden bestanden war. An ihrem nördlichen Rand floß der Strom wegen einer leichten Biegung schnell genug, um eisfrei zu bleiben.

Drinkwater hatte sich die seidenen Strümpfe über die Hände gezogen, ansonsten war ihm bei dem anstrengenden Rudern warm genug geworden. Quilhampton behauptete höflich, daß ihm unter den Pelzen und Decken behaglich sei. Aber Castenada war steifgefroren und keine Hilfe. Nur mit Mühe konnte Drinkwater, nachdem er das Boot aufgesetzt hatte, erst Quilhampton und dann den spanischen Chirurgen in den Schutz der Erlen schleppen.

Es war klar, daß sowohl der Mangel an Bewegung als auch die Kälte dem Arzt stark zusetzten. Außerdem litt er offenbar an schlechtem Gewissen, weil er seine übrigen Patienten zugunsten Quilhamptons im Stich gelassen hatte.

Drinkwater suchte alles trockene Treibholz zusammen, das er finden konnte, und legte tote Erlen- und Weidenzweige dazu. Mit dem Küchenmesser, das im Proviantkorb lag, schnitt er Späne, dann schlug er mit dem Feuerstein der Reiterpistole Funken. Schließlich brannte das Feuer.

„Das Holz ist trocken genug, um nicht zu rauchen", versicherte er den anderen und fächelte Luft in die Flammen, bis die Äste flackerten.

Quilhampton sah sich um. „Die Luft ist herrlich frisch", meinte er. Drinkwater blickte von seiner Arbeit hoch. Der leichte östliche Wind, der in der Nacht geweht hatte, war eingeschlafen. Die Sonne ging als roter Ball auf, und die Elbe reflektierte einen makellos blauen Himmel. Die fernen Ufer wirkten wie ausgestorben, obwohl sie Drinkwater sorgfältig mit den Augen absuchte. Er hatte keine Ahnung, wie weit stromabwärts sie gekommen waren, aber die Breite des Flusses ließ ihn vermuten, daß es ein schönes Stück gewesen war.

„Wenn das Wetter so gut bleibt", fuhr Quilhampton fort, während Castenada neben ihm kniete und den Verband wechselte, „brauchen wir uns wegen Starkwind keine Sorge zu machen."

„Das ist wahr", bestätigte Drinkwater. Beide Marineoffiziere musterten das niedrige Freibord des Kahns und dachten an die lange Strecke offener See bis Helgoland.

„Vielleicht können wir uns ein anderes Boot besorgen", meinte Drinkwater mit gespielter Zuversicht, obwohl beide die Risiken eines Diebstahls kannten.

„Wahrscheinlich können wir das Boot auch noch etwas seetüchtiger machen", schlug Quilhampton vor, über dessen Gesicht der Schweiß strömte, weil Castenada die Fäden aus seinem Stumpf zog, nachdem er an der Wunde gerochen hatte.

„Haben Sie einen Bleiazetat-Verband genommen, Doktor?" erkundigte sich Drinkwater, der den Schmerz auf Quilhamptons verzerrtem Gesicht kaum ertragen konnte.

Castenada blickte auf. „Ah, Sie kennen diese französische Methode, Kapitän? Entwickelt von Larrey, nicht wahr?"

Drinkwater zuckte die Achseln. „Mir hat sie ein französischer Chirurg auf der *Bucentaure* gezeigt, während der Schlacht bei Trafalgar."

Stirnrunzelnd wickelte Castenada wieder die Binde um Quilhamptons heißen Stumpf. „Die *Bucentaure?* Ich dachte . . ." Er bedeutete Drinkwater, ihm mit Quilhamptons Jacke zu helfen.

„Daß sie ein französisches Schiff war? Ja, das stimmt. Ich war als Gefangener an Bord."

„Ach so." Castenada hockte sich hin und blickte Drinkwater unglücklich an.

„Doktor, ich verstehe Ihre Gefühle. Wenn man gefangen ist, träumt man von der Freiheit, und ist man in Freiheit, trauert man um die, die man zurücklassen mußte. Macht Ihnen das zu schaffen?"

„*Si, si* . . . Ja."

„Sie sollten nicht zu hart mit sich ins Gericht gehen. Wäre Mr. Quilhampton allein meiner Pflege überlassen gewesen, wäre er vielleicht bereits tot." Drinkwater beugte sich vor und klopfte Castenada auf die Schulter. „Sie sind ein Werkzeug der Vorsehung", sagte er und merkte, daß er die Worte von Hortense Santhonax benutzt hatte.

Als die Sonne an diesem kurzen Wintertag unterging, legte die abkühlende Luft einen dünnen Nebelschleier über die Elbe. Drinkwater drängte auf baldige Weiterfahrt. Nach dem Essen hatte er einen Teil des Tages verschlafen und sah jetzt, daß sich das Eis auf dem Strom vermehrt hatte. Bestimmt würde es in der Nacht noch dichter werden. Er suchte große Steine, heizte sie in der Glut des Feuers auf und wikkelte sie in Decken. Nachdem sie Quilhampton ins Boot gelegt hatten, packten sie die eingewickelten Steine zwischen seine Beine.

„Wohl eine Vorsichtsmaßnahme, damit mir die Familienjuwelen nicht abfrieren", murmelte Quilhampton.

Nach einem kräftigen Schluck Schnaps stießen Drinkwater und Castenada das Boot ins Wasser, kletterten hinein und richteten sich auf die lange Nacht ein, die vor ihnen lag.

„Also, Gentlemen . . ." Drinkwater hielt die Riemenblätter einsatzbereit dicht über der Wasserfläche. „Alles klar für die Überfahrt nach England?"

„Meinetwegen auch direkt nach Spanien", kicherte Castenada im Bug. Die beiden Engländer tauschten einen belustigten Blick.

Drinkwater pullte langsam, aber stetig. Er wußte, daß es bei günstigem Tidenstrom nicht schwer war, stundenlang zu rudern, aber die Kälte fraß sich sofort in seine Beine, denn die konnte er nicht so stark bewegen wie seinen Oberkörper. Quilhampton stieß die schützenden Pelze beiseite und teilte mit ihm die Wärme der aufgeheizten Steine.

„Danke, James."

Sie hörten Castenadas Zähne klappern und forderten ihn so lange auf, dem Schnaps zuzusprechen, bis sie vom Bug her nur noch ein leichtes Schnarchen vernahmen.

„Tut mir leid um Ihren Arm, James." Drinkwater stieß mit dem Riemen eine Eisscholle beiseite, die sich auf dem dunklen Wasser gespenstisch drehte.

„Nachdem ich schon die Hälfte verloren hatte, war der Rest nicht ganz so schockierend", scherzte Quilhampton schwach. Sie schwiegen, und Drinkwater wußte, daß Quilhampton an Catriona dachte.

„Wie ist es passiert?" fragte er, um den Freund abzulenken. „Ich weiß, daß es beim Kampf um die *Tracker* geschah, aber nicht genau, wie."

„Aus Dummheit", antwortete Quilhampton grimmig auflachend. „Wie meist bei impulsiven Taten, war es die reine Dummheit. Ich hatte mich mit einem großen blonden Offizier auf einen Kampf Mann gegen Mann eingelassen. Der Däne hatte Arme wie ein Riesenkrake, ich mußte ihn unterlaufen, und zwar verdammt schnell, soviel Dampf machte er mir. Ich dachte, ich hätte einen Vorteil, wenn ich seinen Hieb mit meiner Holzhand abwehren könnte, um dann in einer schnellen Drehung mit meinem Degen nach ihm auszuholen, aber der Bursche war flinker als erwartet. Er löste sich, schlug meine falsche Hand beiseite und rammte mir seine Klinge bis zum Heft in den Arm, glatt durch den Ellenbogen."

„Was ist aus ihm geworden?"

„Schließlich hat Frey ihn erledigt", sagte Quilhampton bedrückt und verfiel in Schweigen. Nach einer Weile war auch er eingeschlafen.

Drinkwater pullte gleichmäßig und blickte von Zeit zu Zeit über die Schulter. Seine Augen hatten sich an die Dunkelheit gewöhnt, deshalb konnte er die Konturen des näheren Ufers ausmachen. Schließlich kenterte die Tide, und die Flut stemmte sich ihm entgegen, da wagte er sich noch dichter unter Land, um den Neerstrom auszunutzen, denn erst unmittelbar vor der Morgendämmerung wollte er einen Ruheplatz suchen.

Die rhythmische Bewegung seines Körpers lullte ihn ein und ließ seine Gedanken wandern. Zuversicht durchströmte ihn. Jetzt hing der Erfolg nur noch von ihm selber ab, nicht mehr vom Wohlwollen Thiebaults, Liepmanns und Kapitän Littlewoods, und deshalb war er viel ruhiger.

Was Hortense anging, so war er nun sicher, daß sie ihn nicht verraten hatte. Die Papiere, die steif an seiner Brust lagen, waren dafür Beweis genug. Er suchte nach weiteren Gründen für ihr Verhalten und erinnerte sich, wie ihm Lord Dungarth erzählt hatte, er sei zweimal in Frankreich gewesen. Hortense hatte gesagt, daß sie zweimal mit Seiner Lordschaft in Frankreich zusammengetroffen sei. Außerdem hatte sie behauptet, Dungarth einmal in England gesprochen zu haben. Gewiß konnte sie mit ihrem perfekten Englisch als Engländerin durchgehen – ein weiterer Umstand, der dafür sprach, daß sie die Wahrheit sagte. Schließlich hatte sie während der neunziger Jahre als Emigrantin in England gelebt.

Nun schien es, als hätte Dungarth doch recht daran getan, als er sie vor all den Jahren am Strand von Criel freigelassen hatte. Er mochte gedacht haben, daß jemand, der schon einmal die Fronten gewechselt hatte, es vielleicht auch ein zweites Mal tun konnte, und hatte damit recht behalten.

Trotz seiner verzweifelten Lage erfüllte ihn ein merkwürdiges Gefühl der Befriedigung, während er dem gleichmäßigen Schnarchen in beiden Enden des Bootes lauschte. Die unwürdige Rolle, die er in Ma Hockleys Hurenhaus hatte spielen müssen, um die Saat in Mr. Fagans wachsames Ohr zu säen; der Konvoi nach Rußland und sein Scheitern im Orkan; und schließlich der lange Aufenthalt auf Helgoland – alles hatte doch noch zu einem größeren Erfolg geführt, als er jemals zu hoffen gewagt hatte. Die Mär vom Rußlandhandel der Briten hatten die Zolloffiziere und sogar ein Marschall von Frankreich für bare Münze genommen. Daß man bereits über die scheinbare Geldgier der Briten spottete, war Garantie genug dafür, daß auch der Kaiser davon erfahren würde. Während Drinkwater zum sternenübersäten Himmel emporblickte, dachte er deshalb, daß er jeden Grund hatte, mit sich zufrieden zu sein ...

Der Eisgang wurde immer stärker, die Schollen drängten sich so dicht um das Boot, daß er fast seinen Steuerbordriemen verloren hätte.

Als er danach griff, tauchte sein Arm bis zum Ellbogen ein, und das eiskalte Wasser ließ ihn heftig durchatmen. Einen Augenblick später lief das wild bockende Boot auf Grund. Die Passagiere erwachten.

„Verdammt!" Vorsichtig prüfte Drinkwater die Wassertiefe. Er brauchte zwanzig arbeitsreiche Minuten, um das Boot wieder in tieferes Wasser zu staken. Zwanzig Minuten, in denen er feststellen konnte, daß Dungarths Schaftstiefel zwar elegant sein mochten, aber verflucht viel Wasser durchließen.

„Ich frage mich", bemerkte er sarkastisch, um die Moral seiner Truppe wieder aufzurichten, „ob unsere gelieferten Militärstiefel wohl dichter sind?"

Für den zweiten Tag versteckten sie sich auf einer größeren und flacheren Insel als der ersten. Dort fanden sie nicht soviel trockenes Holz und verbrachten ungemütliche, schier endlose Stunden. Die einzig gute Überraschung war, daß Quilhampton aufstehen konnte. Gestützt von Drinkwater und Castenada, lief er ein wenig umher. Danach lagerten sie den Invaliden wieder keuchend und vor Kälte zitternd zwischen seine Pelze. Als sich die Sonne dem westlichen Horizont zuneigte, machten sie sich über den zusammengeschmolzenen Proviant in Liepmanns Korb her.

Vor dem Ablegen versuchte Drinkwater, den Fluß weiter voraus zu überblicken, aber er hatte keinen Bezugspunkt. Es schien, daß das

Hauptfahrwasser sich etwas nach Nordwesten wandte, mehr konnte er nicht sagen.

Eine Stunde vor Sonnenuntergang legten sie ab. Das Eis im Hauptfahrwasser war jetzt hinderlicher, Drinkwater bekam zeitweise Schwierigkeiten mit den Riemen zwischen den Schollen, während er auf das Einsetzen der Ebbe wartete. Manchmal rollte das Boot so stark, daß Quilhampton unterdrückt stöhnte. Castenada wurde immer stiller, als ihre verzweifelte Lage auch seinem Landrattenverstand aufging.

In den frühen Morgenstunden liefen sie zum sechsten oder siebten Mal auf Grund. Drinkwater stieg aus und schob, dabei merkte er, daß er schon fast soviel Eis wie Wasser unter den Füßen hatte.

Die Luft schien ihm kälter denn je, der Strom floß über weite Untiefen, die schon zugefroren waren, wo sich Tümpel zwischen den Sandbänken gebildet hatten. Die Vorleine in der Faust, stapfte Drinkwater rund ums Boot und entdeckte einen breiten Kiesstrand, der zwei oder drei Fuß über den Wasserspiegel anstieg. Er rief Castenada herbei, und zusammen brachten sie zuerst Quilhampton und dann das Boot in Sicherheit.

Als sie sich umblickten, bemerkten sie reichlich Treibholz, das ein wärmendes Feuer versprach. Allerdings beanspruchte der Versuch, es mit Feuerstein und Stahl zu entzünden, Drinkwaters Geduld auf das äußerste.

„Wir müssen das Feuer abschirmen, damit wir nicht entdeckt werden." Er deutete auf Castenadas Mantel. „Ich weiß zwar nicht, wo wir sind, aber die Dörfer bei Cuxhaven können nicht mehr weit sein."

In Decken, Pelze und Mäntel gehüllt, drängten sie sich so nahe wie möglich ans Feuer. Immer noch zitternd, fielen sie nach den nächtlichen Anstrengungen in einen leichten Schlaf. Die Dämmerung fand sie schlafend vor.

Kurz vor Sonnenaufgang hatte Drinkwater einen Alptraum. Es war die ihm schon bekannte Vision der weißen Frau, begleitet vom Geräusch klirrender Ketten, das von den Pumpen eines Schiffes stammen mochte oder von den Fußfesseln der Verdammten in der Hölle. Das blasse, schreckliche Gesicht der Frau stieß diesmal die Verse Dantes aus, so deutlich, als ob sie ihm ins Ohr geflüstert würden. Er konnte nicht sagen, ob die Erscheinung Elizabeth oder Hortense war. Vielleicht war es auch eine Harpyie, die ihn warnen wollte. Jedenfalls erwachte er von ihrem langgezogenen Schrei und wußte aus alter Erfahrung, daß der Traum ein schlechtes Vorzeichen war.

Er war schweißnaß, seine Kehle war wie zugeschnürt und schmerzte, vielleicht als erstes Anzeichen einer Halsentzündung.

Der endlose Schrei seines Traums ging in den unerwarteten Ton eines zwar fernen, aber sehr realen Trompetensignals über.

Drinkwater sprang sofort auf und stolperte, weil er einen Kältekrampf in den Beinen hatte. Er blickte sich um.

„Um Gottes willen!"

Während der Nacht waren sie aus dem Hauptfahrwasser abgekommen, und er hatte sie unabsichtlich in ein Flachwassergebiet am südlichen Ufer der Elbe gerudert. Die Sand- und Kiesbänke gingen hier in Marschland und Reetgürtel über. Die Landschaft war in der eisigen Kälte erstarrt, ebenso das Wasser um sie herum. Hier gab es keine Rinne offenen Wassers, sondern nur weite Flächen dicken Eises, sprödes, bereiftes Schilf und frostgehärteten, schneebedeckten Meerfenchel.

Hinter der Marsch, keine Meile entfernt, stand auf ansteigendem Terrain, die Landschaft dominierend, ein Dorf, dessen Kirche deutlich sichtbar war. Drinkwater suchte das Land weiter westlich ab. Etwa in Höhe des Dorfes machte ein breiter Flußarm einen Bogen auf sie zu, von ihrem Rastplatz nur durch eine Eisschicht getrennt.

Geduckt und mit schmerzenden Muskeln kehrte Drinkwater zum Lager zurück.

„Aufwachen", zischte er und schüttelte Castenada und Quilhampton. „Eine knappe Meile entfernt liegt ein Dorf mit Soldaten. Aufwachen!"

Drinkwater half Quilhampton auf die Füße und hängte ihm den Proviantkorb über die gesunde Schulter. Dann raffte er mit Castenada ihre Habseligkeiten zusammen, und alle drei eilten zum Boot. Nachdem alles verstaut war, wandte er sich an Quilhampton.

„James, ich möchte, daß Sie ganz langsam vorangehen und das Eis vor uns testen. Doktor, heben Sie den verdammten Bug an ... Vom Boot, Mann, vom Boot ..."

Sie brachen den Kahn aus seinem Eisbett und schoben ihn über die gefrorene Fläche, dabei Schilf und Binsen umgehend. Je weiter sie sich von dem Kiesstrand entfernten, desto leichter schien es zu gehen. Noch eine halbe Meile trennte sie vom offenen Wasser, als Quilhampton, der bisher schwankend vor ihnen hergetrottet war, sich umdrehte. Drinkwater sah, daß sein Mund offenblieb, als er über ihre Köpfe zurückblickte. Schnell wandte er sich ebenfalls um und hätte fast den Halt auf dem glatten Eis verloren.

„Herr im Himmel!"

„*Dios!*" Castenada bekreuzigte sich unwillkürlich.

Ein Kavallerist saß auf seinem Pferd unterhalb des Dorfes und beobachtete sie. Ihre plötzliche Aufregung und Hektik weckte seinen Verdacht. Er riß sein Pferd am Zügel herum und galoppierte den schneebedeckten Hang hinauf. Als sich seine Silhouette klar gegen den Himmel abzeichnete, parierte er das Pferd durch, drehte sich im Sattel um, stützte sich mit einer Hand ab und schien einem Unsichtbaren etwas zuzurufen. Dann blickte er wieder in ihre Richtung und gab seinem Tier die Sporen.

Während er auf sie zustob, sahen sie das Sonnenlicht auf seinem gezogenen Säbel blitzen.

ACHTZEHNTES KAPITEL

Februar 1810

Scharhörn

„James, können Sie mithelfen?"

Quilhampton, bleich von den Anstrengungen des Laufens, nickte und nahm die Vorleine in die rechte Hand. Drinkwater schob Castenada zum Heck, dann holte er die Stakstange heraus. Ungeschickt schwang er sie herum, so daß Quilhampton und Castenada sich dukken mußten.

„Haut ab!" befahl er und wandte sich gegen den Reiter. Rückwärtsgehend deckte er ihre entsetzlich langsame Flucht. Der Kavallerist zwang sein nervöses Pferd auf das Eis, als hinter ihm der schrille Ton eines Alarmsignals die bitter kalte Morgenluft zerschnitt. Ein Ende der langen Stange aufs Eis stützend, zog Drinkwater die Pistole aus dem Gürtel und schlug seinen Mantel über die Schultern zurück, damit er die Arme frei bewegen konnte.

Inzwischen war es dem Reiter gelungen, das Pferd aufs Eis zu treiben. Aber es zitterte nervös, warf den Kopf in die Höhe und riß an der Trense, so daß blutiger Schaum aus seinem Maul flog. Drinkwater konnte den Näherkommenden nun deutlich erkennen. Sein roter Umhang war am Kragen befestigt, die Uniform darunter und der hohe Federbusch kennzeichneten ihn als Offizier der Kaiserlichen Garde. Instinktiv wußte Drinkwater, daß es Leutnant Dieudonné war.

Auf eine Entfernung von fünfzig Schritt hob er die Pistole und zielte. Aber sie versagte. Fluchend steckte er die unnütze Waffe wieder in den Gürtel.

Er ergriff die Stange und hielt sie abwehrbereit wie eine Lanze quer vor seinen Körper. Ihr Gewicht beeinträchtigte seinen sicheren Stand, er rutschte aus und konnte nur mit Mühe das Gleichgewicht wahren. Er blickte sich um: Quilhampton und Castenada schienen etwas weiter entfernt zu sein, aber das Wasser hatten sie noch lange nicht erreicht. Mit vor Spannung trockenem Mund konzentrierte er sich auf Dieudonné.

„Ah, le Capitaine Boire l'eau, eh?" Der Mann grinste unter seinem dichten Schnauzbart, während er das widerstrebende Pferd vorwärtstrieb. Es tänzelte seitwärts weg, seine Augen rollten furchtsam, aber Dieudonné hielt die Zügel fest in der linken Hand und versuchte, die Rechte mit dem Säbel zum Angriff freizubekommen.

Vorsichtig bewegte sich Drinkwater vorwärts. Er wußte, daß er nur eine einzige Chance hatte, denn seine Waffe war für den Nahkampf zu unhandlich.

Dieudonné hatte den Kopf des Pferdes wieder herumgerissen, lange bevor Drinkwater mit seiner improvisierten Lanze zustoßen konnte, aber seine vorsichtige Annäherung hatte die Distanz zwischen ihnen schneller verkürzt, als der Franzose berechnet hatte.

Der Gaul ragte mit schäumendem Maul und gefletschtem Gebiß über ihm empor. Drinkwater faßte seine Waffe kürzer und ließ sich von der Wucht des Rundschlags mit nach vorn tragen. Er zielte nicht auf Dieudonné, sondern auf die Beine des Pferdes. Gleichzeitig beugte sich Dieudonné vor und hieb mit dem Säbel zu. Die Klinge pfiff über Drinkwaters Kopf hinweg, der ausrutschte und der Länge nach hinfiel. Mit schrillem Wiehern stolperte das Pferd zurück und stieg auf der Hinterhand.

Einen Augenblick strampelte es mit den Vorderhufen in der Luft, um die Balance zu halten, aber sein Gewicht, das jetzt nur auf der Hinterhand ruhte, war zuviel für das Eis. Ein plötzliches unheilverkündendes Knacken trieb neue Kräfte in Drinkwaters schmerzende Muskeln. Er rollte sich frei von dem splitternd zurückstolpernden Pferd und kam wieder auf die Füße. Dieudonné schwankte im Sattel, die Zügel entglitten seiner Hand, er kippte seitwärts auf Drinkwater zu. Fieberhaft versuchte er, seinen Säbel loszureißen, der sich im Zaumzeug verfangen hatte, aber Drinkwater packte sein Handgelenk und zog mit aller Kraft. Krachend brach das Eis unter dem Pferd, es begann zu versinken. Mit einem entsetzten Wiehern riß es den Kopf in die Höhe, als das kalte Wasser über seinem Hinterteil zusammenschlug. Aber durch seine heftigen Bewegungen brach das Eis weiter ein. Dieudonné reichte das Wasser schon bis zur Taille, verzweifelt versuchte er, sich im Sattel zu halten und nach dem Säbel zu greifen, dessen Riemen von seinem Handgelenk gerutscht war. Drinkwater zog sich auf festes Eis zurück und sah dabei den Säbel des Gardeoffiziers zwischen ihnen liegen, am Rand des Lochs, das von dem zu Tode erschrockenen Pferd ständig vergrößert wurde. Da glitt er nach vorn, angelte mit der Stiefelspitze nach dem Säbel und schob ihn aus Dieudonnés Reichweite.

„Sir! Sir!"

Als er sich nach dem vergoldeten Griff des Säbels bückte, drang Quilhamptons Warnruf in sein Bewußtsein. Er blickte sich um. Castenada und Quilhampton hatten das Boot an die Eisgrenze gebracht. Quilhampton winkte ihm aufgeregt zu, er solle nachkommen. Denn hinter Dieudonnés wild strampelndem Pferd waren jetzt weitere Soldaten zu Fuß aufgetaucht. Bewaffnet mit Karabinern und Pistolen, kamen sie über die zugefrorene Salzmarsch näher.

Wieder blickte er Dieudonné an. Der Mann war jetzt bis zur Brust im Wasser, und der Kälteschock stand ihm deutlich ins Gesicht geschrieben.

„M'aider! M'aider, M'sieur, j'implore . . . !"

Drinkwater warf die lange Stakstange quer über das Loch. „*Vôtre amis attendez-vous*", stieß er in seinem besten Französisch hervor, dann wandte er sich ab.

Das Eis wurde zum Wasser hin gefährlich dünn, aber durch Zufall oder Umsicht hatten Castenada und Quilhampton eine vereiste Buhne gefunden und darauf das Boot zum Wasser geschoben.

„Rein!" keuchte Drinkwater und schlitterte stolpernd auf die beiden zu.

Quilhampton lehnte im Heck, als er sie erreichte. „Geben Sie dem Doktor Ihre Pistole!" rief er, und Drinkwater folgte der Aufforderung. Er taumelte ins Boot und sank atemlos auf die Ducht. Das Fischerboot rollte, als Castenada einstieg, in der einen Hand die lange Reiterpistole, in der anderen die Pulverflasche. Eine Musketenkugel pfiff an ihnen vorbei, dann eine zweite. Peitschende Abschüsse zerrissen die stille Luft.

„Sie müssen rudern, Sir!" Bei Quilhamptons Mahnung riß sich Drinkwater zusammen. „Weder ich noch der Doktor können das übernehmen. Sir, Sie müssen rudern!"

Immer noch nach Luft schnappend, erkannte Drinkwater, daß er sich dummerweise in Sicherheit gefühlt hatte, sobald er im Boot saß. So sehr war er auf Dieudonné fixiert gewesen.

Nun legte er die Riemen ein und drehte das Boot. Was er sah, als er das Ufer ins Blickfeld bekam, ermunterte ihn sofort zu äußerster Anstrengung. Zwanzig oder dreißig abgesessene Husaren, einige kniend, andere stehend, zielten mit ihren Karabinern auf das flüchtende Boot. Er sah die täuschend harmlosen, weißen Wölkchen aufsteigen, als sie feuerten und dann routiniert mit Pulver und Ladestock hantierten. Kleine Fontänen stiegen rings um das Boot auf, ein Teil des Schandeckels flog in Splittern davon, die Castenada ins Gesicht trafen. Er schrie auf. Mehrere Kugeln schlugen in die Bordwand, die wie flache Steine über die Wasserfläche gehüpft kamen.

Glücklicherweise trieb sie der Ebbstrom schnell außer Schußweite. Während er pullte, sah Drinkwater, daß einige Husaren Leutnant Dieudonné zu Hilfe eilten. Zuletzt wurde auch das Pferd aus dem Eisloch gezogen.

„Machen wir Wasser, James?" fragte Drinkwater besorgt.

„Nein, das glaube ich nicht. Wir haben ein Loch nahe der Wasserlinie, aber das können wir verstopfen."

„Womit?"

„Versuchen wir es mit einem Stück Wurst, Sir."

Als Drinkwater sah, wie sein Freund sich außenbords beugte und mit seiner guten Hand ein Stück von Herrn Liepmanns Hartwurst in das Loch stopfte, begann er wie befreit zu lachen.

Zum Frühstück aßen sie den Rest der Wurst, und Castenada versorgte seine Splitterwunden. Quilhamptons Zustand beunruhigte ihn, weil er noch nicht alle Fäden hatte ziehen können, welche die Adern verschlossen. Vielsagend deutete er auf die hochroten Wangen des jungen Mannes.

„Mir geht es gut, Sir", protestierte Quilhampton. „Ich hab' mich noch nie besser gefühlt."

„Das Fieber macht Sie wirr im Kopf, James. Doktor Castenada hat recht. Sie haben eine Menge Blut verloren, und die kürzlichen Anstrengungen haben Sie überfordert."

„Alles Quatsch, Sir – äh, Verzeihung." Drinkwater nickte Castenada wortlos zu. Sie durften keine Zeit verlieren.

Das stürmische Treffen mit Dieudonné hatte Drinkwater aufgewühlt. Denn der Leutnant hatte die französische Übersetzung seines richtigen Namens gebraucht, und das konnte er nur von Hortense haben.

Um sich von den Schmerzen abzulenken, die er in Armen und Schultern verspürte, versuchte er, sich über Hortenses Beweggründe klar zu werden. Hatte sie ihn also doch verraten? Aber wenn das sofort nach ihrer Rückkehr nach Hamburg geschehen wäre, hätte ihn Dieudonné im Bett bei Liepmann überrascht. Dort hätte sie ihn, bösartige Absicht vorausgesetzt, ohne weiteres als Spion festnehmen lassen können.

Oder hatte sie ihm einen guten Vorsprung gelassen, damit er entkam, und ihn erst danach verraten? Sie konnte ja so tun, als sei ihr erst jetzt die wahre Identität des Mannes eingefallen, den sie in Davouts Vorzimmer gesehen hatte. Wenn dem so war, dann trieb sie ein gefährliches Doppelspiel und bluffte nach beiden Seiten.

Daß er am Ufer der Elbe auf Dieudonné gestoßen war, konnte schlicht Pech gewesen sein, denn Hortense wußte bestimmt nicht, wie lange man im Boot bis dorthin brauchte. Aber die Tatsache, daß ein Offizier einer Elite-Einheit, der sonst mit delikaten und wichtigen Aufgaben betraut wurde, die Marschen östlich von Cuxhaven abgesucht hatte, sprach für die Richtigkeit seiner Vermutung.

„Stadt voraus!" Quilhampton hatte sich aufgesetzt und deutete nach vorne. Seine Worte holten Drinkwater in die Wirklichkeit zurück. Ein einziger Blick über die Schulter zeigte ihm, daß der Ort Brunsbüttel war. Daß das Ufer nur langsam vorbeikroch, erzählte ihm aber noch eine andere Geschichte: Sie mußten Brunsbüttel bei vollem Tageslicht gegen den Flutstrom passieren.

Einen Augenblick ruhte er sich über den Riemen aus.

„Wir haben auflaufendes Wasser", bemerkte Quilhampton.

„Aye." Drinkwater überlegte kurz, dann fuhr er fort: „Ich kannte den Offizier vorhin, James. Jetzt ist keine Zeit für lange Erklärungen, nur soviel: Er suchte nicht nach Ausbrechern wie Frey und seinen Männern. Er suchte uns. Um genau zu sein, mich." Er begann wieder zu pullen und lenkte das Boot zum Ufer.

„Ich wette, daß der Alarm auf beiden Ufern weitergegeben worden ist, aber vielleicht hat die Nachricht Brunsbüttel hier im Norden noch nicht erreicht, daß man nach drei Männern in einem Fischerboot Ausschau halten soll. Verstehen Sie?"

„Weil der Zusammenstoß am Südufer war?"

„Si, si, das ist richtig", rief Castenada im Bug.

„Folglich werden wir Brunsbüttel ganz frech passieren. Sie, James, legen sich flach hin, und Sie, Doktor, werden jedem freundlich zuwinken, der sich am Ufer zeigt."

„Ah ja, ich verstehe. So?" Castenada winkte probeweise so eifrig, daß Drinkwater grinsen mußte und Quilhampton die Augen verdrehte.

Jetzt trieb weniger Eis auf dem Fluß, denn das einströmende Salzwasser verhinderte seine Neubildung. Allerdings mußten sie nahe am Ufer auf Schollen achten.

Drinkwater pullte sie dicht am Ort vorbei. In der Ecke eines verschneiten Pferchs wartete eine Schar Kühe, während ein Mädchen ihnen Futter vorwarf. Zwei Boote fischten im Strom mit einer halben Kabellänge Abstand, zwischen sich ein Netz gespannt. Die Fischer riefen dem Boot, das langsam vorbeigerudert wurde, etwas nach, und Castenada winkte begeistert. Ein Mann aber wiederholte den Anruf, und Castenada antwortete ihm in überraschend gutem Deutsch. Der Fischer lachte herzlich.

„Was haben Sie gesagt?" fragte Drinkwater besorgt.

„Er fragte, wohin wir wollten, da habe ich geantwortet, nach Helgoland, um gutes Essen zu besorgen!"

„Die Wahrheit ist immer am besten", brummte Drinkwater und zog die Riemen durch. „Aber ich wußte nicht, daß Sie deutsch sprechen."

„In Altona war Deutsch hilfreich, und da ich schon etwas Englisch sprach . . . Außerdem kann ich noch Französisch . . ."

„He! *Arrête!* Halt!" Die Stimme eines Postens drang klar verständlich über das Wasser, aber Drinkwater pullte stetig weiter, auch als der Mann seine Muskete vom Rücken nahm und auf sie zielte. Dann schien er Bedenken zu bekommen und hob den Kopf, um das verdächtige Boot genauer zu mustern. Schließlich kam ein Offizier angelaufen, und der Mann zielte wieder auf die Flüchtenden. Doch als er endlich feuerte, waren sie schon außerhalb seiner Schußweite, und die Kugel klatschte harmlos in ihr Kielwasser.

„*Dios!*" murmelte Castenada und bekreuzigte sich dankbar.

„James", sagte Drinkwater, als die Gefahr vorbei war, „südwestlich von uns, irgendwo an Backbord voraus, müßten Sie jetzt eigentlich die Kugelbake von Cuxhaven erkennen."

„*Ich* sehe sie!" Castenada deutete nach vorne.

Quilhampton richtete sich auf und nickte. „Ja, das ist sie." Mit gerötetem Gesicht fiel er zurück auf die Pelze.

„Sehr gut." Drinkwater unterdrückte seine Besorgnis über die Verschlechterung von Quilhamptons Zustand. „Dort werden sie versuchen, uns abzufangen. Liegt in der Nähe ein holländischer Kutter mit schwarzem Rumpf? Es ist ein großer Zollkreuzer . . ."

Er hörte auf zu rudern und blickte sich um, denn Quilhampton war verstummt, offensichtlich eingeschlafen. Castenada starrte angestrengt nach vorn. „Ich sehe kein Schiff, Kapitän . . ."

Drinkwater berührte seinen Arm und deutete besorgt auf Quilhampton.

Der Doktor runzelte die Stirn und schüttelte traurig den Kopf. „Es geht ihm schlecht." Er machte Anstalten, sich zu erheben und nach achtern zu kriechen, aber Drinkwater verwehrte es ihm.

„Nein, nein, Doktor, wir würden kentern . . . Hören Sie zu, ich habe eine Idee . . ."

Er ruderte weiter und schaute gelegentlich über seine Schulter. Nach einiger Zeit fragte Castenada: „Was für eine Idee, Kapitän?"

„Vor uns liegt das Nebenfahrwasser nördlich des Vogelsands, ich erinnere mich, es auf der Seekarte gesehen zu haben. Wir müssen also gar nicht so dicht bei Cuxhaven passieren. Außerdem wird es bald dunkel."

„Wollen Sie etwas essen?"

„Ja, bitte. Und ich hätte gern auch den letzten Schluck Wein, es sei denn, Sie benötigen ihn für . . ." Er deutete mit dem Kopf auf Quilhampton.

„Nein, Sie brauchen ihn jetzt nötiger. Wir sind bald auf See, nicht wahr?"

„Ja."

„Und Helgoland ist nicht mehr weit?"

„Weit genug", knurrte Drinkwater grimmig.

Das Ende des kurzen Wintertags kam vorzeitig, weil sich eine dichte Wolkendecke von Norden heranschob. Sobald die Sonne verdeckt war, umgab sie bleiernes Grau bis zum sichtbaren Horizont. Schnee begann zu fallen. Ihr einziger Trost war, daß sie jetzt vor Verfolgern sicher waren, allerdings konnten sie selbst auch nicht viel sehen.

Schließlich setzte die Ebbe ein. Drinkwater und seine Gefährten verzehrten den letzten Proviant und hatten danach nur noch einen Mundvoll Schnaps für jeden übrig. Die Frage, woher sie die nächste Mahlzeit nehmen sollten, wagte keiner zu stellen.

Drinkwater war ziemlich sicher, daß sie sich in dem Nebenfahrwasser nördlich des Neuen Grundes befanden, das am Großen Vogelsand entlangführte. Abgesehen davon hatte er nicht die leiseste Idee, wo sie in dieser Dunkelheit umherirrten.

Jetzt saßen sie schon fast zehn Stunden im Boot, ohne die verkrampften Glieder strecken zu können. Das und die Kälte, die schmerzenden alten Wunden und die ständige Lebensgefahr ließen ihre Stimmung auf Null sinken. Außerdem wurde Quilhampton zwischendurch immer wieder bewußtlos und fieberte. Castenada wurde immer stiller. Zweifellos war er ein tapferer Mann, aber jetzt bedauerte er bestimmt seinen impulsiven Entschluß, mit ihnen zu kommen.

Was Drinkwater selbst anging, so litt er an einer akuten Halsentzündung, an den Schmerzen in seiner verwundeten Schulter und der Überanstrengung durch das dreitägige Rudern. Er wußte nicht mehr, wo sie sich befanden. Ausgelaugt und voll nagender Angst döste er vor sich hin.

Er erwachte, weil ihn Castenada rüttelte. Das Boot war aufgelaufen, fahl schimmernder Sand schien sie auf allen Seiten zu umgeben.

„Es muß Niedrigwasser sein", murmelte er und versuchte sich aus den verführerischen Armen des Schlafes zu befreien. Er hatte das merkwürdige Gefühl, daß Schlaf Wärme bedeutete . . .

„Ist das Helgoland?" fragte Castenada, und seine dumme Frage erinnerte den widerwilligen Drinkwater an seine Pflichten.

„Nein, nicht Helgoland. Aber ich will verdammt sein, wenn ich weiß, wo wir sind."

Mit großer Anstrengung warf er die Pelze zur Seite, die über seinen Beinen lagen, und versuchte sich aufzurichten. Die Seidenstrümpfe, die er als Handschuhe benutzte, konnten die Kälte nicht abhalten. Aber irgendwie schaffte er es, sich über das Dollbord zu schwingen.

Seine Schaftstiefel liefen sofort voll Wasser, der eiskalte Sand gab unter seinen Füßen nach. Er wußte, daß er nicht überall fest genug war, um sein Gewicht zu tragen. Weiter oben, wo er schon abgetrocknet war, würde er tragfähiger sein. So schnell er konnte, stolperte er vorwärts und nahm die Vorleine mit. Bald hatte er festen Stand und zog das Boot so weit hinauf, wie es ging, wobei ihm Castenada half.

Auf der Sandbank gab es kein Brennmaterial, aber die Bewegung regte ihre Blutzirkulation an. Als sie zurückkehrte, war der Schmerz kaum auszuhalten. Sie kauerten sich beide in den Sand und wimmerten unkontrolliert, bis die Schmerzen nachließen.

„*Dios*", murmelte Castenada, für sie beide sprechend, „weder die heißen Steine noch der Wundbrand sind damit zu vergleichen!"

Nachdem sie sich erholt hatten, sagte Drinkwater: „Wir müssen Quilhampton die Pelze lassen. Aber Sie und ich, Doktor, wir müssen zwei von den unseren opfern."

„Ich verstehe nicht?"

„Wir müssen etwa dreißig Meilen offene See überqueren. Dafür ist das Boot nicht gebaut, es ist zu niedrig. Sollten wir Wind bekommen, schlagen wir voll . . ."

„Ah ja, jetzt verstehe ich. Sie brauchen die Pelze als Abdeckung . . ." Castenada machte eine entsprechende Bewegung über dem Boot.

„Ja, wie bei einem Kajak der Eskimos. Damit haben wir eine faire

Chance. Und Sie werden darunter Schutz finden." Am Bug entdeckten sie eine lange Angelleine, mit dem Küchenmesser schnitten sie die Abdeckung passend zurecht und befestigten sie mit Laschings am Rumpf. Trotz der Gefahr einkommender Brecher entschied sich Drinkwater dafür, der steigenden Flut zu trotzen. Er wußte, daß sie Nipptide hatten und hoffte darauf, daß die Sandbank nicht völlig überspült wurde. Falls doch, mußten sie das Boot irgendwie zur Ostseite schaffen und dort zu Wasser bringen. Außerdem, dachte er, und das war das überzeugendste Argument, hatte er die Orientierung verloren und mußte Tageslicht abwarten, um seine Ausgangsposition festzustellen.

Später war er sicher, daß sie diese Nacht nicht überlebt hätten, wenn sie sie auf der Elbe verbracht hätten, mit oder ohne Lagerfeuer. Ihre Kraftreserven waren fast völlig verbraucht, und der kalte Landfrost hätte sie getötet. So aber milderte die umgebende See die Temperaturen und ließ sie bis zum nächsten Morgengrauen durchhalten.

Die Tide stieg immer höher, mehrmals mußten sie das Boot weiter auf den Sand ziehen. Die Angelleine hielt zwar, doch aus Vorsicht schafften sie das Boot auf die den Brechern abgewandte Seite, um es später dort zu Wasser zu lassen. Die Brandung war nicht allzu hoch, aber beide Männer hatten keine Lust, noch nasser zu werden als ohnehin schon.

Beim ersten Licht wickelte Castenada Quilhamptons Verband ab und schnüffelte am Stumpf. Gespannt wartete Drinkwater auf die Diagnose. Er wußte, daß jeder Verwesungsgeruch, und sei er noch so leicht, Quilhamptons sicheren Tod bedeuten würde. Mit klopfendem Herzen beugte er sich über die freigelegte Wunde und schützte sie vor der Kälte, während Castenada sie versorgte. Quilhampton bewegte sich und öffnete stöhnend die Augen, als der Arzt mit zufriedenen Brummen die Fäden entfernte.

„Ich glaube, sein Fieber kommt nicht so sehr davon", erklärte der Chirurg, während er einen neuen Bleiazetat-Verband anlegte, „als vielmehr davon . . ." Er deutete mit dem Kopf auf ihre lebensfeindliche Umgebung. Quilhampton war schon wieder eingeschlafen. „Er ist zäh, aber", Castenada schnalzte mit der Zunge und schüttelte den Kopf, „noch so eine Nacht . . . Ich weiß nicht."

Mit der Sonne kam der Wind, eine nördliche Brise, die unangenehm kurze Wellen aufwarf. Die Brecher schlugen dumpf gegen die Sandbank.

Drinkwater wußte, daß die steigende Flut bald ihren Zufluchtsort überspülen würde, und bedeutete Castenada, daß sie weiter mußten. Der Spanier bekreuzigte sich und nickte. Sie brachten das Boot zu Wasser und krochen, naß bis zu den Knien, an Bord. Sofort fühlten sie die veränderten Bedingungen: Sie wurden nicht länger vom dunklen weichen Busen der Elbe getragen, hier herrschte die rauhe offene See. Rudern war schwierig, und bald stellten sie fest, daß sie kaum vorankommen würden.

Drinkwater entdeckte in der Ferne den verschwommenen Umriß einer Bake. Er war sicher, daß es nicht die Kugelbake bei Cuxhaven war, aber er konnte sich nicht erinnern, wie viele Baken es in der Außenelbe gab. Er wußte von einer bei Neuwerk, sah aber kein Anzeichen der Insel. Die Bake lag südlich von ihnen, demnach hatte die Ebbe das Boot wahrscheinlich durch einen der Priele geschoben, die den Vogelsand durchzogen. Also waren sie statt nach Westen nach Süden getrieben.

Den ganzen grauen Vormittag lang hielt Drinkwater das schwankende Boot mit dem Wind von Steuerbord beigedreht, während die Flut sie wieder in die Elbmündung hinein versetzte.

Sie lagen zu tief, um mehr zu sehen als die endlosen Wellenzüge, die sich über einen Horizont schoben, der für sie weniger als zwei Meilen entfernt war. Einmal machten sie eine Tonne aus, die Drinkwater verzweifelt zu erreichen suchte, um daran festzumachen und die Ebbe abzuwarten. Aber die Flut war zu stark. So mußte er aufgeben, und bald hatten sie die Tonne aus den Augen verloren. Gegen Mittag riß die Wolkendecke auf, der Wind drehte nach Nordwest und nahm zu. Eine gefährlich rauhe See baute sich auf. Sobald die an sich günstige Ebbe einsetzte, würde der Seegang für sie lebensbedrohlich werden, weil dann Wind gegen Strom stand.

Zwei Stunden später verlor Drinkwater einen Riemen. Stumpfsinnig blickte er ihm nach, wie er davontrieb, und war unfähig, etwas dagegen zu tun. Castenada sagte nichts. Er war seekrank und erbrach sich hilflos über die Pelzabdeckung. Der Wind trug den scharfen Gestank des Erbrochenen in Drinkwaters Nase.

Das Boot lag beigedreht, rollte stark nach Luv und wurde gleichzeitig nach Süden getrieben. Bei Dunkelheit liefen sie wieder auf Grund, nur wenig Meilen von ihrem Ausgangspunkt entfernt. Ihr Weg hatte sie nach Westsüdwest geführt.

Castenada und Drinkwater wateten gleichgültig an Land. Ihre Gedanken galten einzig Quilhampton, obwohl Drinkwater in einem lichten Moment begriff, daß sie nur Zeit verschwendeten: Quilhampton würde auf jeden Fall sterben, weil sie nicht in der Lage waren, ihn zu retten.

Zitternd vor Kälte saßen sie auf dem Dollbord und lauschten den Fieberphantasien ihre Schützlings, während sie sich den Rest Schnaps teilten.

„Beim Stierkampf", sagte Castenada scheinbar zusammenhanglos, „will das Publikum sehen, ob der Stier anständig stirbt."

Drinkwater nickte weise. Dann murmelte er: „Scharhörn ... Das hier ist Scharhörn ..."

Er war stolz auf sich, daß er sich an die Karte erinnert hatte, und grinste in die Dunkelheit.

„Das ist kein schöner Name", sagte Castenada.

Drinkwater konnte sich später nicht erinnern, wie die folgenden Stunden verlaufen waren. Schließlich alarmierte ihn das bösartige Donnern der Brandung. Die Brecher ließen den Sand erzittern, auf dem er lag. Vermutlich hatte ihn sein seemännischer Instinkt aus dem Schlaf geweckt, der eigentlich sein letzter hätte sein sollen, wäre es nach der unerbittlichen Natur gegangen. Aber der Lärm war wohl nicht der einzige Grund seines Erwachens gewesen. Eine große räuberische Heringsmöwe hatte seine Wange schon blutig gepickt. Erst seine plötzliche Bewegung ließ den Vogel mit ärgerlichem Gekreisch abstreichen.

Er setzte sich auf. Es dauerte mehrere Minuten, bis er sich über seinen Aufenthaltsort klar war und über den Grund, warum er ungeschützt auf Scharhörn im Sand lag. Dann blickte er sich um und sah Castenada einige Schritte entfernt ausgestreckt. Quilhampton lag immer noch wie tot im Boot. Gleich dahinter wehte der weiße Schaum der anrollenden Brecher auf seinen Freund zu, und das brachte Drinkwater in Bewegung. Seine Angst vor dem Ertrinken war stärker als der Schmerz beim Bewegen. Er kam auf die Füße und hinkte zu Castenada hinüber. Er versuchte zu schreien, aber die Halsentzündung und der Schnaps, den er vor seinem Zusammenbruch getrunken hatte, hatten seine Kehle ausgedörrt. Die Qualen des Durstes begannen.

Dann sah er es: Nur eine Achtelmeile entfernt ragte aus dem Sand eine massive Holzkonstruktion, die Bake von Scharhörn.

NEUNZEHNTES KAPITEL

Februar – April 1810

Zuflucht, Rettung und Vergeltung

Leutnant Frey stand neben Leutnant O'Neal auf dem schrägen Deck des Zwölf-Kanonen-Kutters *Alert*. Von Zeit zu Zeit ging er nach vorne und suchte mit einem verbeulten Teleskop den Horizont ab. Zwei Hindernisse unterbrachen die Linie zwischen Himmel und Wasser: im Norden der Große Vogelsand, im Süden Scharhörn. Hinter Scharhörn lag die niedrige Insel Neuwerk mit dem massiven Steinturm und den Baken. Die Besatzung des Wachboots in der Elbmündung – rein technisch ihr Feind – winkte freundlich herüber, als der Kutter unter seinem großem Gaffelsegel, geschoben von der Tide, seinen täglichen Aufklärungsschlag in das Mündungsgebiet machte. Die Deckswache der *Alert* winkte zurück.

Frey ging wieder nach achtern und schüttelte den Kopf.

„Nichts?" fragte O'Neal mit seinem nordirischen Akzent.

„Nichts", erwiderte Frey bedrückt.

„Wir laufen mit der Tide bis vor Cuxhaven", vertröstete ihn O'Neal.

Die Flut hatte die Sandbank von Scharhörn schon überspült, als Drinkwater endlich Castenada und Quilhampton auf das stabile Holzgerüst der Bake geschafft hatte. Dicke Balken bildeten auf halber Höhe eine Plattform, zu der eine Leiter emporführte. Im Sommer konnten von hier aus Zimmerleute die von den Winterstürmen verursachten Schäden an der Bake reparieren. Über der Plattform erhob sich das Gerüst für das eigentliche Toppzeichen, ein großer Käfig.

Die Anstrengung, die sichere Bake zu erreichen, hatte ihre letzten Kraftreserven verbraucht. Die drei Männer lagen wie tot auf der Plattform ausgestreckt, und es dauerte länger als eine Stunde, bevor Drinkwater wieder zu denken begann. Selbst dann regte sich in seinem müden Hirn anderes als Erleichterung über ihre scheinbare Rettung. Ihm wurde klar, daß sie endgültig verloren waren. Ihr Tod war nicht mehr abzuwenden, Durst, Kälte und der schneidende Wind würden ihn beschleunigen. Zwar konnten sie sich gegen die Kälte noch eine Weile schützen, denn sie hatten alle Pelze und Decken aus dem Boot gerettet. Obwohl feucht, hielten sie doch den Wind ab und konservierten ihre Körperwärme. Aber sie waren schon vorher ausgetrocknet gewesen, und die Anstrengung, Quilhampton und ihre eigenen erschöpften Körper auf die Bake zu ziehen, hatte ihren Durst noch verschlimmert.

Es dauerte nicht lange, bis ihn nur noch ein Gedanke beherrschte: wie er das Brennen in seiner Kehle lindern konnte. Seine Zunge fühlte sich wie dickes Leder an, sein Kopf schmerzte. Je stärker seine Gier nach Wasser wurde, desto unruhiger bewegte er sich. Schließlich stand er auf und blickte sich, im Wind schwankend, wild nach allen Seiten um. Im Osten sah er die niedrige Insel Neuwerk mit ihrem Steinturm und den Baken und dahinter die Masten und Rahen von zwei oder drei verankerten Schiffen. Langsam ließ er seine geschwollenen roten Augen auch nach Norden schweifen.

Der Kutter war etwa zwei Meilen entfernt. Er hatte sein Großsegel ausgebaumt und lief ostwärts in die Elbmündung. In seinem Schreck hielt Drinkwater ihn zunächst für den holländischen Zollkreuzer und wollte schon verzweifeln. Aber nach ein paar Minuten erkannte er, daß er keine Seitenschwerter besaß und daß der Steven senkrecht und nicht vorgewölbt war; auch war der lange, ausfahrbare Klüverbaum eindeutig britischen Ursprungs. Er hatte sich getäuscht! Die schmale Silhouette des weit ausgefahrenen Großsegels hatte ihn glauben gemacht, es handle sich um den schmalen Kopfschnitt der Holländer. Aber es war kein Niederländer, sondern ein britischer Marinekutter. Jetzt konnte er auch die blaue Dienstflagge an der Piek erkennen.

Hoffnung begann sich in seiner Brust zu regen.

„Sie sind noch nicht flußaufwärts gefahren", bemerkte O'Neal. Er stand neben den beiden Rudergasten an *Alerts* Pinne und deutete mit dem Kopf zu den drei Schiffen auf der Reede von Neuwerk hin.

„Nein", erwiderte Frey. „Das läßt für Kapitän Drinkwater Schlimmes befürchten."

Nach Littlewoods Ankunft mit *Galliwasp* und *Ocean* sowie Freys Eintreffen im gestohlenen Leichter wußte ganz Helgoland, daß man die Franzosen mit einem großen Täuschungsmanöver hereingelegt hatte. Es war nie Drinkwaters Absicht gewesen, die Ladung aller Schiffe dem Feind zu überlassen, um ihn irrezuführen. Nach der Vereinbarung mit Thiebault sollten sie nur bis Neuwerk segeln, um dort die Rückkehr von *Galliwasp* und *Ocean* abzuwarten, ein Faustpfand für das Wohlverhalten der Franzosen.

Aber Drinkwaters Ausbleiben, die Komplikationen nach Freys Ausbruch und die zeitweise zusätzliche Handelssperre, von der Nicholas, Hamilton und Littlewood auf Helgoland nichts wußten, hatte zur Folge gehabt, daß die Schiffe vor Neuwerk liegen geblieben waren, unter den Kanonen des Feindes.

O'Neal studierte sie im Fernglas. „Die Yankeeflaggen sind alle stramm durchgesetzt", stellte er fest. Als Geheimsignal hatten sie ausgemacht, daß die Flaggen an losen Leinen flattern sollten, falls es an Bord Schwierigkeiten gab.

Eine weiße Wolke stieg von der Insel auf, die Kugel schlug zwei Kabellängen an Steuerbord voraus in die See. Dieser Schuß begrüßte sie jedesmal, wenn sie in die Elbmündung einliefen. Aber auch diesmal lag der Fluß völlig leer vor dem Aufklärungskutter. Als sie nach einer Stunde die Kugelbake und den Leuchtturm von Cuxhaven ausmachen konnten, schüttelte O'Neal betrübt den Kopf. „Verdammter Mist!"

„Aye . . ."

O'Neal hob die Stimme. „Klar zur Wende! An die Vorsegelschoten! Klar bei Großschot! Bootsmann an die Backstagen!" Er wartete, bis seine Besatzung auf Manöverstationen war, dann befahl er: „Rhe!"

Mit donnernden Segeln ging die *Alert* durch den Wind und segelte über Backbordbug weiter.

„Jetzt wird sie den Wind spüren", meinte O'Neal, nachdem das Schiff wieder kursbeständig lief und die Schoten dichtgeholt waren. Spritzwasserwolken flogen über den Luvbug. O'Neal beobachtete ihre absolute Bewegung gegenüber dem Land.

„Wir haben den Strom auf dem Leebug", stellte er fest. „Die Ebbe hat bereits eingesetzt."

Drinkwater ließ den fernen Kutter nicht aus den Augen. Als er ihn wenden sah, kletterte er von seinem Beobachtungsposten oben auf der Bake auf die Plattform herunter. Er ignorierte Castenadas halbherzige Proteste und schnappte sich die Decken. Gern hätte er ein Feuer gemacht, aber der Versuch, mit dem Schloß der nassen Reiterpistole Funken zu schlagen, wäre verlorene Liebesmüh' gewesen.

Mühsam kletterte er wieder hinauf, band die Decken an zwei Ecken zusammen und ließ seine improvisierte Flagge so hoch wie möglich auswehen. Mit Knoten befestigte er sie in einem Spalt des Toppzeichens. Das Notsignal wehte nach Lee aus, ein schmutziger, unregelmäßig geformter Flickenteppich.

Drinkwater lehnte den heißen, schmerzenden Kopf gegen das verwitterte Holz der Scharhörnbake, schloß die Augen und hoffte.

Frey sah das Signal. Er hatte die Bake schon ein paar Sekunden lang betrachtet, ehe ihm das veränderte Toppzeichen auffiel. Sein Herz tat einen Satz. Er hob das Glas und machte in der unruhigen Linse die flatternden Decken aus.

„Dort! Sehen Sie?" Er zeigte in die Richtung. „Ein Notsignal querab an Backbord!"

„Anluven! An den Wind – und die Stagsegelschoten nach Luv!" O'Neal reagierte sofort auf Freys Ruf. „Wo?" fragte er, sobald die *Alert* im Wind stand, langsamer wurde, schließlich beigedreht abfiel und dabei langsam nach Lee trieb.

„Dort, Sir! Auf der verdammten Bake!"

„Richtig! Fier weg das Heckboot. Sie machen das, Frey, und denken Sie an die Ebbe, die über die Bank setzt!"

Drinkwater sah das Boot übers Wasser auf sich zukommen. Einen Augenblick stand er ungläubig und starr, seine Augen wurden feucht vor Erleichterung. Dann riß er sich mit einer großen Anstrengung zusammen und kletterte steif zu den anderen auf die Plattform hinunter, die Decken hinter sich herziehend.

Er wollte seine Kameraden wecken, aber seine Kehle war zugeschwollen, so daß er nicht mehr als ein leises Krächzen herausbrachte. Sein Kopf schmerzte so stark, daß er untätig auf das Eintreffen des Bootes warten mußte, während sein Körper von unkontrolliertem Schluchzen geschüttelt wurde.

Als Frey ihn erreichte, hatte er sich wieder unter Kontrolle, aber es dauerte einige Zeit, bis er den Leutnant erkannte.

„Mr. Frey, sind Sie's? Also sind Sie entkommen." Drinkwaters Stimme war kaum mehr als ein Flüstern.

„Sind Sie wohlauf, Sir?" Frey war zutiefst besorgt über Drinkwaters Aussehen. Schnell winkte er Verstärkung aus dem Boot herbei und ließ Quilhampton vorsichtig hineinlegen, was aber für den Geschundenen nicht ganz ohne qualvolle Stöße abging. Unbeholfen stolperten schließlich Drinkwater und Castenada an Bord, und dann machten sie sich auf die Rückfahrt zum Kutter.

Die See strömte glatt über die Bank, aber wo die ablaufende Tide

217

auf das Fahrwasser stieß, bildete sich eine bösartige Kabbelsee, die ihnen gefährlich werden konnte. Auf Freys Befehl hin verdoppelten die Ruderer ihre Anstrengungen und durchbrachen die Barriere, um ins offene Wasser zu gelangen. Kurz darauf erreichten sie *Alerts* schwarze Bordwand. Hände reckten sich ihnen entgegen, Drinkwater und Castenada wurden auf das ordentliche Deck hochgezogen. Ein fremder Offizier stand vor Drinkwater, die Rechte grüßend an seinem Zweispitz.

„Freut mich, Sie endlich an Bord zu haben, Sir", sagte er lächelnd. „Wir knüppeln hier schon seit Tagen rauf und runter, um Sie aufzulesen. O'Neal ist mein Name, Sir."

„Ich bin Ihnen sehr verbunden, Mr. O'Neal, wirklich sehr verbunden", krächzte Drinkwater. „Für Mr. Quilhampton dort unten benötigen wir eine Talje, um ihn an Bord zu hieven . . ."

Danach konnte sich Drinkwater an nichts mehr erinnern. Er wußte nur, daß sein brennender Durst gelöscht wurde, bevor er endlich in den Schlaf totaler Erschöpfung sank.

Leutnant Quilhampton erwachte vom Geräusch des Windes. Über seinem Kopf sah er nackte Dachbalken und die Unterseite klappernder Dachziegel. Der Wind spielte mit den Spinnweben zwischen den roh behauenen, wurmstichigen Balken und verlieh ihnen ein seltsames Eigenleben. Der gespenstische Eindruck wurde noch durch zuckende Schatten verstärkt, die zwei flackernde Kerzen warfen.

Quilhampton wandte den Kopf. Die Wände waren früher weiß gekalkt gewesen, jetzt lösten sich Placken von den feuchten Steinen, und graue Lehmflecken machten den groben Verschönerungsversuch zunichte. Er sah, daß die Kerzen auf einem Tisch am Fußende seines schmalen Bettes standen. Ein Mann saß daneben, den Kopf auf die Arme gelegt, und schlief. Sein Haar war dunkelbraun, mit weißen Strähnen durchzogen und von einem schwarzen Band zusammengehalten.

Quilhampton runzelte die Stirn. „Sir, sind Sie das?"

Drinkwater regte sich und blickte auf. Sein Gesicht war hager, die alte Narbe und die Pulverspuren über seinem linken Augen stachen dunkel von der blassen Haut ab.

„Aye, ich bin's." Drinkwater lächelte, reckte sich gähnend und stand auf. Er stieß den Stuhl zurück und trat zu Quilhampton. „Aber die Frage ist: Sind Sie das, James?"

„Ich verstehe nicht . . ."

218

„Sie haben in den letzten Tagen soviel dummes Zeug phantasiert, daß ich mich fragte – daß wir alle uns fragten –, ob Sie uns erhalten bleiben würden."

„Wo bin ich?" Quilhamptons Blick wanderte wieder im Raum umher.

„In Sicherheit. Sie sind in der alten dänischen Kaserne auf Helgoland . . . Nein, nein, erschrecken Sie nicht, sie gehört nicht mehr den Dänen sondern Seiner Majestät König George."

„König George . . . Ja, ja, natürlich. Wie dumm von mir."

„Und sorgen Sie sich auch nicht wegen des Kriegsgerichts, mein lieber Junge. Ich habe mir beeidete Aussagen von Frey und Ihrer Besatzung geben lassen."

Quilhampton nickte. „Sehr freundlich, Sir, danke." Er versuchte zu lächeln. „Nur schade, daß Sie mich damals gedrängt haben, an Mistress MacEwan zu schreiben, ich wolle sie trotz allem heiraten."

„Warum?"

„Jetzt muß ich ihr wieder abschreiben, Sir. Sie kann doch keinen Krüppel brauchen, der . . ."

„Ich vermag nicht für Mistress MacEwan zu sprechen, James", unterbrach ihn Drinkwater unwillig. „Aber ich will verdammt sein, wenn ich Sie derartigen Blödsinn anstellen lasse, bevor Sie wieder gesund und munter sind. Castenada meint, sobald Sie das Sekundärfieber überstanden haben, werden Sie binnen eines Monats wieder auf den Beinen sein. Und erst dann treffen wir unsere Entscheidungen, eh?"

„Sie bleiben einen Monat hier, Sir?"

„So sieht's jedenfalls im Augenblick aus, James. Ein höllischer Märzsturm weht uns draußen die Ohren ab, deshalb haben wir einstweilen keine andere Wahl."

Bei diesen Worten nickte Quilhampton und schloß beruhigt die Augen. Drinkwaters ungeduldigen Unterton hatte er überhört.

„Es wird mir bestimmt nicht schwerfallen, den Gouverneur zu überzeugen, Sir", sagte Nicholas lächelnd. „Ganz bestimmt nicht."

„Sehr gut. Wir müssen die Sache zum Abschluß bringen. Und solange die drei Schiffe vor Neuwerk liegen . . ."

„Richtig, richtig." Nicholas betrachtete den Portwein im Glas, bevor er es Drinkwater reichte. „Den hat uns der Marquis of Wellesley übersandt, Cannings Nachfolger im Außenministerium", sagte er mit offensichtlicher Genugtuung. „Zweifellos aus Freude über die Erfolge seines Bruders auf der spanischen Halbinsel . . ."

„Und in Anerkennung Ihres – oder darf ich sagen: unseres kleinen Erfolgs?" Drinkwater hob sein Glas.

„Ach, Sir, Sie foppen mich."

„Nur ein wenig."

„Auf Ihre Gesundheit, Kapitän."

„Und die Ihre, Mr. Nicholas."

In entspanntem Schweigen genossen sie den Portwein. Drinkwater studierte die Karte, die vor ihnen ausgebreitet lag, besonders aber den Scharhörnsand, der sich um Neuwerk erstreckte. Er wollte dorthin zurückkehren, um die Geister der Elbe abzuschütteln, die noch immer durch seine Träume spukten. Außerdem mußte er die drei Handelsschiffe befreien, die dort unter den Kanonen der Franzosen auf Reede lagen, und zwar bevor Davouts Aufenthalt in Lübeck Thiebault dazu ermutigte, sie flußaufwärts nach Hamburg bringen zu lassen.

Diese Schiffe hatten Thiebaults Wohlverhalten garantieren sollen und waren ein Pfand dafür gewesen, daß er, Littlewood und Gilham Hamburg heil und mit dem Kaufpreis in der Tasche verlassen durften. Sie hatten geduldig gewartet, bis Drinkwater entkommen war. Jeden Tag hatten sie auf die scheinbare „Rückeroberung" durch ihre Landsleute gehofft, aber eine Reihe starker Weststürme hatte diese Aktion bis Ende März verzögert.

„Immerhin könnte die Sache nicht ganz so einfach werden, wie Sie denken, Kapitän", meinte Nicholas vorsichtig.

„Wie das, Sir?"

„Während Ihrer Krankheit kamen zwei Boote nach Helgoland, und eines brachte uns Nachricht von Liepmann. Er hat von gut unterrichteter Seite erfahren..."

„Von Thiebault?"

Nicholas zuckte mit den Schultern. „Möglich. Jedenfalls gab es, wie Liepmann sich ausdrückte, Gerüchte über eine *unerklärliche* Verstimmung zwischen Paris und St. Petersburg. Sie soll ernst genug sein, um Paris an Krieg denken zu lassen."

„Guter Gott! Dann hatten wir mehr Erfolg, als ich zu hoffen wagte. Aber was hat das mit dem Entsatz unserer Schiffe von Neuwerk zu tun?" Er tippte auf die Karte.

„Liepmann hat außerdem berichtet, Kapitän, daß Verstärkung in Hamburg eingetroffen ist: Molitors Division mit rund neuntausend Mann. Die Garnisonen in Cuxhaven und Brunsbüttel sind verstärkt worden..."

„Die Weststürme haben nicht nur uns von Neuwerk ferngehalten sondern auch die Franzosen, da bin ich sicher."

„Damit könnten Sie recht haben, Kapitän, aber ich würde mich einer Pflichtverletzung schuldig machen, würde ich Ihnen die Fakten nicht mitteilen." Nicholas hob die Karaffe. „Noch ein Glas? Danach gehe ich und besuche Colonel Hamilton."

„Sehr gut, Mr. O'Neal", rief Drinkwater der dunklen Gestalt zu, die wachsam an der Heckreling der *Alert* stand, „Sie können uns jetzt loswerfen."

Das riesige Großsegel des Kutters stand im ersten Licht des Aprilmorgens schwarz vor dem hellen Himmel und schien zu schrumpfen, als die *Alert* von den vier Booten abdrehte, die sie im Schlepp gehabt hatte. Sie stampften in der Heckwelle, während sich die Besatzungen auf den Duchten zurechtrückten.

„Mr. Browne?" rief Drinkwater.

„Alles klar, Sir", erwiderte der Hafenmeister.

„Mr. McCullock?"

„Fertig, Sir!" antwortete der Transportoffizier.

„Mr. Frey?"

„Auch fertig, Sir!"

„In Kiellinie anrudern!" Drinkwater nickte dem Fähnrich neben sich zu. „Mr. Martin, Ruder an."

Die Riemenblätter wanderten nach vorne und wurden von starken Armen durchs Wasser gerissen. Sie schaufelten das Boot vorwärts, kamen wieder frei, schossen nach vorne und bissen wieder ins Wasser. Bald hatten sie einen Rhythmus von einschläfernder Monotonie gefunden.

Unwillkürlich schauderte Drinkwater zusammen. Er würde nie mehr Männer pullen sehen können, ohne an den Alptraum auf der vereisten Elbe denken zu müssen, an dieses endlose Vorbeugen und Ziehen, Vorbeugen und Ziehen. Inzwischen erinnerte er sich nur noch an wenige Details ihrer Flucht, kaum an das stürmische Zusammentreffen mit Dieudonné auf dem Eis oder an die Anstrengungen, um Quilhampton auf die Scharhörner Bake zu heben. Was sich jedoch unauslöschlich in sein Hirn eingebrannt hatte, war die endlose Plackerei an den Riemen, die darin gipfelte, daß er einen verloren und damit beinahe ihr Leben verspielt hatte.

Er sagte sich, daß der Alptraum vorbei war, daß er seine Schulden beim Schicksal abgetragen hatte. Er hatte eine private Absolution erhalten, weil es ihm gelungen war, Quilhampton vom Rande des Grabes zurückzuholen. Aber er konnte dieses Kapitel erst endgültig abschließen, wenn er die Handelsschiffe befreit und sicher auf eine britische Reede zurückgebracht hatte.

Inzwischen war es heller geworden, und er drehte sich nach den anderen drei Booten um. Zwei davon – das von McCullock und Browne – waren große Hafenleichter; das dritte war das Langboot der *Alert*, das vierte stammte von einem der Handelsschiffe und war unter Freys Kommando mit den rachsüchtigen Männern der *Tracker* bemannt. Außerdem waren Freiwillige der Royal Veterans unter der Führung von Leutnant Dowling auf alle Boote verteilt.

Drinkwater führte die Reihe mit *Alerts* Langboot an. In seinen Mantel gehüllt, starrte er nach vorn und überließ es Fähnrich Martin, einem jungen Protegé O'Neals, das Boot in Ufernähe zu bringen. Er hatte O'Neals Ärger gespürt, daß nicht er selbst den Befehl über die Bootsexpedition erhielt. Und er hatte recht, eigentlich war das wirklich keine Aufgabe für einen Vollkapitän. Aber Drinkwater hatte den Nordiren mit der kurzen Bemerkung zum Schweigen gebracht, daß sein Talent auf dem Kutter besser aufgehoben sei, der sie decken und eventuell wieder einsammeln mußte.

„Laufen Sie in unserem Kielwasser ins Fahrwasser ein, Mr. O'Neal, dann feuern Sie aus allen Rohren über unsere Köpfe hinweg und lenken den Feind von uns ab", hatte er O'Neal angewiesen. Der große Kutter hatte inzwischen gehalst und stand jetzt wieder etwa an der Stelle, wo er die Boote losgeworfen hatte. Er hielt wie sonst üblich auf Cuxhaven zu. Aber bald würde er über Stag gehen und sein Großsegel skandalieren, um auf die Boote zu warten und in ihrem Kielwasser auf die Reede von Neuwerk zu schleichen.

„Sie sind schon zu sehen, Sir!"

Gedämpft meldete der Ausguck die verankerten Schiffe. Drinkwater nickte, als Martin die Meldung wiederholte. Jetzt sah auch er sie, ihre Masten und Rahen zeichneten sich wie klares Filigran vom gelben Morgenhimmel ab. Sie lagen in einer Reihe vor Anker.

„Bringen Sie uns beim hintersten Schiff längsseits, Mr. Martin."

„Aye, aye, Sir!"

Drinkwater fühlte den Wurm der Furcht in seinen Eingeweiden nagen. Fast war er froh, wieder die vertraute Angst zu spüren, die jeden Mann vor einem Gefecht heimsuchte, die Angst vor Tod und Einsamkeit. Dabei spielte es keine Rolle, wie die Lage genau war und wie hoch sein Rang, oder wie viele Mitstreiter sich um ihn scharten. Das

222

altbekannte Gefühl weckte eine seltsame, perverse Befriedigung in ihm, vergleichbar vielleicht nur mit dem Gemütszustand eines Spions, der sich allein unter Feinden wußte. Drinkwater entspannte seine Schultern unter dem Mantel und dem geborgten zivilen Rock. Er war immer noch nicht in Uniform, aber niemand zweifelte mehr daran, wer und was er war.

Ein Posten auf dem Frachter *Anne* entdeckte sie. Es war ein Franzose, der mit anderen aus Hamburg an Bord geschickt worden war, um die abtrünnigen britischen Schiffe zu sichern, bis sich Marschall Davout entweder entschloß, das Embargo zu lockern, oder Thiebault freie Hand bekam, weil Davout auswärts Truppen inspizierte. Der Ruf des Wachtpostens alarmierte die erwachende Reede, und der Kornett auf Neuwerk, der gerade zum Wecken blasen wollte, trompetete statt dessen das scharfe Alarmsignal.

„Haut rein, Männer!" brüllte Drinkwater. Sie konnten noch immer das Überraschungsmoment auf ihrer Seite haben. Er fuhr zu Martin herum, weil der Fähnrich die Pinne legte, um einen weiten Bogen um die *Anne* zu fahren. „Geradeaus, verdammt!"

Das Boot krängte, als Martin den Kurs korrigierte und sie den ersten Ankerlieger passierten. Eine einzelne Musketenkugel schlug in ihr Dollbord, aber sie waren vorbei, bevor der Posten nachladen konnte.

Auf der *Hannah* war mehr Aktivität zu erkennen, aber auch sie glitt achteraus, bevor jemand an Bord eingreifen konnte. Jetzt lag die *Delia* vor ihnen. Sie drehte sich schon in den Wind, als die Flut, die die Boote herangetragen hatte, in das kurze Stillwasser überging.

Plötzlich blitzten gelbe Feuer an ihrer Reling auf. Musketenkugeln trafen das Langboot, andere warfen ringsum kleine Fontänen auf. Ein Mann auf der mittleren Ducht wurde in die Brust getroffen. Er ließ den Riemen fallen und brachte damit den Schlagrhythmus durcheinander. Im Todeskampf zuckend, sank er stöhnend auf den Boden. Aber nach einem Augenblick der Verwirrung wurde sein treibender Riemen klariert, dann war die Ordnung wieder hergestellt.

„Pullt stetig!" rief Drinkwater erleichtert, daß das Gefecht begonnen hatte. „Noch fünf Schläge, dann sind wir längsseits!"

Die Männer rissen mit ganzer Kraft an den Riemen, denn sie wußten, daß ihnen nur ein paar Sekunden blieben, bis die Franzosen nachgeladen hatten.

„Buggast!" rief Fähnrich Martin. „Einhaken!"

Alerts Langboot stieß hart gegen die Bordwand der *Delia*.

„Enterer vorwärts!" bellte Drinkwater. Er stand in dem wild schaukelnden Boot, während die meisten Männer aufsprangen und nach den Rüsten des Frachters griffen. Mit knirschenden Schultermuskeln hievte er sich hoch, suchte mit dem Fuß nach einem Halt und zog sich auf die Plattform der Rüsteisen. Er sah das matte Glänzen eines Bajonetts, stellte einen Fuß auf die Reling und zog den Degen, den ihm Hamilton geliehen hatte. Aber die Waffe des Infanterieoffiziers war leicht wie ein Florett, und der Zusammenprall mit dem schweren Bajonett ließ ihn wanken. Blitzschnell packte er mit der Linken ein Want und ließ sich zurückschwingen, womit er den Druck des Ausfalls auffing. Dann löste er seine Klinge und stach nach dem Gesicht des Mannes. Dieser wich instinktiv zurück, und Drinkwater konnte an Deck springen.

Doch er war noch immer schwach von den Anstrengungen der Flucht und landete ungeschickt. Als seine Beine unter ihm nachgaben, waren jedoch schon die anderen neben ihm, und der Wachtposten zog sich nach achtern zurück. Nervös sah er sich nach der Verstärkung um, die halb angezogen an Deck gestürmt kam. Es waren weniger als ein Dutzend, aber sie wurden von einem Offizier angeführt, einem älteren Mann mit einer tiefen Bajonettnarbe auf der Wange. Er gab einen kurzen Befehl, und die Musketen wurden angelegt.

„Vorwärts!" bellte Drinkwater, faßte wieder festen Stand und stürmte durch das Musketen- und Pistolenfeuer aufs Achterschiff. Sobald seine Männer über der Reling waren, feuerten sie gleichzeitig mit dem Feind. Einen Augenblick war alles nur Feuer und Lärm, dann prallten beide Parteien im Kampf Mann gegen Mann aufeinander.

Der alte Infanterieleutnant bewegte sich mit der besonnenen Zuversicht des Veterans. Er fintierte mit seinem schweren Degen, und Drinkwater bekam bei seiner unnötigen und ungeschickten Parade dessen Gewicht zu spüren. Der Franzose riß seine eigene Klinge seitlich weg, schlug Drinkwaters leichten Degen nieder und machte einen Ausfall.

Hätte Drinkwater nicht die Scheide des Degens abwehrbereit schon in der Hand gehabt, wäre sein Rückzug zu spät gekommen. Aber er war jetzt eiskalt. Die erste Kampfeswut war verflogen, die ihn rot sehen ließ und ihm die überflüssige Parade entlockt hatte. Überlegt machte er eine halbe Drehung, prallte gegen einen anderen Körper, verkürzte im Bruchteil einer Sekunde seinen Schwertarm und stieß mit aller Kraft zu.

Der französische Offizier fiel mit einem entsetzlichen Aufstöhnen gegen ihn. Als Drinkwater zurückzog, hatte er den Körpergeruch des

Mannes in der Nase, vermischt mit dem warmen Dunst von Blut. Der Degen des Franzosen klapperte an Deck, der Mann selbst brach in die Knie und stürzte dann der Länge nach hin. Hamiltons Degen war abgebrochen, Drinkwater stand mit dem Griff und einer Restklinge von drei Zoll dumm da.

Jemand stieß ihn an. Er fuhr herum und erkannte Martin, dann stellte er fest, daß alles vorüber war. Die restlichen Franzosen warfen als Zeichen ihrer Aufgabe die Musketen auf die Planken. Fünf ihrer Kameraden lagen tot oder schwer verwundet an Deck. Einer der Angreifer wand sich schreiend in Agonie, drei weitere waren bei der ersten Salve gefallen. Aber es war der Tod ihres Offiziers gewesen, der die Franzosen von der Sinnlosigkeit weiterer Gegenwehr überzeugt hatte.

„Wo ist die Mannschaft?" fauchte Drinkwater. „*Ou sont les matelots Americaines?*" Ein Franzose deutete auf die Gräting über dem achteren Laderaum.

„Holen Sie unsere Leute da raus, Mr. Martin!"

Ein Wachtposten trat vor und begann schnell zu sprechen. Drinkwater verstand kein Wort, aber der Sinn war klar: Der Mann wollte auf Neuwerk zurückbleiben und nicht in Gefangenschaft gehen.

„Lassen Sie die Gefangenen bewachen, Mr. Martin!" Drinkwater wandte sich an die Engländer, die aus dem Zwischendeck quollen. „Wo ist der Kapitän?"

„Als Geisel an Land, Sir."

„Verdammt! Wo ist der Steuermann?"

„Hier, Sir."

„Bringen Sie das Schiff in Fahrt. Kappen Sie die Ankertrosse und setzen Sie Segel. Die Tide kentert gerade, und der Kutter *Alert* wartet weiter draußen. Mr. Martin, schaffen Sie die Gefangenen ins Boot, dann . . ."

Seine letzten Worte wurden von Kanonendonner übertönt. Krachend schlug eine Kugel mittschiffs ein. Drinkwater rannte an die Reling, hob die Hände und rief das nächste Fahrzeug an: „*Hannah* ahoi! Habt ihr das Schiff?"

„Aye, Sir, und acht Gefangene!" Das war Brownes Stimme.

„Schicken Sie sie mit dem Boot zu mir, verstanden?"

Ein zweiter und dritter Abschuß kam von der Batterie an Land, aber Drinkwater setzte die Unterhaltung stur fort. „Was macht die *Anne?*"

„Moment, Käpt'n."

Browne wandte sich um, Drinkwater konnte seine Frage nicht hören, aber er vernahm schwach die Antwort von dem am weitesten entfernten Schiff. Es schien Freys Stimme zu sein. Inzwischen war es fast heller Tag geworden, und er sah einen Mann im Rigg der *Anne*.

„Hören Sie, Sir?" Das war Browne an *Hannahs* Reling.

„Aye."

„Die *Anne* ist genommen, auch mit acht Gefangenen."

„Wo ist McCullocks Boot?"

„Hier, Sir", rief es von unten. „Wir kommen von der *Anne*, um Ihnen Bescheid zu sagen. Alle drei Schiffe sind unser, Sir, wir haben's geschafft."

„Noch nicht ganz. Ich lasse unsere Skipper nicht hier zurück. Sammeln Sie alle Gefangenen ein und folgen Sie mir dann im Boot. Ihre Männer sollen sofort wieder laden. Ich gehe an Land, um zu verhandeln." Er drehte sich um und rief Martin Befehle zu. Der Steuermann der *Delia* hatte inzwischen die Ankertrosse mit einer Axt gekappt, das Großmarssegel hing klar zum Setzen in seinen Gordings. Beruhigt sprang Drinkwater hinter Martin ins Langboot. Eine Kugel schlug neben Brownes Leichter ins Wasser, in den die Gefangenen gedrängt wurden und der noch immer bei der *Hannah* längsseits lag.

Im Langboot saß ein Soldat der Royal Veterans und bewachte mit Muskete und aufgepflanztem Bajonett die niedergeschlagenen französischen Gefangenen von der *Delia*.

„Bitte leihen Sie mir Ihren Ladestock." Drinkwater streckte eine Hand danach aus, mit der anderen wühlte er in seinen Taschen, bis er ein weißes Taschentuch fand, das er an den Ladestock knotete.

Nachdem sich die drei Boote mit den entwaffneten Franzosen zusammengefunden hatten, winkte Drinkwater mit seiner provisorischen Parlamentärsflagge und befahl Martin, zur Insel zu pullen. Dort quoll hinter einer niedrigen Brustwehr wieder weißer Qualm empor, Kugeln flogen über ihre Köpfe hinweg, und das Krachen der Salve rollte übers Wasser. Der Lärm der Einschläge wurde vom Knallen der Sechspfünder auf *Alert* beantwortet.

Erschrocken drehte sich Drinkwater um. O'Neal hatte sein kleines Schiff sicher herangebracht, die *Anne* hatte es schon passiert und war in Sicherheit. *Hannah* und *Delia* hatten ihre falschen amerikanischen Flaggen gesetzt, um die französischen Kanoniere zu verwirren, aber das war ein sinnloser Versuch. Was Drinkwater alarmierte, waren die Einschläge von O'Neals Kugeln. Der hitzige Ire hatte offensichtlich ihre Absicht mißverstanden und zielte auf die drei Boote, die zur Insel ruderten.

„Vermaledeiter Narr!" fluchte Drinkwater und wandte sich an Martin. „Stehen Sie auf, Mann, er wird Sie vielleicht erkennen, falls er überhaupt hersieht. Und schwenken Sie die verdammte Flagge!"

Im nächsten Augenblick lagen die drei Boote zwischen den Einschlägen der Engländer und Franzosen. Ein Riemen zerplatzte in tausend Splitter, Wasserspritzer überschütteten sie, dann kamen die Kanoniere auf beiden Seiten endlich zur Vernunft, das Feuer wurde eingestellt. Als die Fontänen zusammensanken, erschienen die Boote wieder, und seltsamerweise waren sie bis auf den einen Riemen unbeschädigt geblieben.

Ein paar Augenblicke später drehte O'Neal mit killenden Segeln in Richtung See ab und entfernte sich langsam. Drinkwaters Boot näherte sich dem Ufer.

„Geben Sie her", sagte er zu dem immer noch zitternden Martin und nahm ihm die Parlamentärsflagge ab. Dann stand er auf und zeigte sich. „Gut, Mr. Martin, das reicht."

„Auf Riemen!" befahl der Fähnrich. Die müden Matrosen brachten ihre Riemen in die Horizontale und beugten sich keuchend darüber. Die anderen beiden Boote folgten ihrem Beispiel, und so glitten alle drei auf den Strand zu. Drinkwater sah die Tschakos der französischen Kanoniere über die Brustwehr ragen.

„*Messieurs*", schrie er in seinem schrecklichen Französisch, „*donnez moi les maitres des vaisseaux Americaines. J'ai votre soldats . . . votre amis pour . . .*" Er stockte, dann fügte er hinzu: „*Exchange!*"

Unzufriedenes Gemurmel erhob sich zwischen den Gefangenen, bis Drinkwater sie barsch zum Schweigen brachte. Einige Minuten passierte nichts, dann kletterte ein Offizier über die niedrige Brustwehr und marschierte ungeschickt durch den Sand auf die Hochwasserlinie zu.

Drinkwater nickte dem Gefangenen zu, der ihn über den Aufenthaltsort der Mannschaft auf der *Delia* informiert hatte. „*Vous parlez, m'sieur . . .*" befahl er.

Nach einigen Minuten angeregter Unterhaltung zwischen den beiden Männern, in die einige Gefangene eingreifen wollten, bis sie von Martin daran gehindert wurden, stapfte der Offizier wieder den Strand hinauf und beugte sich in eine der Schießscharten der Brustwehr. Abermals mußten sie warten. Drinkwater blickte seewärts: O'Neal hatte die *Alert* erneut gewendet, der lange Klüverbaum des Kutters zeigte jetzt auf Neuwerk, als er sich drohend der Insel näherte.

„Hoffentlich läßt Mr. O'Neal loten", knurrte Drinkwater und deutete auf den Kutter. „Es wäre höchst peinlich für uns, wenn er jetzt bei ablaufendem Wasser strandete."

Martin blickte scharf hinüber. „Ich kann einen Lotgast erkennen."

„Dann sind Ihre Augen besser als meine." Drinkwater wandte seine Aufmerksamkeit wieder dem Strand zu, denn der Artillerieoffizier kam zurück. Am Ufer blieb er stehen und nickte, wobei der Federbusch auf seinem Tschako wippte.

„*D'accord . . .*"

„Setzen Sie das Boot auf den Strand, Mr. Martin", befahl Drinkwater. Erleichtert ließ er sich auf die Ducht sinken, als der erste britische Skipper über die Brustwehr stieg. „Keine schlechte Arbeit für einen Morgen, wie? Das gleicht unser Konto sozusagen aus."

Zwanzigstes Kapitel

April – August 1810

Ein unglaublicher Glücksfall

„Also", lächelte Lord Dungarth und zog die geschliffenen Stöpsel aus den Kristallkaraffen, „haben wir sozusagen aus Mist Gold gemacht. Portwein oder Madeira?"

Drinkwater goß sich den *bual* ein, dann reichte er die Karaffe an Solomon weiter. Der Jude lehnte dankend ab und gab sie ihrem Gastgeber zurück.

„Falls sich das auf meinen Zwischenaufenthalt in der Gosse von Wapping bezieht", Drinkwater nippte an dem schweren, goldgelben Wein, „dann trifft es zu."

„Es war entscheidend wichtig, daß Sie Kontakt mit Fagan aufnahmen", beharrte Dungarth. „Obwohl Ihre Unterredung mit Marschall Davout dann die Krönung des Ganzen war. Aber es konnte nicht schaden, auf der tiefsten Stufe zu beginnen . . ."

„Ohne Zweifel war es auch ein Tiefpunkt für mein Selbstbewußtsein, my Lord. Ich wäre Ihnen sehr verbunden, wenn meine künftigen Einsätze von weniger geheimem Charakter wären. Vielleicht ein Schiff . . ." Drinkwater ließ den Satz unbeendet.

„Oh, Sie sollen Ihr Schiff bekommen, lieber Freund, ganz gewiß. Aber zuerst machen Sie ein oder zwei Monate Urlaub. Den haben Sie sich nach den Anstregungen redlich verdient."

„An dieses Versprechen werde ich Sie erinnern, my Lord. Mr. Solomon hier ist mein Zeuge."

Alle lächelten, und Dungarth reichte wieder den Madeira herum. „Ich habe Sie wohl zu einem allzu geschickten Verschwörer gemacht, wie?"

„Der Geheimdienst ist kein Berufszweig, für den ich mich erwärmen könnte", betonte Drinkwater. „Aber nach den Berichten, die Nicholas aus Hamburg erhielt, waren wir wenigstens erfolgreich."

„Oh, *Sie* waren erfolgreich, Nathaniel, und haben meine kühnsten

Hoffnungen übertroffen." Amüsiert funkelten Dungarths braune Augen im Kerzenlicht, und Drinkwater argwöhnte, daß er noch etwas verschwieg. Die gönnerhafte Herablassung Seiner Lordschaft ärgerte ihn etwas. Hatte er all die Qualen auf dem Eis der Elbe erduldet, um hier mit sich Katz' und Maus spielen zu lassen?

„Darf ich fragen, my Lord, inwiefern dem so ist?" Sein Ton war trocken. „Wahrscheinlich wegen der Papiere von Madame Santhonax?"

„Dazu komme ich gleich. Aber nachdem wir nun Ihre Geschichte gehört haben, müssen Sie unserer lauschen. Auch wir haben viel zu erzählen, also bitte seien Sie geduldig, lieber Freund." Dungarth trieb noch immer seinen Spaß mit ihm, aber Drinkwater, den das dritte Glas Wein milde gestimmt hatte, schickte sich ins Unvermeidliche.

„Ihr durchschlagendster Erfolg war der mit Fagan", resümierte Dungarth. „Seine Tätigkeit als Doppelagent kam dadurch Napoleon zu Ohren und kompromittierte Fouché. Der unwürdige Herzog von Otranto bewies mit seiner kühnen Initiative, eine Armee an der Schelde gegen uns aufzustellen, wie leicht das französische Kaiserreich einem Usurpator anheimfallen könnte. Das alarmierte Seine Kaiserliche Majestät. Als er dann noch erfuhr, daß Fouché eigenmächtig einen Agenten nach London geschickt hatte, griff er zu drakonischen Maßnahmen. Dieser Agent war Fagan. Er kam letzte Woche hier an, und noch bevor sie um war, hatte man Fouché aus dem Amt gejagt!"

„Ein boshafter, aber angemessener Schachzug des Kaisers", meinte Solomon mit hochgezogenen Augenbrauen. „Und fast ein Beweis dafür, daß Bonaparte wußte: Fagan war der erste, der vom wiederauflebenden Handel zwischen London und St. Petersburg berichtet hatte."

Dungarth lachte kurz auf. „Ein hübscher Gedanke. Und weil ich weiß, daß Nathaniel in diesen Dingen eine romantische Schwäche hat, will ich ihm noch etwas erzählen, das ihn persönlich berührt."

„Milord . . .?"

„Sie erwähnten die Witwe Santhonax." Dungarth machte eine Pause. „Isaac hier erzählte mir, daß Sie beide in seinem Haus über sie gesprochen haben. Und daß Sie vermuteten, Hortense könne hinter meinem, äh, Unfall stecken."

„*Cherchez la femme*", zitierte Solomon prompt.

„Was ist mit ihr, my Lord?" fragte Drinkwater ungeduldig; ihm war bei der Erwähnung Hortenses unbehaglich geworden. „Ich habe Ihnen alles berichtet, was zwischen uns in Hamburg und Altona vorgefallen ist. Noch immer weiß ich nicht, ob sie mich letztlich doch verraten hat. Warum sonst wäre Dieudonné bei Cuxhaven zur Stelle gewesen, um uns abzufangen?" Er seufzte. „Dennoch bin ich der Meinung, daß sie mir einen ihrer Meinung nach ausreichenden Vorsprung gewährt hat."

„Ich stimme Ihrer Schlußfolgerung zu, Nathaniel", bestätigte Dungarth, plötzlich ernst geworden; sein schelmischer Ton war vergessen. „Es ist so gut wie sicher, daß sie bis zu einem gewissen Grad wieder in der Gunst des Kaisers steht, vielleicht weil sich Napoleon von Josephine getrennt und die österreichische Erzherzogin Marie-Louise geheiratet hat. Zweifellos benötigt er gefügige Französinnen im Hofstaat der Habsburgerin, denn die schöne Witwe wurde eine ihrer Hofdamen."

„Was Talleyrand bestimmt gefreut hat", ergänzte Drinkwater. „Aber was ist nun mit den Papieren, die sie mir mitgab? Wenn sie echt waren, ging sie damit ein großes Risiko ein. Waren sie gefälscht?"

„Nein, keineswegs. Sie ist eine kühne Frau und hat sich ganz auf Ihren ebenso starken Charakter verlassen. Die Papiere enthielten Denkschriften von Talleyrand persönlich über die zukünftige Verfassung und Regierung Frankreichs, Vorschläge, die ich der Regierung und M'sieur Le Comte de Provence* unterbreiten soll mit dem Hinweis, daß die Tage Napoleons gezählt seien . . ."

„Wenn es einem Fouché gelingt, etwas wie einen Staatsstreich auf die Beine zu stellen, dann können das andere auch", führte Drinkwater Dungarths Gedankengang zu Ende.

Der Lord lächelte. „Richtig. Entweder mit einem gedungenen Mörder oder mit einem neuen Feldzug."

„Einem Feldzug in den Weiten Rußlands, zum Beispiel", fügte Solomon hinzu und zog einen gefalteten und versiegelten Brief aus seiner Brusttasche.

Drinkwater war überrascht, daß die Kirche von St.Peter so voll war. Die ehrbaren Bürger von Petersfield waren in Massen zu diesem Ereignis erschienen. Sie scharrten mit den Füßen und starrten ihn an, als er Elizabeth und die Kinder zum Seitenschiff führte.

Er wartete, bis seine Familie in der Bank Platz genommen hatte, und ließ dabei den Blick über die Gemeinde schweifen. Neugierige Gesichter neigten sich über ungelesene Gebetbücher, flinke Münder ver-

* Der spätere Louis XVIII. hielt sich zu dieser Zeit in England auf.

breiteten flüsternd den neuesten Klatsch im Schutz der gesenkten Sonntagshüte. Er unterdrückte ein Lächeln. Viele Kirchgänger waren aus Zuneigung zu seiner Frau und ihrer Freundin Louise Quilhampton gekommen, deren Bemühungen um die Einrichtung einer Grundschule für ärmere Kinder in Stadt und Land schließlich mit dem Segen der Church of England belohnt worden waren.

Drinkwater nickte in Richtung der Honoratioren, die in ihren gemieteten Kirchenstühlen Platz genommen hatten, dann folgte er seinem Sohn Richard in die Bank. Eine Dame auf der anderen Seite lächelte ihn unter einem extravaganten Hut hervor freundlich an, und nach einer kleinen Weile fiel ihm ein, daß sie die vielgeschmähte Tante der Braut war, mit der er seinerzeit eine Reise in derselben Postkutsche erduldet hatte. Richard, auf dessen Oberlippe der erste Flaum sproß, rutschte neben ihm ungeduldig herum, und er legte ihm mahnend eine Hand aufs Knie. Sein Sohn blickte zu ihm auf und lächelte. Drinkwater hatte ganz vergessen, daß der Junge Elizabeths schöne Augen geerbt hatte. Auf der anderen Seite stieß Charlotte Amelia ihren Bruder an, reichte ihm ein Gesangbuch und zeigte ihm die Nummer des ersten Chorals.

„Ich weiß", wisperte der Junge und nahm sein eigenes Buch zur Hand. Drinkwater blickte über ihre Köpfe hinweg in Elizabeths Gesicht. Mit feuchten Augen strahlte sie ihn glücklich an.

Er lächelte zurück, aber im Geist sah er plötzlich Hortense vor sich, wie sie ihn bei ihrem intimen Gespräch vor Liepmanns Kamin angeschaut hatte. War er noch derselbe Mann wie damals? Hatte sich das alles wirklich ereignet? Er war dessen nicht mehr sicher und wußte nur, daß er gelegentlich an sie dachte, seit ihm Dungarth erzählt hatte, daß sie Hofdame der Kaiserin Marie-Louise geworden war. Schon die äußeren Umstände sorgten dafür, daß er sie nicht vergaß, denn hatten nicht die Zeitungen viel über den Brand beim Ball des österreichischen Botschafters geschrieben? Fürst Schwarzenberg hatte die Feier zu Ehren der kaiserlichen Hochzeit ausgerichtet, aber sie war durch ein fürchterliches Feuer zum Desaster geraten. Der Fürst hatte dabei seine Schwägerin verloren, andere waren getötet oder verstümmelt worden.

Irgendwie wurde er die Vorstellung nicht los, daß Hortense bei diesem schrecklichen Ereignis beteiligt gewesen war.

Mißtönend wurde er in die Gegenwart zurückgerufen, als sich die Geigen und das Cello krächzend und quietschend einstimmten. Dann schwoll das allgemeine Gemurmel an, die Köpfe drehten sich zum Gang, weil der Bräutigam und sein Brautführer eingetroffen waren.

Ein zufriedenes Murmeln begrüßte Quilhampton und Frey, die in großer, blau-weiß-goldener Extrauniform mit klappernden Degengehängen im Gleichschritt den Gang heraufkamen. Der linke Ärmel von Quilhamptons Uniformjacke war an der Brust festgesteckt. Er wechselte einen Blick mit seiner Mutter, die eifrig in ein Spitzentuch schluchzte. Drinkwater sah wieder das weiße Taschentuch an dem Ladestock vor sich, das er vor Neuwerk geschwenkt hatte.

Der Pfarrer erschien, und langsam verebbten die Gespräche, alles wartete nun auf die Braut.

Quilhampton blickte zur Sakristei, Drinkwater bemerkte die Blässe auf seinem Gesicht. Seine schwere Prüfung war ihm immer noch anzumerken, er wirkte genauso verkrampft wie bei der Kriegsgerichtsverhandlung. Glücklicherweise war es eine kurze Angelegenheit gewesen, die auf der *Royal William* in Portsmouth stattgefunden hatte. Drinkwater hatte die eidesstattlichen Erklärungen über den Verlust der Brigg *Tracker* vorgelegt und außerdem eine Verteidigungsschrift aufgesetzt, die vom Rechtsoffizier bei Gericht verlesen wurde. Zudem hatte er über Lord Dungarth dafür gesorgt, daß den Gerichtsakten ein Vermerk beigefügt wurde, wonach die Brigg in geheimem Auftrag unterwegs gewesen war.

Quilhamptons Degen war ihm mit den wärmsten Glückwünschen des Gerichts zurückgegeben worden, aber James' erleichtertes Lächeln war matt gewesen. Vielleicht war es das Urteil seiner Braut, das er am meisten fürchtete, rätselte Drinkwater, als er ihn besorgt zur Sakristei blicken sah.

Catriona MacEwan betrat am Arm ihres Onkels die Kirche. Sie war eine große, schöne junge Frau mit einer rotgoldenen Mähne, die unter ihrer Haube in Locken aufgesteckt war. Auf ihrer Nase tummelten sich aparte Sommersprossen. Die Hälse der Gemeindemitglieder reckten sich, und ein beeindrucktes Aufseufzen wurde hörbar, als sie dem dünnen, verlegenen Mann am Altar zulächelte.

Das Orchester begann plötzlich zu sägen, die Stimmen der Gemeinde fielen ein. „*Rejoice, the Lord is King . . .*" sangen sie aus vollem Herzen, „*Your Lord and King adore . . .*!"

„Liebe Gemeinde", begann der Pfarrer, „wir haben uns im Angesicht Gottes zusammengefunden, um diesen Mann und diese Frau im heiligen Bund der Ehe zu vereinen . . ."

„Ich hoffe, daß sie glücklich werden."

„Ja."

„Sie haben es nach so langer Zeit wirklich verdient."

„Ja."

„Es hat auch für uns lange gedauert, mein Liebster, viel zu lange."

„Ich weiß . . . Ich . . ." Drinkwater stockte und blickte Elizabeth an, die auf ihrer Seite des Bettes saß. Sie wartete darauf, daß er den Satz beendete, aber er schüttelte den Kopf. Er war schon seit einer Woche zu Hause, aber sie hatten noch nicht zu ihrer früheren Vertrautheit gefunden. Beide waren unsicher und vorsichtig, lebten in ihren unterschiedlichen Welten und gingen sich mit der unausgesprochenen Entschuldigung aus dem Weg, daß Quilhamptons Hochzeit vorbereitet werden mußte. Es gab so viel zu sagen, daß sich Drinkwater überfordert fühlte.

„Ich glaube, wir haben uns verändert", flüsterte Elizabeth, hielt ihm die Hand hin und zog ihn neben sich.

„Ja, ich weiß . . ."

Immerhin waren sie sich darin einig. Reichte das als Beginn . . .?

Er mußte ihr alles erzählen, alles beichten: was im Dschungel von Borneo geschehen war, seine dunklen Vorahnungen und die Gründe, warum er nach seiner Rückkehr aus Indien nicht nach Hause kommen konnte; seinen jämmerlichen Eifer, mit dem er sich auf Dungarths geheime Mission gestürzt hatte, und wie sie fehlgeschlagen war; wie die *Tracker* gestrandet war und wie James seinen Arm verloren hatte; von der Hure Zenobia und den Juden Liepmann und Solomon. Er wollte Elizabeth von seinem Zusammentreffen mit Davout und der Hinrichtung von Johannes erzählen, aber vor allem von Hortense . . .

Noch lange, nachdem sie einander wiedergefunden hatten, lag er wach, während Elizabeth neben ihm schlief. Jetzt wußte er, daß er all diese Erlebnisse niemals mit ihr würde teilen können. Sie waren seine ganz persönliche Bürde, die er verschwiegen tragen mußte, bis ihn der Tod davon erlöste.

Er lauschte den leisen Atemzügen seiner Frau. Vielleicht spielte es auch gar keine große Rolle, dachte er. Im Lauf der Zeit sorgte das Schicksal ohnehin für einen Ausgleich der Konten.

Morgen wollte er Elizabeth jedoch in etwas einweihen, das sie freuen würde. Es war schon fast lächerlich, wie er es seit seiner Ankunft vor sich hergeschoben hatte, aber nie schien ihm der Zeitpunkt passend zu sein. Außerdem hatte es einige Zeit gedauert, bis er Isaac Solomons Brief völlig verstanden hatte, den ihm der jüdische Geschäftsmann nach dem Dinner bei Lord Dungarth überreicht hatte.

Es war ein unglaublicher Glücksfall, daß die Goldnuggets soviel eingebracht hatten. Solomon hatte sie verkauft und den Erlös geschickt wieder investiert, so daß Drinkwater jetzt über fast dreitausend Pfund verfügte. Damit war er, wenn schon kein Krösus, so doch ein ziemlich unabhängiger Mann.

Das mysteriöse Päckchen wurde durch einen Kurier der Admiralität überbracht. Zuerst dachte Drinkwater, daß es sich um Seekarten handelte, und um Elizabeth nicht aufzuregen, die vermuten würde, daß er schon nach so kurzer Zeit einen neuen Einsatzbefehl bekam, nahm er es beiseite und öffnete es unbeobachtet. Das Ölpapier enthielt die bekannte Leinwandrolle mit den ausgefransten Kanten. Er erkannte sie sofort. Mit klopfendem Herzen entrollte er das Porträt. Die Farbe war gesprungen und löste sich in Flocken von der mißhandelten Oberfläche.

Aber eine andere Verunstaltung erschreckte Drinkwater mehr als die Spuren der Vernachlässigung: auf Hortenses gemalter Wange war die Haut vom Ohr bis zum Kinn vorsätzlich mit rotbrauner Farbe beschmiert worden.

Mit zitternden Händen griff Drinkwater nach dem Brief, der aus der Rolle fiel. Er stammte von Lord Dungarth und war nicht datiert. Drinkwater las:

Mein lieber Nathaniel,
  Beiliegendes wurde uns durch Fagan aus Paris übermittelt. Es scheint, daß die Lady bei dem Brand in der österreichischen Botschaft entstellt wurde. Ihm wurde aufgetragen, verläßlich dafür zu sorgen, daß Sie das Bild erhalten.
                                                        Dungarth.

Drinkwater starrte dumpf auf den verschmierten Fleck. Das war keine Farbe, sondern getrocknetes Blut.

„Hölle und Teufel", flüsterte er, dann legte er die Rolle in den Kamin. Mit Feuerstein und Stahl entzündete er eine Kerze, hockte sich hin und hielt die Flamme an die Leinwand. Die Ölfarbe brannte knisternd, unter vielen kleinen Explosionen leckte das Feuer an dem brüchigen Gewebe empor und legte eine Rußschicht über das arme, entstellte Gesicht. Stehend sah Drinkwater zu, wie es verbrannte, bis nur noch ein verkohltes Häufchen Asche zu seinen Füßen lag.

Nachwort

Die drei Jahre von 1809 bis 1811 markieren die Wende des Krieges, den man in England bis 1914 den Großen nannte. Trafalgar und Austerlitz brachten ein Patt zwischen der Seemacht Großbritannien mit der Landmacht Frankreich. Aber mit Rußland als Verbündetem und einer funktionierenden Kontinentalsperre hatte Napoleon später an Land die Oberhand. Ab 1809 unterstützte Britannien auf der iberischen Halbinsel den langen Befreiungskampf der Spanier gegen die französischen Besatzer und versuchte Antwerpen zu befreien, dessen Besetzung durch die Franzosen 1793 der Grund für den Kriegsausbruch gewesen war. Die Expedition nach Walcheren endete mit einem Desaster. Es löste das Duell zwischen Castlereagh und Canning aus und den Sturz der Regierung Portland.

Um 1811 führte Napoleons Ruhelosigkeit dazu, daß er das Kräftepatt durchbrach. Rußland hatte sich nicht an das Embargo britischer Waren gehalten. Der Zar, dessen Volkswirtschaft am Boden lag, legalisierte sein Ausscheren aus der Kontinentalsperre mit einem *Ukas* am letzten Tag des Jahres 1810. Schlimmer noch, Napoleons eigener Bruder Louis, König von Holland, duldete stillschweigend die Blockadebrecher, worauf der Kaiser sein Königreich Mitte 1810 annektierte.

Auf der anderen Seite des Englischen Kanals hatte es 1809 und 1810 Mißernten gegeben und viele Konkurse. Die Maschinenstürmer zerstörten die Einrichtungen der Industie. Beide Kriegsparteien litten 1811 unter einer Wirtschaftskrise nie gekannten Ausmaßes.

Dennoch nahm Napoleon, der seinen Thron durch die Scheidung von Josephine und seine österreichische Heirat gefestigt sah, voll Zuversicht an, daß seine Marschälle mit Spanien fertig würden. Er entschloß sich, in Rußland einzufallen. Diese Entwicklungen wurden von den Briten auf Helgoland beobachtet und nach London übermittelt.

Die früher dänische Insel wurde wegen ihrer Nähe zum besetzten

Hamburg als diplomatischer „Horchposten" genutzt. Die bekannteste geheimdienstliche Aktion, die über Helgoland lief, war die von Pater James Robertson, nach dessen erfolgreicher Evakuierung von Romanas Korps im Jahre 1808 nur eine Abteilung Verwundeter und Kranker in Altona zurückblieb.

Auf Helgoland drängten sich britische Händler, die das Außenministerium mit Eingaben bombardierten, endlich Lagerschuppen zu bauen. Viele Fakten weisen darauf hin, daß zu der Zeit, als Drinkwater auf Helgoland eintraf, dort eine geheime Mission lief, die aber mit einem Mißerfolg endete. Kapitän Gilham und seine *Ocean* gehörten tatsächlich zu einem Konvoi, der für ein Geheimunternehmen abgestellt war. Die Schiffe lagen monatelang auf der Reede von Helgoland, bis das Ordnance Board ihre Ladung – militärische Ausrüstung – abschrieb und Cannings Geheimdienstetat mit den Unkosten belastete. Das endgültige Schicksal dieser Schiffe ist unklar, sie gingen entweder auf See verloren oder wurden „von den Franzosen bei Calais aufgebracht".

Es gibt mehrere erstaunliche Bestätigungen für die Annahme, daß die Grande Armée – oder doch ein Teil davon – in britischen Militärstiefeln, den sogenannten *Northampton boots*, nach Moskau marschierte. Dann ist es auch wahrscheinlich, daß diese über Hamburg oder Hannover ins Land kamen. Aus Hannover stammten die Rekruten der King's German Legion.

Wie Gilham haben auch Oberst Hamilton und Edward Nicholas tatsächlich gelebt, und es gibt Berichte darüber, daß sie nicht immer das beste Verhältnis zueinander hatten. Herrn Reinkes Seekarten existieren heute noch, und die Figuren von McCullock, Browne und O'Neal basieren auf der Beschreibung realer Personen. Um diese Zeit wurden auch die Mängel des Helgoländer Leuchtfeuers nach London gemeldet.

Fagan war ein Spion Fouchés und ein bekannter Doppelagent. Dieudonné von den *Chasseurs-à-Cheval* inspirierte den Künstler Gericault zu seinem Gemälde „Ein Offizier der Kaiserlichen Garde". Er sollte später im Rußlandfeldzug fallen.

Die Nachrichten, die im Winter 1809 über Helgoland liefen, besonders die Neuigkeiten von Bejamin Bathurst, sind alle belegt, ebenso der Sturm Ende September, die anhaltenden Westwinde im folgenden März und auch der Angriff auf Neuwerk im April 1810, bei dem „mehrere amerikanische Schiffe genommen wurden".

Marschall Davout erreichte Hamburg im Januar 1810 als Oberbefehlshaber der französischen Armee in Deutschland. Kurz darauf ließ er einen jungen Mann für den illegalen Besitz von Zucker erschießen. Die Besatzungstruppen wurden im März durch Molitors Division verstärkt, die man auf die umliegenden Dörfer verteilte. Aber auch das bremste die illegale Wareneinfuhr nicht, bis Napoleon schließlich wütend die Verbrennung aller beschlagnahmten britischen Waren in den Hansestädten befahl. Danach transportierten die schlauen Hamburger ihre Luxusgüter in Särgen an den Wachen vorbei.

Herr Liepmann ist meine Erfindung, aber Nicholas spricht tatsächlich von einer Person, die „uns wohl gesonnen ist" und in oder nahe Hamburg gewohnt hat und mit der regelmäßig Nachrichten ausgetauscht wurden.

Die Brüchigkeit von Napoleons Herrschaft demonstrierte Fouchés Handstreich, mit dem er eine Armee zusammenstellte, um der britischen Invasion auf Walcheren zu begegnen. Sie wurde noch dramatischer offenbar, als der republikanische General Malet in Paris kurzzeitig die Regierung übernehmen konnte, während der Kaiser in Rußland war.

Lord Dungarth stand nicht allein mit seiner Überzeugung, daß nur eine feindlich gesinnte russische Armee Napoleons Landmacht brechen konnte. Talleyrand hatte in Erfurt dem Zar Ähnliches zugeflüstert.

Napoleon behauptete, daß Zar Alexander den britischen Handel nicht unterband, was ihm 1812 den Grund für seinen Einfall in Rußland lieferte. Aber er hatte sich schon lange mit dieser Idee getragen. Das „unerklärliche Gerücht" über einen bevorstehenden Krieg zwischen Frankreich und Rußland erreichte Helgoland am 19. Februar 1810 und wurden von Edward Nicholas nach London weitergemeldet. Er befürchtete wohl, daß der neue Minister meinen könnte, er habe damit seine Befugnisse überschritten. Wen wundert es da, daß er offiziell Zweifel an der Glaubwürdigkeit des Gerüchts ausdrückte und die eigene Mitwirkung an seinem Entstehen verschleierte?

Richard Woodman:
Die Drinkwater-Serie

Die Augen der Flotte
Nat Drinkwaters Feuertaufe
auf der Fregatte Cyclops
Roman
208 Seiten
Ullstein TB 23154

Kutterkorsaren
Leutnant Drinkwater in
geheimer Mission vor
Frankreichs Küsten
Roman
208 Seiten
Ullstein TB 22776

Kurier zum Kap der Stürme
Leutnant Drinkwater auf
Vorposten im Roten Meer
Roman
272 Seiten
Ullstein TB 23247

Die Mörserflottille
Leutnant Drinkwater
in der Schlacht von
Kopenhagen
Roman
224 Seiten
Ullstein TB 23689

Die Korvette
Kapitän Drinkwater und die
Walfänger von Grönland
Roman
256 Seiten
Ullstein TB 23694

RICHARD WOODMAN
UNTER DEM NORDLICHT
KAPITÄN DRINKWATER IM EINSATZ VOR NORWEGENS KÜSTE
ROMAN

DEUTSCHE ERSTAUSGABE

Die Wracks von Trafalgar
Kapitän Drinkwater in
Nelsons letzter Schlacht
Roman
224 Seiten
Ullstein TB 23690

Mann unterm Floß
Kapitän Drinkwater auf
Horchposten in der Ostsee
Roman
224 Seiten
Ullstein TB 20881

 Ullstein Taschenbuch

Richard Woodman:
Die Drinkwater-Serie

In fernen Gewässern
Kapitän Drinkwaters Kampf
mit Kap Hoorn
Roman
224 Seiten
Ullstein TB 22124

Der falsche Lotse
Kapitän Drinkwater
in der Chinasee
Roman
224 Seiten
Ullstein TB 22375

Unter falscher Flagge
Kapitän Drinkwaters
Handstreich auf Helgoland
Roman
240 Seiten
Ullstein TB 24060

Das Fliegende Geschwader
Kommodore Drinkwater im
Kaperkrieg
Roman
288 Seiten
Ullstein TB 23230

Unter dem Nordlicht
Kapitän Drinkwater im
Einsatz vor Norwegens Küste
Roman
320 Seiten
Ullstein TB 23785

Der Schatten des Adlers
Kapitän Drinkwater
vor den Azoren
Roman
416 Seiten
Ullstein TB 24302

**Die Abenteuer des Nat
Drinkwater**
Die Augen der Flotte/
Kutterkorsaren
Zwei Romane
414 Seiten
Ullstein TB 23528

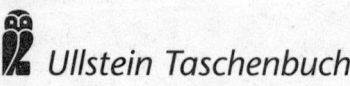

Ullstein Taschenbuch